memel
VERLAG

W0309149

Mutterboden

Tilla von Bredow, Biologieprofessorin und überzeugte Alleinerziehende von sechs Töchtern, verschwand kurz nach Mauerfall spurlos. Jakob Hagedorn, Hauptkommissar mit gründelndem Wesen und unordentlichem Hirn, ist nach seiner Rehabilitierung im Archiv kaltgestellt. Er nutzt die freie Zeit und sucht die Mutter seiner Geliebten Hanna.

Als jedoch die exotische Schönheit Alika, bildende Künstlerin und Betreiberin eines stadtbekannten Restaurants, ihren Vater, einen georgischen Volkshelden, vermißt meldet, darf Jakob als Kriminaler auf die Straßen der Stadt zurückkehren und vernachlässigt die Suche nach Tilla.

Zerrissen zwischen zwei starken Frauen, gefangengehalten in einer Gruft, in die Knie gezwungen von ostpreußischen Wintern und erschlagen von der Macht des Kaukasus, entdeckt er eine Tragödie und ein Mörder findet ihn.

Jakobs dritter Fall: kraftstrotzende Figuren, wuchtige Geschichten, melancholische Komik und jede Menge Spannung.

Der andere Berlinkrimi - prall, schräg, abgründig, poetisch.

Lotte Bromberg

wurde 1968 geboren. Sie wacht, schläft, arbeitet und schreibt in Berlin. *Mutterboden* ist nach *Fallsucht* und *Auslaufgebiet* ihr dritter Kriminalroman mit den Berliner Ermittlern Jakob Hagedorn und Oskar Blum. Weitere folgen. Wir hoffen, jedes Jahr. Leseproben und mehr: **www.memelverlag.de**

Lotte Bromberg

Mutterboden

Der andere Berlinkrimi

Memel Verlag

Dies ist ein Roman. Jegliche Übereinstimmung oder auch nur Ähnlichkeit mit lebenden oder toten Personen oder Begebenheiten ist zufällig und in keiner Weise beabsichtigt.

Überarbeitete Ausgabe
© Memel Verlag Berlin 2017
Alle Rechte vorbehalten
Umschlagphoto © fotolia.com/viktor
Druck und Bindung Clausen & Bosse Leck
ISBN 978-3-945611-07-4
www.memelverlag.de

Ungewiß, wann die Dämmerung beginnt, öffne ich alle Türen.

Emily Dickinson

I

Alika hatte eine Heimat für den Kaukasus gesucht und eine Apotheke gefunden.

Sie war sechzehn gewesen, als ihr Vater Guram seine Familie aus Georgien rettete. Er führte sie nach Berlin und kehrte selbst zurück nach Tiflis, um an allen erdenklichen Fronten für seine Heimat zu kämpfen.

Vom ersten Tag an hob das Heimweh in Alika tiefe Gräben aus. Sie machte Abitur und studierte auf Anweisung der Mutter Betriebswirtschaft. Aber die Winde des Kaukasus zerrten immer stärker an ihr. Und als die Mutter mit einem neuen Mann nach Israel weiterzog, ließ Alika die Wirtschaft fahren und folgte den Einflüsterungen des Windes.

Sie kaufte von ihrem restlichen Geld Pinsel, Farbe und Leinwand und malte wie eine Besessene die verlorene Heimat. Bewarb sich erfolgreich um einen Studienplatz an der UdK und bezog die bezahlbare Abstellkammer einer schmuddeligen Moabiter WG, regelmäßig von den Mitbewohnern eingeladen, mit ihnen ihre Betten zu teilen.

Denn Alika war eine exotische Schönheit in einer an fremdartigen Physiognomien überreichen Stadt. Über ihrer gebogenen Nase teilte eine Kindheitsnarbe Stirn und Gesicht in zwei ungleiche Hälften. Ihre tiefschwarzen Augen gruben sich in das Gegenüber. Alika trat den Menschen zu nah, strahlte eine atemberaubende Intimität aus, mit ihrem wilden schwarzen Haar, ihrem ausgreifenden Schritt, ihren von Ölfarben bunten Fingern. Obwohl klein an Körpergröße, war Alika eine unübersehbare Frau, zu deren glühendem Wesen sich jeder stellte – in Bewunderung oder Ablehnung, in Begehren oder Haß.

Wer es wagte, sich ihrem Blick zu öffnen, aus Abenteuerlust oder Naivität, traf auf erschlagende Hitze und eine unendliche Zahl geschundener Vorfahren. Niemand hielt dem stand.

Alika hatte mit ihrer georgischen Heimat auch den Resonanzboden für ihr ausuferndes Temperament, den Raum für ihre Bilder und Lieder, den Ort für ihr Wesen verloren. Sie war so gesellig wie einsam.

Aber sie war jung und lernte die Sprache Berlins. Die andere Art der Begegnung und Zurückweisung, die anderen Gerüche, Stimmen, Lieder, Farben, die fremden Speisen, den anderen Geschmack. Alika lernte, ihr Lachen zu zügeln, die sie anspringende Trauer zu verbergen, nicht zu berühren, nicht zu singen, niemals zu tanzen. Sie lernte, unter ihren Berliner Nachbarn zu sein, aber alles Wesentliche zurückzuhalten. Zugleich behütete sie das Verborgene, nährte und pflegte es. Bat es um Geduld. Und sie malte, um von ihm in ihren Bildern zu erzählen.

Mit dem erfolgreichen Abschluß des Studiums verlor sie das Atelier an der Universität. Die Abstellkammer war so klein, daß sie im Stehen kaum die Arme ausstrecken konnte. Und so suchte sie ein Berliner Zuhause für sich und ihren auf Leinwand ausgelagerten georgischen Mutterboden.

Sie beäugte die Rückseite von Mitte, stöberte in Moabiter Kellern, stromerte durch Bucher Lagerhallen und durch Britzer Schrebergärten. Nirgendwo war Raum für ihr Feuer, für die im Schwarzen Meer versinkende Sonne.

Dann lud ein Bekannter vom Savignyplatz sie ein. Sie trank zu viel Wein, lauschte zu lange traurigen Liedern und bestieg die falsche S-Bahn. Fand sich um vier in der Früh am Stuttgarter Platz wieder und sah die Tür.

Vor einer Pension rauchten Prostituierte mit vor Kälte blauen Fingern. Ein krummer Mann beschimpfte seine obstkistenbeladene Sackkarre. Orangen kullerten in den Rinnstein. Ein Porsche bog um die Ecke, in einer Kneipe jaulten Männer mit Howard Carpendale von Liebe und Abschied. Eine Frau goß ihre Balkonpflanzen, schräg über ihr hing der riesengroße Vollmond.

Und dann war da die Tür.

Sie war einmal prachtvoll gewesen, Pforte für ein mächtiges Haus. Hundert Jahre später jedoch blieb sie für seine im Abseits lebenden Bewohner nur noch ein uneingelöstes Versprechen, vom vollen Mond in fahles Licht getaucht. Zwei Atlasbrüder trugen auf ihr die Last der Welt, eine sterbenskranke Nixe bildete den Türknauf aus Messing, golden leuchtend von so vielen Händen seit so vielen Jahren. Ranken aus großblättrigen Blumen rahmten das vergitterte Glas in ihrer Mitte. Über ihr dämmerte der verrußte Schriftzug »Apotheke«, im trüben Fenster daneben hing schief ein Maklerschild.

Alika hatte ihren Ort gefunden.

Ein ehemaliger Seemann hatte dort dreißig Jahre Schrauben und Nägel, Ösen und Muttern, Unterlegscheiben und Scharniere verkauft. Hatte Schuhe besohlt, Schlüssel geschliffen und Schilder geprägt. Als man ihn tot inmitten seiner Schrauben fand, sang Freddy Quinn in Endlosschleife »La Paloma«.

Es gab die alte Apothekeneinrichtung noch, der Seemann hatte sie genutzt. Jede Lade, jede Nische war gefüllt mit Kram aus längst vergangenen Zeiten. Alika räumte Platz frei für ihre Staffelei und hängte ein Schild in das Fenster: Alles mögliche zu verschenken.

Sie feierte eine rauschende Einweihungsparty mit ihren Künstlerfreunden. In der kleinen Küche kochte sie georgische Spezialitäten. Die ersten Nachbarn kamen. Zogen Schrauben und Nägel aus Schubladen und Kistchen, linsten nach der Narbe auf Alikas gespaltener Stirn und schnupperten an ihrem fremden Essen. Alika ließ sie kosten.

Ihre Apotheke war von Anfang an ein offener Ort. Wollte sie malen, hängte sie ein Schild in das Fenster: Bin im Kaukasus. Niemand störte sie dann. Aber öffnete sie die Tür und die Gerüche ihrer Heimat wehten auf die Straße, blieb sie nicht lange allein. Als erstes kamen die Huren, dann die Ladenbesitzer von nebenan, die Nachbarn aus dem Haus. Alle bewunderten ihre

Bilder, niemand kaufte sie. Aber alle wollten essen, und Alika war eine gute georgische Gastgeberin, sie fütterte sie mit den Genüssen ihrer Heimat.

Dann kam ein Mann von der Gasag, um ihr das Gas abzudrehen, das sie seit Monaten nicht hatte bezahlen können. Sie bettelte, weinte und sie bekochte ihn. Er rieb sich den wohlig gefüllten Bauch und schlug ihr vor, ein Restaurant zu eröffnen. In ihrem Essen stecke Gas für einen ganzen Winter.

Und Alika sah sich um. Sah in dem Apothekentresen eine Bar, darüber einen Zapfhahn. Sah in den Regalen Weinflaschen stehen, hörte Gäste lachen, sah zusammengeschobene Tische, ihre Bilder an der Wand, hörte georgische Musik.

Sie sammelte Stühle aus abgelebten Wohnungen, baute Tische aus Zimmertüren, Bänke aus Bauholz, schweißte Lampen und Kerzenständer aus Wasserrohren und schließlich ihr neues Schild. Zwei Monate später eröffnete »Alikas Apotheke«.

Schnell wuchs das Lokal. Immer tiefer fraßen sich ihre Gasträume in das Haus hinter der Apotheke mit der verwunschenen Tür. Alika eroberte den Hof, begrünte ihn mit exotischen Pflanzen ihrer Heimat, sprang in das Hinterhaus, belegte dort das Parterre mit ihren Gästen und stieg über den zweiten Hof in das Gartenhaus. Stellte Köche und Kellner, Spüler und Putzfrauen ein. Verhandelte mit dem Gesundheitsamt, besorgte Papiere und Genehmigungen, bekochte Aufseher vom Gewerbeamt und hatte immer mehr Gäste.

Als erstes kamen die Kaukasier. Abchasen, Armenier und Aserbaidschaner, Tschetschenen, Inguschen, Mescheten und Osseten, Georgier und Russen. Es wurde gefeiert und gelacht, geschlemmt, gesoffen, gesungen und geweint, gestritten und sich versöhnt.

Manchmal war Alika jedoch froh über die ungewöhnliche Aufteilung der Räume. Wenn es zwischen den einzelnen Gruppen rumpelte, trennte sie sie mit harter Hand. Sie wies sie in verschiedene Räume und ließ sie sich trotzdem bei ihr zuhause fühlen. Niemand wollte dieses Stück Heimat in der Fremde missen, alle gehorchten ihrer georgischen Herdmutter.

Dazu gesellten sich Besucher vom Stuttgarter Platz. Altlinke Oberstudienräte bestellten grünen Tee. Bärtige junge Väter nahmen an Alikas georgischen Fleischtrögen Auszeit vom veganen Alltag. Charlottenburger Hinterhofganoven pumpten sich am Tresen auf, bis zum ersten kaukasisch ausgetragenen Streit unter Männern.

Bald sprach sich das ungewöhnliche Restaurant am Stuttgarter Platz in der Stadt herum. Es wurde schick, in der Apotheke bekannt zu sein. Schlagersternchen machten Selfies mit Alika, Prominenzfriseure legten gefönte Hundchen auf Tische und fütterten sie mit Lammfleisch. Es kamen die Rechtsanwälte mit ihren Cabrios, ein Staatsanwalt aus dem Kiez, schließlich die Richter und zuletzt die Polizei. Jeder aß von Alikas Tellerchen und ihr aus der Hand.

Sie bezahlte ihre Gasrechnungen pünktlich, lernte, über Schutzgeldbeträge zu verhandeln, wies Russen und Kaukasier in ihre jeweiligen Schranken und spielte sie gegeneinander aus. Malte nur noch an freien Tagen und wurde immer besser. Plötzlich verkauften sich die Bilder der schönen Apothekerin.

Inzwischen war Alika eine gestandene Wirtin, hatte den Kaukasus nach Berlin geholt, lebte mit allen Sinnen in ihm, und ihre Gäste liebten sie dafür, daß sie sie daran teilhaben ließ.

Der Frühling war überraschend mit einem fremden südlichen Wind in die Stadt eingezogen. Viel zu früh, aber zu schön, um vorsichtig zu sein. Alikas Apotheke wurde zu einem nervösen Bienenstock.

Kaukasische Mafiosi gingen zwischen Vorspeise und Hauptgang ihren Geschäften nach, lauter als sonst, wilder als sonst. Tscherkessen zeigten Verkaufsphotos von siebzehnjährigen Dorfschönheiten. Alte Männer schwärmten von vergangenen Bärenjagden und im Traum gewonnenen Kriegen. Eine Gruppe junger Aserbaidschaner hatte Tische zusammengestellt, breitete Landkarten für eine Bergtour aus und markierte die einzelnen Etappen mit Weingläsern. Ein vorbeitorkelnder Russe stieß an die Tischplatte, Wein schwappte auf den Kleinen Kaukasus. Ein Aserbaidschaner sprang auf, die Männer maßen sich mit Blicken, der Russe murmelte eine abfällige Entschuldigung.

Die Gefahr, daß verschiedene Volksgruppen aneinandergerieten, war groß an so einem flirrenden Frühlingstag. Und ausgerechnet heute feierte Kriminalrat Fockemeyer, Chef aller Mordermittler der Stadt, korrupter Strippenzieher und unverwüstlich intrigantes Stehaufmännchen aus alten Westberliner Zeiten, in Alikas Apotheke seinen Geburtstag. Mit der halben Strippenzieherprominenz der Stadt.

»Aber Herr Kriminalrat, ein Glas von unserem guten georgischen Wein vertragen Sie noch. Sie sind doch ein vitaler junger Mann«, sagte Alika und schenkte nach.

Fockemeyer zog lachend seine neue armenische Flamme an sich. »Ich will gar nicht mehr jung sein. Hatte nix zu sagen und eifrig das Auge auf den Pfad der Tugend gerichtet.«

»Wann soll denn das gewesen sein?«, fragte Rudi Laritzke, ein mit allen Berliner Wassern gewaschener Baulöwe, der seit zehn Jahren sein Geld mit Nichtstun auf dem Schönefelder Flughafen verdiente.

»Da kanntest Du mich noch nicht.«

»Das glaube ich, alter Ganove.«

»Vorsicht, was Du sagst«, Fockemeyer wedelte mit dem Zeigefinger, »ich bin die Polizei.«

»Willst Du uns alle auf der Flucht erschießen?«

Die Geburtstagsgesellschaft lachte dröhnend.

Zwei Tische weiter schimpfte ein Gast auf Russisch mit dem Kellner. Der Bienenstock summte.

»Frag unsere schöne Alika«, Focke legte vertraulich seine Hand auf ihren Arm, »was für eine fürsorgliche Seele der tugendhafte Fockemeyer ist. Wenn es ein ernstes Problem in der Apotheke gibt, ist der Kriminalrat sofort zur Stelle.«

»Darf ich nachher darauf zurückkommen?«, fragte Alika und sah zu dem mit dem Russen verhandelnden Kellner.

»Du hast doch nichts ausgefressen?« Fockemeyer grinste Alika an. »Etwa einen Zechpreller erschlagen? Und jetzt soll der Onkel von der Keithstraße die Leiche entsorgen?« Die armenische Flamme lachte quietschend und hielt ihre weichen Finger vor den Mund.

Der russische Gast fuhr mit der Faust auf die Tischplatte, Gläser klirrten, der Kellner sah zu seiner Chefin.

Alika zog ihren Arm unter Fockemeyers Hand hervor. »Mein Vater wird vermißt, und Ihre Kollegen nehmen das nicht so ernst, wie es ist. Sein Leben ist bedroht, Sie müssen ihn bald finden. Aber jetzt wird erst einmal gefeiert.« Sie winkte einer Kellnerin. »Die Runde geht auf's Haus.«

»Die schöne Alika«, sagte der Russe. Seine goldene Armbanduhr leuchtete. Er hatte Verstärkung mitgebracht, ihm gegenüber saßen zwei weitere Männer, stiernackig und rotgesichtig. Alika hatte alle drei noch nie gesehen.

»Gibt es Schwierigkeiten?«, fragte sie.

»Der will uns keinen Wodka mehr geben.« Der Russe deutete auf Igor.

Alika sah auf die zahlreichen Wodkaflaschen im Spirituosenregal und nickte Igor zu.

»Schmeckt Euch mein Essen denn?«, fragte sie und stellte sich zwischen den Tisch und Fockemeyers Geburtstagstafel.

»Teuer ist es«, sagte der Russe.

»Ihr seid zum ersten Mal hier und meine Gäste.«

Igor, Alikas Chefkoch, brachte eine neue Flasche Wodka und schenkte dem Russen ein. Aus der Küche kamen die fünf kasachischen Spüler und reihten sich hinter dem Tresen auf, die muskulösen Arme vor der breiten Brust verschränkt.

»Ich nehme an, Jurij Iwanow hat Euch geschickt«, sagte Alika und beugte sich vor zu dem Russen. »Sagt ihm, daß mein Angebot nur für Euren ersten Besuch gilt.« Sie schoß ihn mit ihrem schwarzen Blick ab.

»Um Alika würde ich mich auch gerne mal kümmern«, sagte Rudi Laritzke mit gierigem Blick auf ihre Rückfront.

»Übernimm Dich nicht«, sagte Fockemeyer. »Und ich krieg noch Geld wegen der Baugenehmigung für Dein Hochhaus.«

Die armenische Flamme kreischte. »Sie bauen Hochhäuser?«

»Am Ernst-Reuter-Platz, meine Süße, bis zum Himmel.« Er beugte sich über den Tisch. »Kann ich Dir gern mal zeigen.«

Fockemeyer schlug ihm auf die Finger. »Ohne mich krepiert das Ding im zweiten Stock.«

»Hab gehört, Ihr macht Solarfassaden«, sagte Boltz-Kercher, in Spanien gestählter Hoch- und Tiefbauer mit dichtmaschigem Schmieröl-Netzwerk in der Politik.

»Man will ja was für die Umwelt tun«, sagte Rudi.

»Und was machen die Fördergelder?«

»Sprudeln.« Rudi sah ihn an. »Brauchst Du auch welche?«

»Kannst Du Solar empfehlen?«

Rudi winkte ab. »Hohe Kosten, geringer Ertrag. Es sei denn, Du willst der Zielgruppe den Bauch pinseln. Bei ’ner Neubausiedlung hab ich das mal gemacht. Öko, junge Familien. Rechnet sich aber nicht. Veganer Babybrei ist teuer. Locker sitzt das Geld erst, wenn der Sargdeckel in Sicht ist.«

»Was siehst Du mich an?«, fragte Focke. »Ich bin frisch und knackig.«

»Deine Kleine guck ich an, Du eitler Sack.«

»Und wo willst Du hin mit dem Solar?«, fragte Focke.

»Brandenburg«, sagte Boltz-Kercher.

»Echt? Die Sandpiste?«

»Hab da zwei Seen billig gekriegt.«

»Wieder die Sozialisten geschmiert, gib’s ruhig zu.«

»Aber nie.« Boltz-Kercher hob drei Finger zum Schwur.

»Was kosten die Landeier von der Linken jetzt? Sag schon.«

»Vorwärts Genossen«, sagte Rudi und rülpste. Er sollte auf Bier umsteigen. Den Magen schmieren.

»Betriebsgeheimnis«, sagte Boltz-Kercher. »Die billigen Zeiten sind vorbei.«

»Und was machst Du am See?«, fragte Focke. »Luxushotel?«

»Bootshäuser. Vierhundert Stück.«

»Du lieber Himmel.«

»Kauf ich für 'n Appel und 'n Ei in Holland, die Dinger. Null Isolierung, fast keine Vorschriften. Und verscherbele sie als individuelle Ferienhäuser.«

»Bootshäuser, tzzzz«, sagte Rudi und rieb sich den Bauch.

»Sind eigentlich ja bloß Bretterbuden mit Frischwasservorbeifluß. Aber Ihr glaubt nicht, was die Neuberliner dafür bezahlen. Hab eine Werbekampagne gestartet. War richtig teuer, aber genial. Freiheit, Frieden, Glückskekse. So ein Yogading. Märkische Einöde als meditative Erfüllung. Kopfstand auf dem eigenen Bootssteg.«

Focke lachte. »Die sind sooo blöd.«

»Haben meistens nicht mal ein Boot. Und anfangs dachte ich, die Buden müßten alle unterschiedlich aussehen.«

»Müssen sie nicht?«

»Aber nein, im Gegenteil. In Terrorzeiten wollen die Leute Sicherheit und sich verstecken.«

»In Brandenburg. Im Bootshaus.« Focke schüttelte den Kopf.

»Wenn ein Moslem mit der Machete kommt, soll er verwirrt vor lauter geklonten Bretterbuden stehen. Verringert die Wahrscheinlichkeit, ins Paradies gesäbelt zu werden.«

»Und wenn er doch kommt, springst Du einfach ins Wasser.« Focke lachte. »Offener Fluchtweg.«

Der Russe nahm sein Glas und kippte den Wodka in den Rachen. Hustete und spuckte aus. »Was ist das?«, schrie er.

»Spülwasser«, sagte Igor, Alikas Chefkoch, ruhig. »Gut genug für russische Schmarotzer.«

Der Russe sprang auf, sein Stuhl stürzte um. Die kasachischen Spüler hinter dem Tresen erhoben die Köpfe, die anderen Gäste unterbrachen ihre Gespräche. Der Russe griff die Wodkaflasche am Hals und musterte die Umgebung. Den finster dreinblickenden Igor, die fünf Spüler, Alika, ihre Bilder an den Wänden. Er fand ein besonders großes, hob langsam den Arm und zerschmetterte die Flasche an dem Gemälde.

Fockemeyers armenische Flamme kreischte.

»Das wäre dann Sachbeschädigung«, sagte der Kriminalrat. »Was für ein Glück für Sie, daß ich nicht im Dienst bin, sondern nur meinen Geburtstag feiere.«

Seine Gäste lachten verkrampft, der Russe fixierte ihn.

»Wenn Sie Alika den Schaden ersetzen, wollen wir den Vorfall gern vergessen. Jeder hat mal einen schlechten Tag. Nicht wahr, Alika?«

Die zwei russischen Begleiter standen auf und hoben dabei den Tisch an. Gläser rutschten und zerbrachen klirrend am Boden. In die Reihe der fünf Spüler kam Bewegung. Zwei sprangen synchron über den Tresen, drei nahmen den Landweg, gemeinsam stürzten sie sich auf die Begleiter.

Der Russe nahm einen Stuhl und zerschlug ihn auf dem Tisch. Mit einem zersplitterten Stuhlbein in der Hand ging er auf Fockemeyer zu. Die anderen Gäste sprangen auf. »Willst Du eine aufs Maul, Polizist?«, fragte der Russe.

»Aber, aber«, sagte Fockemeyer, »Sie wollen doch nicht wirklich Ärger? Schon wegen der Aufenthaltsgenehmigung.«

Der Russe warf das Stuhlbein weg und lachte. Stieß Fockemeyer vor die Brust, der rückwärts fiel. Seine armenische Flamme kreischte wieder, griff ihre pinkfarbene Handtasche, ihr blaues Pelzjäckchen und flüchtete aus der Apotheke.

»Die biste los«, sagte der Russe. »Nimm Dir ’ne Russin, sind mehr gewöhnt.« Er lachte dröhnend.

»Ich rufe jetzt die Polizei«, sagte Boltz-Kercher und wischte hektisch über das Display seines Smartphones.

Der Russe schlug es ihm aus der Hand, hob den in Spanien gestählten Baulöwen hoch und warf ihn zur Tür hinaus. Von draußen stürmte seine wartende russische Verstärkung die Apotheke. Alika flüchtete hinter den Tresen. Die fünf Spüler warfen sich mit kasachischem Kampfgeheul der Übermacht entgegen.

Der Russe kehrte zur Geburtstagstafel zurück, beugte sich über den am Boden liegenden Fockemeyer und zog ihn am Hemdkragen hoch. Focke baumelte an seiner Hand wie eine klapprige Marionette.

»Na«, sagte er, »was macht Aufenthaltsgenehmigung, Polizist?«

Alikas Chefkoch Igor umfaßte von hinten den Hals des Russen und drückte zu. »Igor«, schrie Alika, »nicht!«

Igor öffnete seinen Würgegriff, der Russe ließ Focke auf den Tisch fallen, Igor griff ein herumliegendes Stuhlbein und zog es dem Russen über den Schädel.

Die Kasachen verloren an der Apothekentür zusehends an Boden. Männer brüllten, Tische zerbrachen, Stühle fielen übereinander. Die Horde kam der Geburtstagstafel, auf der Focke lag, immer näher. Hinter ihnen bot die offenstehende Tür einen Fluchtweg.

Fockemeyers Geburtstagsgäste rafften ihre Handys, Taschen und Jacken. Stiegen über Stühle, Tische und Bänke, stolperten über zerschlagene Flaschen und Gläser, rutschten über verstreutes Essen, schlitterten durch Wein- und Ölpfützen. Alle in eine Richtung, ab durch die Mitte und die Apothekentür.

Focke robbte sich auf seinem Geburtstagstisch, vorsichtig Gläser und Flaschen zur Seite schiebend, aus vorderster Kampflinie. Vor der Dessertplatte scheiterte er, zu viel Pudding. Er richtete sich auf und sah in ein kasachisches wütendes Gesicht. Aber wir sind doch auf der gleichen Seite, dachte er, als ihn eine Faust am Auge traf. Wie ein nasser Sack plumpste er auf den Boden.

Als er wieder zu sich kam, sah er Füße und Beine, Scherben und Chaos. Hörte Gebrüll und klatschende Schläge. Er robbte wieder. Jemand trat auf seine Hand, es knirschte darin, er jaulte. Ich will nach Hause. Die Toiletten, hinten waren die Toiletten. Und der Notausgang. Er kroch wie ein Käfer, sah immer weniger, sein kasachisch getroffenes Auge schwoll zu.

Er hatte die rettende Tür fast erreicht, als ihn jemand an der Schulter packte und umdrehte. Es ist mein Geburtstag. Ich hab genug. Focke hob die Hände vors Gesicht und linste mit seinem verbliebenen Auge durch die Finger. Ein Russe. Die Aufenthaltsgenehmigung. Wenigstens der richtige Gegner.

»Wo willste hin, Polizei?«, fragte der und holte aus. »Sind noch nicht fertig mit Termin.« Er versetzte ihm einen krachenden Kinnhaken. Fockemeyer knallte gegen eine Tür, die Klinke erwischte seinen Nasenrücken, der Kriminalrat sank auf die Schwelle zu Alikas Pissoir und in die Bewußtlosigkeit. Super Geburtstag, war das letzte, was er dachte.

II

Hauptkommissar Oskar Blum wich Terminen mit seinem Chef Kriminalrat Fockemeyer so lange aus wie möglich. Doch dieses Mal hatte die Sekretärin ihn und seine junge Kollegin Tanja Wehland persönlich abgeholt und versprochen, es erwarte sie eine Überraschung. Was bei Focke nichts Gutes verhieß.

Oskar Blum war gebürtiger Neuköllner. Die rauhe Herkunft hatte ihm einen gelassenen Umgang mit Niederlagen und kompakte Unerschütterlichkeit mit auf den Weg gegeben. Beides war ihm auf seinem hindernisreichen Weg zu den Berliner Mordermittlern in die Keithstraße nützlich gewesen.

Wenn etwas aus dem Ruder lief, griff er zu, war sich für nichts zu schade, hängte niemanden hin, besuchte kranke Kollegen und alte im Ruhestand. Niemals murrte er über Dienstpläne, war im Einsatz ein verläßlicher Partner, gedachte der Geburts- und Ehrentage, lud zu Currywürsten ein, teilte Stullen und Thermoskannen. Solange man Humor hatte und nichts Ungesetzliches tat, auf beiden Seiten der Kriposchranke, war Oskar Blum ein echter Kumpel.

Er hatte sein gesamtes Leben in Berlin verbracht und wollte, daß das auch so blieb. Sich immer wieder neu in seiner sich ununterbrochen verändernden Heimatstadt zurechtzufinden, fand er aufregend genug. Und bis er dereinst die Familiengrabstelle auf dem Friedhof in der Hermannstraße beziehen würde, gab es innerhalb der Stadtgrenzen noch viel zu entdecken, er mußte die Bürgersteige von New York nicht unter seine Sohlen nehmen und brauchte keine Uckermark.

Nach Tanjas Klopfen warteten sie wie üblich lange auf Kriminalrat Fockemeyers Antwort. Oskar stieß endlich die Tür auf und sah die von der Sekretärin angekündigte Überraschung. Ein tiefblau blühendes Veilchen schmückte Fockes linkes Auge. Auf der Nase prangte ein großes Pflaster, die linke Hand war geschient, die aufgeplatzte Oberlippe monströs geschwollen. Kriminalrat Fockemeyer schien sich auf einem Neuköllner Spielplatz geprügelt zu haben. Und im Gegensatz zu Oskar wußte er offensichtlich nicht, wie man dem Kampf mit einem deutlich überlegenen Gegner auswich.

»Ich weiß, wie ich aussehe. Kein Wort, sonst landen Sie beide im Archiv.«

»Geht nicht«, sagte Oskar und plumpste auf den Stuhl, »da sitzt schon der Kollege Hagedorn.«

Jakob Hagedorn war Oskar Blums Freund, und er war seine Achillesferse. Der struppige Neuköllner Bodenbrüter hatte den Paradiesvogel, der in die Keithstraße flatterte wie ein Wesen von einem anderen Stern, vom ersten Tag an geliebt. Jakob wußte nicht gleich alles besser, hatte keine vorgestanzten Lösungen parat, sondern fragte nach und wartete ab. Kriminalhauptkommissar Hagedorn war lang wie eine Bohnenstange, trug eine verträumte altmodische Brille, und er hatte studiert.

Sah mit seinem gründelnden Blick in die Menschen hinein und knöpfte sie auf. Dachte viel und redete wenig. Stieg durch den Wald oder die Straßen der Stadt, vergaß dabei in strömendem Regen seinen Mantel, regelmäßig sein Handy, grundsätzlich den Dienstausweis und leider auch die Geburtstage der Kollegen. Er war anders und allein das war eine Provokation für jeden mittelmäßigen Beamten. Seine Augen waren zu warm und unverschämt, sein Gang zu entspannt, sein Schlag bei Frauen unheimlich, und er war zu erfolgreich als Kriminaler.

Manchmal stöhnte Oskar innerlich, wenn Jakob mal wieder eine Frau ansah, als sei sie die Wiedergeburt der Jungfrau Maria oder mit einem Verdächtigen redete, als sei der sein einziger Bruder. Jakobs Ich-Welt-Grenze hatte ein riesengroßes Loch. Er war den Menschen nah, kannte keine Distanz, und durch das Grenzloch polterten ungefragt Ganoven, jede Menge Mordopfer, einige Täter, eine hübsche Ladung knackiger Frauen und ab und an ein Brandenburger Wolf.

Auf einem Neuköllner Spielplatz hätte der wehrlose Jakob hoffnungslos den Kürzeren gezogen. Aber vielleicht hätten sich auch alle tätowierten Brüllaffen um ihn versammelt, wären lammfromm auf den Boden gesunken und hätten ihm, dem großen Mann, der sich zu ihnen hinunterbeugte und sie verstand, ihre wilden Leben erzählt.

Es war egal, ob Oskar Blum, der Neuköllner Currywurstverdrücker, verstand, was Jakob umtrieb, warum er sich immer wieder in andere Seelen vertiefen mußte und dadurch kein Fettnäpfchen ausließ. Er liebte diesen lattenlangen Träumer, und er war vom ersten Aufeinandertreffen bis zum Familiengrab sein bester Freund.

Die Kollegen dagegen erkannten in Jakob den Anderen, empfanden ihn als Bedrohung ihrer seit dem Mittelalter bewährten Ermittlungsmethoden, rückten gegen den Fremdling zusammen und warteten auf einen Fehler.

Als Jakob schließlich beim Einsatz in einer Weddinger Oberschule erst die geladene Dienstwaffe einem Geiselnehmer überließ und dann in seinen ersten epileptischen Anfall stürzte, stießen sie den Kranken und Verunsicherten in den Abgrund. Erst wurde er suspendiert, dann vor Gericht wegen Unterschlagung von Beweismaterial angeklagt. Kriminalrat Fockemeyer war dabei die treibende Kraft im Hintergrund gewesen.

Als Jakob freigesprochen wurde und zurückkehrte, immer noch zu groß, zu intelligent, mit denselben gründelnden Augen und jetzt auch noch ein Fallsüchtiger, verbannte Focke ihn in den Keller, zu den archivierten Akten, weit weg von den Kollegen und der eigentlichen Arbeit.

Tanja saß vor dem Schreibtisch des Kriminalrats und bemühte sich, angesichts der Fratze, zu der russische Fäuste Fockes Gesicht gemacht hatten, ernst zu bleiben.

»Ich habe einen Fall für Sie«, sagte der Kriminalrat. »Mit Priorität. Woran arbeiten Sie zur Zeit eigentlich?«

»Wieder am Weihnachtsfall«, sagte Tanja.

»Sehr gut, offene Fälle verderben die Statistik. Habe ich gar nicht verstanden, warum das damals so schwer war. Ist schließlich am Fest der Liebe ein überschaubarer Täterkreis.«

»Kollege Hagedorn fand einen neuen Aspekt«, sagte Oskar.

Focke lief rot an. »Der ist in der Wiedereingliederung. Was mischt der sich in den operativen Betrieb ein?«

»Hat er ja nicht, der Fall lag im Archiv.«

»Es war das Lametta«, sagte Tanja. »Niemand hat es vermißt.«

»Das was?« Das blaue Auge und die dicke Oberlippe ließen Focke nicht intelligenter aussehen.

»Der Flitterkram am Weihnachtsbaum«, sagte Oskar.

»Den benutzt doch kein Mensch mehr.«

»Die Tegeler schon.«

»Zum Ersticken«, sagte Tanja. »Deshalb hat es ja am Weihnachtsbaum gefehlt.«

»Sie konnten es nicht mehr aufhängen«, sagte Oskar.

»Nachdem sie Oma damit umgebracht hatten.«

»Mit Lametta?«, fragte Focke.

»Sie haben ihr den Mund damit vollgestopft, sie hat es in Panik eingeatmet und ist daran erstickt.«

»Nicht zu fassen.«

»Wir haben auf Hagedorns Rat hin Dr. Cumloosen gebeten, nachzuobduzieren. Tief in der Lunge fand er was.«

»Und die Kollegen haben ein Kissen gesucht«, sagte Focke.

»Hat allen das Weihnachtsfest versaut, das unauffindbare Ding«, sagte Oskar.

»Ich erinnere mich, so viele Überstunden, sah nicht gut aus.« Focke schüttelte den Kopf. »Auch noch für einen ungelösten Fall.«

»Hagedorn hat ihn gelöst«, sagte Tanja.

»Es war der Sohn«, sagte Oskar. »Aber wir brauchen noch das Geständnis.«

»Warum?«

»Hagedorn hat nur das Opfer als Geist gesehen. Und den Sohn, wie er das Lametta aus ihrem Mund geholt hat. Und dann unter's Bett damit.«

»Geister?« Fockes Stimme kippte. »Geht das wieder los?«

Es waren nicht nur Jakobs gründelnde Augen, seine Streifzüge durch die Stadt und nicht nur die Epilepsie. Jakob Hagedorns Ich-Welt-Grenze überstiegen auch regelmäßig die Geister Ermordeter. Ob das was mit seinem in Unordnung geratenen Gehirn oder seinen zappelnden Gliedern zu tun hatte, wußte Oskar nicht. Angefangen hatte es jedenfalls mit den Geistern, die Epilepsie kam hinterher.

»Das Lametta war unter dem Bett«, sagte Tanja ruhig, »genau wie Hagedorn gesagt hat.«

»Auf der Staubsaugertüte sind nur Sohnemanns Fingerabdrükke«, sagte Oskar.

»Aber er hat noch nicht gestanden«, sagte Tanja.

»Wenn wir vielleicht Hagedorn dazu ...«

»Auf gar keinen Fall«, brüllte Focke. »Der bleibt im Keller.«

Oskar lehnte sich zurück und verschränkte die Arme. »Dann kann das natürlich dauern. Sie wissen ja, ich bin nicht so der Interviewprofi.«

»Befragt ihn eben Frau Wehland.«

»Schwierig«, sagte Tanja. »Der Sohn mag mich nicht.«

»Sie kann nicht berlinern«, sagte Oskar. »Tegel, das ist das Problem.«

Sie schwiegen. Fockes Kiefer mahlten.

»Nach zwanzig Uhr. Verhörraum. Hagedorn über die Feuertreppe. Zwei Stunden, mehr nicht.«

Tanja nickte. »Das reicht ihm. Sie wissen ja, wie er ist.«

»Und dann der andere Fall«, sagte Focke schmal.

Oskar nickte. »Der mit der Priorität.«

»Ein Georgier ist verschwunden.«

»Und was geht das die Mordkommission an?«, fragte Oskar und studierte das blaue Auge.

»Oder ist er schon tot?«, fragte Tanja.

»Sie wissen ja, wie die Kollegen von der Vermißtenstelle sind. Alle Nase lang verschwindet wer im Orkus, die machen erst mal keinen Finger krumm. Aber Guram Geladse ist ein bekannter georgischer Politiker und Volksheld, der mächtige Feinde hat. Außerdem ist er Vater der angesagtesten Wirtin der Stadt. Bei Alika taucht jeder auf, der wichtig ist.«

»Ober- oder Unterwelt?«, fragte Oskar.

»Die Grenzen fließen«, sagte Tanja.

»Die halbe Polizeiführung, die leitende Staatsanwaltschaft und alle wichtigen Richter lassen sich von ihr bekochen. Wenn ihrem Vater etwas zustößt, und wir haben es nicht verhindert, schlägt das auf uns zurück«, sagte Focke.

»Uns?«, fragte Oskar.

»Die gesamte Kripo. Es geht um internationale Politik und Organisierte Kriminalität. Ich mag keine schlechte Presse. Außerdem lasse ich mich nicht gern von der Russenmafia vorführen.«

»Gibts da nicht irgendwo zuständigere Kollegen?«

»Für so jemanden kann man schon mal die besten Mordermittler der Stadt beschäftigen. Wenn er nicht ohnehin längst tot ist. Dann wird es sowieso unser Fall. Aber es braucht Fingerspitzengefühl. Lauter lauernde Fettnäpfchen. Und Alika ist eine phantastische Frau. Künstlerin eigentlich.«

Oskar verschränkte die Arme hinter dem Kopf. »Also mit den Fingerspitzen tu ich mich schwer als Neuköllner. Falsche Sozialisation, das holt man nie wieder auf.«

»Sie haben doch die Kollegin Wehland.«

Tanja kratzte sich am Kopf. »Ich bin ja aus Westdeutschland. Kunst kann ich eher nicht. Ein Schirmständer ist für mich ein Schirmständer, auch wenn er in der Galerie steht.«

»Die Bilder von Alika verstehen sogar Sie. Zumindest an der Oberfläche. Georgische Landschaft, Religion, Kultur. Alles abstrakt natürlich.«

»Die Kollegin kommt aus der Landwirtschaft«, sagte Oskar.

»Verdammt, was können Sie überhaupt?« An Fockes Hals schwoll eine Ader. »Und das sollen meine besten Beamten sein?«

»Der Hagedorn, der hat ja studiert«, sagte Oskar.

»Nein«, brüllte Focke.

»Wie der die Leute mit seiner gebildeten Klappe um den Finger wickelt, das habe ich immer bewundert.«

»Der findet jeden«, sagte Tanja.

»Und sei es als Geist.«

»Und mit Frauen kann er, das muß man ihm lassen.«

Hinter den Bahnhof Zoo kam nie die Sonne. Sie hatten trotzdem einen Sonnenschirm aufgestellt. In seinen Jugendtagen war er einmal optimistisch rot gewesen, arthritische Reste seiner Troddeln wehten, wenn ein vorbeifahrender ICE sie anpustete.

Nicht, daß Hannas Gäste davon etwas mitbekommen hätten. Wind, Regen, Schnee und Hitze drangen nicht mehr in ihre breitgespritzten Hirne und zu ihren in Alkohol ertrinkenden Leberlappen. Aber wo sie Hilfe bekamen, das wußten sie.

Hanna liebte ihren Beruf. Nie war sie sinnvoller Ärztin gewesen als hier. Offiziell hatte man sie, deren Approbation während eines Gerichtsverfahrens ruhte, als Putzfrau und Fahrerin eines ehemaligen Pferdetransporters eingestellt, in dessen Innerem sie als Ärztin arbeitete.

Vor zehn Jahren hatte ein Sozialarbeiter nach dem fünften Alkoholentzug mit diesem Transporter sein Leben auf den Kopf gestellt. Er las die Ankündigung einer Zwangsversteigerung, stutzte über das Sammelsurium an Ungewöhnlichkeiten, ging hin, um der trockenen Unruhe etwas Abwechslung entgegenzusetzen und wurde für dreitausendachthundertfünfundsiebzig Euro Eigentümer eines rostigen Pferdetransporters, ohne jemals geritten zu sein. Er fegte Äppel, Stroh und Hafer hinaus, baute ihn um zur Seelsorgestation für im Drogensand Gestrandete und stellte ihn hinter dem Bahnhof Zoo auf.

Eines Tages stieg eine frühverrentete Hebamme in seine Pferdekutsche und sagte, sie spränge aus dem Fenster, wenn sie nicht sofort etwas Sinnvolles zu tun bekäme. Das ist hier Erdgeschoß, sagte der trockene Sozialarbeiter, und entbunden wird auch nicht.

Trotzdem war die Hebamme die postsozialistische Seele des Ladens geworden. Niemand im Schatten des Zoos war vor ihren rauhbeinigen Kommentaren sicher. Unter der Kundschaft erwarb sie sich alsbald den respektvollen Spitznamen Genossin. Sie versorgte Wunden. Desinfizierte, flickte, und verband, was das Zeug hielt. Den ausströmenden Gerüchen begegnete sie mit einer Kippe im Mundwinkel. Manchmal fiel Asche auf Verbandszeug und Wundränder, die sie mit rauchigem Atem wegblies.

Alles lief rund, bis das Ordnungsamt die Pferdekutsche entdeckte. Möglicherweise hätten die Obdachlosen sich nicht immer wieder im Flur des Hauses auf der gegenüberliegenden Straßenseite erleichtern dürfen.

Das Amt störte sich am Dauerparkplatz des Transporters. Der Sozialarbeiter fuhr ihn also täglich einsfuffzig nach vorn und einsfuffzig nach hinten. Dann forderte das Gesundheitsamt einen beaufsichtigenden Arzt.

Der Sozialarbeiter hielt es für ausgeschlossen, einen zu finden, der ohne Lohn bei ihm arbeiten würde. Aber die Genossin aktivierte alte Kontakte und bald stand ein Urologe vor ihnen. Nicht ganz die passende Fachrichtung, aber wenigstens dramatische Anblicke gewohnt.

Die Genossin und der Sozialarbeiter fragten sich, warum ein so gut angezogener Endfünfziger an ihrem Schattendasein teilhaben wollte, bis sie ihm bei der Arbeit zusahen. Ihn hatte eine Parkinsonerkrankung zum Frührentner gemacht, ihm aber nicht die Approbation genommen. Also zielte er ab sofort auf Patienten hinter dem Bahnhof Zoo. Und mußte es mal schnell gehen, half die Genossin.

So richteten die Drei sich ein. Der Sozialarbeiter fuhr vor und zurück, flickte Seelen und kämmte die alten Sonnenschirmtroddeln, die Genossin jagte Tetanusspritzen in obdachlose Hinterteile und der Urologe zappelte an den Patienten vorbei.

Vielleicht war es zu idyllisch für den Sozialarbeiter. Vielleicht mußte er plötzlich zu wenig kämpfen. Vielleicht gab es auch zu viele Sonnenflecken. Er blieb nicht trocken. Schlief immer öfter am Lenkrad ein, bis er eines Morgens sturzbetrunken zwischen eins und fuffzig vom Ordnungsamt erwischt wurde. Er verlor Führerschein und Halt, trank sich aus der Wohnung und verschwand im alkoholischen Orkus.

Die Genossin und der zitternde Urologe übernahmen den Transporter, hatten aber nicht den vom Amt geforderten LKW-Führerschein für die täglichen drei Meter. Die zwei Frührentner fürchteten um ihren zwar unbezahlten aber Seelenfrieden stiftenden Arbeitsplatz und hängten Zettelchen im Bahnhof Zoo aus.

Einen dieser schiefen Zettel – der Urologe hatte darauf bestanden, sie anzukleben – sah die während ihres Gerichtsverfahrens beschäftigungslose Hanna und dankte mal wieder ihrer alten Mitbewohnerin Grete, die ihr zum achtzehnten Geburtstag Fahrstunden für Motorrad und LKW geschenkt hatte, falls die schlechten Zeiten zurückkämen und sie würden fliehen müssen.

Über die Frage, ob in Kriegszeiten irgendwer nach Führerscheinen fragte, hatten sie ausgiebig gestritten. Grete hatte das eigene Erlebnis des Zweiten Weltkriegs in die Waagschale geworfen, auf der anderen Seite kämpfte eine neunmalkluge Nachgeborene. Hanna nahm die Stunden. Und kam so, über zwanzig Jahre später, mit Führerschein für alle Lebenslagen in die Pferdekutsche ohne Sonne.

Dr. med. Johanna von Bredow wuchs in einer Altbauwohnung am Rüdesheimer Platz auf. Sie flitzte durch zahllose Zimmer, schlitterte über langgestreckte Dielen und hüpfte unter großen Fenstern, durch die das Sonnenlicht blinzelte. Als Nesthäkchen wurde sie umschwirrt und geherzt von fünf älteren Schwestern, erzogen von der Mutter Tilla, einer Biologieprofessorin an der

FU, und behütet von Grete, Kreuzberger Lehrerin und seit ewigen Zeiten engste Freundin Tillas.

Die kleine Hanna war das blubbernde Herz dieser Familie, ihre mit Liebe gefüllte Brutkugel. Sie war glücklich, wenn es allen gut ging, krabbelte auf einen der sich bietenden Schöße und rollte sich ein. Und ihre Liebe machte nicht an der Wohnungstür halt. Hanna brachte in die familiäre Weiberwelt angeschlagene Wesen, die sie glaubte erretten zu müssen. Ein auf der Straße aufgelesener einsamer Turnschuh, ein aus dem Mülleimer geklaubter Wanderstock, ein vom Sperrmüll eingesammelter alter Koffer mit Aufklebern aus aller Herren Länder. Eine humpelnde Streifenmaus mit nur einem Hinterbein, eine Siebenpunkt-Marienkäferkolonie, der beim Überqueren des Bürgersteigs die Ausrottung drohte. Versuchte eine der Schwestern, die kleine Hanna vor Überbelegung der Wohnung zu warnen, schob das Nesthäkchen die Unterlippe vor, zog die Augenbrauen zusammen und ballte die Fäuste.

Denn Hanna war nicht nur mifühlend, sondern auch zornig. Mied geöffnete Türen und rammte mit Wucht die nächstbeste Wand, bis Tilla, Grete und die fünf älteren Schwestern lachend die Hände hoben. Hanna baute unter den fernen Stuckdecken Terrarien, Höhlen und Nester, sammelte Löwenzahn, fütterte Samen und Nüsse und entließ tränenüberströmt in Freiheit.

Der gesamte Stolz der weitverstreuten Bredows lag, nachdem der Krieg von Gütern und Landbesitz nichts übriggelassen hatte, in der Intelligenz und beachtlichen Körpergröße ihrer Frauen. Als auch Hanna zu einer dunklen und grazilen Schönheit von nahezu einem Meter neunzig herangewachsen war, mit knapp achtzehn ein einsnuller Abitur hinlegte, wollte sie, die Helfende und Mitfühlende, Medizin studieren. Die mütterliche Freundin Grete, als Kriegskind an Stabsärzten geschult, fand das die Schnapsidee des Jahrzehnts. Aber es war sinnlos, Hanna brach durch die Wand.

Das Medizinstudium hatte Hanna eingesponnen in ein immer undurchdringlicheres Netz aus Diagnosen, Verfahren und Hierarchien. Als sie schließlich am Patienten landete, um endlich anwenden zu können, was sie gelernt hatte, war ihre Brust eng und sie atmete flach. Aber sie bat sich selbst um Geduld, glaubte, hinter der letzten Prüfung werde sich schon jenes Berufsleben verbergen, das sie erhofft hatte.

Hanna kam als junge Assistenzärztin an ein Krankenhaus. Ihr Chef, Professor Magahn, war in allem ihr genaues Gegenteil. Von der gedrungenen Statur eines kleinwüchsigen Stieres, ohne Hals, und mit rotem, zu einer Bürste rasiertem Haar um eine immer weiter ausufernde, rosig glänzende Glatze.

Magahn hatte sich durch das Medizinstudium gequält, um aus der Enge seiner Herkunft aufzusteigen an das für ihn höchstmögliche Ende der gesellschaftlichen Hierarchie. Er war Chirurg geworden, um über Leben oder Tod zu entscheiden. Ein kleiner Gott mit stoppeligem rotem Haar.

Die unter Frauen aufgewachsene Hanna, angerührt von einer auf dem Bürgersteig bedrohten Marienkäferkolonie, verstand ihren Beruf als Berufung und war am Ende ihrer Ausbildung, nach Jahren des Lernens und Wartens auf einen machtversessenen, cholerischen und rachsüchtigen Kobold getroffen.

Professor Magahn war erfahren in jeder Intrigenvariante, bewandert in jedem hinterhältigen Schachzug, kannte jedes stinkende Winkelchen des Systems, jede faulende Leiche im Keller der wichtigen Menschen der Stadt. Der Chefarzt war eine unausweichliche Größe in der Berliner Ärzteschaft, er war Hannas Alptraum, ihre personifizierte berufliche Sackgasse, und er hatte ein Problem mit Frauen.

Hanna stand es ins Gesicht geschrieben, weshalb sie Ärztin geworden war. Magahn hatte schon viele junge Frauen mit warmherzigen Motiven an seinem OP-Tisch stehen gehabt, und er hatte sie alle zerstört. Aber Hannas Körpergröße, ihr adliger Name und ihre Attraktivität waren eine besondere Herausforderung für den kurzbeinigen Stier. Professor Dr. Magahn mußte zu seiner Assistenzärztin aufsehen, das konnte nicht gut gehen.

Hanna erkannte das Problem sofort, versteckte, was sie von diesem Chef hielt und zügelte ihren Zorn. Sie senkte den Kopf, war ausgesucht höflich, ertrug Magahns Angriffe, erfüllte klaglos seine sie abstrafenden Dienstpläne, erlitt seine Anzüglichkeiten, wich seinen Intrigen aus, duckte sich unter seinen Schlägen und verlor niemals die Kontrolle.

Magahn war eine überzeugt cholerische Natur, und er erwartete Unterwerfung. Das Brüllen war seine Profession, die Niedertracht sein Alltag, der Ausbruch seine Methode. Er herrschte durch Schrecken, verbreitete durch willkürliche Entscheidungen Angst und führte, indem er fallen ließ. Je öfter Hanna ruhig blieb, je mehr sie den Kopf hob in ihrer lichten Höhe, desto giftiger sprühte Magahn unter ihr Funken.

Er verweigerte ihr die für die Facharztprüfung erforderlichen Operationen, schob sie viel zu oft in Nachtdienste, ließ sie jedes Wochenende arbeiten, und als sie ihn trotzdem, sichtbar schmaler und blasser werdend, nicht um Gnade bat, geschweige denn ihre Fassung verlor, versetzte er sie auf die Innere II.

Die Station war reserviert für mißliebige Kollegen, die sich mit absurden medizinischen Handlungen an hoffnungslosen internistischen Fällen abarbeiteten. Heraus führte für Patienten der Weg nur in Pflegeheime oder auf Friedhöfe, für die sie betreuenden Ärzte in ein Burnout.

Und dann rollte ein Pfleger der schönen, großen, hilfsbereiten Gräfin, die vor Müdigkeit inzwischen nicht einmal mehr schlafen konnte, die 94jährige Hermine Neuhaus auf die Station.

Man hatte hinter ihrer anhaltenden Darmblutung einen Tumor entdeckt, vermutete seine Bösartigkeit, fand eine OP zu riskant für die Hochbetagte und fragte die Patientin, was sie wollte. Hermine verwies auf ihre Patientenverfügung, fand, sie hätte lange genug auf dieser Erde ausgeharrt und wählte den Tod durch Verbluten. Sie wurde ein Fall für die Innere II. Hanna räumte dem Findling ein Zimmer frei, dimmte das Licht und hielt ihre Hand.

Aber Hermine blutete nur langsam aus und Hannas Schicht endete. Sie saß noch eine Weile an ihrer Seite, bis Hannas Nachfolger die Kollegin gereizt nach Hause schickte. Der war ein aufmerksamer Lehrling Magahns, entschied, die Alte wisse nicht, was für sie das Beste sei, schnallte die protestierende Hermine fest, spritzte ihr den letzten Widerstandsgeist aus dem Leib und schaffte sie in einen Operationssaal.

Als Hanna zu ihrem nächsten Dienst im Krankenhaus erschien, schob ein Pfleger Hermines Bett zurück auf die Station. Sie hatten den Tumor entfernt, die Blutung war gestoppt, aber Hermine durch die Operation im Koma gelandet. Sie hatten den eindeutig ausgesprochenen Sterbewunsch der Patientin mißachtet. Sie hatten sie geschunden und gequält. Und sie hatten ihr, für die nächsten Monate oder gar Jahre in tiefer Bewußtlosigkeit, eine Magensonde gelegt.

Da verlor Hanna die Kontrolle. All die angestaute Wut über das, was sie seit Jahren half, Menschen in Not anzutun, brach sich Bahn. Sie schrie und schlug um sich. Warf Infusionslösungen an Wände, schleuderte Stühle den Flur hinunter. Trat gegen Spritzenkartons, zerschlug einen Mülleimer auf dem Tisch, zog der ins Leben zurückgezwungenen Hermine die Magensonde aus der Bauchdecke, schob sie in ein Zimmer, schloß von außen die Tür ab, stieg über die Spuren der Verwüstung in das Schwesternzimmer, öffnete ein Fenster, warf den Schlüssel zu Hermines Zimmer weit hinaus und atmete tief die eiskalte Berliner Winterluft ein.

Das war, worauf Professor Magahn gewartet hatte.

Als Hanna mit der Kripo das Krankenhaus verlassen hatte, inspizierte er die Station und grunzte vor Zufriedenheit. Er sah seine uneingeschränkte Herrschaft wiederhergestellt. Er aktivierte seine Kontakte, sorgte dafür, daß Hannas Approbation ruhte und man sie anklagte, lehnte sich zurück und freute sich darauf, dem

Untergang der großen, adligen und stolzen Frau zusehen zu können.

Hanna stand im Pferdetransporter hinter dem Bahnhof Zoo und fixierte einen fiesen grünen Glassplitter, der in einem rabenschwarzen Großzehenballen steckte. »Das kann jetzt ein bißchen wehtun«, sagte sie.

Der Mann zum Zeh lachte. »Fußpflege von 'ner Gräfin, ich bin noch nich' am Ende.«

Hanna sah ihn an und legte die Stirn in Falten. »Wenn Sie nicht mit dem Fusel aufhören, ist Ihre Leber am Ende.« Sie wies auf seine Zehen. »Und wenn ich den zweiten Zeh auch noch amputieren muß, können Sie auf dem Bein nicht mehr stehen.«

Er hob die Hand zum Schwur. »Ich würde ja. Wenn nur die Weltlage nicht so deprimierend wäre.«

Hanna lachte und desinfizierte die Wunde, so gut es ging. Die Jodtinktur war schon wieder alle. Solange der Sozialarbeiter noch nicht verschollen war, trudelten hin und wieder Spenden ein. Inzwischen aber saßen sie weitgehend auf dem Trockenen. Die Genossin stibitzte in ihrer alten Poliklinik Verbandsmaterial, der Urologe brachte abgelaufene Medikamente von einer befreundeten Apothekerin mit. Aber es war nie genug.

»Das ist die netteste Ausrede des Tages«, sagte Hanna und sah auf den verdreckten Fuß. »Dafür schenke ich Ihnen ein Paar neue Socken.« Sie zog einen Karton unter dem Sitz hervor und hielt schwarze hoch. »Vierundvierzig?«

»Aber junge Frau, sehe ich aus, als würde ich Trauer tragen?«

Hanna sah auf den löchrigen Haufen neben sich, der eben noch notdürftig die Füße des Mannes bedeckt hatte. »Die sind auch traurig.«

»Na gut, Gräfin, weil Sie es sind.«

Sie zog vorsichtig den Socken über das Pflaster. »Wenn Sie morgen zur Kontrolle wiederkommen, schenke ich Ihnen ein rotes Paar zum Wechseln.«

Er stand ächzend auf. »Sie sind ’n Engel, Frau Doktor. Ich würd Sie jetzt gern küssen.«

»Halt die Klappe, Fittich«, sagte die Hebamme. »Nimm Deinen Beutel und verschwinde.«

»Seh’n Se, so gehen and’re Frauen mit mir um.«

Hanna lachte.

»Keen Mitleid mit den Runtergekommenen dieser Erde.«

»Fang bloß nicht wieder mit Deinen sozialistischen Kampfliedern an.« Die Hebamme guckte streng.

Fittich versuchte, die Hacken zusammenzuschlagen, geriet ins Taumeln, Hanna hielt ihn fest. »Jawoll, Frau Genossin.« Er beugte sich zu Hanna hinunter, sein Atem schlug ihr entgegen. Aldiwein und Karies. »Sie müssen nämlich wissen, wir waren mal Kollegen.«

»Vergiß nicht zu erzählen«, sagte die Hebamme, »daß Du in der Partei warst.«

Er winkte ab. »Die große Linie zählt.«

Die Hebamme schob ihn zur Tür, er schaukelte die Stufen zur Straße hinunter. Unter seinen hochgekrempelten Hosenbeinen leuchteten die neuen Socken. Ob er sie wohl bis morgen verteidigen konnte? Fittich drehte sich noch einmal zu den Frauen um. »Geschützt hab ich Dich immer«, sagte er. »Und Deinen Oberarzt.«

»Guck nach vorne«, sagte die Hebamme. »Und renn nicht wieder einfach auf die Straße.«

Er verbeugte sich andeutungsweise. »Mach ick, schon wegen der alten Tage. Und schön, daß Du Dich um mich sorgst.«

Sie steckte sich die nächste Kippe an. »Nun hau schon ab. Wir sehen uns morgen.«

Er wackelte die Straße hinunter, theatralisch hob er das verarztete Bein. Die Hebamme schüttelte den Kopf.

»Meinst Du, er kommt wirklich?«, fragte Hanna.

»An der nächsten Straßenecke hat er uns vergessen.« Die Hebamme nahm einen tiefen Zug, Asche flatterte davon. »Furchtbar, wenn man denkt, was für ein Mannsbild das war. Hat allen Rök-ken nachgestellt. Nahm sie unter seine Fittiche.«

»So lange ist die DDR schon untergegangen, aber der Spitz-name hält sich.«

Die Hebamme schnippte die Zigarettenasche in Richtung Osten. »Das Land mag futsch sein. Aber wir sind alle noch da. Mit unserer Vergangenheit und der untergegangenen Heimat.«

III

Sie hatten Jakob lebendig begraben. Er hatte den Prozeß gewonnen, seine Suspendierung war aufgehoben, er wieder im Dienst und trotzdem hatte er alles verloren. Sie wollten ihn nicht zurück, ließen ihn nicht auf die Straßen der Stadt.

Kriminalhauptkommissar Jakob Hagedorns neuer Arbeitsplatz war ein zur Außenstelle des Archivs ernanntes, vollgestopftes Zimmer im Keller, am Ende eines schmalen Ganges. Darin rangelten abgearbeitete Bürostühle, alte Tische auf drei Beinen, ausrangierte Registrierschränke, brüchige Halfter und klemmende Handschellen um den wenigen Platz. Von den Wänden bröckelte der schimmelige Putz, das winzige Fenster war vergittert und mündete in einen Schacht. Ein mittelalterliches Verlies, ein Sterbezimmer, extra für Jakob Hagedorn.

Sie stellten ihm einen Stuhl in den Kerker und luden Berge von Akten ab. Am Ende des Flurs ohne Licht und ohne Luft. Und das Jakob, der das Draußen brauchte als Lebenselixier. Der gehen mußte, um zu denken. Der nahenden Regen roch, Schnee spürte. Immer wußte, selbst in der tiefsten Straßenschlucht, wie voll der Mond war, wo die Sonne auf- und wo sie unterging.

Aber Jakob wollte nicht sterben, und er wollte seinen Beruf zurück. Also räumte er das Gerümpel aus dem Kerker, fegte Unrat aus dem Fensterschacht, schlug Putz von den Wänden, isolierte Schimmel, strich alles sonnengelb, kaufte eine Tageslichtlampe, stellte schattenliebende Pflanzen auf eine selbstgezimmerte Fensterbank, schloß eine Kaffeemaschine an und begann mit seiner Arbeit.

Jakob sollte Teile des Archivs neu ordnen. All die alten Akten hatten digitalisiert werden sollen, aber es gab niemanden, der Zeit dafür fand. Zu viele neue Fälle schubsten die alten von der Bühne und in den Keller, an den Platz für Gestriges.

Es gab keine Anweisung, wie Jakob vorgehen sollte. Alphabetisch, nach Jahreszahlen, Dezernaten, Bezirken, Namen der Täter oder Opfer, Art der Verbrechen. Er hatte den Verdacht, entschiede er sich für eine Variante, käme kurz nach Fertigstellung eine Weisung, das Gegenteil zu beginnen.

Aber Jakob war keine Figur von Kafka und Akten, erst recht vergilbte, hatten ihn schon immer interessiert. Der Versuch, eine papierne Ordnung über chaotisch gelebtes Leben zu legen. Sinn zu finden im Sinnlosen, Respekt zu zeigen den Geopferten, indem man ihnen ein Aktenzeichen, eine letzte Ruhestätte zumindest im schimmeligen Keller der Keithstraße gab.

Also pfiff Jakob auf die neu einzurichtende Ordnung und machte, was er mit am liebsten tat, er las Eingestaubtes in der gesamten vom Senat bezahlten dreitägigen Wochenarbeitszeit, zur Wiedereingliederung nach seiner langen Krankschreibung.

An den vier freien Wochentagen war Jakob so oft wie möglich unterwegs. Luft tanken, Licht einfangen, Menschen schnuppern, Kontakt aufnehmen. Er lief die Straßen seiner Stadt auf und ab. Streunte durch Läden, Parks und Ausstellungen. Schimmel abschütteln. Das Verlies keine Macht über sich gewinnen, die Düsternis nicht die Seele kapern lassen. Trotzdem schien es ihm manchmal, als kröchen Fäulnis und Verwesung in seinen Körper. Er wechselte täglich die Kleidung, vorsichtshalber.

Jakob las ohne System, von früh bis spät. Ließ sich von Namen leiten, Farben der Aktendeckel. Las über Leben und Katastrophen, Volten, Schlangenlinien, ungeharkte Wege. Über auf den Kopf gestellte Familien, eingebrochene Zeitläufte. Er las, was Menschen einander antaten, las, was Polizisten daran für bemerkenswert hielten und aufschrieben. Jahrzehntelang, mit sich ändernder Sprache, sich wandelnden Gesetzen.

So fand er den Weihnachtsfall. Eine verschweißte Familie, die ihre Tragödie in die Mitte nahm wie einen Schatz. Unerreichbar für Jakobs Kollegen, ein unlösbarer unnatürlicher Tod am Fest der Liebe. Jakob las sich fest, der Weihnachtsfall zog ihm in den Schlaf.

Eines Morgens saß das alte Opfer in Kittelschürze an Jakobs Küchentisch und schälte Kartoffeln. Eine unendliche Zahl plumpste in einen angeschlagenen Emailletopf, ein immer größerer Berg Kartoffelschalen umringelte schlangengleich am Küchenboden die mageren Beine der Großmutter. Jakob stieg über die Schalen hinweg und wartete. Kochte seinen Kaffee, sah ihr zu und wartete. Ging zur Arbeit, kehrte zurück aus seinem Sterbezimmer. Oma saß da und schälte Kartoffeln.

Am dritten Morgen waren die Kartoffelschalen vom Küchenboden verschwunden. Stattdessen überall Lametta. Jakob kochte seinen Kaffee und setzte sich ihr gegenüber. Die Großmutter fegte Lamettareste vom Tisch und sah Jakob an. »Es ist nicht seine Schuld«, sagte sie, »ich konnte einfach nicht sterben.«

Jakob ging in sein Kellerloch und las die Akten noch einmal. Als er nach Hause kam, war die Küche leer. In der Spüle lag ein Lamettafaden und das Küchenmesser. Er legte den Faden vorsichtig in einen Umschlag und ging zu ihrem Grab. Viele Blumen, ein großer Grabstein. In Liebe, Dein Sohn, Deine Schwiegertochter, Deine Enkel. Er ging zur Wohnung der Familie. Oma stand noch am Klingelschild. Drei Zimmer, Küche, Bad. Ein Paar, seine zwei Kinder und die Großmutter. Gepflegt, versorgt, geliebt. Jahr für Jahr. Viele Jahre. Die Kinder wachsen, die Wohnung nicht. Sie konnte einfach nicht sterben.

Jakob warf den Umschlag mit dem Lamettafaden durch den Briefschlitz der Wohnungstür. Zwei Tage später holten sie den Sohn zur Vernehmung ab. Erleichtert war er. Hielt sich fest an Jakobs Augen. Töten aus Liebe. Töten trotz Liebe. Jakob hatte wieder ein offenes Ende gefunden, es hatte ihn gefunden, sogar im Sterbezimmer, sogar im letzten Kellerloch. Die Großmutter hatte Jakob gefunden, den Geisterseher, Endenzusammenknüpper. Mein Sohn kann nichts dafür. Ich kann nichts dafür.

Hauptkommissar Oskar Blum stieg täglich aus seinem Büro in den Keithstraßenkeller hinab und schaute in Jakobs Sterbezimmer vorbei. Er sorgte sich um seinen besten Freund. Brachte Schrippen, erzählte von der Welt oben. Seufzte, wenn er seinen Geisterseher sitzen und lesen sah vor aufmüpfig gelben Wänden inmitten der grauen Düsternis.

Wie hatten sie nur glauben können, der Apparat sei ein guter Verlierer und könne so jemanden wie Jakob Hagedorn in seiner Mitte auf Dauer dulden? Seine aufreizende Entspanntheit, seine vermeintlich schläfrige Abwesenheit, seine Unabhängigkeit, seinen scharfen Verstand, sein überschwappendes Mitgefühl mit jedem Eierbecher? Ganz zu schweigen von den Geistern.

Bei der Berliner Kripo gab es nichts Übersinnliches und ein Ei köpfte man, fertig. Es war egal, ob es überlief. Wie der Eierbecher damit zurechtkam, interessierte außer Jakob niemanden.

Und jetzt hatte er sich in diesem Rattenloch eingerichtet, als wäre es eine Finca direkt am Meer. Jakob las in seinen Akten und wartete, daß das Leben ihn da rausholte. Aber ihr Vorgesetzter Fockemeyer bewachte seine Tür. Focke, der gegen Jakob vor Gericht verloren hatte, der nicht hatte verhindern können, daß dieser akademisch gebildete Paradiesvogel in die Keithstraße zurückkehrte.

Auch die junge Kollegin Tanja Wehland machte schnell allen deutlich, auf wessen Seite sie stand. Schließlich war sie damals wegen Jakob aus Westdeutschland nach Berlin gekommen. Sie hatte erfahren, wie Jakob im fernen Berlin einem Kollegen einen Mord nachwies, für den ein anderer einsaß.

Das war sogar in ihrer Heimatstadt Münster Flurgespräch gewesen. Kollegenschwein hatten sie Hagedorn genannt und die Fäuste geballt. Tanja wunderte sich nicht, daß niemand des Mordopfers oder des zu Unrecht Verurteilten gedachte. Sie hatte in den wenigen Jahren ihres Berufsdaseins genug über Korpsgeist und Korruption erfahren, schnitt sich ein Photo von Jakob aus, hängte es in ihren Spind und bewarb sich in Berlin.

Tanja Wehland erzählte jedem, der nicht schnell genug ausweichen konnte, was für ein großartiger und für den Nachwuchs vorbildlicher Kommissar da drei Tage die Woche ungenutzt im Keller saß. Und sie schenkte ihm einen dicken Teppich gegen die aufsteigende Kälte des Kellerfußbodens und einen Heizlüfter gegen die feuchten Wände.

Oskar und Tanja hatten es tatsächlich geschafft, Jakob für einen Außentermin ans Tageslicht zu zerren. Sie hatten ihn sogar mitten auf die Bühne der derzeit angesagtesten Kripo-, Staatsanwaltschafts- und Richterkneipe geschoben, in Alika Geladses Apotheke am Stuttgarter Platz.

Und nun saß Jakob, als wäre das Sterbezimmer ein böser Traum, an einem sich vor köstlich duftendem Essen biegenden Tisch, als neues Gesicht in Alikas Welt belinst von zahllosen Augen anderer Gäste. Blinzelnd ob so viel ungewohnter Öffentlichkeit sah er seinen Freunden beim Essen zu und hörte sie die Zeugin befragen, kellergeschädigt fremdelnd mit dieser ganz alltäglichen Kripowelt.

Ein Vater war verschwunden. Seine Tochter Alika, eine schöne Frau mit geteiltem Gesicht, stand neben dem Tisch der drei Kommissare und sprach mit schwankender Stimme von ihm. Jakob spürte sie vibrieren, als wäre sie von der Energie der Nachmittagssonne angefüllt. Hin und wieder schoß ein Arm hoch und ihre langen Finger tanzten. Nur mühsam zügelte sie ihr Temperament und den Körper, der ihre Schilderungen durch Bewegungen untermalen wollte.

Volles schwarzes Haar verbarg die gezeichnete Stirn und hob sie doch nur hervor. Liebe, Sorge, Angst und Trauer um den verschwundenen Vater flossen ihr über die Schultern. Jakob fühlte sich in dieser Trauer zuhause wie in seinem Archiv. Er hatte noch nie über Georgien nachgedacht. Ein Land, das es gab, mehr nicht. Und doch waren ihm Alika und die Welt, von der sie sprach und die in ihrem Restaurant lebte, vertraut.

»Natürlich kümmern wir uns um Ihren Vater, aber finden Sie nicht, er ist alt genug, um sich eine Auszeit zu gönnen?« Oskar zog Lammfleischstücken mit einer Gabel vom Mzwadi-Spieß.

»Und stellt sein Handy aus, obwohl er weiß, daß ich ihn erwarte?« Alika schüttelte den Kopf.

»Vielleicht wollte er ungestört sein?«, fragte Oskar.

Guram Geladse liebte es, unter Menschen zu sein. Er war ein Schrank von einem Mann, mit breiter Brust, großen Händen und schwerblütigen Augen, der nie in seinem Leben allein gewesen war. Als Kind hatte er mit anderen Schafe gehütet, Pferde zugeritten und wilden Honig gesammelt. Als Jugendlicher aus den Hölzern der Umgebung Häuser mitgezimmert, Öfen gesetzt, Rinder getrieben und Schafe geschoren. Er wuchs heran unter Verwandten, Freunden und Nachbarn, wurde schlauer als alle anderen Kinder der Umgebung, und er wurde bärenstark.

Als gerade ausgewachsener junger Mann saß er eines Abends auf der Friedhofsmauer seines Heimatdorfes, zählte die Handvoll Häuser, skizzierte das Leben ihrer Bewohner in den nächsten fünfzig Jahren, fand kaum offene Fragen und in seiner starken Brust wurde ihm das Herz eng. Zwei Jahre später verließ er das Dorf seiner Kindheit zum Studium im fernen Tiflis. Er wollte mehr von der Welt sehen, und er wollte viel mehr Menschen kennenlernen. Er küßte seine krummgearbeiteten Bauerneltern, legte die große Hand ein letztes Mal an sein verrußtes Elternhaus, sah mit seinen dunklen Augen trauernd zurück auf die fernen Berge, die Felder und Wiesen seiner Heimat und machte sich auf, die Welt zu erobern.

Die Universität nahm er als erstes. Das Lernen in der großen Stadt fiel ihm schwer, er studierte langsam aber konzentriert und wurde schließlich Chemiker und Mitglied der georgischen Akademie der Wissenschaften.

Dann sah er sich in Ruhe nach einer Frau um und traf schließlich Alikas Mutter, einzige Tochter eines armen, hoch gebildeten und stolzen jüdischen Ehepaars, das für sein Kind einen Juden aus der Stadt und keinen Bären vom Dorf vorgesehen hatte.

Aber Guram, inzwischen ein angesehener Wissenschaftler und immer noch Welteneroberer, erkannte in der blutjungen Jüdin die Frau seines Lebens und kämpfte. Er reparierte den Eltern bei schneidender Kälte Fenster und Heizung, besorgte im tiefsten Winter frisches Obst und im Frühjahr ein geschlachtetes Lamm. Er lernte die jüdischen Feiertage, wartete vor der Synagoge, kaufte eine Kippa, besorgte seltene Bücher und unerreichbare Eintrittskarten und trug die jüdische Tochter auf seinen Bauernhänden.

Die Eltern gaben, überwältigt vom unendlichen Willen und der strotzenden Kraft Gurams, endlich nach und der Tochter den Segen. Guram brüllte vor Glück, packte Zelt und Rucksack ein, nahm seine Frau an der Hand und zeigte dem Kind der Stadt das Land und die Berge. Sie aßen Äpfel vom Wegesrand, übernachteten unter freiem Himmel, badeten in Flüssen, wurden in Dörfern an Tische geladen, liebten sich in den Bergen und hatten die ganze Welt vor sich.

Alika enstand in diesem glücklichen Sommer. Bei ihrer Geburt weinte Guram wie ein Kind, strich immer wieder sanft über das schwarze Haar seiner Tochter und wachte im Krankenhaus an ihrer Seite, aus Sorge, sie könne wieder dahin verschwinden, von wo das Schicksal sie ihm in die Hände gelegt hatte.

Die Geburt war schwer gewesen. Alikas Mutter hatte keine Milch für ihre Erstgeborene und kaum Kraft, selbst zu überleben. Guram brachte ihr Fleisch, Käse und Obst in das mangelversorgte Krankenhaus, fütterte seine schwache Frau geduldig mit den mächtigen Gerichten der Dörfer. Und er nährte seine Alika. Besorgte Milch, sang für sie, legte sie sich auf die starke Brust. Er lernte, sie zu windeln, lernte, sie nach dem Trinken auf seine Schulter zu legen. Aber Alika nahm ab, öffnete kaum die Augen, schrie nicht einmal. Guram weinte um sein Kind, weinte um dessen Mutter und kämpfte.

Eines Nachts weckte die kleine Alika ihn durch lautes Geschrei. Es klang fordernd. Er fütterte ihr eine Flasche nach der anderen, sah ihre Wangen endlich rosig, den kleinen Bauch dick werden. Er trug in Alika das blühende Leben zur kränkelnden Mutter in das Krankenhaus. Alika trommelte mit der kleinen Faust auf die mütterliche Brust, krähte wie ein Hahn und funkelte mit den Augen.

Die Mutter sah ihre wilde Tochter an, sagte, die kommt nach Dir, und erholte sich. Der bärenstarke und kluge Guram trug seine zwei Mädchen durch alle Unwetter, sein Kind auf den Schultern, seine Frau im Arm. Zeugte Söhne, hatte seinen Ort, seine Arbeit, seine Familie und seine Bestimmung gefunden. Bis eine Lawine sein Herz brach.

Alika war alles, was sie war, nur durch ihn. Niemals hätte dieser Vater, der sie gezeugt und genährt, behütet und gerettet hatte, und der inzwischen ein alter Mann war, seine Tochter im Ungewissen gelassen, wo er war und wie es ihm ging. Und niemals in seinem Leben wollte Guram Geladse, der Eroberer von Welten und Menschen, ungestört sein.

Tanja hatte einen Vorspeisenteller bestellt. Sie stieß ihre Gabel in Spinatwalnußnester und Rote-Beete-Berge, als wendete sie Heu und schob sich georgisches Käse-Fladenbrot quer in den Mund. Ihre Kiefer mahlten wie die eines Wiederkäuers. »Das ist wirklich köstlich«, sagte sie mit praller Backe.

»Sie kennen meinen Vater nicht.« Alika gab dem Kellner ein Zeichen und setzte sich Jakob gegenüber. »Er würde mich nie freiwillig so voller Sorge sein lassen.«

»Was denken Sie denn, könnte passiert sein?«, fragte Tanja.

»Er ist in Not. Sie müssen ihn finden, sonst stirbt er.«

»So schnell stirbt es sich nicht«, sagte Oskar, stibitzte von Tanjas Brot und tunkte es in den ausgelaufenen Fleischsaft.

Die Apotheke war wie immer brechend voll. Es hatte sich herumgesprochen, daß ein paar Russen die Einrichtung zerlegt hatten und so versuchten, Alika zu schaden und ihre Gäste zu erschrecken. Aber so schnell ließen sich Kaukasier aus ihren angestammten Revieren nicht vertreiben. Sie waren weit Schlimmeres gewöhnt.

Und so standen, nur einen Tag nach dem Angriff von Jurij Iwanows brutalen Lakaien, kaukasische Stammgäste vor der Apothekentür. Die Frauen mit Schrubber und Wischlappen, die Männer mit Werkzeugkästen und finster entschlossenem Blick. Sie hatten sich bekreuzigt, in jedem Raum eine Heilige Barbara, die jungfräuliche Schutzpatronin der Verfolgten, aufgestellt, Iwanow verflucht und die Ärmel aufgekrempelt. Alika war ihre Herdmutter und sie würden die Apotheke wieder instandsetzen. Wenn nötig, immer wieder. Mancher der Tische kippelte noch, die Stühle waren notdürftig zusammengeflickt, aber Alikas Einrichtung entsprach ja ohnehin ihrer bunten Heimat – beschädigt, umkämpft, impulsiv, großherzig und sehr gemütlich.

An einem Nachbartisch der drei Kommissare feierte eine Großfamilie Hochzeit. Der Brautvater hielt eine tränenreiche Rede, der ganz in Weiß gekleidete Bräutigam spielte gelangweilt mit seinem Handy, die Braut war inmitten ihres Schleiers auf der Tischplatte eingeschlafen.

Der Kellner kam mit einem dampfenden Tontopf und stellte ihn vor Jakob, der nichts bestellt hatte. »Das Herz meines Vaters ist schwach«, sagt Alika, »er ist schon siebzig. Wenn ihn jemand gefangen hält, bedroht das sein Leben.« Sie legte Jakob Messer und Gabel zurecht.

»Und haben Sie eine Idee, wo wir Ihren Vater suchen könnten?«, fragte Oskar.

»Bei Jurij Iwanow, dem Vater meines Sohnes.«

»Und warum sehen Sie dort nicht selbst nach ihm?«, fragte Tanja, schob ihren leeren Teller weg und hielt sich den Bauch.

»Er ist Russe«, sagte Alika. »Und haßt meinen Vater, bedroht das Restaurant. Kennt keine Skrupel. Und er ist ein sehr, sehr mächtiger Mann.«

Jakob rührte das Essen nicht an. Alikas Vibrieren war ihm in den Magen gestiegen. Sie saß zu nah. Zu nah für Starkstrom.

»Ist er wegen Gewaltverbrechen vorbestraft?«, fragte Tanja.

»Fragen Sie ihn. Und sehen Sie ihn sich an.«

»Machen wir«, sagte Oskar. »Sonst noch eine Idee?«

»Mein Vater ist ein vielbeschäftigter und in Georgien berühmter Mann. Er war in der Politik.«

Der Kellner brachte Oskar eine Portion Pelamuschi. Der hob den Teller mit Traubenpudding hoch und schnupperte.

Am Nachbartisch sank der Brautvater ermattet auf seinen Stuhl. Er zog ein Stofftaschentuch aus der Hosentasche und wischte sich das Gesicht. Die Frau neben ihm setzte ihm einen schmatzenden Kuß auf die Wange und schluchzte. Der Bräutigam steckte sein Handy ein und rüttelte die Braut wach. Beide standen auf und hoben ihre Gläser.

»Er ist schon sein ganzes Leben lang Vermittler. Und das in meiner aufgeputschten Heimat. Er hat ein Problem mit Gewalt, ist der klassische Versöhner, den man von der Bühne schubst, um einander ungestört den Schädel einzuschlagen. Aber er ist immer wieder zurückgestiegen, unverbesserlich, und hat sein weißes Fähnchen hochgehalten. Die Leute haben ihn dafür geliebt. Und die Mächtigen gehaßt.«

»Ist das nicht ein bißchen übertrieben?«, fragte Oskar. »Nur weil er nervt, muß man ihn doch nicht gleich hassen.«

»Es haben ihm schon so viele Gewalt angedroht. Er hat zwei Attentate überlebt.«

»Und trotzdem weitergemacht?«, fragte Tanja.

»Aus der aktiven Politik hat er sich zurückgezogen. Aber er führt auf georgischer Seite Verhandlungen mit dem Baltikum. Es geht um wirtschaftliche Interessen, Freihandel.«

»Klingt doch ganz zivilisiert.« Oskar löffelte seinen Pudding. »In solchen Kreisen legt man die Leute eher rein als um.«

»Wir Georgier übertreiben gern.« Alika sprach jetzt zum schweigenden Jakob. Ihre sein Gesicht abtastenden Augen kitzelten ihn. Ihre Stimme summte in seiner Brust. Ihre Nähe verwirrte ihn. Kellerassel auf erleuchteter Bühne. Er blinzelte, zu hell und zu heiß war der georgische Scheinwerfer vor seiner Nase.

»Wir sind ein stolzes Volk«, sagte sie. »Und mein Vater ist ein sehr stolzer Georgier. Das ist seine größte Schwäche.«

»Denken Sie deshalb an den russischen Schwiegersohn?«, fragte Tanja.

»Mein Vater ist seiner Heimat verfallen. Hat versucht, sie zu retten. Vor Kriegsgewinnlern, alten Eliten und neuen Mafiosi, geltungssüchtigen Politikern, Familienclans und auch vor den Russen. Er ist eine Provokation für sie alle.«

»Und dann verliert er seine Tochter an einen«, sagte Oskar.

»Sein Enkel ist halber Russe, das ist alles.«

»Das ist viel«, sagte Tanja.

»Unsere Heimat Georgien ist ein wunderschönes Land. Ein Land, das seine Menschen glücklich macht und ihnen das Herz bricht. Nach dem sie sich sehnen, und das sie so schnell wie möglich verlassen wollen. Eigentlich ist Georgien eine schwierige Frau.« Alika sah wieder Jakob an.

Ohne Vorwarnung rief der Bräutigam etwas, warf sein Glas auf den Boden und küßte die Braut heftig. Die Hochzeitsgesellschaft klatschte. Vom Tresen kam ein kasachischer Spüler mit bandagierter Hand und Kehrblech. Routiniert fegte er die Glassplitter weg, der Bräutigam ließ sich nicht stören.

»Es klingt, als sei ihr Vater ein weltfremder Idealist«, sagte Tanja.

»Er ist ein Mann voller Ideen und Möglichkeiten. Nur schafft er es nicht, sie auch auszuführen.« Alika hob die halb leere Weinflasche an. »Das ist eines seiner Projekte. Georgischer Wein war in der Sowjetunion begehrt. Natürlich von miserabler Qualität. Nach Gorbatschow ging der Weinanbau zurück. Inzwischen haben sich wieder private Güter gegründet. Mein Vater will ihnen den Weg nach Europa ebnen.« Sie sah Tanja an. »Ausgerechnet über mein Restaurant.«

»Der Wein ist gut«, sagte Tanja.

Alika nickte. »Exotisch und ehrlich, so nennt das mein Vater. Das ist die Mischung aus Kaukasus und Schwarzem Meer. Einzigartig. Viel Tannin und handwerkliche Tradition. Georgien ist die Wiege des Weins. Nur ist der Berliner Markt selbstverständlich längst besetzt.«

»Aber Ihr Restaurant ist doch eine gute Pforte.« Oskar sah sich um. »Die Bude scheint erfolgreich zu sein.«

»Fragt sich nur, bei wem.« Alika senkte die Stimme und beugte sich zu Oskar. »Hinter Ihnen sitzt der georgische König von Lichtenberg, ein Autoschieber. Er eröffnet gerade ein neues Geschäftsfeld in der Altenpflege. Die zwei jungen Frauen sind Rumäninnen. Eine Probelieferung für die häusliche Pflege deutscher Pensionäre. Er hat ihr Heimatdorf gekauft, einschließlich aller Bewohner. Mit einem Golf für den Polizeichef und einem alten Mercedes für den Bürgermeister.«

»Moment mal, ist das nicht die gegenwärtige Lieblingskneipe der Berliner Polizeiführung?«

»Und der Staatsanwaltschaft.«

»Und woher wissen Sie das mit dem Dorf?«, fragte Tanja.

»Georgische Männer sind kleine Jungs, sie prahlen gern vor schönen Frauen.«

Der Bräutigam rief immer mehr Trinksprüche, die Gesellschaft hob zu jedem die Gläser.

»Und Sie befürchten, daß Mafiosi den Weinhandel nicht mit Ihrem Vater teilen wollen und er deshalb verschwunden ist?«

»Wir haben das alles schon durch. Außer dem Wein ist da noch Tee. Genauso hochwertig, genauso erfolglos. Er lädt das bei mir ab und dann habe ich die Mafia am Hals.«

»Haben Sie den Tee noch?«, fragte Tanja.

»Ein vermeintlich künftiger Geschäftspartner meines Vaters hat ihn in einer dioxinverseuchten Halle gelagert. Angeblich aus Versehen. Der Tee ist Sondermüll.«

»War der Mann Russe?«

»Georgier. Die Russen spielen allerdings auch mit. Sie fälschen den georgischen Wein.«

Der Bräutigam hob seine Braut auf den Tisch, küßte sie wieder und trug sie durch das Restaurant. Die Gesellschaft klatschte rhythmisch und folgte dem Paar in einer Reihe. Der Spüler hatte die Glasscherben entsorgt und war mit einem Eimer zurückgekehrt. Mit stoischem Gesichtsausdruck warf er Konfetti auf die Hochzeitsgesellschaft. Der Chefkoch Igor öffnete die Apothekentür. Die Hochzeitsgesellschaft verließ tanzend das Lokal, Igor schloß die Tür hinter ihnen. Der Spüler fegte das Konfetti auf. Vorübergehend war es still in der Apotheke.

»Aber Russen verkehren doch wohl nicht hier?«, fragte Oskar und senkte die Stimme. »Es sei denn, sie hauen einem Kriminalrat eine blutige Nase.«

»Das war kein Russe, sondern eine Türklinke. Die traf er auf seinem Heimweg.«

»Heimweg?«

»Auf allen vieren. Er wollte sich verstecken.«

»Bis Verstärkung kommt«, sagte Tanja. »So isser.«

»Ich kann es mir nicht leisten, Russen abzuweisen«, sagte Alika. »Sie sind zu mächtig in der Stadt.« Der Geräuschpegel stieg wieder. »Hinter Ihnen«, Alika sah Tanja an, »sitzt einer, der sagt, er hätte den Innensenator gekauft.«

»Das erzählt er einer Georgierin?«, fragte Oskar.

»Noch mehr kleine Jungs«, sagte Tanja.

»Mit einem dieser Jungs, noch dazu einem gefährlichen, Jurij Iwanow, habe ich ein Kind. Und ein anderer ist mein Vater.«

Ihre Augen füllten sich mit Tränen. Unvermittelt hob sie die Hand in Jakobs Richtung. Kurz vor dem Ziel hielt sie inne und ließ die Hand schweben.

Jakob spürte ihre Wärme. Ihre Augen glühten.

»Du mußt ihn finden, es geht ihm schlecht«, sagte sie. »Er wird das nicht lange überleben.«

IV

Hanna hörte die Lunge einer fetten Frau ab. Sie rasselte wie an Ketten. »Haben Sie die Medikamente genommen?«, fragte sie und guckte so ernst wie möglich.

Die Frau hustete. »Hat mir einer geklaut.« Sie zeigte mit dem Finger auf einen Mann, der an der Tür saß. »Der da.«

»Aber Trudchen«, sagte die Hebamme, »Beethoven klaut doch keine Tabletten.«

»Woher willste denn das wissen? Von der Stasi?« Trudchen lachte heiser. »Fusel klaut er auch.«

»Die lügt«, sagte Beethoven.

Hanna ging zum Medikamentenkoffer. »Sie haben eine Lungenentzündung.«

»Das müßte ich doch merken«, sagte Trudchen.

»Du merkst gar nix mehr«, sagte Beethoven.

»Halt's Maul.«

»Ruhe, Ihr Zwei«, sagte die Hebamme.

Hanna sah Trudchen in die verquollenen Augen. »Die Tabletten sind alle. Ich muß Ihnen eine Spritze geben.«

»Nie im Leben.« Trudchen schob die dicke Unterlippe vor.

»Willst Du an der Lungenentzündung sterben?«, fragte die Hebamme.

»Bevor ick mir hier spritzen lasse, will ick erst 'ne zweite Meinung.«

Die Hebamme lachte. »Dich läßt doch keiner in sein Wartezimmer, so wie Du stinkst.«

Trudchen verschränkte die Arme. »Das woll'n wer doch erst ma' seh'n.«

»Also keine Spritze?«, fragte Hanna.

Trudchen schüttelte den Kopf.

»Und der Hautausschlag?«

»Is' noch da. Gibt's dafür Tabletten?«

»Du sollst den einreiben, Trudchen«, sagte die Hebamme. »Zieh die Hosen runter, dann mach ich das.«

Trudchen stand ächzend auf und entblätterte sich. Der Pferdetransporter stank wie ein Kuhstall.

»Hast Du die Salbe auch verloren?«, fragte die Hebamme.

Trudchen grub in ihrer Jackentasche und förderte eine Tube hervor. »Bitte, Frau Genossin.«

»Gib her, die Tube und Deinen Hintern.«

Trudchen stützte sich mit einer verdreckten Hand an der Wand ab und streckte beides hin.

»Ich glaub, ich geh dann mal«, sagte Beethoven.

»Halt's Maul«, sagte Trudchen.

Beethoven torkelte die Stufen hinunter und fiel in zwei Uniformierte. »Ach nee, die Bullen«, brüllte er mit dem Gesicht zum Transporter und fuchtelte mit den Armen.

Hanna stürzte auf den Fahrersitz.

Die Uniformierten rangelten mit Beethoven.

»Faß mich nicht an, Du Penner«, sagte der eine.

»Für Sie immer noch Herr Beethoven, Wachtmeister.«

Der Polizist stieß Beethoven zur Seite. »Personenkontrolle«, rief er und fuhr zurück vor Trudchens entblößtem Hintern. »Was zum Teufel …«

Trudchen lachte heiser.

»Guten Tag, Herr Wachtmeister«, sagte die Hebamme und rieb ungerührt den feuerroten Ausschlag ein, »Sie stören eine laufende Behandlung.«

Sein Kollege sah ihm über die Schulter und verzog das Gesicht. »Wie das stinkt«, sagte er.

»In meiner Suite is' die Wanne defekt.« Trudchen kicherte.

»Hose hoch und zur Seite«, sagte der Polizist.

»Sachte, sachte«, sagte die Hebamme und drehte konzentriert die Tube zu. »Fertig, Trudchen, kannst tun, worum der Wachtmeister so höflich bittet.«

»Und Ihre Ausweise will ich sehen.«

»Suchen Sie jemanden?«, fragte Beethoven, der nichts verpassen wollte und sich in den Transporter zurückquetschte.

Der Polizist hielt sich eine Hand vor den Mund. »Uns wurde gesagt, daß sich eine Johanna von Bredow hier aufhält.« Er sah die Hebamme an. »Sind Sie das?«

Trudchen und Beethoven lachten, die Hebamme wies auf den Fahrersitz. »Das ist unsere Putzfrau«, sagte sie.

Trudchen gluckste, die Hebamme warf ihr einen scharfen Blick zu.

Der Polizist stieg durch den Bus, darauf bedacht, nichts zu berühren. Er kontrollierte Hannas Ausweis und Führerschein. »Uns wurde zugetragen, Sie arbeiten hier als Ärztin.«

Hanna klimperte mit den Wimpern. »Aber das darf ich doch gar nicht.«

Der Polizist sah sie streng an. »Ich hoffe, das vergessen Sie nicht.« Er gab ihr ihre Papiere zurück. »Schließlich stehen Sie unter Mordanklage.«

»Morgen ist der nächste Gerichtstermin«, sagte Hanna. »Und da ich so aufgeregt bin, wollte ich mich durch die ehrenamtliche Arbeit hier etwas ablenken.«

»Als Fahrerin und Putzfrau«, sagte die Hebamme.

Hanna nickte, Trudchen lachte, Beethoven applaudierte.

»War's das dann?«, fragte die Hebamme. »Weil, wir hätten hier noch zu arbeiten.« Sie klopfte Trudchen auf den Rücken, die bekam einen röhrenden Hustenanfall.

Die Polizisten zuckten zusammen. Der eine zeigte mit dem Finger auf Hanna. »Wir behalten Sie im Auge.« Mit drohendem Blick ging er rückwärts zur Tür.

Das war zu verlockend für Beethoven. Er streckte langsam die verdreckten, stinkenden Beine aus. Der Polizist stolperte, riß seinen wartenden Kollegen mit, sie fielen rückwärts aus dem Transporter in den roten Sonnenschirm und landeten im Rinnstein. Die arthritischen Troddeln stöhnten, die Polizisten schimpften.

Beethoven sah ihnen hinterher. »Wir behalten Sie im Auge«, sagte er und schlug die Tür zu.

»Du solltest mit dem kleinen Einmaleins anfangen, ich habe in Neukölln mein Abitur gemacht.« Oskar saß vor Tanjas Schreibtisch in der Keithstraße, wollte von ihr hören, was sie zu Gurams Hintergrund recherchiert hatte und kippelte mit seinem Stuhl.

Er war zufrieden, wie sich ihre Zusammenarbeit entwickelte. Auch wenn ihm Tanja niemals so nah sein würde wie Jakob, es schnurrte. Sie waren inzwischen mehrfach in knifflige Situationen miteinander geraten, und nie war die junge Frau zurückgezuckt, wenn es mal unvermeidlich war, Gewalt anzuwenden. Ganz im Gegenteil hatte sie beherzt zugefaßt und noch besser, genau in den richtigen Momenten die Klappe gehalten. Tanja Wehland war zwar aus einem westdeutschen Provinznest, dessen Namen er sich nie merken konnte, aber sie war kein Weichei, was schon mal eine Menge war. Noch zehn, fuffzehn Jahre drauf und sie würde eine erstklassige Beuteberlinerin werden.

Wenn sie sie denn nicht doch noch an den amerikanischen Cowboy mit seinen riesigen Rinderherden, fleckigen Gäulen und beachtlich großen Wiesen im kitschigen Montana verlören, von dem ihm Jakob erzählt hatte, und der ununterbrochen auf ihrem Handy anrief. Aber wenn sie irgendwann mal etwas weniger zu arbeiten hätten, würde er Tanja schon passenden Berliner Ersatz für ihren Cowboy suchen.

Das war vermutlich auch so ein Mutterbodending. Oskar verstand nicht, welches Aufhebens die alle um ihre Heimat machten. Berlin war, wo er hingehörte, Punkt. Kein Drama nirgends. Und im übrigen, was waren schon die Sonnenuntergänge von Montana gegen den Berliner Vollmond über der Philharmonie und gegen den Arbeitsalltag mit den zwei wundervollsten Kommissaren des Jahrhunderts?

»Also gut«, sagte Tanja. »Die Sowjetunion, längst untergegangen, aber Du erinnerst Dich?«

»Logo, die haben uns ja eingesperrt, Ost- wie Westberliner. Und den Brudervölkern das Leben vermiest.«

»In der Mitte ein Flatschen Russland, im Westen und Süden drangeklebt die angeblichen Bruderstaaten.«

»Ukraine, Polen und so.«

»Im Süden von Russland der Kaukasus.« Tanja zog in der Luft eine waagerechte Linie. »Erst der Große, weiter südlich der Kleine. Das ist eine Bergkette, nur falls Du nicht folgen kannst.«

Oskar grunzte.

»Dazwischen liegt Georgien.«

»Sandwich.« Oskar schlug die flachen Hände aufeinander.

»Siebenundachtzig Prozent des Landes sind gebirgig. Im Westen liegt das Schwarze Meer.«

»Da ist doch die Krim?«

»Unterbrich mich nicht.«

Oskar lachte. »Das war schon in der Schule mein Problem. Keene Geduld.«

»Klimatisch ist Georgien äußerst vielfältig. Subtropisch am Meer, kontinental weiter östlich.«

»Heißer Sommer, trockenkalter Winter. Wie in Berlin.«

»Sie haben viele endemische Arten. Also Pflanzen und Tiere, die es nur dort gibt.« Tanja lehnte sich zurück und kippelte auch mit dem Stuhl. Oskar sah aus dem Fenster auf die krumpelige Linde gegenüber. Sie bräuchten bald mal wieder Regen. Man konnte ja nicht die ganze Stadt mit der Gießkanne versorgen.

»Georgien ist ein Vielvölkerstaat«, sagte Tanja, »wie die ganze kaukasische Region. Unübersichtlich viele Nachbarn und genauso viel Toleranz.«

»Klingt schon wieder wie Berlin.«, sagte Oskar.

»Das Problem sind die Großen. Georgien grenzt im Norden an Russland und im Süden an die Türkei.«

»Noch mal Sandwich.«

»Georgien ist eines der ältesten Siedlungsgebiete der Menschheit. Und es war immer umkämpft.« Tanja zog eine Schublade auf, entnahm ihr einen Apfel und bot ihn Oskar an, der abwinkte. »Medea kam von dort. Der Urapfel auch.«

»Ist das die, die ihre Kinder abgemurkst hat?«

Tanja biß herzhaft in den Apfel und nickte.

»Eine Gegend für stolze Frauen«, sagte Oskar.

»Überhaupt eine stolze Gegend«, sagte Tanja mit vollem Mund. »Und nicht mal grundlos. Sie haben eine eigene Sprache und ein eigenes Alphabet.«

»Für so'n paar Figuren? Sagtest Du nicht, die haben so viele Einwohner wie Bayern?«

»Guram Geladse, Alikas Vater, war Chemiker an der Akademie der Wissenschaften in Tiflis. Dann kam Gorbatschow.«

»Die Sowjetunion verpuffte.«

»Nach der Unabhängigkeitserklärung '91 ist er in die Politik. Der Nationalismus schoß über. Es gab Ausschreitungen gegen religiöse Minderheiten.«

»Was sind denn die Georgier, Moslems?«

»Christlich-orthodox, ist quasi Staatsreligion.«

»Und die Moslems kriegten aufs Dach?«

»Sie mußten alle Gotteshäuser an die christlich-orthodoxe Kirche übergeben. Und es gab Pogrome gegen Juden.«

»Typisch.«

»Alikas Mutter ist Jüdin. Deshalb hat Guram sie nach Berlin gebracht, über die Kontingentlösung.«

»War nicht der Schewardnadse Georgier? Den mochte ich. Hat viel für den Mauerfall und die Einheit getan. War so ein sensibler Melancholiker. Wenn so die Georgier sind ...«

»Stalin war auch von da«, sagte Tanja. »Und Schewardnadse versank als nächster georgischer Präsident in der Korruption.«

Oskar stöhnte.

»2003 gab es die Rosenrevolution gegen Dein Sensibelchen.«

»Erfolgreich?«

»Guram ist mitmarschiert, direkt hinter Oppositionsführer Saakaschwili, der jetzt Präsident wurde und Guram zum Landwirtschaftsminister ernannte. Schien alles gut zu laufen, viele Georgier kamen aus der Fremde zurück.«

»Klingt nach einem Aber. Wieder Korruption?«

Tanja nickte. »2007 gab's die nächsten Massenproteste. Saakaschwili hat daraufhin, um von den inneren Problemen abzulenken, Russland provoziert.«

»Bewährte Methode.«

»Er ließ Oppositionelle auseinandertreiben und die Armee in der unabhängigen, von vielen russischstämmigen Georgiern bewohnten Region Südossetien einmarschieren.«

»Und die Russen haben gesagt, piß mich nich' an, Zwerg.«

»Unser Versöhner Guram hat Saakaschwili für den sinnlosen und verlorenen Krieg kritisiert, daraufhin wurde er kaltgestellt auf einem diplomatischen Posten in Armenien. Aber offensichtlich wußte er zu viel. Es gab zwei Attentate auf ihn. Beim zweiten verlor er seine linke Hand. Danach stieg er aus der Politik aus und ging in die Wirtschaft.«

»Kluge Entscheidung. Er wollte die rechte behalten.«

»Seit 2012 hat Georgien einen neuen Präsidenten und es geht bergauf.«

»Und das alles ohne den Vermittler Geladse.«

»Es mußte wohl jemand von außen kommen, der noch dazu so reich ist, daß Bestechung keine Rolle für ihn spielt. Jetzt gibt es eine freie, kritische Presse, Gesetze gegen Diskriminierung und die Justiz ist unabhängig.«

»Gurams Familie könnte zurückkehren.«

»Aber auf dem Land herrscht große Armut. Jeder zweite ist arbeitslos. Wäre Georgien nicht ein so fruchtbares Land, würden die Menschen hungern.«

»Viel aufzubauen. Und Guram ist in der Wirtschaft.«

»Soll ich mich um seine Arbeit von heute auch noch kümmern?«, fragte Tanja.

»Wir haben erst einmal genug zu tun mit der politischen Zeit. Was war mit den Attentaten?«

Tanja sah auf ihren Bildschirm. »Das erste war eine Schießerei in Tiflis vor der Akademie der Wissenschaften. Fünf Tote. Da wurden sogar Täter ermittelt. Angeblich war es Zufall, daß Guram gerade vor Ort war.«

»Ach ja.«

»Auch ihn hatte es schwer erwischt. Lag ein halbes Jahr im Krankenhaus. Er muß sehr willensstark sein, hat sich zurückgekämpft und war fortan für die Bevölkerung ein Held.«

»Und das zweite Attentat?«

»Er kommentierte von seinem diplomatischen Posten in Armenien Saakaschwilis Politik.«

»Das konnte der sich natürlich nicht gefallen lassen.«

»Zumal Guram weiter versuchte, seinem Land zu helfen. Brachte armenische Investoren nach Georgien, was auf dem Land Arbeitsplätze in der Landwirtschaft schuf. Er ist vom Land, vielleicht war er deshalb so engagiert. Aber den örtlichen Provinzfürsten gefiel das gar nicht. Sie hatten vorher schon alles untereinander aufgeteilt.«

»Logo.«

»Guram wurde noch beliebter und geriet auf der Rückfahrt vom Besuch eines georgischen Weinguts in einen Hinterhalt. Alle starben, auch die armenischen Investoren, bis auf ihn.«

»Wie hat er das geschafft?«

»Auf dem Weingut hatte man ihm als Dank für seine Arbeit eine schußsichere Weste geschenkt. Die Gastgeber bestanden darauf, daß er das Geschenk anprobiert.«

»Starke Schutzengel.«

»Seine linke Hand verlor er trotzdem. Und die Attentäter wurden nie gefaßt. Man vermutete einen bestochenen Bodyguard, zumindest wurde dessen Familie nach seinem Tod überraschend wohlhabend.«

»Und wo suchen wir Guram jetzt?«

»Bevor er verschwand, kam er aus dem Baltikum. Ist in Tegel gelandet und hat sogar in einem Berliner Hotel eingecheckt.«

»Nicht bei Alika?«

Tanja schüttelte den Kopf. »Er war Stammkunde. Das gleiche Zimmer wie immer, seit drei Tagen.«

»Das heißt, er hat Alika verschwiegen, daß er hier war?«

Tanja nickte. »Und er verschwand von Berlin aus.«

»Dann sollten wir mit den Kontakten seit seiner Ankunft anfangen. Hast Du die Telefondaten schon?«

»Von seinem georgischen Handy noch nicht. Aber er hat das Hoteltelefon benutzt. Für ein Gespräch mit der georgischen Botschaft.«

»Dann muß Focke sich um einen Termin beim Botschafter kümmern«, sagte Oskar.

»Noch was«, sagte Tanja, »die Familie des Bodyguards ...«

»Der von dem zweiten Attentat? Mit dem gefüllten Konto?«

»Sie hat Georgien inzwischen verlassen.«

»Laß mich raten.«

»Sie leben in Charlottenburg. Luftlinie fünfhundert Meter vom Stuttgarter Platz.«

»Du mußt die Walnüsse aufspießen, so.«

Alika saß mit Levi in der geschlossenen Apotheke und zeigte ihrem Sohn, wie er Tschurtschchela herstellen konnte. Ihre Blikke streiften durch den vor sich hin dösenden Raum mit den hochgestellten Stühlen. Kaum etwas wies noch auf die überstandene russische Invasion hin. Sie hatte die Russen nicht angezeigt. Kauskasisches Betriebsrisiko, das war eingepreist. Und es war ja dank der Hilfe und Treue ihrer Gäste fast alles wie zuvor. Einer ihrer kasachischen Spüler hatte einen Schneidezahn verloren. Und das Gemälde, gegen das der Angreifer die Wodkaflasche mit Igors Spülwasser geworfen hatte, war zerstört. Aber Alika hatte noch nicht die Kraft gefunden, es abzuhängen. Vielleicht schützte es auch ihr Lokal, als eine georgische Gedächtniskirche. Sie sah in die kleine Nische mit der Heiligen Barbara und lächelte. Sie hatte die wundervollsten Gäste der Welt.

Levi hatte die Zunge seitlich herausgestreckt und gab sein Bestes, aber immer wieder brachen die Nüsse entzwei. Er schimpfte und versuchte es erneut. Alika sah auf seinen schwarzen Schopf, der sich konzentriert über die Arbeit beugte und hätte ihn vor Liebe zerquetschen können wie Levi die Nüsse.

Alika liebte diese stillen Stunden mit ihm. Aber sie war abgelenkt. In die Sorge um ihren Vater mischte sich eine neue Stimme. Die Stimme von Jakob, dem sonderbaren Polizisten. Seit er dabeigesessen hatte, als sie den Kommissaren ihren verschwundenen Vater erklärte, ging ihr sein Gesicht nicht mehr aus dem Sinn. Die eindringlichen Augen, diese tiefe Entspanntheit, die Offenheit, die Fragen, die er nicht aussprach. War sie verliebt? Wenn ja, war das die ungewöhnlichste Verliebtheit, die ihr jemals widerfahren war.

»Mama!» Levi war zornig. Er hielt ihr eine Reihe auf die Schnur gezogener Walnüsse entgegen und sie beachtete ihn nicht.

»Wunderbar, mein Levi, das hast Du großartig gemacht.« Sie zog seinen Kopf zu sich und küßte ihn auf den Scheitel, er wand sich. »Dann kannst Du jetzt die Kuvertüre mit Igor machen.«

Ihr Koch Igor kam aus der Küche. Er war damals Alikas erster Angestellter gewesen. War in der Apotheke aufgetaucht, weil er als gebürtiger Georgier von ihrer Küche gehört hatte und für sie kochen wollte. Alika hatte ihn an den Herd geschickt, ihm beim Kochen zugesehen und dann mit wachsender Begeisterung seine georgisch-berlinerischen Gerichte gegessen. Erst danach erfuhr sie seine Geschichte. Igor war ein auf Bewährung entlassener Totschläger. Und er war Koch. Der einen Gast seines Friedrichshainer Lokals erschlug, weil der ihm sein Essen vor die Füße warf und darauf spuckte.

Alika stellte Igor ein und ließ ihn vorsichtshalber niemals zu ihren Gästen. Normalerweise, das Spülwasser in der Wodkaflasche war ein typischer Igor gewesen. Der Würgegriff danach leider auch. Aber solange sie acht gab, er auf sie hörte und niemanden erwürgte, war alles in Ordnung. Igor war Alikas rechte Hand und Levi wie ein Sohn für ihn.

»Guck mal, Iggy«, Levi trug seine krumme Nußschnur wie einen Schatz in die Küche.

Alika fragte sich, wie sie mit Levi hatte schwanger werden können. Sein Vater hatte sie zunächst mit seinem unbändigen Willen und seiner zur Schau gestellten Macht beeindruckt. Ihr war noch nie ein so männlicher und zugleich mächtiger Mann begegnet. Und er war ein beeindruckender Liebhaber.

Sie war eine junge Kunststudentin und ahnte nicht, auf wen sie sich einließ. Als sie dann erfuhr, was für ein brutaler und skrupelloser Mann Jurij Iwanow war, empfand sie nur noch Verachtung für ihn und beendete sofort das Verhältnis.

Selbstverständlich hatte sie verhütet, und verschwendete keinen Gedanken an eine Schwangerschaft, als nach der Beziehung ihre Regel ausblieb. Ohnehin hatte sie genug mit den Auswirkungen von Iwanows Wut zu tun, in dessen Weltbild keine Frau das Recht hatte, ihn zu verlassen. Er terrorisierte sie Tag und Nacht. Belagerte sie mit seinen Bodyguards, stand immer wieder unangemeldet vor der Wohnungstür ihrer WG und schlug schließlich zu, als sie ihm nicht nachgab.

Als Alika dann plötzlich ein Bauch wuchs, war es zu spät für eine Abtreibung. Und Iwanow ging in seiner Egozentrik sofort davon aus, daß nur sein Kind in ihr entstehen konnte. Immerhin bedrohte er sie nun nicht mehr, sondern achtete darauf, daß sein Kind keinen Schaden nahm.

Levi boxte sich auf die Erde. Und Alika war ihrem wundervollen Sohn unendlich dankbar dafür. Nichts an ihm erinnerte an seinen eiskalten und kriminellen Vater. Umsomehr dagegen an den kraftvollen Großvater.

Guram war damals zu Levis Geburt gekommen. Zwei Tage danach, aber immerhin. Wenn er überhaupt kam, dann zu spät. Zu Alikas Abitur, dem UdK-Abschluß, der Restauranteröffnung. Immer war die Weltenrettung wichtiger gewesen, immer eine

Krise dramatischer, ein Krieg drohender. Immer hatte Alika sich hinten angestellt. Hinter Georgien, diesen unbesiegbaren Gegner.

Guram war Levi sofort verfallen. Er bestand darauf, das rotgesichtige, dralle und laut plärrende Bündel sähe genauso wunderschön aus wie seine Mutter Alika nach ihrer eigenen Geburt. Aber Guram hatte Sorge, auch Levi könnte aufhören zu gedeihen, blieb und hielt seinen Enkel, so fest er konnte.

Zum ersten Mal seit der Flucht hatte Alika wieder einen Vater. Sie sprachen viel in dieser Zeit, über ihr verstrichenes und getrennt verbrachtes Leben. Sprachen über die Lawine, die Alika im Alter von sieben Jahren in den Bergen mitgerissen hatte. Ihr Vater hatte seine Erstgeborene mit bloßen Händen aus dem Schnee gegraben. Sie mit dem eigenen Atem wiederbelebt, an seiner Brust geborgen, atemlos in die Klinik gebracht und, als er erfuhr, daß Alika ein zweites Leben geschenkt worden war, erlitt er auf dem Flur der Kinderstation seinen ersten Herzanfall.

Alikas Eltern hatten sich sehr geliebt, und sie liebten ihre aus dem Eis Wiedergeborene. Aber ihr Vater war, nachdem er die Lawine besiegt hatte, nicht mehr der Gleiche, nicht mehr der starke, durch nichts zu erschütternde Mann. Die Lawine hatte ihm die angeborene Zuversicht genommen, daß nichts Schlimmes geschehen könne, wenn er nur aufrecht und geduldig sein Ziel verfolgte und kämpfte. Das Schicksal hatte ihm gezeigt, wie verletzlich, wie gefährdet ein Mensch ist, der liebt. Die Narbe auf ihrer Stirn erinnerte Alika immer daran. Das Eis hatte ihr Gesicht und ihr Leben geteilt, ein Leben genommen und ein zweites geschenkt. Ihres und das ihres Vaters.

Levi war drei Wochen alt, als Guram unruhig wurde. Über Alika klagte, mit ihr über Igor, den vorbestraften Koch, stritt, über Levis Vater, den brutalen und rücksichtslosen Russen, das Restaurant mit den Tischen aus alten Türen und den unübersichtlich bunten Gästen. Und über ihre zweite Heimat Berlin, diese krause Stadt, die Stadt ohne Berge, ohne georgischen Mutterboden, ohne eine ihm verständliche Seele.

Sie war froh, als er schließlich aufbrach. Immer war sie froh, wenn er verschwand, ihr seit der Lawine ängstlicher und getriebener Vater.

Aber nicht dieses Mal. Hagedorn, der sonderbare Polizist mußte ihn suchen. Er würde ihn finden, nur er. Da war ein Band zwischen ihnen. Sie kannten sich, gehörten zusammen, als wäre er ein Kaukasier. Vielleicht war er Jude wie ihre Mutter.

Igor und Levi kamen aus der Küche, Levis Gesicht war mit Schokolade verschmiert, er grinste. Alika breitete die Arme aus. »Was hast Du ihm gegeben, Igor? Er wird noch kugelrund werden.« Sie wischte ihrem Sohn die Schokolade von den Wangen.

»Hungrig soll er nicht losgehen«, sagte Igor, »wer weiß, was er bei seinem Vater bekommt.«

Die Atmosphäre war schlagartig zerstört. Levi wand sich aus Alikas Armen und widmete sich den nächsten Nüssen. Aber alle zerbrachen. Er schlug sie kurz und klein.

»Levi«, sagte Alika sanft.

Levi stopfte sich die Nüsse in den Mund.

»Es ist doch nur der Nachmittag«, sagte sie.

»Ich will aber nicht!«, schrie ihr Sohn und sah sie wütend an.

»Er ist Dein Vater.«

»Darauf scheiße ich!«

Levi sprang auf und lief in die Küche.

»Der Junge hat Geschmack«, sagte Igor.

»Jetzt fang Du auch noch an.«

Igor holte ein Kehrblech und fegte die Nußreste zusammen.

»Er hat nun einmal Besuchsrecht«, sagte Alika.

»Deutsche Richter. Du hast sie als Gäste und solltest wissen, was von denen zu halten ist.« Igor setzte sich neben sie. »Was Iwanow dem Jungen alles erzählt, überwacht doch auch keiner.«

»Levi ist stark, er weiß, was er davon zu halten hat.«

»Er ist zehn und sollte nicht mit so einem Monster allein sein.«

»Hör auf, Igor.« Alika wurde zornig.

»Ich weiß mehr über ihn als Du.«

»Knastgeschwätz, darauf gebe ich nichts.«

»Iwanow ist gefährlich, Alika.«

»Ich habe keine Angst vor ihm.«

»Das solltest Du aber, zumindest um Deinen Sohn.«

Die Restauranttür wurde aufgestoßen.

Jurij Iwanow war ein kleiner, sehniger Mann von beachtlicher Präsenz. Er näherte sich Alika. Sein Blick war kalt. »Wo ist mein Sohn?«

Igor holte ein Hackbrett aus der Küche, legte es krachend auf den Tresen und ließ eine Lammkeule darauf klatschen. Mit finsterem Blick auf Levis Vater schärfte er sein Messer.

Iwanow sah unverändert Alika an. »Wo ist mein Sohn?«

»Versteckt sich vor Dir«, sagte Igor.

»Halt's Maul, Koch.«

Igor entbeinte die Keule, das Messer glitt durch das Fleisch.

Alika seufzte. »Setz Dich doch. Kann ich Dir etwas anbieten? Levi ist sicherlich noch etwas holen.«

»Das geht von unserer Zeit ab.«

Alika zuckte die Schultern. »An mir liegt es nicht.«

Igor schob Fleischbrocken auf einen Spieß, dazwischen Zwiebelscheiben und Paprikastücke, immer im Wechsel. Er behielt Levis Vater im Auge.

Iwanow legte langsam sein Handy auf den Tisch, den Blick auf Alika gerichtet. »Ich kann meine Angestellten rufen«, sagte er, »die finden ihn.«

Alikas Narbe rötete sich. »Willst Du ihm Angst machen?«

»Er ist Russe und mein Sohn. Er hat keine Angst.«

»Vor Deinen Gorillas hat jeder Angst.«

»Außer Dir.« Levis Vater tippte in sein Handy.

»Warte«, sagte Alika, »ich hole ihn.«

Iwanow steckte sein Handy ein. »Ich bin draußen«, sagte er. »Fünf Minuten. Dann schicke ich sie rein.« Er ging zur Tür. »Und Dein Koch«, sagte er, »lebt gefährlich.«

V

Rusudans Züge waren zu ernst für ihr Alter. Tanja saß zusammen mit Oskar am Eßtisch der georgischen Familie jenes Bodyguards, der verdächtigt wurde, Komplize beim Attentat auf Guram gewesen zu sein. Ihnen gegenüber hatte Rusudan, eine junge Frau, fast noch ein Mädchen, ihre schmalen Hände auf dem Tisch abgelegt. Hinter ihr stand ihre Mutter. »Seit wann seid Ihr denn in Berlin?«, fragte Tanja.

»Ich bin vor zwei Jahren gekommen.«

»Du allein? Wie alt bist Du denn?«

»Achtzehn.«

»Du warst mit sechzehn allein in Berlin?«

»Für ein Musikstipendium.« Rusudan lächelte Tanja an. »Meine Familie hatte erst keine Visa bekommen.«

Deshalb also der schwarzglänzende Flügel, der Mittelpunkt des Zimmers. Die Familie lebte zu fünft, außer dem Mädchen und seiner Mutter gab es noch einen bettlägerigen Großvater und zwei kleine Brüder, auf drei Zimmern in der Charlottenburger Zillestraße. Die Wohnung war überladen mit plüschigen Stoffen, schweren, dunklen Vorhängen und sehr vielen Sitzgelegenheiten. Am allenfalls mittelgroßen Eßtisch zählte Oskar zwölf Stühle. »Schöner Flügel«, sagte er.

Rusudan nickte. »Eine Leihgabe, damit ich nicht immer zum Üben in die Hochschule muß.«

»Warum wohnt Ihr denn nicht näher dran?«

»Meine Mutter findet es sicherer. Und in Charlottenburg leben viele Georgier.«

Rusudans Mutter folgte dem Gespräch mit Blicken.

»Wir sind hier, weil wir Deine Mutter etwas fragen möchten zu einem Landsmann, der in Berlin zu Gast war.« Tanja sah die Mutter freundlich an. »Er ist verschwunden und wir suchen ihn.«

Rusudan nickte. »Meine Mutter spricht nur Georgisch.«

»Er war Politiker in Eurer Heimat«, sagte Tanja.

Das Mädchen übersetzte leise.

»Dein Vater war für seine Sicherheit verantwortlich.«

Die Frau nickte eifrig und setzte sich neben ihre Tochter.

»Er war Personenschützer«, sagte Rusudan, »und kam bei seiner Arbeit ums Leben.«

»Ich weiß«, sagte Tanja. »Es geht um den Tod Deines Vaters.«

Die Mutter sah von Tanja zu ihrer Tochter und redete leise und schnell. Rusudan antwortete kurz.

»Weißt Du, wie Dein Vater starb?«, fragte Tanja.

»Er rettete einem Mann das Leben«, sagte sie, »und verlor seins.«

»Dein Vater wurde verdächtigt, an dem Attentat auf einen Politiker beteiligt gewesen zu sein, den er eigentlich hatte schützen sollen«, sagte Tanja.

Das Mädchen schwieg.

»Übersetzt Du das bitte für Deine Mutter, Rusudan?«

Sie schwieg weiter.

»Der Name des Mannes, der hier in Berlin verschwand«, Tanja sah in das Gesicht der Mutter, »ist Guram Geladse.«

Die Frau schlug die Hände vor das Gesicht.

»Wir sind hier, weil wir wissen möchten, ob Deine Mutter oder jemand, den sie kennt, Kontakt zu ihm hatte.«

Die Frau redete auf ihre Tochter ein.

»Ist das der Mann, dem die linke Hand fehlt?«, fragte Rusudan.

Tanja nickte. Die Mutter ging in den Nebenraum und kehrte mit einem gerahmten Photo wieder, das sie vor Tanja auf den Tisch stellte. Ein junger Mann in Uniform. Dunkel, ernst wie seine Tochter und etwas wild. Die Mutter sprach auf Tanja ein.

»Was sagt sie?«

»Daß mein Vater ein guter Mann war, und daß er niemals Geld genommen hätte, um zuzulassen, daß jemand stirbt.«

Die Frau sprach immer lauter.

»Meine Mutter sagt, sie wurde damals unter Druck gesetzt. Man suchte einen Schuldigen. Und ein toter Personenschützer ist ein guter Sündenbock.« Rusudan saß kerzengerade am Tisch, die Hände im Schoß. Ihr Gesicht zeigte keine Regung.

»Aber hattet Ihr nicht viel Geld kurz nach dem Attentat?«

Das Mädchen übersetzte, ihre Mutter schüttelte heftig den Kopf. »Das war nicht unser Geld«, sagte Rusudan. »Plötzlich war es auf dem Konto. Meine Mutter hat es nicht angerührt. Aber es wollte niemand zurück. Also hat sie es der Kirche gegeben.«

Die Mutter faßte ihre Tochter fest an der Schulter und sprach eindringlich auf sie ein. »Niemals hätte sie dieses Blutgeld angenommen, aber die Kirche wird es reinwaschen.«

»Von Geldwäsche verstehen die was«, sagte Oskar.

Tanja strafte ihn mit Blicken. »Fragst Du sie bitte, Rusudan, ob sie Kontakt zu Guram Geladse hatte?«

Die Mutter schüttelte heftig den Kopf. Ein Wortschwall ergoß sich über Tanja.

»Sie wollte diesem Mann, für den mein Vater starb, niemals begegnen.« Rusudan sah Tanja an. »Und auch sonst niemand aus unserer Familie.«

Die Mutter schlug wieder die Hände vor das Gesicht und weinte schluchzend.

Ihre Tochter stand auf und sah Tanja an. »Wir haben niemandem etwas getan«, sagte sie. »Mein Stipendium gibt uns ein besseres Leben.« Sie sah zum Flügel. »Meine Musik hat uns hierher geführt.« Ihr Blick wanderte zu ihrer Mutter und zu Tanja zurück. »Die Welt, aus der wir kommen, ist sehr arm.« Sie streckte den Rücken, hob das Kinn und sah Oskar an. »Wir werden alles tun, bleiben zu dürfen.«

»Wo soll ich bloß anfangen?« Hanna ließ den Lappen sinken und starrte seufzend auf den Berg von angelaufenem Silberbesteck. Sie saßen am Eßtisch in Hannas Wohnung. Ihre Mitbewohnerin Grete hatte einen Grundputz ausgerufen, Hanna polierte das Besteck. Die Alte stand am Bügelbrett und spuckte auf die Unterseite eines Vorkriegsbügeleisens. Auf einer Leiter vor dem Fenster saß der Hauswart Gregor und wartete auf den nächsten Vorhang. Gretes Spucke zischte, sie nickte zufrieden, versprühte mit dem Zerstäuber Wassernebel und senkte das Bügeleisen. »Am besten vorne«, sagte sie.

Grete war, nachdem Hannas Mutter verschwunden und ihre Schwestern in die eigenen Leben zurückgekehrt waren, an den Rüdesheimer Platz in die nun vor Leere traurige Wohnung gezogen. Hanna war gerade im zweiten Semester ihres Medizinstudiums gewesen, nicht einmal neunzehn Jahre alt und brauchte Halt. Und für Halt war Grete zuständig. Sie hatte ihr Berufsleben als Lehrerin damit verbracht, in Kreuzberger Kinderhirnen für Ordnung zu sorgen und sie für ihre Heimatstadt Berlin zu öffnen. Es war ihr oft geglückt und ihre Schüler hatten sie geliebt. Noch Jahre nach der Pensionierung wurde sie eingeladen zu Tankstellenpächtern, Versicherungsmaklerinnen, Friseurinnen und Automechanikern, und auf türkischen, bosnischen, kroatischen und urdeutschen Hochzeiten mit Köstlichkeiten abgefüllt. Grete hatte dankbare und hilfsbereite ehemalige Schüler für alle Lebenslagen und in sämtlichen Berliner Berufszweigen.

»Beschreib mir, wie Deine Mutter war«, sagte Jakob.

»Wie sie ist«, korrigierte Hanna.

Es war ein Minenfeld, Hanna nach ihrer verschwundenen Mutter zu fragen. Aber Jakob hatte versprochen, sie zu suchen. Erst hatte er sich in seinem Sterbezimmer zurechtfinden müssen, aber jetzt war es an der Zeit, diesen Liebesdienst anzugehen. Und der Außentermin in dem georgischen Restaurant änderte an seinem Vorhaben gar nichts. Er war offiziell nicht an dem Fall Guram Geladse beteiligt, der gehörte Oskar und Tanja. Jakob dagegen war immer noch in der Wiedereingliederung und vier Tage die Woche Insasse des Archivs, Außenstelle Kellerende. Und jetzt würde er Tilla finden. Er war sich nur nicht sicher, ob das für seine Hanna gut war.

»Ich meine damit nicht, daß sie tot ist«, sagte er sanft. »Um sie suchen zu können, muß ich sie verstehen. Und das geht am besten, wenn Du in Deiner Kindheit anfängst. Wie war sie?«

Hanna lächelte. »Meine Mutter ist eine stolze, lebendige und sehr große Frau. Sie war Professorin an der FU und hat ganz allein sechs Mädchen großgezogen.«

»Also hat sie viel Energie?«

»Mehr als irgendjemand sonst.« Hanna polierte einen Löffel. »Ich weiß gar nicht, wie sie das alles geschafft hat. Wir Mädchen waren ein Hühnerhaufen. Alles war chaotisch, aber es war auch voller Leben und Liebe.«

»Ihre Kraft kommt aus Ostpreußen«, sagte Grete.

Jakob sah sie fragend an.

»Sie ist tief verwurzelt, das hat sie stark gemacht. Ostpreußen ist eine sehr mächtige Heimat«, sagte Grete. »Durch diese Herkunft wurde sie, wer sie ist. Nur wer die Scholle kennt, aus der er gewachsen ist, kann frei leben.«

Für Hanna waren ihre Mutter und die fünf älteren Schwestern dieser Mutterboden. Bevor sie Berlin als ihre ruppige und pralle Heimat eroberte, hielt die kleine Hanna die Welt für einen Frauenort. Überall Mädchenstimmen, alles plapperte, lachte, schrie, tanzte, sang, raufte miteinander, floh voreinander. Immer kochte irgendjemand, las den anderen etwas vor, schminkte eine Schwester, lackierte deren Nägel. Und über all dem thronte Tilla, machtvoll und stark, die wundervollste Mutter von ganz Berlin. Groß gewachsen und mager, mit lachenden blauen Augen und hohen Wangenknochen. Einer viel zu langen Nase und blondem, von der Sonne ausgebleichtem Haar. So wild, daß sie es immerzu mit Gummis bändigte. Bis sie es eines Tages kurz schnitt und springen ließ, wohin es wollte.

Tilla knisterte vor Lebensfreude und Tatkraft. Sie schien zwölf Hände zu haben, die in Töpfen rührten, über Köpfe strichen, Haare kämmten, Kinder fütterten. Sie blies auf gefüllte Kochlöffel und korrigierte nebenher Vokabeln. Ertrug die ihre dreibeinige Streifenmaus in der Küche spazieren führende Kleine genauso wie die pubertierenden Großen, die ihre Mutter abwechselnd wegstießen oder an ihrer Brust über böse Jungs schluchzten.

Im Flur hingen sechs Pinnwände mit den Terminen der Mädchen, darunter sechs Paar Schuhe wie Orgelpfeifen, dazwischen sechs Jacken an Haken. Sechs Stullenpakete, sechs Äpfel jeden Tag. Sechs Ranzen, sechs Mützen, zwölf Handschuhe.

»Sie war der Mittelpunkt einer Hummelhorde«, sagte Hanna. »Und außerdem noch Botanikprofessorin.«

»Und Euer Vater? Ist er gestorben?«

Grete brachte Hauswart Gregor den nächsten Vorhang und verschwand mit ihrem Bügeleisen in der Küche, um es im Backofen wieder aufzuwärmen.

»Jede von uns hat ihren eigenen Vater. Meine Mutter war eine gewollte Alleinerziehende.«

»Mochte sie keine Männer?«

Grete schlurfte wieder ins Eßzimmer. »Sie war scharf wie ein Rasiermesser.« Sie ließ sich auf einen Stuhl gegenüber Hanna fallen und zog eine Eieruhr auf. »Nur, damit das hier nicht zu idyllisch wird.«

»Willst Du weitererzählen?« Hannas Augenbrauen zogen zu.

Minenfeld dachte Jakob, als er von einer Frau zur anderen sah. Ein eingespieltes Team.

»Wenn Jakob sie richtig kennenlernen will, wäre das vielleicht besser.«

»Du hast sie immer beneidet.«

Kopf einziehen, Jakob.

»Geliebt habe ich sie«, sagte Grete, »wie sich das gehört als beste Freundin. Was mich aber nicht so blind für ihre Fehler gemacht hat wie ihr Nesthäkchen.« Sie strich Hanna über die Hand. »Tilla hat Männer begehrt. Aber als Familienmitglieder, gar als Haushaltsvorstand, hat sie nichts von ihnen gehalten.«

Krachend schoß der Vorhang von der Stange. »'tschuldigung«, sagte Gregor.

»Du bist natürlich die Ausnahme von der Regel«, sagte Grete lachend. »Gregor ist unser Mann für alles. Wenn Tilla ihn gekannt hätte, hätte sie ihn sofort geheiratet.«

Gregor war für einen Hauswart ein auffallend zarter Mann. Mit breiten Schultern allerdings und ausgearbeiteten Händen, die jetzt den Vorhang zurück auf die Stange schoben. Jakob dachte an seine Sterbezimmerschreibtischmuskulatur und gelobte Hanteltraining. Spätestens ab nächstem Monat. »Hat Tilla schlechte Erfahrungen mit Männern gemacht?«, fragte er.

»Sie war Kriegskind«, sagte Grete. »Ihre Mutter verstand sich als Künstlerin, war völlig unpraktisch, und ihr Vater nie da, wenn sie ihn gebraucht hat. Das Gut in Ostpreußen mußte Tilla als Heranwachsende im Krieg zusammen mit einem Verwalter führen.«

»Ihr Vater war Soldat?«

»Ihre älteren Brüder. Papa hat sich um den Familienbesitz in Übersee gekümmert. Bis der Adolfspuk vorbei ist, hat er gesagt.«

»Und kam er zurück, als der Spuk seine Heimat verwüstet und Frau und Kinder vertrieben hatte?«

»Da hatte er schon unter zu viele Überseeröcke geschaut. Das sexuelle Vagabundieren liegt in der Familie.«

»Er war krank«, sagte Hanna scharf.

»Richtig, Malaria hat er vorgeschoben.«

»Und dann war er verschollen«, sagte Hanna.

»Liegt auch in der Familie.«

Hannas Augen fauchten.

Grete sah auf ihre Eieruhr und stand auf. »Ich halte dann mal lieber die Klappe, sonst muß ich mir auf meine sehr alten Tage noch eine neue Bleibe suchen.« Sie ging in die Küche.

Hanna schwieg, Jakob tastete sich voran. »Das heißt, Du kennst Deinen Vater gar nicht?«

Sie schüttelte den Kopf. »Wir haben nichts vermißt.«

»Und Eure Väter haben nie versucht, Kontakt zu Euch aufzunehmen?«

»Sie wußten ja nichts von uns. Tilla hat sie auf ihren Auslandsreisen ausgesucht, um sich von ihnen schwängern zu lassen.«

»Eine sehr freie Frau.«

Grete kam zurück. Um die Rechte ein Handtuch gewickeln, blancierte sie das schwere Bügeleisen.

»Ihre Unabhängigkeit war für uns immer ein Vorbild«, sagte Hanna.

»Vorsicht Jakob«, sagte Grete, »jetzt wird's für Dich gefährlich.«

»Sie hat sich nie in ihr Leben hineinreden lassen«, sagte Hanna. »Außer von ihrer besten Freundin.«

Grete drückte das Bügeleisen auf den nächsten Vorhang. »War auch öfter nötig«, sagte sie mit rauher Stimme.

»Genaugenommen war Grete überhaupt die Einzige, auf die sie gehört hat.«

»Außer, wenn es um Männer ging.«

»Also weißt Du auch nichts …«, Jakob zögerte.

»Über ihre Liebhaber?« Grete grinste. »Erzählt hat sie viel. Alles eigentlich.« Sie nahm den Wasserzerstäuber und sprühte mit Schwung den Vorhang ein. »Aber nicht, wer sie waren, das war ihr ehernes Gesetz.«

»Und als sie verschwand? Hatte sie da gerade jemanden?«

»Sicher«, sagte Grete. »Sie konnte nie lange ohne. Außerdem war das kurz nach Mauerfall, in einer sehr erotischen Zeit.«

Jakob erinnerte sich. Es hatte geknistert, rund um die Uhr. Wer damals nachts schlief, war kein Berliner. Auch er war Mädchen im Vorübergehen begegnet. Die Zeit hatte stillgestanden. Sie lebten alle in einem Vakuum und warteten, daß irgendwann der Alltag zurückkehrte. Fremde Frauen, fremde Gerüche, eine andere Sprache, ein anderes Berlin. Er seufzte.

»Na, Kommissarchen?« Grete gackerte.

Jakob zog sich schweren Herzens aus der Erinnerung. »Ihr wart hier, am 9. November '89?«

Beide Frauen nickten. »Meine Schwestern waren ja deutlich älter und schon Jahre zuvor in alle Welt ausgeflogen«, sagte Hanna.

Grete sah zu Gregor. »Und Du, schweigsamer Hauswart?«

»Auch in Berlin«, sagte Gregor und stieg von der Leiter, um Grete den nächsten Vorhang abzunehmen. »Allerdings kam ich von der anderen Seite der Mauer.«

»Du bist Ossi?«, fragte Hanna.

»Hätte ich jetzt nicht gedacht«, sagte Grete. »Wieso haben wir nie darüber gesprochen?«

Gregor stieg mit dem Vorhang auf die Leiter, seine starken Schultern spannten sich. »Ist lang her.«

»Und, war es für Dich auch erotisch?«

»Grete!«

»Was?«

»Hat etwas gedauert, bis er sich rausgetraut hat«, sagte Gregor.

»Die sind eingelaufen«, sagte Grete.

Gregor drehte sich zu ihr um. »Wer?«

»Komm runter, Ossihauswart, und sieh es Dir an.«

»Mindestens zehn Zentimeter«, sagte Hanna.

Gregor stieg von der Leiter und sah kopfschüttelnd auf die Vorhänge mit Hochwasser.

»Und was machen wir jetzt?«, fragte Hanna.

»Nüscht«, sagte Grete. »Uns dran gewöhnen.«

»Sieht aber schon ein bißchen scheiße aus«, sagte Gregor.

Grete klappte das Bügelbrett zusammen. »Im nächsten Schaltjahr lasse ich den Saum raus. Oder besser, wenn Jakob Tilla gefunden hat, zur Feier des Tages.«

»Sehr witzig«, sagte Hanna.

»War nicht als Witz gemeint. Was glaubst Du, wird er finden, unser Geisterseher? Denn, daß er sie findet, darauf verwette ich meinen schrumpeligen Arsch. Ich nehme doch an, Du hast darüber nachgedacht, als Du ihn gebeten hast, sie für Dich zu suchen?«

»Ich will nur wissen, ob sie mich verlassen hat«, sagte Hanna. »Ob mich meine starke Mutter, der Mittelpunkt unserer Welt, einfach verlassen hat.«

Grete strich ihr über den Kopf. »Ach Kindchen. Und wenn, dann konnte sie nicht anders.«

Hanna sah Jakob an. »Genau das will ich wissen.«

VI

Mathilde Albertine Jolante von Bredow, genannt Tilla, verlor alles, als sie vierzehn war. Der Geschützdonner rückte näher, der polnische Verwalter des elterlichen Gutes in Ostpreußen stand mit ruhelosem Blick neben dem gepackten Wagen und stieg von einem Bein auf das andere.

Sie hatten seit Monaten nichts von Tillas Vater oder ihren älteren Brüdern gehört. Tillas Mutter lief durch die Zimmer und jammerte, man solle ihr sagen, was zu tun sei. Der vollgestopfte Wagen stand mit laufendem Motor dampfend in der Kälte und Tilla entschied sich zur Flucht. Sie wußte nicht, was sie tat, hatte noch keinen Ort und niemanden verlassen und kannte nichts außer ihrer Heimat.

In der nahen Kreisstadt verloren sie ihr Auto an einen Offizier. Der Verwalter kaufte für einen unverschämten Preis ein Pferdefuhrwerk mit eiernden Rädern und einen schielenden steinalten Ackergaul dazu. Das Pferd war ihr Glück. Alle anderen Flüchtlinge verloren ihre, aber der knochige Alte ließ sabbernd den schaukelnden Kopf hängen, wenn schneidige Uniformierte sich ihm näherten. Und er ging nicht einen Schritt, es sei denn, der Verwalter nahm seine Zügel.

Das Pferd blieb ihnen bis zur Reichsgrenze. Dort sank es auf seine steifen Vorderbeine, schnaufte schwer und starb. Der Verwalter segnete Tilla mit polnischen Worten, verbeugte sich vor ihr und ging zurück in seine Heimat.

Sie waren allein bei minus dreißig Grad und sie gingen zu Fuß. Tilla kaufte für all ihre Wertsachen den Handkarren eines Bauern, lud die letzten Habseligkeiten darauf und gab ihn der immer noch jammernden Mutter an die Hand. Sie selbst schnürte sich die ihnen gebliebenen Lebensmittel vor die Brust, den kleinen Bruder auf den Rücken und hieß ihn, seine Arme um ihren Hals zu schlingen.

In der nächsten Nacht nahm ein Mann die Mutter.

In der folgenden verloren sie den kleinen Bruder an die Kälte.

Die Seele der Mutter starb auf dieser Flucht. Sie verlernte zu berühren und sich berühren zu lassen, begegnete den Rest ihres Lebens sich selbst und anderen mit harter, hilfloser Hand.

Drei Monate nach Kriegsende erfuhren sie in Berlin, daß auch die übrigen Söhne den Krieg nicht überlebt hatten. Als Tilla ihrer Mutter die Todesnachricht überbrachte, ging die mit einer Axt auf ihr nun einziges Kind los.

Der herbeigerufene Arzt zuckte wortlos die Schultern, gab eine Spritze und ging.

Tilla verbarg Axt, Messer und Streichhölzer vor der Mutter, schloß sie ein, wenn sie etwas zu essen organisieren mußte und hielt sie zurück, als sie sich am Apfelbaum erhängen wollte. Erst nachdem die Mutter eine Scheibe einschlug und der zurückkehrenden Tilla blutüberströmt mit einer Glasscherbe drohend gegenübertrat, brachte sie sie in eine Klinik.

Jeden Tag nach der Schule fuhr Tilla in die Psychiatrie und hoffte auf Besserung. Nach einem Jahr, in dem sich am Zustand der Gräfin nichts geändert hatte, ging Tilla zu einem Anwalt und fragte, wie sie ihren vermißten Vater für tot erklären könnte. Sie bekam Halbwaisenrente, machte Abitur und begann ein Biologiestudium. Im Sommer nach dem Vordiplom sah sie ihrer Mutter zum letzten Mal dabei zu, wie sie im Aufenthaltsraum sinnlose Gedichtzeilen auf Papierfetzen kritzelte. Am folgenden Morgen zwängte sich Gräfin von Bredow aus einer Dachluke und sprang der aufgehenden Sonne entgegen in den Tod.

Mathilde Albertine Jolante von Bredow, genannt Tilla, verlor ihre Eltern, ihre Geschwister und ihre Heimat, als sie vierzehn war. Und sie schwor sich, zu überleben.

Jakob sah dem Professor zu, wie er versuchte, sich mit dem Programm seines PCs auf eine Sprache zu einigen. Seine Stirn war konzentriert gefaltet, der Mund stand leicht offen.

Tillas früherer Kollege Professor Dr. Schmerkert war in Weiß gekleidet, als wäre er einer von Hannas Krankenhauskollegen. Ein Labormensch, sogar mit weißen Schuhen. Ohne Laborratten allerdings. Kein Getier weit und breit, keine Pflanzen. Jakob erinnerte sich an das gemütliche Bürostübchen des Biologen Werner im Botanischen Museum. Seine Sorgenpüppchen und die Webdecke aus Guatemala auf seinem Stuhl. Bei Professor Schmerkert würde Jakob nie auf die Idee kommen, seine Schuhe abzustreifen. Wie hatte die wilde ostpreußische Tilla hierher gepaßt? Weißer Kunststoff überall, sirrende Festplattenventilatoren, aseptisches Licht aus Neonröhren und Kabelgebirge unter den Tischen.

»Ich hab's gleich«, sagte Schmerkert. Seine Nase krauste sich, er kniff die Augen zusammen. »Die Testreihe will nicht so wie wir.« Er hackte mit den Fingern auf der Tastatur herum. Jakob betrachtete sein ergrauendes Haar. Der Mauerfall und Tillas Verschwinden waren über zwanzig Jahre her.

Der Professor seufzte. »Das wird heute nichts mehr.« Er wies auf den PC. »Sie wollten etwas über Tilla wissen? Das ist keine Umgebung für sie, lassen Sie uns aufs Dach gehen.«

Sie stiegen eine Wendeltreppe hoch auf das Institutsdach. Schotter knirschte unter ihren Schuhen. Es gab eine Bank, dahinter versuchten einige Gräser und Pflanzen am extremen Standort zu überleben. Man sah immerhin den Himmel. »Hat Tilla hier gearbeitet?«, fragte Jakob.

»Schon, aber das sah damals alles ganz anders aus. Die Westberliner FU war eine verschnarchte linke Einrichtung. Wir Biologen haben der Dritten Welt unter die Arme gegriffen und alles zu retten versucht.«

Werner, dachte Jakob. »Und dann fiel die Mauer«, sagte er.

»Die Veränderungen begannen schon vorher durch die aufkommende Gentechnik. Die unsere Gräfin übrigens ablehnte. Sie hatte so eine romantische Ader in der Biologie.«

»Das heißt?«

»Sie hat gern ganz altmodisch Dinge gekreuzt.« Er lachte. »Nicht nur im Beruf. Haben Sie ihre Töchter gesehen?«

»Ich kenne nur eine.«

»War damals Institutsgespräch, wenn Sie auf Empfängen mit ihrer Schar auftauchte. Regenbogenfamilie würde man heute sagen. Aber alles ihre.«

»Und bei der Arbeit?«

»Hat sie gemendelt. Träumte von irgendwelchen Urrassen, die man nur ausbuddeln müßte. Etwas arg rückwärtsgewandt. Der Flachs war so ein Ding. Hatte wohl mit Ostpreußen zu tun. War ihre Traumpflanze, unerschöpfliche Anwendungsmöglichkeiten. Haben später die Ökos aufgegriffen, vor dem Hanf. Diese knitternden Leinenhemden, das ist Flachs. Aber das war nach Tillas Verschwinden. Hat sie nicht mehr miterlebt.«

»Schade.«

»Ja, zumal sie darüber geforscht hat, wie man Flachs produktiv anbauen kann. Ist ziemlich empfindlich, das Zeug.«

»Erinnern Sie sich an ihre damaligen Projekte?«

»Oh ja, sie hat sich für eine Samenbank in der DDR interessiert.« Er lachte. »Jetzt gucken Sie nicht so gekringelt, ich rede von Pflanzensamen. Die DDR hat in ihrer Abschottung einiges probiert. Zusammen mit den Bruderstaaten. Bau auf, bau auf, Sie wissen schon. Die Arbeiterklasse will was zum Futtern haben.«

»Hat sie nach Mauerfall dort Kontakte geknüpft?«

»Sie kannten Tilla nicht. Sie war sehr schnell und sehr überzeugend. Sie ist einfach hingefahren in die DDR, gleich nachdem sie von der Samenbank gehört hatte. Sachsen-Anhalt. Das Institut gibt es noch. Vielleicht hat die Stasi sie abgegriffen.«

»Warum das denn?«

»Na ja, die DDR war noch zu, als sie zum ersten Mal hin ist. Und natürlich ist sie nicht mit leeren Händen zum Westberliner Klassenfeind zurückgekehrt. Sie wissen ja, sie hatte einen Hang zu fremdem Samen.«

»Sie hat die DDR beklaut?«

»Diebstahl von Staatseigentum, wenn auch zu wissenschaftlichen, also hehren Zwecken. Aber fragen Sie mich nicht, was genau sie da geklaut hat. Ich interessiere mich nicht so für Botanik. Außerdem schrieb ich gerade meine Doktorarbeit.«

»Wohl nicht bei Tilla?«

Er schüttelte den Kopf. »Mein Fach ist die Gentechnik. Das war zwar damals ein sehr übersichtliches Feld, erforderte aber hohe Konzentration. Vom Mauerfall habe ich nicht viel mitbekommen.«

»Können Sie mir die neue Adresse der Samenbank geben?«

»Das ist die alte. Nur mit einem Haufen Westgeld aufgebrezelt. Sollte mich nicht wundern, Sie finden dort noch ein paar der alten Leute. Ist eine Gegend, in der sich nicht viel ändert. Nördliches Harzvorland. War ein ziemlicher Skandal damals in der DDR. Da rollten wohl auch Köpfe, weil einige der Gräfin zu treuherzig alle Türen geöffnet haben.«

»Waren vielleicht froh, daß sich jemand aus dem Westen für ihre Forschung interessiert.«

»Und Tilla war wirklich sehr gewinnend. Erst recht, wenn sie etwas wollte.«

»Und was hat sie erforscht mit den geklauten Samen?«

»Gar nichts, dafür hatte sie ihre Doktoranden. Alles Ökos. Ein Projekt zur Rückzüchtung alter Pflanzenarten. Ach ja, und da gab es eine Verbindung nach Niedersachsen. Tilla war öfter dort in der zweiten Hälfte der Achtziger. Auf einem Bauernhof. Bio, glaube ich, irgendwas mit Sternen oder Sonne kam im Namen vor. Das waren echte Seelenverwandte. Mehlige Äpfel, winzige Pflaumen, mehltauanfälliges Getreide, so was. Schrecklich.«

»Sie sind wirklich kein Botaniker.«

»Da lobe ich mir meine Gensequenzen. Sauber, kalkulierbar und kein Ungeziefer weit und breit.«

»Die Adresse in Niedersachsen …«

»Finde ich auch noch. Aber ob es die noch gibt, weiß ich nicht. Die in Sachsen-Anhalt sind mit der Zeit gegangen, aber die

Ökos? Obwohl ich wegen Tillas Verschwinden eher auf die Stasi tippe. Sie ist vorsichtshalber nach dem Skandal nicht mehr über die Transitstrecke nach Westdeutschland gefahren, sondern nach Hannover geflogen. Aber man hört ja oft, die hätten die Leute entführt. Oder nach Mauerfall wollte sich irgendwer von denen rächen, die ihretwegen in Sachsen-Anhalt ihren Job verloren haben an der Samenfront. Wer weiß, das Harzvorland ist eine sehr spezielle Gegend.«

Jakob patschte mit nassen Füßen von der Dusche direkt zur Wohnungstür, drückte auf den Haustürsummer und öffnete sie. Bis sein Besuch oben war, hatte er genug Zeit, das Duschwasser abzurubbeln. Nicht genug Zeit sich anzuziehen.

»Du hast ja immer noch so einen Adoniskörper.« Oskar drückte Jakob an seine Brust, es quatschte auf seinem Hemd. »Verdammt, Du bist ja naß.« Oskar hielt seinen Freund eine Armlänge entfernt fest. »Aber der Keller hat Dir bisher noch nicht sichtbar geschadet.«

Jakob grinste schief.

»Und halt das Handtuch um Deine Hüften schön fest.«

Jakob lachte. »Komm endlich rein, Du Schwätzer. Was macht die überirdische Kripoarbeit?«

Oskar streifte die Schuhe ab und ging ins Wohnzimmer. »Dreht sich im Kreis, weil der beste Kripokommissar Berlins seine Tage in Gesellschaft von Schimmelsporen und Kellerasselpipi verbringt.«

Jakob hustete.

»Angeber.« Oskar ließ sich auf die Couch fallen.

»Willste Wein?«

Oskar winkte ab. »Hab noch keinen Feierabend. Focke hat uns eine russische Razzia eingebrockt. Lächerlich, irgendein Schmieröl wird es ihnen längst gesteckt haben. Keine Ahnung, wen er damit beeindrucken will.«

»Die Medien?«

»Das müßte dann ohne Bildchen sein. Sein Auge ist noch grün-violett. Kommt im Fernsehen nicht so gut.«

»Also biste nur auf einen Sprung da?«

»Du sollst noch mal an den Georgierfall ran. Guck nicht so kraus, kriegst nur die Rosine.« Oskar zwinkerte. »Wir haben ein Problem mit der rassigen Tochter. Sie springt uns ständig an, es ginge ihrem Vater schlecht, wir müßten ihn finden.« Oskar verdrehte die Augen.

»Wart ihr denn schon bei dem Russen, dem Vater ihres Sohnes?«

»Der ist 'ne ganz heiße Nummer in der Berliner Unterwelt. Hat eine riesige Akte bei uns, wir ackern uns gerade durch. Tanja und ich wollen gut vorbereitet zu ihm. Bei dem Schwiegersohn ist es nicht sicher, ob es Guram Geladse überhaupt noch geht. Glaube nicht, daß Jurij Iwanow Geduld für eine Geiselnahme hat.«

»Dann ist Alikas Angst um ihren Vater berechtigt.«

»Gut, daß Du so viel Verständnis für sie hast. Der Grund, warum ich hier auf Deiner Couch sitze, ist nämlich«, er senkte den Kopf und sah Jakob schräg von unten an, »sie will mit Dir reden. Nur mit Dir. Du würdest sie verstehen, Du hättest eine Verbindung zu ihr und deshalb würdest Du ihren Vater finden. Wie machst Du das, Alter?« Oskar schüttelte den Kopf. »Hast so gut wie nichts gesagt in ihrer georgischen Boulettenbude, saßt da wie ein Beutel Falschgeld. Als könntest Du es nicht erwarten, endlich wieder wegzukommen. Und was sagt die schöne Alika? Ihr habt eine Verbindung.«

»Das müßt Ihr ohne mich machen.«

»Wieso?«

»Ich habe keine Zeit.«

»Spinnst Du? Deine Kellerasseln können warten.«

»Falsch. Meine drei Tage diese Woche sind um. Ich habe jetzt vier Tage frei. Und die nutze ich, um Hannas Mutter zu suchen.«

»Das kann auch warten. Alika hat …«

»Das wartet sicher nicht.«

»Was soll das Alter? Dieser Fall ist Deine Chance aus dem Keller. Mach bloß keine Zicken.«

Jakob stand auf, nahm die Gießkanne und goß seine Pflanzen. »Ich habe Hanna versprochen, ihre Mutter zu suchen. Das ist sehr wichtig für Hanna. Und Hanna ist wichtig für mich.«

»Die ist seit über zwanzig Jahren futsch, da wird es auf einen Tag mehr nicht ankommen.«

Jakob goß schweigend die Pflanzen. Oskar sah ihm dabei zu. »Was rennst Du so durch die Wohnung? Hast Du neuerdings ein Problem mit der Prostata?«

»Die Blumen sind durstig.«

Jakob holte frisches Wasser. Als er zurückkam, stand Oskar in der Tür. Er nahm ihm die Kanne ab und führte ihn zur Couch. »Was ist los?«

Jakob sah aus dem Fenster.

»Komm zurück, Geisterseher. Ich rede mit Dir.« Oskar tätschelte ihm den nackten Oberschenkel. »Sieh mich an, mein Freund.« Jakobs Kopf drehte sich in Zeitlupe. »So ist's fein. Und jetzt erzählst Du direkt in Oskars Visage, wo das Problem ist.«

»Ich will nicht und ich kann nicht.«

»Du bist verknallt.« Oskar sprang auf. »Du bist in Alika verknallt. Ich fasse es nicht.« Oskar schlug mit der Faust an die Wand. Jakob zuckte zusammen. »Hast Du keine anderen Probleme?«

Jakob schwieg.

»Verdammte Scheiße.« Jetzt lief Oskar durch das Zimmer, immer von einer Bücherwand zur nächsten. »Nicht, daß es mich was angeht, aber war Hanna nicht eben noch die Liebe Deines Lebens?«

»Das ist sie auch.«

»Ach ja, aber dann hattest Du noch Spitzen frei für Alika? Kannst Du Deinen Königstiger nicht mal erziehen? Als sie in Amerika war, hätte ich das ja noch verstanden, aber jetzt?« Er warf sich in den Sessel, die Fäuste lagen geballt auf den Armlehnen. »Wenn man nicht immer auf Dich aufpaßt, rennst Du wirklich direkt in die Scheiße.«

»Und was schlägst Du vor, soll ich anders machen?«

»Das fragst Du mich? Keine Hanna, einen Königstiger mit Arthrose und vergucke ich mich in die schöne Alika? Nee.«

»Du stehst auf Blondinen.«

»Jetzt bring mich nicht raus. Ich will sauer sein.«

Jakob verließ das Zimmer und kam angezogen zurück. Ein tiefrotes Wildseidenhemd über einer Jeans, die gerade eng genug war, um seine langen, wohlgeformten Beine anzudeuten. Das dunkle Haar fiel chaotisch um seinen Schädel.

»Mannomann, wie Du aussiehst.« Oskar schüttelte den Kopf.

Jakob stand vor ihm. »Ich kann nicht an dem Fall mitarbeiten. Ich darf sie nicht wiedersehen.«

»Da gibt es nur ein kleines Problem. Wir haben das Leben von Alikas Vater durchleuchtet, so weit es öffentlich ist. Er ist eine Friedenstaube, die am großen Rad dreht. Politik, Mafia, Russen, alles da. Lauter Diplomaten und unberührbare Kriminelle. Der ist 'ne richtig große Nummer. Und ihn hat der Erdboden verschluckt. Er ist einfach verpufft. Um weiterzukommen, brauchen wir mehr Informationen von Alika. Und sie will Dich, sonst niemanden.«

Jakob schwieg.

»Sie will, daß Du in ihr Atelier kommst. Eigentlich ist sie nämlich Malerin, wußtest Du das? Die Bilder im Restaurant sind von ihr.«

»Diese riesigen, sinnlichen, erotischen Bilder sind von ihr?«

»Exakt.«

Jakob stöhnte.

»Und dieser Fall wird Dich zurück an meine Seite bringen. Nie wieder Kellerloch. Und Du wirst da hingehen und die Finger von Alika lassen, so wahr ich Oskar Blum heiße. Sie hat eine Narbe auf der Stirn, die ihr Gesicht teilt. Sie ist überhaupt nicht so schön, wie alle sagen. Eigentlich sieht sie aus wie der Glöckner von Notre Dame.«

Jakob stöhnte wieder.

»Meinetwegen nimm vorher eine Baldrian oder zieh einen Schlüpper von Hanna an, mit Vorhängeschloß, aber Du gehst hin in das Atelier vom Glöckner.«

»Verlang das nicht von mir.«

»Du kannst gar nicht ausweichen, das weißt Du. Ich kann ausweichen, vor bösen Geistern, Tretminen, notfalls mein ganzes Leben. Aber Hagedorn, mein Jakob, die Geisterlatte, der Frauenversteher, nee, Du faßt in den Honigtopf, mit beiden Armen, bis an den Grund. Und wenn Du dann festklebst, bist Du in Deinem Element.«

Im Stationsflur versuchte seit drei Tagen eine Neonröhre flakkernd zu sterben. Unter ihr saß ein magerer alter Mann in grauen Pantoffeln. Er trug einen Frotteebademantel, die nackten Beine steckten in Wollstrümpfen. In der Rechten hielt er einen Laufzettel, den ihm eine Schwester vor zwei Stunden auf seiner Station gegeben hatte. Er hatte den Fahrstuhl gefunden, nach einigen Umwegen auch die richtige Station. Ihre Zahl stand über der Tür, die zusätzlich im gleichen Blau gestrichen war wie sein Laufzettel. Das fand er hilfreich für einen so alten wie klapprigen Mann, auch wenn für seinen Grauen Star das Blau und das Grün ununterscheidbar waren.

Mit der Linken umklammerte er seinen Galgen, den er, wenn wieder ein Mensch im weißen Kittel an ihm vorbeihastete, an sich zog. Hin und wieder kratzte er vorsichtig an der Schmetterlingskanüle auf seinem Handrücken, der gerötet und etwas geschwollen war, und sah hoch zu der Nährlösung, die weit über seinem dünnen Haar baumelte.

Eine Tür schräg gegenüber wurde vom Hinterteil einer Putzfrau aufgeschoben. Rückwärts ging sie durch die Tür, zog ihren Wischeimer hinterher und drückte den Feudel im Wischwasser aus. Unendlich langsam wischte sie den Gang. Aber sie war gründlich, den Ecken widmete sie sich mit besonderer Hingabe. Der alte Mann gähnte, die Neonröhre flackerte. Da öffnete sich zischend die Flurtür. Ein Arzt lief über den Flur, den Blick am Boden. Der alte Mann hob seinen Laufzettel, der Arzt rannte fast die Putzfrau um, wich fluchend aus und stürzte weiter.

»Verzeihung«, krähte der alte Mann, aber der Arzt war schon durch die nächste Tür, der entstehende Luftzug bewegte die dünnen Haare des Alten. Er schob die Füße zusammen, sah auf seine von Adern durchzogenen nackten Beine, die Wollstrümpfe, die grauen Pantoffeln, zog den Bademantel über die Knie und ächzte. Die Putzfrau kam rückwärts näher.

»Verzeihung«, sagte er. Die Putzfrau sah ihn an. Eine Asiatin mit Kopftuch. Gab es bei denen auch Moslems? Sie war hübsch und jung, vielleicht würde sie ihm helfen. Er hielt ihr seinen Laufzettel hin und griente freundlich.

Die Flurtür öffnete sich wieder, zwei lachende Ärztinnen durchmaßen den Flur. Der alte Mann zog sich am Galgen hoch. Er stand und hielt ihnen den Laufzettel entgegen.

»Und dann fragt der Typ, was ich beruflich mache«, sagte die eine Ärztin.

»Und weg war er«, sagte die andere.

»Nee, ein zäher Unternehmensberater und außerdem hab ich gesagt, ich bin Krankenschwester.«

»Hervorragend. Mit weißer Haube.« Beide kicherten.

Sie waren jetzt auf der Höhe des Alten mit dem Galgen angelangt und machten einen Bogen. »Verzeihung«, sagte der.

»Geht schon«, sagte die eine Ärztin.

»Nach einer halben Stunde hatte ich seine Handynummer«, sagte die andere.

Die Tür am Ende des Flurs schloß sich hinter ihnen. Der Alte stand neben seinem Galgen. Es war still. Die Putzfrau nahm ihren Wischeimer und setzte ihn einige Meter weiter wieder ab. Das Wasser schwappte über. Sie spülte ihren Feudel aus, ihr ganzer Oberkörper bewegte sich dabei ruckartig. Der Alte setzte sich. Eine Schwester kam aus einem Zimmer.

»Verzeihung«, sagte der Alte, schon etwas lauter.

Die Schwester hob den Kopf. »Es kommt gleich jemand.«

»Ach so«, sagte der Alte.

»Schon gut«, sagte die Schwester und verschwand.

Die Putzfrau wischte. Auch die Ecken. Auf und ab, auf und ab.

Die Schwester kam zurück, einen Kaffeebecher jonglierend. Nahm im Gehen einen Schluck und verzog das Gesicht. Wischte den Rand des Bechers mit ihrem Kittel ab, ging zurück in das Zimmer und schloß die Tür.

Die Flurtür öffnete sich, die zwei Ärztinnen kamen zurück.

»Bin ich Schneiderin, oder was?«, fragte die linke und zog eine Augenbraue hoch. »Eins-Nuller-Abitur, sieben Jahre studiert, und dann darf ich zunähen.«

»Plan B mit dem Unternehmensberater.« Sie gackerten.

»Er fährt ein Cabrio.«

»Das kann geleast sein.«

»Du nun wieder.«

Der Alte stand im Weg mit seinem Galgen.

»Was?«, fragte die eine Ärztin unwirsch.

»Ich soll mich hier melden«, sagte der Alte. Seine Linke leuchtete rot am Galgen. Der Ärmel des Bademantels war zurückgerutscht. Eine rote Spur zog sich den Unterarm entlang.

»Aber ja wohl kaum bei mir«, sagte die Ärztin. »Fragen Sie eine Schwester.«

»Ach so«, sagte der Alte und zog den Galgen zu sich.

Die Ärztin schob ihn zur Seite. »Also bei mir war es damals ein Lamborghini.«

»Aber geleast?«

»Ich bin ihm beim Fahren an die Hose …«

»Nein.«

»Und er fährt rechts ran.«

Die Flurtür öffnete sich zischend.

Da fiel der Putzfrau der Wischeimer um. Mit einem lauten Klatschen ergoß sich das dunkelgraue Wasser über die Füße der Ärztinnen. Quiekend sprangen sie zur Seite. Ihre weißen Krankenhausschuhe, ihre weißen Krankenhaussocken, ihre weißen Krankenhaushosen und ihre weißen Krankenhauskittel waren voller dunkelgrauer, schmieriger Wasserflecken.

»Das gibt es doch nicht«, rief die eine.

»Blöde Putze«, die andere.

»Das bezahlst Du.«

Die Putzfrau lief mit kleinen Trippelschritten auf die eine Ärztin zu, einen großen Wischlappen in der Hand, fremdsprachlich wimmernd. Vor der Ärztin ging sie auf die Knie und wischte hektisch Schuhe, Socken und Hose ab. Sie zog winselnd an deren Kittel, stand unter Verbeugungen auf und versuchte, der Ärztin die Jacke auszuziehen.

»Was zum Teufel macht die denn?«, rief die. »Nimm Deine dreckigen Finger weg.«

Die andere sprang kreischend aus der Armlänge der Putzfrau auf die Flurtür zu. »Jetzt laß die doch«, rief sie, »weiß der Teufel, aus welchem anatolischen Dorf die gekrochen ist.«

Die Ärztin schlug nach den Händen der Putzfrau und lief der anderen hinterher. Mit einem Zischen schloß sich die Tür hinter ihnen und es war wieder still.

Der Alte starrte die Putzfrau mit offenem Mund an, die jetzt plötzlich völlig ruhig und aufrecht, mit normal großen Schritten ihren Eimer nahm, ihn mit frischen Wasser füllte und den Flur erneut wischte. Auf der Höhe des Alten angekommen, stellte sie den Feudel ab, nahm seinen Laufzettel und las ihn.

»Sie sollen zum Röntgen«, sagte sie in klarstem Hochdeutsch. »Das ist einen Stock tiefer. Aber um die Zeit ist da niemand mehr. Was halten Sie davon, wenn ich Sie zurück auf Ihre Station bringe?«

Sie nahm seine Linke vorsichtig in ihre Hand. Trotzdem zuckte der Alte zusammen.

»Nein, wir gehen zur Notaufnahme, da läuft was richtig schief.« Sie sah ihn an. »Aber mit denen reden müssen Sie schon allein, ich bin hier nämlich nur die blöde Putze.«

»Was soll ich denn sagen?« Der Alte hielt sich an seinem Galgen fest.

»Blutvergiftung. Und zeigen Sie Ihren Arm.« Sie sah dem Alten streng in die Augen. »Und keine Entschuldigung vor- oder hinterher, ist das klar?«

Der Alte nickte. »Sie sind aber eine dolle Putzfrau.«

»Falls Sie eine suchen, ich hab grad keine Spitzen frei.«

VII

Oskar kannte seinen Freund. Jakob wich niemals aus. Er schlenderte in jede Katastrophe, verträumten Blicks mitten hinein. Also schob er die Suche nach Tilla in den Hinterkopf, stand vor Alikas Atelier und sah auf den Türklopfer. Er hob den kleinen Messinghammer an und ließ ihn auf den stilisierten Amboß niederfahren. Ein Gong ertönte hinter der Tür. Jakob zuckte zusammen. Ein Anfall jetzt, das wär's. Sabbernd und zuckend auf dem Boden hätte er sich Alika gegenüber so nachhaltig blamiert, daß fortan keine Gefahr mehr von ihr ausginge. Noch nie hatte er sich Bewußtlosigkeit so sehr herbeigesehnt. Aber er fiel nicht. Stand wie eine Eins, frisch geduscht, ohne Baldrian, aber mit Vorhängeschloß. So wahr ihm Gott helfe, er würde dieses Atelier als Jungfrau verlassen. Sie öffnete die Tür, lächelte ihn an und ihm wurden die Knie weich.

»Schön, daß Sie da sind.« Sie legte den Kopf zur Seite, genau wie Hanna am Cello. Hanna, Hanna, Hanna. Nackt. Am Cello. Sehr hilfreich. »Wollen Sie nicht reinkommen?«

Alika trug einen Kittel voller Farbflecken. Er war weit. Gut. Keine Rundungen. Eine Art Burka. Ab sofort war Jakob ein Freund der Ganzkörperverschleierung. Drum führe mich nicht in Versuchung.

Sie ging voraus in ihr Atelier, mit viel zu großen Schritten für ihren Körper. Ihre Hüften bewegten den Kittel. Nicht weit genug, die Burka. Sie war jünger, kleiner und runder als Hanna, voller auch. Und hatte einen größeren Busen. Zu groß. Sie drehte sich um. Viel zu groß. Er riß den Blick hoch. Ich mag keine Frauen mit großem Busen. Erlöse mich von dem Übel.

Er sah zur Decke, dann die Wände an. Ausruhen den Blick, tief atmen, am besten in den Bauch.

Aber da waren die Bilder, überall. Hingen, standen, lagen. Jakob schnappte nach Luft. Ein tiefer Ton erfüllte den Raum. Das

Echo vergangener Generationen. Züge von Menschen, Fallwinde aus großen Höhen. Rauschende Flüsse. Knisterndes Eis. Mächtige Kirchen, tiefe Gesänge, Obertöne im Rückraum. Götter wurden angerufen, Lieder geklagt, Lasten getragen. So viele Geister, so viele Gräber. Das Meer. Kriege, Zerstörung, Streit. Harte Winter, glühende Sommer. Blüten unter sengender Sonne. Volle Frucht, gute Ernten. Dankt den Göttern.

Verlust. Fliehen. Gehen müssen, getrieben sein, getrieben werden, geschickt werden. Zurückblicken, Schmerz, zehrende Trauer. Fremd sein. Anders sein, einsam sein. Sehnsucht zerrt an der Seele. Wo sind die Winde, die Höhen?

Jakob stand inmitten von Alikas Welt und schnappte überwältigt nach Luft. Jakob, der immer genug Raum für alles hatte, alles willkommen hieß, kommen ließ, gehen ließ, schnappte nach Luft in Alikas Seele.

»Gefallen sie Ihnen?«, fragte ihre tiefe Stimme. Tiefer als Hannas. Alika stand vor ihm, zwei Teeschalen in den Händen. Sie war nicht mal hübsch. Die Narbe auf der Stirn fuhr durch ihr Gesicht wie ein Blitz. Aber verdammt, sie war schön. Jakob sah von einer Tasse zur anderen und dann in ihre Augen. Hanna stand vor ihm, das Cello im Arm. Unendlich traurig der Blick, warm die Lippen, zornig die Stirn.

Er schloß die Augen.

»Ich habe uns Tee gekocht«, sagte Alika, »aus meiner Heimat.«

Jakob öffnete die Augen. Sie lächelte. Alikas Zähne blinkten. Ein paar Sternschnuppen sprangen aus den Teetassen auf den Boden, schlugen klirrend auf und kullerten leuchtend durch das Atelier. Eine Windbö sauste durch den Raum, drehte auf dem Küchentisch zwei Pirouetten, wirbelte Laub über den Steinboden. Eine Tür schlug, ein paar Takte einer fremden Musik, ein Kinderlachen, dann war es still.

Jakob sah zurück zu den Bildern. Ein leises Flirren breitete sich von ihnen aus. Sie verglühten.

Alika ging zu einem von Leinwänden und Skizzen überquellenden Tisch, stellte die Tassen auf einer Ecke ab und räumte den Tisch frei. »Milch oder Zucker?«

Jakob schüttelte den Kopf. Von einer leeren Leinwand aus wölbte sich ein Regenbogen quer durch den Raum. Aus einer Skizze stieg eine Ziege und kletterte auf die Fensterbank. Jakob atmete in den Bauch. Einundzwanzig, zweiundzwanzig, dreiundzwanzig. Ein. Aus.

Alika öffnete den Kittel, setzte sich, schlug ein Bein unter und blies über ihren Tee. »Sie sind genau so, wie ich Sie in Erinnerung habe«, sagte sie, den Blick auf Jakob gerichtet. »Und Sie sind wirklich Polizist?«

Jakob nickte, setzte sich und rief seine Stimmbänder zur Ordnung.

»Nichts nebenher? Künstler vielleicht?« Sie sah in seine Augen. Mittenmang.

Jakob schüttelte den Kopf. Nahm Anlauf. Ruhe in den Ohren, Stille in den Augen, bleibt alle draußen. Atmen. Er sollte es mit Yoga versuchen. Oder Tantra, noch besser. Achtung. Burka.

»Entschuldigung«, sagte Alika. Jakob hörte Öl durch ihren Hals tropfen. »Ich wollte Ihnen nicht zu nahe treten.« Schade eigentlich. Atmen, Du Depp. Goldenes Öl auf Alikas georgischen Stimmbändern.

Jakob kiekste. Er räusperte sich. »Mein Kollege Oskar Blum schickt mich, ich soll Sie über Ihren verschwundenen Vater befragen.« Sie hörte einfach nicht auf, Jakob in die Augen zu sehen. Laß das, das ist meine Rolle. »Leider bin ich mit dem Fall nicht befaßt, es wäre also vielleicht besser ...«

Alika streckte die Hand aus, ihr Blut schoß in Jakobs Schulter. Wenn es Schutzengel gibt, ich könnte Euch gerade brauchen. Alikas Blut kam in Herznähe. Am besten gleich.

»Hätten Sie Lust, mir Modell zu stehen?«, fragte sie.

Ein Glucksen stieg aus Jakobs Kehle. Sie ließ seinen Arm los, ihr Blick kroch zu ihr selbst zurück. »Entschuldigung, ich mache so etwas sonst nicht.« Sie wies auf die Bilder ringsum. »An sich stelle ich keine Menschen dar. Aber Sie sind ...«

»Wir sollten über Deinen Vater reden.«

Alika setzte sich aufrecht auf ihren Stuhl. »Ja, das sollten wir.« Sie strich sich durch das Haar. Kleine gelbe Blüten flogen auf. Kein Flachs, dachte Jakob. Seine Knie schlackerten, er schlug ein Bein über.

»Um ihn zu verstehen, mußt Du unsere Heimat verstehen, sonst wirst Du ihn nicht finden. Ich hatte nicht das Gefühl, daß ich, bei allem Respekt, Deinen beiden Kollegen die Seele meiner Heimat zeigen könnte.« Ihr Blick sprang wieder zu ihm hinüber. »Bei Dir ist das anders.«

Das Vorhängeschloß rappelte. Hiergeblieben. »Erzähl«, sagte Jakob und öffnete seine Augen. Alika stieg in Jakobs Seele und ließ sich fallen.

Nicht ausweichen, Jakob, niemals. Vom Honigtopf bis zur Steinigung. Die Seligkeit, die Schläge, Tritte, Risse. Alles, alles.

Alikas Seele war gewaltig. Sie trug die Last, das Glück, das Leid und die Hoffnung von Jahrhunderten. Niemand außer Jakob hätte diese Riesin willkommen geheißen. Ließ sie ein Fünkchen aufblitzen, flüchteten andere, so schnell sie konnten. Also strömte es in ihre Bilder. Und jetzt zu Jakob.

Sie sah in seine Augen, und er blieb da. Alika weinte vor Glück. Sprudelnd sprach sie vom Wind des Gebirges, der an ihr riß. Von der Macht des Kaukasus. Alika sprang auf, zog Bilder hervor, zeigte Jakob den späten Frühling der Höhe, den glühenden Sommer der Täler, den stürmischen Herbst, den harten, langen, tiefen, beißenden Winter. Sie sang die Lieder ihrer Heimat, tanzte die Tänze ihrer Kindheit.

Schließlich kochte sie. Fütterte Jakob mit den Gerüchen, dem Geschmack, den Geräuschen, Farben, dem Schillern ihrer Heimat. Zeigte ihm den gewaltigen Himmel, die sich wölbende Nacht. Lief mit ihm durch den Regen, Eiskristalle prasselten auf ihre Wangen, sie lachte ein Kinderlachen.

Nahm ihn bei der Hand, wie ihr starker Vater sie an der Hand genommen hatte, zu den Schafen, auf die Felder. Schwamm mit ihm durch Flüsse, flog über das Schwarze Meer, stürzte hinab an seiner Hand, tauchte ein, sank an seinen Grund.

Saß mit Jakob auf Gipfeln, stieg mit ihm in verwunschene Täler. Flog mit ihm über Bergketten, lief durch die Straßen der Stadt. Zeigte ihm Menschen, die hart arbeiteten und wild feierten. Die aßen und tranken, lachten und weinten.

Sie hatte all das verloren, als sie sechzehn war. Ihr Vater, ein erfolgreicher Chemiker an der Akademie der Wissenschaften in Tiflis, ging, als Georgien nach dem Zerfall der Sowjetunion seine Unabhängigkeit erklärte, in die Politik. Kurz darauf erschütterten Judenpogrome Georgien, und Guram suchte verzweifelt einen sicheren Ort für seine Kinder und ihre Mutter. Er führte sie schließlich in das vereinigte Deutschland und ging zurück, um die Heimat vor sich selbst zu retten. Verbündete sich mit Revolutionären, kämpfte, scheiterte, kämpfte erneut.

Gurams Familie blieb allein in Berlin. Seine immer noch junge und jetzt einsame Frau fand einen anderen Mann und verließ mit Gurams Söhnen die Stadt in Richtung Israel. Alika, die Älteste und gerade erwachsen geworden, blieb und studierte, fand schließlich zu ihrer Kunst und in die Apotheke.

Dann trieb der Präsident Georgien in einen Krieg gegen Russland. Das schwache, sentimentale, schwankende Georgien lehnte sich auf gegen den Riesen aus dem Norden. Der fuhr die Faust aus und zerquetschte den frechen kleinen Nachbarn. Ließ Panzer rollen bis zum Schwarzen Meer, nahm ihm Provinzen und den Stolz. Guram stellte sich nun gegen seinen Präsidenten, der ihn abschob. Zwei Attentate wurden auf ihn verübt.

Seine Tochter holte ihn nach Berlin, wachte an Gurams Bett, sah ihn die Augen aufschlagen und nur von Georgien sprechen. Sie flehte ihn an, die Heimat zu verlassen, verwies auf den Verlust seiner linken Hand. Kurz darauf hatte er neue Ideen. Er wollte in die Wirtschaft und so seinem Land helfen.

Geld, Macht, es war wie zuvor. Er betrat fremde Reviere und lud die Wut der Platzhirsche auf sich. Jetzt machte die Mafia Jagd auf ihn. Und weil seine Tochter sich Jurij Iwanow vor Jahren geöffnet hatte, ließ sich Guram auf Levis Vater als Geschäftspartner ein. Den Vater seines Enkels. Alika warnte ihn, aber er wollte russische und georgische Kräfte bündeln, die Brudervölker mal wieder versöhnen. Und scheiterte erneut.

Levis Vater nutzte Gurams Kontakte und ließ ihn fallen. Vielleicht rächte er sich so an Alika, der Mutter seines Sohnes. Vielleicht war ihm der alte Georgier auch gleichgültig.

Und jetzt war er verschwunden. Alika spürte seine Not, sein schmerzendes Herz, die Todesangst. Er war irgendwo gefangen, deshalb rief er sie dieses Mal nicht um Hilfe. Jakob mußte ihn finden, bevor er starb.

Jurij Iwanows Fassade war der Im- und Export. Er kaufte und verkaufte alles, was einträglich war. Seine Firma war ein nahezu unentwirrbares Knäuel aus deutschen und russischen Subunternehmen, karibischen Briefkästen und zypriotischen Konten.

Als Hauptfirmensitz diente ihm ein großes Industriegelände in Mariendorf. Darauf lagen hingewürfelt drei Lagerhallen, ein aus Containern zusammengestellter Verwaltungskomplex und das bonbonrosa gestrichene Bürogebäude, in dem, wie Oskar und Tanja den Protokollen vergeblicher Polizeirazzien entnommen hatten, das Chefbüro lag.

Auf den Flächen um die Gebäude parkten schwarze, nahezu fabrikneue LKW ohne Firmenaufschrift, drei protzige Geländewagen mit russichen Kennzeichen und eine Handvoll abgedunkelter Transporter, in die bullige Männer mit tätowierten kahlen Schädeln Kartons einluden.

Oskar lenkte seinen alten Citroën durch das weit geöffnete schwere Automatiktor, Tanja wies auf die Überwachungskameras über ihnen. Oskar gab Gas, und fuhr in weitem Bogen über das Gelände. Der Citroën legte sich quietschend auf die Seite,

Oskar trat auf die Bremse und kam in einer Staubwolke exakt vor dem Eingang in Rosa zu stehen.

Oskar grunzte zufrieden und schälte sich aus dem Wagen. Zwei der tätowierten Kahlschädel hatten die Kartons abgestellt und kamen mit breiten Schritten auf sie zu. Tanja zog ihren Dienstausweis.

»Jurij Iwanow«, sagte sie und wies mit dem Kopf auf das bollchenfarbene Bürogebäude. »Da lang?«

Die Männer wiesen sie an, ihnen zu folgen. Im Gebäude klopfte einer von ihnen an einer Tür und verschwand hinter ihr. Der andere versperrte ihnen den Zugang.

»Zwei Minuten«, sagte Oskar, öffnete seine Jacke, strich über sein Pistolenhalfter und sah auf den Sekundenzeiger der Wanduhr über der Tür. »Zeit läuft.«

Nach fünfundvierzig Sekunden wurde die Tür aufgestoßen, der tätowierte Schädel dahinter trat zur Seite.

Iwanow saß gegenüber der Zimmertür hinter einem riesigen Schreibtisch, auf dem fiepende Hundewelpen durcheinanderwuselten. An der Wand hingen kitschige Moskauer Stadtansichten in goldenen Rahmen. Rechts und links neben ihm saßen auf Sesseln eine Dobermannhündin mit geschwollenem Gesäuge und ein Rottweilerrüde. Der Rottweiler sah dem Besuch entgegen, seine Schwanzspitze trat leuchtend rot hervor, er grollte. Iwanow kraulte ihn im Nacken.

»Leider kann ich Ihnen keinen Stuhl anbieten«, sagte er. »Aber lange wird es ja nicht dauern.«

Die Welpen zappelten durcheinander. Tanja zählte acht Stück, höchstens vier Wochen alt. Sie trugen Geschenkbändchen um den Hals in den Farben der russischen Trikolore. Ihre Mutter hechelte in ihrem Sessel, die Zitzen schaukelten.

»Guram Geladse ist verschwunden«, sagte Oskar, »Sie haben sicher schon davon gehört.«

»Kenn ich nicht«, sagte Iwanow.

»Alika Geladses Vater«, sagte Tanja.

Iwanow faßte einen Welpen im Nacken und setzte ihn sich in den Schoß. Der Welpe zitterte und fiepte. »Georgische Namen konnte ich mir noch nie merken.«

»Sie hatten mal geschäftlich miteinander zu tun.«

»Ich mache keine Geschäfte mit Kaukasiern. Zu unzuverlässig und wenig vertrauenswürdig.«

Der tätowierte Kahlkopf lachte. Iwanow sah ihn an, sein Lachen brach augenblicklich ab.

»Immerhin ist er der Großvater von Levi, Ihrem Sohn«, sagte Tanja.

Iwanow hob den Welpen hoch und musterte seine geschlossenen Augen. »Ich interessiere mich nicht für Familienverhältnisse.« Er setzte den Welpen zurück auf den Tisch. Der Kleine machte unter sich und robbte zurück zu seinen Geschwistern.

»Haben Sie etwas mit seinem Verschwinden zu tun?«, fragte Oskar.

Iwanow sah ihn an. Er schien wirklich überrascht. »Warum sollte ich?«

»Geschäftliche Konflikte?«

»War er unzuverlässig, hat er Ihr Vertrauen mißbraucht?«, schlug Tanja vor.

»Das wäre ihm nicht gut bekommen.«

»Familie hin oder her«, sagte Oskar.

Iwanow sah seinen tätowierten Angestellten an. »Machen wir Geschäfte mit Levans Großvater?«

Der Mann schüttelte langsam den kahlen Kopf und grinste.

»Und wenn das alles war«, sagte Iwanow, »dürfen Sie jetzt wieder gehen.« Er wies auf die Welpen. »Wie Sie sehen, ich habe zu tun.«

Warum er sich bloß nie merken konnte, in welcher Tasche seines Kittels der Block mit den Privatrezepten war. Er fegte die auf dem kleinen Tisch liegenden Sachen mit einer Handbewegung herunter, eine Schachtel Zigaretten landete unter dem Tisch, eine

Plastikflasche kullerte unter den Schrank, ein Aschenbecher zerbrach, Asche stob durch den Raum.

Der Oberarzt leerte seine Taschen einigermaßen systematisch. Da war er ja. Er sah sich um und zog aus der Hosentasche ein Briefchen. Setzte sich auf die Kante des Stuhles, wippte mit den Beinen, riß ein Rezept ab, fegte die Tischplatte mit dem Ärmel sauber, leerte das Briefchen auf dem Tisch aus, schob es mit dem Rezeptblock zu einer schmalen, wundervoll langen, weißen Linie zusammen, rollte das Rezept zusammen, zog sich das Kokain in die Nase und lehnte sich zurück.

Wieder hatte der Oberarzt vergessen abzuschließen. Aber es war nur eine Putzfrau, die sich rückwärts in den Raum schob. Süßer Hintern. Das Koks wirkte schnell dieses Mal, es knipste direkt den Starkstrom in seinem Gehirn an und schoß wie eine Rakete in seine Hose. Eine Putzfrau. Er lachte auf. So viel konnte er sich gar nicht reinziehen, daß er eine Putzfrau vögelte. Er zog sein Handy aus der Tasche und tippte die Wahlwiederholung. Die Putzfrau wischte den Fußboden.

»Alter«, sagte er in sein Handy, »wir haben ein Problem.« Er wischte mit dem Zeigefinger über die Tischplatte, genau da, wo eben die weiße Linie gewesen war, und leckte den Finger ab. »Deine Lieferung ist scheiße.«

Die Putzfrau wischte unter dem Schrank.

»Ich habe Dir gesagt, keine abgelaufenen Sachen. Reimport ist okay, aber das Datum muß tiptop sein. Hab ich das gesagt, oder nicht?«

Die Plastikflasche kollerte unter dem Schrank hervor.

»Laber nicht rum, willst Du, daß ich es Dir vorlese? Dreizehn, dreizehn, zweitausendsiebzehn. Gibt es jetzt neuerdings nach Silvester einen dreizehnten Monat?« Er kicherte.

Die Putzfrau stellte die Flasche auf die Fensterbank und kroch unter den Schrank. Geiler Hintern, der Oberarzt kratzte sich an seinem Hodensack und rutschte nervös auf dem Stuhl hin und her.

»Deine Bimbos in Afrika sind mir schnurz. Wenn die nicht besser liefern können, suche ich mir einen anderen Geschäftspartner. Klar, oder nicht?«

Jetzt ging sie zurück zu ihrem Wischeimer im Flur und kam mit frischem Feudel zurück. So dreckig war's doch gar nicht. »Jetzt heul nicht gleich, ich hab ja 'ne neue Geschäftsidee.«

Er steckte seinen Rezeptblock ein, knüllte das leere Kokstütchen zusammen und schnipste es mit dem Finger in Richtung der Putzfrau. Er traf den Hintern. Sauber. Aufschlag, Ass.

»Erst werden wir uns einig über die letzte Medikamentenlieferung. Du glaubst doch wohl nicht, daß ich die so verwenden kann. Ich liebe meinen Job, außerdem bin ich als Mediziner hier unverzichtbar.« Er kicherte.

Die Putzfrau sah zu ihm hoch, nahm das Tütchen vom Boden und brachte es raus auf den Flur.

»So ist's fein, wir verstehen uns. Nur wer liefert, wird bezahlt. Womit wir bei der neuen Geschäftsidee wären.« Der Oberarzt klemmte sein Handy mit der Schulter ans Ohr und pulte sich den schwarzen Rand unter dem Zeigefinger vor. Die Putzfrau kam mit ihrem Feudel näher. Er legte seine Beine auf den Tisch und kippelte mit dem Stuhl. Sie wischte um ihn herum.

»Versuch es gar nicht, Du kommst sowieso nicht drauf. Körperteile, was hältst Du davon? Wir handeln mit Körperteilen.«

Die Putzfrau stieß gegen ein Tischbein, der Oberarzt verlor fast das Gleichgewicht. »Paß doch auf! Nein, nicht Du. Hier ist so eine … Nein, keine Sorge, die vesteht kein Wort. Schlitzauge. Wahrscheinlich aus Nordkorea. Die handeln jetzt mit Arbeitskräften, wußtest Du das? Atombomben sind teuer. Auch ein Geschäftsmodell. Aber zu uns.« Er nahm die Füße vom Tisch, die Putzfrau entfernte sich. »Logistik übernehme ich. Keine großen Sachen, viel zu aufwendig. Die kleinen dagegen …«

Die Putzfrau verschwand wieder im Flur und kam mit einem Staubtuch wieder. Nicht auch das noch. »Klar sind die begehrt. Linsen, Hornhaut, sowas. Ganz feines Zeug. Läßt sich gut konservieren und zwischenlagern. Wer will denn heutzutage noch Schwein oder Rind. Humanmaterial ist der Bringer.«

Die Putzfrau öffnete das Fenster und wischte den Rahmen. In Nordkorea war man offensichtlich sehr gründlich.

»Der Bestatter ist nicht das Problem. War mal mein Patient. Säuft, hat zwei Kinder an der Uni, braucht also Kohle.«

Der Oberarzt mußte pinkeln. Das elende Koks war sicher wieder gestreckt. Da brauchte er demnächst auch mal wieder einen neuen Lieferanten. Immer schön Bewegung in den Beziehungen, zu viel Sicherheit ist schlecht für Qualität und Preise.

»Apropos Geld«, er ging zum Klo. »Ich habe da eine neue Golfmitgliedschaft und die ist teuer.«

Er stieß die Tür zum Herrenklo auf. Keine Putzfrau, kaum zu glauben. Er öffnete die Hose, trat zurück und zielte ins Waschbecken. Gewölbter hoher Strahl, Trefferquote um die neunzig Prozent. Sehr schön.

»Halbehalbe«, sagte er und dachte, träum nicht mal davon. »Und der Bestatter will zehn Prozent, die gehen natürlich von Deiner Hälfte ab.«

VIII

»Aber sie muß doch irgendwas über ihn erzählt haben.« Oskar konnte es hörbar nicht fassen.

»Guram ist in einer Gruft«, sagte Jakob und sah auf die vor dem Zugfenster vorbeisausende Eintönigkeit anhaltinischer Landwirtschaft. Er hatte so gehofft, sich von der Natur mal wieder erden zu lassen, aber was an ihm vorüberzog, war ein landschaftlicher Discounter mit einer unästhetischen, kundenverachtend präsentierten und äußerst übersichtlichen Produktpalette.

»Eine Gruft? Das hat sie gesagt?«

»Ich habe von ihm geträumt.«

»In einer Gruft.« Oskar stöhnte.

Jakob schwieg.

Er fuhr in einem Regionalzug durch Sachsen-Anhalt auf Tillas Spuren und versuchte, Oskar am Telefon greifbare und für Ermittlungszwecke verwertbare Ergebnisse seiner Zeugenbefragung von Alika durchzugeben. Ja, Zeugenbefragung, genau.

»Und was jetzt? Soll ich einen Durchsuchungsbeschluß für alle Berliner Gruften beantragen? Vielleicht bei Staatsanwalt Samuel Herzl, der liebt Dich ja bekanntermaßen so. Ich sage ihm einfach, Du träumst neuerdings von Grüften, das wird ihm gefallen. Es war doch eine Berliner Gruft?«

»Das weiß ich nicht«, sagte Jakob. Er konnte doch nichts für die Ungenauigkeit seiner Träume. Oder doch? War man für seine prophetischen Nachtgeschichten selbst verantwortlich? Jakob sah auf den endlos raumgreifenden Acker vor seinem Fenster. Leere Regale im Discounter, Lieferung erst wieder nächstes Jahr. Das störte wohl auch nur einen optisch sensiblen Berliner. Keine Probleme, die Anhaltiner ernsthaft beschäftigten. Auch ein Leben in der industriellen Landwirtschaft hatte gewisse Reize. Keine Augenschmerzen wegen Ödnis und keine Diskussionen mit Geistern und dem Propheten.

»Es kann also auch eine georgische gewesen sein?«

»Glaube ich nicht. Es roch nicht so.«

»Was weißt Du, wie es in Georgien riecht.«

Zwecklos, Oskar das zu erklären. Und auch nicht nötig. Der hatte, obwohl schon seine Ururgroßeltern Neuköllner Betten aufgeschüttelt hatten, mehr von der knochentrockenen Lebenshaltung eines anhaltinischen Bauern, als ihm lieb sein konnte. Nur war er offener für das Andere, zumindest bei Jakob.

»Oder hast Du an Alika gerochen?« Oskar stöhnte wieder. »Wehe. Wenn Du das mit Hanna verdirbst, haben wir zwei ein Problem, Alter.«

»Sie hat gekocht.«

»Und deshalb weißt Du, wie eine georgische Gruft riecht.«

Jakob schwieg.

»Und? Laß Dir nicht alles aus der Nase ziehen. War sie nackt?«

»Sozusagen.«

»Was heißt das?«

»Ihre Seele war nackt.«

»Du spinnst.«

»Sie hat mich gefüttert.«

»Na und?«

»Das war besser als Sex.«

Oskar lachte. »Wenn das Focke hört, läßt er Dich einweisen.«

»Und wenn's so weitergeht, lasse ich mich selbst einweisen.«

»Das beruhigt mich, Du merkst also noch, was für einen Stuß Du redest.«

»Das ist kein Stuß. Sie hat mir meine Ich-Grenze eingerissen mit dem Kaukasus.«

»Na, das wird aber gepoltert haben. Sind selbst für meinen großen Jakob ein Haufen Steine.«

»Mach Dich ruhig lustig.« Jakob seufzte. »Sie war unter einer Lawine begraben. Sie war schon tot, verstehst Du? Deshalb saugt sie so das Leben an.«

»Und deshalb willst Du mit ihr ins Bett?«

»Will ich ja nicht.«

»Da bist Du der einzige nichtschwule Kerl in der Stadt.«

»Fremd gehe ich aber trotzdem mit ihr.«

»Blödsinn.«

»Ich bin jetzt an sie gebunden. Angekettet, verstehst Du?«

»An ihre nackte Seele? Könnte mir gefallen.«

»Sag das nicht, das ist kaum auszuhalten.«

»Und hilft uns das, ihren Vater zu finden? Nur mal so von Kriminaler zu Kriminaler.«

»Sicher, der ist ja auch mit im Paket.«

»Oh Mann, Alter, irgendwann läßt Du mich mal zurück auf Deinen spinnerten Ausflügen.«

»Du bist doch meine Reißleine.«

»Wir waren übrigens bei dem Iwanow, sozusagen seinem Schwiegersohn. Kann schon verstehen, daß Deine Alika sofort an ihn denkt, wenn ihr Vater verschwindet. Das ist vielleicht ein Eisblock. Wenn der es war, können wir ihm nie was nachweisen. Das ist so ein Typ, der schafft Leichen nach Sibirien oder legt sie in Salzsäure ein. Und tschüs, liebe Ermittler.«

»Sie ist nicht meine Alika. Und noch ist er nicht tot.«

»Ja sicher. Und was ist nun mit ihrem Vater? Vergiß nicht, was unser Job ist, für den wir fürstlich entlohnt werden.«

»Es ist wie immer. Sie hat mich ausgesucht, damit ich ihre Geschichte erzähle. Und dafür muß ich ihren Vater finden. Da ist etwas Dunkles …«

»In Grüften ist es selten hell.«

»… und das muß ich herausfinden.«

»Na dann.«

»Du verstehst mich nicht.«

»Kommt vor.«

»Ich muß ihn finden, nicht Du.«

»Sollen Tanja und ich jetzt in Urlaub gehen, oder was?«

»Wir müssen ihn zusammen suchen.«

»Und Hanna?«

Jakob schwieg.

»Deren Mutter willst Du doch auch finden.«

Jakob schwieg.

»Hast Du von der auch geträumt?«

»Ja.«

»Wenigstens kein Kaukasus.«

»Sie kommt aus Ostpreußen.«

»Och nö, nicht auch noch Flucht und so.«

»Bei ihr ist es der Himmel, der mir auf der Seele liegt.«

»Wenigstens ist der nicht so muffig wie die Gruft oder Dein gelbes Sterbezimmer.«

»Aber er lastet. Er ist groß. Alles ist so groß bei Tilla. Und deshalb sitze ich gerade im Zug.«

»Du haust ab?«

»Ich suche Tilla. Die ist geflohen, ich weiche nicht mal aus.«

»Fährst Du nach Ostpreußen?« Oskars Stimme schlug über.

»Sachsen-Anhalt und danach Niedersachsen.«

»Beruhigend, da kann ich Dich ohne Landkarte retten, wenn Du zu verhungern drohst auf Deinem Treck.«

»Ich hab Stullen eingepackt.«

»Schlauer Junge. Hätten die Ostpreußen auch machen sollen. Aber verlauf Dich nicht. Alika und Hanna, Tilla und Guram.«

»Sind schon viele dieses Mal.«

»In Deiner Haut möchte ich mal wieder nicht stecken.«

Jakobs Ziel hieß Gatersleben, gelegen im nördlichen Harzvorland. Der Regionalzug verbummelte den Tag. Viel Zeit, die flurbereinigte Landschaft zu betrachten und Alikas Atelier zu verdauen.

Ihre Geschichte war ihm jetzt aufgeladen. Als wäre die wilde Tilla nicht schon genug. Dabei war Alika gar nicht sein Fall. Er saß im Sterbezimmer. Aber was half's. Oskar bestand darauf, außerdem hatten Guram und seine Tochter ihn erwählt. Aber zuerst Tilla und vor allem Hanna. Sein Hannchen schwankte im Gegenwind des Medizinsystems. Und Jakob konnte nichts für sie tun. Außer ihre Mutter zu finden und ihr so Seelenfrieden zu bringen, damit sie besser kämpfen konnte. Hoffentlich.

Den eigenen Frieden hatte er verloren. Alika zog durch seine Nächte, abwechselnd mit Tilla. Kein Wunder, daß er unausgeruht war. Die trockene Ermittlungsreise in die anhaltinische Menschenleere kam ihm sehr gelegen. Wenn schon nicht Natur der lieblichen Sorte tanken, dann wenigstens Ruhe zurückbekommen. Am weiten Himmel konnten die Bereiniger ja noch nicht fummeln. Vor allem aber mußte er Abstand zu Frauen halten. Das hatte er sich sogar auf einen das Gehirn entlastenden Zettel geschrieben und ihn konspirativ in die Hosentasche gesteckt. Zumindest keine anstrengenden Berlinerinnen für heute.

Tilla hatte in den Achtzigern Kontakt zur Samenbank der DDR geknüpft. Eine völkerverständigende Reise unternommen, nach Austausch von Saatgut gefragt. Und da ihr die Antwort zu lange dauerte, hatte sie es einfach geklaut. Junkerdiebstahl in sozialistischem Forschungsghetto. Was für eine narzißtische Kränkung. Gab auf der Richterskala zehn Punkte. Tilla hatte den Lukas bis ganz oben gehämmert.

Die DDR hatte sie in Abwesenheit angeklagt und verurteilt. Wegen Diebstahls von Staatseigentum. Sie hatten ihre Auslieferung beantragt. Sehr witzig. '88 war das. Schon denkbar, daß der Sozialismus das in die illegale Hand genommen hatte. Die DDR entführte ja gern Leute aus Westberlin. Aber Tilla verschwand erst nach dem Mauerfall. Und Ende '89 hatten die staatlich subventionierten Entführer des absaufenden Sozialismus sicher keine Spitzen frei für den klauenden Klassenfeind in Gestalt einer vertriebenen Gräfin. War da jemand persönlich nachtragend gewesen? Und erst nach der Zeitenwende an Tilla herangekommen? Ein rachsüchtiger Gaterslebener?

Jakob hatte herauszufinden versucht, ob es persönliche Opfer von Tillas Diebstahl gab. Jemand, der ihretwegen Repressalien ausgesetzt gewesen war. Jakob bat in Sachsen-Anhalt um Amtshilfe, machte aus Tillas abgelagertem Verschwinden eine offene Vermißtensache. Wegen neuer Erkenntnisse, ach ja. Egal. Er war wieder bei der Kripo und hatte eben einen ungeklärten Fall aus dem staubigen Aktenberg gezogen, das war sein gutes Sterbezimmerrecht.

Aber die Kollegen schwiegen. Zu lange für die vorwärtsstürmende Tilla und zu lange für Jakob. Also Stiefel schnüren, Stullen einpacken und auf zur genetischen Samenbank. Schauen, was ihm dort ins Blickfeld spränge.

Gaterslebens Bahnhof erklomm im von Jakob eröffneten Trostlosigkeitswettbewerb für Provinzbahnhöfe auf Anhieb die Ranglistenführung. Vergessen vom verhinderten Aktienweltkonzern Deutsche Bahn. Aber ein übermütiges Taxiunternehmen hatte dem Bahnsteig gegenüber ein Werbeschild aufgestellt, und Jakob rief ein Taxi. Eine halbe Stunde später fuhr ein Kleinbus vor, im Fenster das Schulkinderbeförderungsschild, an der Heckklappe das für Behindertentransporte. Selbständige im nördlichen Harzvorland müssen flexibel sein. Der Fahrer stieß die Beifahrertür auf und warf Zeitungen, einen Kindergummistiefel und einen Rucksack nach hinten. »Tach«, sagte er.

Jakob stieg ein. »Die Samenbank, sagt Ihnen das was?«

»Aber immer.«

Jakob sah auf eine NVA-Kampfhose, schlammige Schuhe und ein schwarz verschmiertes Hemd.

Der Mann folgte seinem Blick. »Vormittags ist sonst nie was los«, sagte er.

Jakob nickte und genoß eine Fahrt in anhaltinischem Schweigen. Eindeutig eine Gegend für Angler. Vor dem verschlossenen Tor zum Gelände der Samenbank hielt der Mann an. »Hier müssen Sie raus«, sagte er und deutete auf die Überwachungskameras.

Jakob dankte, bezahlte einen niedlichen Preis, gab fürstliches Trinkgeld und klingelte am Tor. Er stellte sich beim Pförtner vor, wurde dort abgeholt und angewiesen, sich bis auf die Wäsche auszuziehen. Jakob protestierte erfolglos in ein starres Gesicht. Er wurde in einen Schutzanzug gesteckt, der zwischen den Beinen knisterte. Man führte ihn in einen Warteraum. Kein Fenster, weiße Wände, weiße Decke, weiße Tür, weiß gefliester Boden. Eine Stunde und Jakob würde jeden Mord gestehen. Zu Tillas Zeiten dürfte es hier überall nach Bohnerwachs und sozialistischer Braunkohle gerochen haben.

Jakobs Gesprächspartnerin war eine quadratische Frau mit kantiger Brille. Sie erlöste ihn aus dem weißen Nichts, gab ihm die Hand und seinen Dienstausweis zurück und erklärte den Schutzanzug. Keine proletarischen Wegesrandblütenpollen durften in das Allerheiligtum. Sie führte Jakob mit markigen Schritten in die Lagerbestände der Genbank. Auf minus achtzehn Grad tiefgekühlte Samenreihen, so weit das Auge schweift.

Jakob war wenig beeindruckt. Er fror in seinem raschelnd schützenden Anzug. Die Frau ratterte Zahlenreihen herunter, wies auf Aggregate, Überwachungskameras, Sicherheitsschlösser. Jakob kam sich vor wie ein Politiker, der nach dem Rechten sah. Oder wie ein Anleger, der der genetischen Bank auf die tiefgefrorenen Finger klopfte.

All das hatte Tilla ohnehin nie gesehen. Aber Jakob schwieg. Um dorthin zu kommen, wohin er wollte, mußte er durch die Samenschleuse. Seine Quadratin schnarrte von Gentechnikfeinden, unterstellte Angst gegenüber Neuem, lobte den Segen der Technik, prophezeite Rettung für die Hungernden der Welt, nannte Großkonzerne selbstlos, sie klang wie ein anspruchslos programmierter Roboter. Sie sah auch so aus. Der Rücken steif, halslos thronend der Schädel, die Arme schlaff neben dem massigen Körper. Jakob sah Alikas wohlig gefüllten Kittel vor sich. Laß das, Du Depp. Kein Kaukasus, Ostpreußen jetzt.

Sie gingen an Reihen von für die Aussaat auf Feldern vorbereitetem Samen entlang. Langsam aufgetaut und angesprießt. Nichts für den Zufall, alles Kalkulation. Kontrollierte Raumfeuchte. Tilla, was für eine andere Welt als Dein Flachs. Wo immer sie jetzt war, ihr Entsetzen sprang Jakob an.

Der nächste Raum war bullenwarm, Wachstumsperiode. So etwas Ähnliches wie Natur, allerdings subtropisch. Grüne Reihen, Nährlösung darunter, verkabelt. Er mußte an Hermine Neuhaus mit PEG-Sonde denken. Jakob wurde müde, seine Führerin mußte immer öfter auf ihn warten. Die Überzieher schlappten, der Anzug knisterte schon lange nicht mehr. Er hob die Hand, um eine verlorene Pflanze zu streicheln. Halt, rief das Quadrat, nicht anfassen. Jakob zog brav die Finger zurück und überließ das Pflänzchen seinem vorhersehbaren Schicksal.

Und dann waren sie durch. Eine Schleuse, eine Tür, Jakobs Sachen auf einem Stuhl. Erleichtert stieg er aus dem Schutzanzug und zurück in seine eigene Hülle. Und dann der Institutsleiter. Wofür der zurückgekehrte Dienstausweis so alles nütze war. Vom Pförtner zum Chef. Herr Hauptkommissar. Aus der Hauptstadt. Protzen für Anhalt. Epileptisches Haupt verschweigen.

Und dann war das Protzziel gar nicht zuständig. Alles neu, sogar das Gelände. Tilla war nicht einmal in der Nähe gewesen.

»Gibt es denn die alten Gebäude noch?«

»Sicher«, sagte der Institutsleiter. »Dort lagern die Museumsstücke. Und das alte Archiv.«

»Und wie alt ist das?«

»Kaiserzeit bis ’94. Danach ist alles digitalisiert. Um welche Zeit geht es denn?«

»Professor von Bredow verschwand ’89.«

»Und da suchen Sie jetzt schon?«

»Meine Aufgabe sind unerledigte Altfälle.« Jakob blieb wenigstens so halb bei der Wahrheit seiner Sterbezimmerschimmelpilze. Er hustete.

»Dann stellen Sie doch eine Anfrage auf Einsicht ins Archiv.«

»Anfrage?«

»So einfach hinein können Sie natürlich nicht. Sind schließlich forschungsrelevante Asservate.«

»Ich will ja nicht an den Samen, sondern nur an die Besuchsprotokolle, falls es so etwas gibt.«

Der Institutsleiter sah beleidigt aus. »Sogar in Gatersleben. Trotzdem müssen Sie erst einen Antrag stellen. Meine Sekretärin gibt Ihnen den Vordruck. Wenn Sie ihn gleich hier ausfüllen, geht es schneller.« Er zwinkerte. »Auf Ihren Dienststempel wollen wir mal ausnahmsweise verzichten.«

»Und wie schnell ist dann schneller?«

»Wir ziehen Anträge aus der Hauptstadt natürlich vor. Nächsten Monat könnte es klappen.«

Den Rückweg durfte er ohne Schleuse gehen. Das Quadrat entließ ihn durch die Pforte, schüttelte ihm krachend die Hand und verschwand. Jakob sah kopfschüttelnd in die Überwachungskamera, zog sein Handy aus der Tasche und tippte die Taxinummer, als sich eine Transportertür vor ihm öffnete. »Das ging aber schnell«, sagte er.

»Aber immer«, sagte der Taxifahrer in der NVA-Kampfhose.

Jakob stieg ein. »Wo es hingehen soll, weiß ich aber nicht.«

»Hotel oder Bahnhof?«

»Hier gibt's ein Hotel?«

»In Aschersleben oder Quedlinburg.«

»Das könnte Ihnen so passen.« Jakob überlegte, der Mann schwieg. Auch mal schön, im Harzvorland konnte man in Ruhe überlegen. Sogar Geistersehers Schlangenliniendenke hatte hier alle Zeit der Welt.

»Sonne geht bald unter«, sagte der Fahrer schließlich. »Sprit hält auch nicht ewig.«

»Kennen Sie die alte Samenbank?«, fragte Jakob, »also die von vor Mauerfall.«

Der Mann ließ den Wagen an. »Woll'n Sie auch rein?«

»Aber immer«, sagte Jakob.

IX

Der Name des Taxifahrers war Henry und er kannte den Pförtner, die Putzfrau und den Mann vom Wachschutz. Allet Nachbarn, die jetzt um Jakob standen und warteten, daß er etwas fand. Sie waren zu jung, um Tilla in der Samenbank begegnet zu sein. Jakob suchte also einen weiteren Nachbarn. »Kennt Ihr jemanden, der hier in den Achtzigern gearbeitet hat?«, fragte er.

Drei Mal Schweigen.

»Genauer '88. Die Frau ist nach Mauerfall verschwunden.«

Nüscht.

»Sie hat was mitgehen lassen.«

»Typisch Wessi«, sagte die Putzfrau. »Ham allet und trotzdem nie genuch.«

Schweigen.

»Sie ist die Mutter meiner …«, Gatersleben, Jakob, »meiner Frau. Also, meine Schwiegermutter.«

»Sie suchen Ihre Schwiegermutter?«, fragte der Pförtner. »Freiwillig?«

Gelächter mal drei. Eis nahe am Taupunkt. Eine noch und Tauwasser gluckert. »Meine Frau will das. Und wenn ich sie nicht finde …«

»Ist Berlin in Not, versteh schon.«

Drei Mal ausgiebiges Nicken. Sie sahen sich an.

»Hermann müßte was wissen.«

»Zumindest tut er immer so.«

»Der hatte 'nen Verbindungsoffizier. Hat er im Suff erzählt.«

»Großmaul.«

»Ich hole ihn«, sagte Henry, der Taxifahrer. »Und Ihr Zwei helft unserm Schwiegersohn aus der Hauptstadt suchen.«

Zu dritt ging es natürlich wesentlich schneller. Tilla war zweimal am Institut gewesen. Es gab Protokolle der gemeinsamen Sitzungen. Sicher frisiert für die Stasi. Tilla hatte einen Betreuer gehabt, der ihr auf Schritt und Tritt gefolgt war. Ob sie wohl die Finger von ihm gelassen hatte?

Die Putzfrau rief den Taxifahrer an, er sollte ihn gleich mitbringen. Schon wieder Nachbar.

Es dämmerte, die Putzfrau servierte aus einem Versteck eine Flasche Korn, sie stießen an, klagten gemeinsam über Schwiegermütter und träumten von vergangenen Zeiten. Jakob bemühte sich mitzuhalten. Als der Taxifahrer mit Hermann und Tillas ehemaligem Betreuer eintraf, hatte Jakob einen in der Krone. Kornkrone. Aber die Zwei waren froh, endlich einem frischen Opfer von ihren goldenen Zeiten erzählen zu können.

Tillas Besuch war ein Höhepunkt gewesen. Ostpreußische Gräfin, Professorin aus Westberlin, zu Besuch in Gatersleben. Alle hatten rote Bäckchen. Bis dann der Samen fehlte. Der Kollege, der Tilla nachts in die Lagerbestände gelassen hatte, verschwand. Man munkelte, in die Untersuchungshaft des MfS, den Hallenser Roten Ochsen.

Die anderen zogen die Köpfe ein, niemand sprach mehr über die Gräfin. Aber was für ein Rasseweib. Hatte mit allen gezündelt, aber zum Schuß kam wohl keiner. Es sei denn der nach Halle Abkommandierte. Hätte er wen'stens inner Zelle wat zum Träum' gehabt.

Jakob torkelte um kurz vor Mitternacht in die Datsche des Taxifahrers, in der Hosentasche einen Zettel mit Namen und Geburtsdatum des damals verschwundenen Kollegen und schlief seinen anhaltinischen Rausch aus. Diese Nacht würde in zwanzig Jahren irgendwem erzählt werden. Und das bei uns in Gatersleben.

Am folgenden Vormittag fuhr sein Chauffeur und Hotelier Jakob erst zum gesprächigen Frühstück – einmal aufgetaut, gluckert's – und schließlich zum Bahnhof. Henry schüttelte herzhaft den ganzen Hauptstadtarm und bat um eine Ansichtskarte der Keithstraße.

»Aber immer«, sagte Jakob, gab Tanja im Zug per SMS den Namen des damals verschwundenen Lageristen durch, bat sie, Henry die ersehnte Karte mit Kollegenautogrammen zu schicken und nahm eine Aspirin.

Hanna brauchte frische Luft. Sie warf einen Blick zurück auf das Moabiter Kriminalgerichtsgebäude. Wasser, sie brauchte dringend strömendes Wasser an ihrer Seite. Die Altberliner Lösung: Sorgen und Ärger in ein Papierschiffchen knicken und die Spree runterschicken.

Sie schlängelte sich zwischen Teppichladen, Massagepraxis und hupenden Lieferanten durch, ließ das gläsern drohende Innenministerium hinter sich, kletterte über das Geländer der Uferpromenade und tauchte ins Idyll ein. Blätterwerk über ihr, die Spree zur Linken, sie atmete durch.

Als Hanna die 94jährige Hermine kennenlernte, ahnte sie nicht, wie das ihr Leben durcheinanderwürfeln würde. Sie hatte nur getan, was sie immer tat. Eine Kranke bat um Hilfe und sie ebnete ihr den Weg. Und sei es in den gewählten Tod.

Hanna überquerte die Spree, lehnte sich über das Brückengeländer und sah auf das moosbegrünte Dach eines Ausflugsdampfers. Die Fahrgäste winkten, Hanna antwortete. Der Dampfer zog Wasserwirbel hinter sich her, deren Ausläufer klatschend auf die Spuntwände trafen.

Bis heute war nicht geheilt, was der Anblick von der nach der erzwungenen Operation hilflos in dem riesigen Krankenhausbett liegenden Hermine zerstört hatte. Was das System Hanna als Ärztin zu tun zwang, war nicht, wofür sie studiert hatte. Mit jedem Tag seither hatte sich ihr Wahrnehmungsschleier weiter gehoben. Betrat sie das Krankenhaus und zog den weißen Kittel an, hangelte sie sich von einem Kompromiß zum nächsten, immer weiter hinab in die düstere Welt der Apparate. Auch ohne das zerstörerische System von Professor Magahn würde sie nie wieder an diesen Arbeitsplatz zurückkehren.

Ein Jahr dauerte es, bis Hanna wieder in den Spiegel sehen und sich selbst erkennen konnte. Das verdankte sie Hermine, die, so sah es der Staatsanwalt, vor Hanna gerettet worden war.

Die vermeintliche Rettung hatte Hermine nach einer zweiten Operation weiterhin im tiefen Koma liegend, in ein Pflegeheim geführt, erneut versehen mit einer Magensonde und so vielen Medikamenten, daß ihr Überleben so lange gesichert war, wie die Versicherung die horrenden Kosten dieser Verwahrung bezahlte. Eine Traumpatientin, ohne Angehörige und zum Widerspruch nicht mehr fähig.

Hannas Freundin Dao, zupackende Privatdetektivin, hatte Hermine ausfindig gemacht. Gemeinsam drangen sie nachts in das Pflegeheim ein, damit Hanna das Angefangene zuende führen konnte. Hermines komatöse Reglosigkeit und der Mangel an Pflegepersonal hatten dazu geführt, daß die im hintersten Winkel ihrer Lunge köchelnde Entzündung unentdeckt blieb. Sie pustete das Lebenslichtlein von Hermine schließlich aus. Wie damals auf der Inneren II saß Hanna an ihrer Seite und hielt ihre Hand. Bewacht von einer immer nervöser zur Zimmertür schielenden Dao. Aber Hermine, höflich wie sie seit vierundneunzig Jahren war, beendete ihr Leben rechtzeitig vor der Frühschicht.

Und jetzt warf man Hanna vor, daß sie die Magensonde entfernt hatte. Ihre Approbation ruhte, die Ärztekammer wollte sie ihr ganz entziehen. Sie sei eine Gefahr für ihre Patienten. Chefarzt Magahn hatte ganze Arbeit geleistet. Und er war ja noch lange nicht fertig mit ihr.

Aber noch bestand Hoffnung, daß Hanna in ihren Beruf zurückkehren könnte. Nur bei einer Verurteilung wegen versuchten Mordes hätte Magahn auf ganzer Linie gewonnen. Sie sah seine Koboldgestalt vor sich, sein rotes Bürstenhaar. Hanna schüttelte sich.

Bisher intrigierte er im Hintergrund. Und Hanna kämpfte, so gut es die Position als Angeklagte in einem Mordprozeß zuließ.

Sie liebte ihren Beruf, zumindest wenn sie ihn so ausüben konnte wie in dem rumpeligen Pferdetransporter am Zoo.

Ein übermütiger Spatz schoß vor ihrem Gesicht vorbei. Er setzte sich mit dicker Brust auf das Geländer am Ufer und tschilpte auffordernd. Grete hätte mit ihr geschimpft, sie hatte nicht einmal Vogelfutter dabei. Sie kramte in ihrer Tasche und fand eine von Grete geschmierte Stulle als Notversorgung für die Gerichtsverhandlung. Sie verteilte Brotstückchen. Sofort war sie von einer Schar Vögel umgeben. Sie biß von der Stulle ab und sah über das Wasser.

Sie mußte Ärztin bleiben. Das war ihr Beruf. Aber anders als bisher. Sie brauchte eine Nische. Ein Spatz flatterte um ihre Hand. Hanna bröckelte das Brot, warf es unter einen Busch und ging weiter. Sie brauchte den Pferdetransporter. Die Patienten dort brauchten sie, und die Genossin und ihr zitternder Kollege brauchten sie auch. Sie bog in Richtung des Zoos ab. Sie hatte heute keinen Dienst, aber Hilfe war sicher erwünscht.

»Die Gräfin«, rief Beethoven unter dem alten Sonnenschirm. »Dr. Tatter ist aber heute da. Habt Ihr Eure Termine nicht abgesprochen?«

»Ich hatte Sehnsucht nach Dir«, sagte Hanna lachend. Die anderen Männer unter dem Schirm grölten und zeigten ihre Zahnlücken. Hanna stieg in den Transporter. Der Urologe zielte mit einer schwebenden Spritze auf eine Männervene. Die Hebamme schimpfte mit einer jungen Heroinabhängigen, die vor sich hinstierte. Sie steckte ihr in die eine Jackentasche Kondome, in die andere Spritzen.

Die Materiallage hatte sich entspannt. Grete organisierte die medizinischen Hilfsmittel, nachdem Hanna ihr von ihrer Not erzählt hatte. Sie fragte lieber nicht, woher das alles kam, Gretes ehemalige Schüler waren eine Quelle biblischen Ausmaßes.

Hanna warf die Kaffeemaschine an. Beethoven steckte den Kopf durch die Tür. »Willst Du auch einen?«, fragte sie.

Beethoven humpelte in den Transporter.

»Was ist mit Dir?« Hanna deutete auf sein Bein.

»Das ist sein Geheimnis«, sagte die Genossin, nachdem sie die Drogensüchtige ins Freie geschoben hatte. »Ich vermute ja, seine Füße haben seit Wochen keine Sonne gesehen.« Sie sah Beethoven streng an.

»Geht Dich gar nichts an«, sagte der.

»Aber vielleicht die Gräfin?«, fragte die Hebamme. »Immerhin versteht sie was von Deinem Fach.«

Hanna brachte dem Urologen, der inzwischen die Vene getroffen hatte, einen Kaffee. Dunkles Blut floß in ein Röhrchen. Immerhin kein reiner Alkohol.

»Unser Beethoven war mal Musiker, wußtest Du das?«

Hanna schüttelte den Kopf.

»Geige hat er gespielt.«

»Stimmt nich'«, krähte Beethoven. »Du hast keene Ahnung.«

»Logisch«, sagte die Genossin, »ich bin ja nur Hebamme.« Sie schaufelte vier große Löffel Zucker in ihren Kaffee. »Aber unsere Gräfin spielt Cello.«

Jede ihrer Schwestern hatte ein Instrument erlernt, gemeinsam füllten die Mädchen die große Wohnung mit Klängen.

Beethoven sah Hanna mißtrauisch an. Sie klopfte auf die Untersuchungsliege. Beethoven setzte sich. »Haben Sie vielleicht mal Bratsche gespielt?«, fragte Hanna.

Beethoven strahlte.

Hanna deutete fragend auf Beethovens linkes Bein und löste die Schnürsenkel seine Schuhs.

»Und Sie spielen Cello?«

Hanna nickte und zog vorsichtig den Schuh von Beethovens Fuß. »Aber nicht beruflich, dafür hat es nicht gereicht.«

»Bei mir schon«, rief Beethoven.

Hanna zog langsam eine dicke Wollsocke von seinem Fuß und fuhr zurück. »Haben Sie in einem Orchester gespielt?« Sie stand auf, legte sich Besteck zurecht und zog sich Handschuhe an.

»Solo«, sagte Beethoven, »und Quartett.«

»Schön«, sagte Hanna, »Streichquartette sind die Kür.« Sie sprühte großzügig Desinfektionsmittel auf Beethovens Fuß, tupfte ihn ab und sah dabei immer wieder in sein Gesicht. Aber Beethoven war in seiner Vergangenheit.

»Hab mich beworben bei den Philharmonikern«, sagte Beethoven. »Hat ja doch 'nen besonderen Reiz, Teil eines Orchesters zu sein.«

Hanna winkte der Hebamme. »Na, das war aber gleich die ganz große Nummer«, sagte sie.

Die Hebamme stellte sich neben Hanna, beugte sich über die Wunde und stöhnte.

Hanna sah sie an und deutete mit den Augen auf das bereitliegende Besteck. »Von denen nicht genommen zu werden, ist aber keine Schande«, sagte sie. Auch die Hebamme zog sich sterile Handschuhe über und reichte Hanna das Besteck.

»Bin ich aber«, sagte Beethoven und kratzte sich am Ohr. »Ich kam in die zweite Bewerbungsrunde.«

»Respekt«, sagte Hanna und zog Sockenreste aus der Wunde. An ihnen klebte Eiter, es schmatzte. Der Urologe hob den Kopf und schlurfte zu ihnen.

»Leider war da so ein Schinese.« Beethoven seufzte. »Muß ich zugeben, bei dem Rachmaninow war er einfach besser. Spielt sogar heut noch da.«

»Da kann man nichts machen«, sagte Hanna und entfernte den Eiter. Die Hebamme hielt eine Schale für die benutzten Tupfer hin und sprühte immer wieder Desinfektionsmittel in die Wunde. Der Urologe beugte sich über ihre Schulter.

»Von wegen«, sagte Beethoven und schlug mit der flachen Hand auf seinen Oberschenkel, daß sein Fuß wippte. Hanna konnte die Pinzette nicht schnell genug wegziehen. Sie stach in den Wundherd. Die Hebamme atmete zischend ein.

»Hab es einfach wieder versucht«, sagte Beethoven.

»Das ist mutig«, sagte Hanna. »So eine Niederlage will ja erst mal verdaut werden.«

»Ja«, sagte Beethoven und schwieg.

Die Wunde lag jetzt frei. Bis auf den Knochen hatte sich die Entzündung gefressen. Aber da war noch etwas. Die wackelnde Hand des Urologen deutete in die Tiefe. Hanna sah ihn an und nickte. Sein Gesicht blieb starr.

»Erzählen Sie«, sagte Hanna, »war wieder jemand besser?«

»Dieses Mal war es eine Polin.«

»Spielt die auch noch heute da?«

»Weiß ich nicht.«

»Warum nicht?«

Beethoven starrte vor sich hin. Hanna hielt die Pinzette über der Wunde und wartete, daß sich etwas bewegte. Neben ihr schaukelte der Urologe. Sie hörte ihn gepreßt atmen.

»Sie war nicht eigentlich das Problem. Es war der Brahms. Ich hatte das falsche Stück. Aber nachdem ich es eingereicht hatte, mußte ich es doch auch spielen.«

Im aus der Wunde austretenden Blut bewegte sich etwas.

»Und da war diese eine Stelle.« Mit der Linken versuchte Beethoven, Griffe anzuzeigen. Aber seine Finger waren zu steif, zu geschwollen und zu schmutzig. Er starrte auf seine Hand. »Mit etwas Wein ging es viel leichter.« Er ließ die Hand sinken.

Hanna stieß mit der Pinzette vor und packte die Made am Kopf. Langsam zog sie sie hervor. Die Hebamme hielt die Schale. Die Made ringelte sich darin. Die Hebamme nahm einen Tupfer und zerquetschte sie zwischen den Fingern. Hanna schwebte wieder mit der Pinzette über der Wunde und wartete. »Und?«, fragte sie.

»Ich hatte eine Fahne«, sagte Beethoven leise.

»Du hättest ein Kaugummi nehmen sollen«, sagte die Hebamme und zerquetschte die zweite Made.

Der Urologe hielt bebend die Schale. Die Madenleichen hüpften.

»Hab ich ja«, sagte Beethoven. »Alle waren begeistert von meinem Vorspiel, das habe ich genau gesehen. Eine Frau in der

Prüfungskommission hat mich richtig angestrahlt. Hab mich runtergebeugt und einen Handkuß angedeutet. Sie hat's gerochen.«

»Dein gutes Benehmen ist Dir zum Verhängnis geworden«, sagte die Hebamme. Inzwischen war die kleine Schale gut gefüllt und Hanna wartete vergeblich auf einen Nachzügler.

»Das hat mir meine Mutter immer prophezeit. Sie wollte, daß ich eine Banklehre mache.«

Der Urologe schlurfte mit der Madenleichenschale zum Müll, die Hebamme reichte Hanna Verbandmaterial.

»Im Bankgeschäft hätte Ihr gutes Benehmen genauso gestört«, sagte Hanna, verband den Fuß, zog eine riesige Socke aus dem Karton und schob sie darüber. Auf ihrer Stirn glänzten Schweißperlen. »Und dann hätten wir uns nie kennengelernt, stellen Sie sich mal vor.«

»Da wär mein Leben vergeudet«, sagte Beethoven grinsend und deutete eine Verbeugung an.

Er versuchte aufzustehen, aber Hanna hinderte ihn.

»Nicht auftreten«, sagte sie und holte zwei Gehhilfen.

Die Hebamme steckte sich eine Zigarette an, öffnete die Transportertür und winkte Beethoven. »Komm mit Deinen Krücken, wir gehen eine rauchen. Und nachher mache ich Dir ein Nachtlager auf der Untersuchungsliege.«

Beethoven sah von Hanna zur Hebamme. »Ich darf hier schlafen?«

Die Hebamme nahm einen tiefen Zug, füllte ihre Lunge bis in den letzten Winkel. »Du bist eben ein besonderer Patient«, sagte sie.

»Klar«, sagte Hanna, »der Mann ist Bratschist.«

X

»Na, kleiner Mann, wo ist denn Dein Papa?« Vor Jakob stand ein sommersprossengesprenkelter Knirps mit rotem Haar. Durch sein Gesicht zogen sich Dreckstreifen. Alter Rotz war ihm unter der Nase angetrocknet. Sein Mund stand offen, aus runden Augen starrte er den großen Fremden an. Jakob suchte am Zaun vergeblich eine Klingel oder eine Pforte. Also stieg er hinüber. Der Knirps verschwand hinter Büschen. Jakob ging über einen Trampelpfad zwischen betörend duftenden Heckenrosen voller Sumsen auf Bestäubungsausflug zu dem Bauernhof.

Jakob war von Sachsen-Anhalt nach Niedersachsen weitergefahren zur Samenbank für gefährdete und untergegangene Pflanzen. Tilla war in der zweiten Hälfte der Achtziger öfter hiergewesen, bei ihren Seelenverwandten, wie ihr ehemaliger FU-Kollege Professor Schmerkert gelästert hatte. Im Sonnenhof widmete man sich auch heute noch keinen Gensequenzen, sondern mehligen Äpfeln und winzigen Pflaumen. Kein Gang mit der Zeit, lieber Selbsttreue hinter Hundsrosen.

Die Häuser duckten sich in die Scholle, ihre tief heruntergezogenen Dächer waren dick vermoost. Der Knirps kam zurück, gefolgt von einer ganzen Horde Kinder. Alle verdreckt und verlumpt, die nackten Füße schwarz. Ein Mädchen mit verfilztem Haar nahm Jakobs große Hand in ihre klebrige kleine und zog ihn weiter. Vor einer Scheune stoben die Kinder kreischend auseinander. Hühner flogen auf, ein Hahn krähte, es stank bestialisch nach Ziegen. Das Mädchen schob ihn in die Scheune.

Innen war es zappenduster. Jakob hörte einen Mann schwer atmen, aus dem Dunkel löste sich langsam eine Schubkarre. Der Mann häufte mit einer Mistgabel dampfenden Ziegenmist darauf. Sein Oberkörper war nackt, die Armmuskeln glänzten, über den kleinen Bauch lief Schweiß.

»Hallo«, sagte Jakob.

Der Mann ließ die Mistgabel sinken. »Der Hofladen ist heute zu«, sagte er.

»Ich suche die Samenbank für aussterbende Pflanzen.« Jakob unterdrückte ein Würgen. Der Gestank war für seine urbane Nase wirklich unerträglich.

Der Mann schulterte die Mistgabel, als wäre sie ein Baumstamm, und stieg mit breiten Schritten aus der Scheune. Jakob folgte ihm. Die Kinder kamen quietschend aus ihren Verstecken und kreisten um Jakob. Der Mann warf die Mistgabel auf einen Berg Stroh, ging zu einem Brunnen, hielt den Kopf unter das laufende Wasser und fuhr sich mit den Händen immer wieder durch's Haar. Er wischte die Hände an der Hose trocken und winkte Jakob, ihm zu folgen. Vor der Türschwelle zog er die Schuhe aus und entblößte löchrige Socken. Jakob sah auf seine Berliner Wanderstiefel und folgte dem Mann in die Küche, der schob ihm einen Stuhl hin.

Es roch gesund nach Leinöl. Die Fensterbank war vollgestellt mit Kräutertöpfen. Vor dem Fenster nahmen noch mehr Hundsrosen den Ausblick. Auf dem abgebeizten Küchenschrank standen Gläser mit Müsli und eine Versammlung angeschlagener Tassen. Jakob setzte sich auf den angebotenen Stuhl, der Mann stellte ein Glas Milch vor ihn. Jakob sah auf die weiße Flüssigkeit auf dem geölten Holztisch und mußte wieder würgen.

»Was liegt an?«, fragte der Mann, an die Arbeitsplatte gelehnt. Ein Junge griff sich sein rechtes Hosenbein, ein Mädchen zog an seinem Gürtel, er hob es hoch und setzte es auf die Spüle.

»Ich bin von der Berliner Kripo und suche Professor von Bredow«, sagte Jakob.

Ein Mädchen krabbelte auf Jakobs Schoß, griff nach seinem Glas Milch und trank. Ein Problem weniger, dachte Jakob. Er sah auf die schwarzen Ränder der Fingernägel, die das Glas hielten. Die Kleine schmatzte.

»Das ist aber mächtig lange her«, sagte der Mann.

»Kannten Sie sie denn, waren Sie damals schon hier?«

»Ich bin der Hans-Dieter und ich bin immer hier.« Er hob das Mädchen von der Spüle und setzte sich zu Jakob. »Warum suchen Sie denn auf einmal nach ihr?« Er legte seine breiten Unterarme auf die Tischplatte und sah Jakob an.

»Ich bearbeite alte Fälle«, sagte Jakob. »Können Sie sich an sie erinnern? Ihre Besuche hier waren ja noch vor der Einheit.«

»Der Mauerfall war jetzt für uns nicht so richtig 'ne Zeitenwende. Kamen nach und nach ein paar von denen. Mal gucken. Aber sonst war das kein Brüller. Außer für das Saatgut natürlich.«

»Reden Sie von Gatersleben?«

»Nee. Gab 'n paar Umweltschützer da drüben, die haben privat gesammelt. Schöne Sache das.«

»Und wie haben die das Saatgut gelagert? Das muß doch gekühlt werden.«

Hans-Dieter Immerhier stand auf. »Na, dann kommen Sie mal«, sagte er. Sie gingen um das Wohngebäude herum, die Kinderschar rannte kreischend voran. Sie erreichten an der Rückseite des Hauses ein großes Tor. Über ihm hing ein Klangspiel. Ein Kind schlug es mit einem Stock an. Es bimmelte kläglich.

Hans-Dieter zog das Tor auf. Jakob war in der niedersächsischen Samenbank für ausgestorbene und gefährdete Pflanzen gelandet, einem Schweinestall, in dem es sogar noch Nippeltränken und Futtertröge gab. In die alten Abteile waren über dem Spaltenboden Regale eingebaut. Jedes der Regalbretter war mit Buchstaben und Zahlen beschriftet, auf ihnen standen hunderte Holzkisten. Hans-Dieter zog eine Kiste hervor, hob den Deckel an und ließ Jakob hineinsehen. Aufeinandergestapelte Laden mit Glasröhrchen, sorgfältig beschriftet. Ein Samenschatz von Untergegangenem. Keine Kühlung, keine Schutzanzüge, keine Kamera. »Kommt da nicht öfter mal was weg?«, fragte Jakob und dachte an Tillas lange Finger.

»Da kommt nur öfter was dazu«, sagte Hans-Dieter. Sie gingen zurück auf den Hof, die Kinder zogen sie zu einer Bank.

»Was ist denn mit Tilla?«, fragte Hans-Dieter.

»Sie ist seit Ende '89 verschwunden.«

»Hab mich schon gewundert, warum sie nicht mehr kam.«

»Sie war oft hier?«

Er nickte. »Hat einiges mit aufgebaut. Tolle Frau. Ein Händchen für Ordnung und Systematik. Und zupackend. Scheute keine Arbeit.« Er sah an Jakob hinunter.

Es gibt auch Arbeit ohne Mistgabel, dachte Jakob.

»Alter ostpreußischer Adel. Hatten früher Ländereien da. Flachs war ihr Ding. Gibt hier noch Tillas Sammlung der regionalen Sorten. Homogenität ist unser aller Untergang.«

Der Mann redete wie ein Berliner.

»Je divergierender das Saatgut, desto weniger anfällig und unaufwendiger die Pflege. Genetische Vielfalt ist aber völlig unökonomisch, würden die aus Gatersleben sagen.«

»Tilla hat die beklaut«, sagte Jakob.

»Ach nee.« Er kratzte sich an der Schulter. »Na, trifft ja keine Armen.«

»Saatgut hat sie mitgehen lassen, vor Mauerfall. Das war ganz schön gefährlich.«

»Paßt aber zu ihr. Risiko hat sie angemacht.« Jetzt rieb er sich das Kinn. »Sie war ganz schön scharf, wissen Sie das? Nicht mehr ganz frisch, aber echt krass.«

»Hatten Sie was mit ihr?«

»Wir hatten hier alle was miteinander. So war's eben damals.«

»Natürliche Kreuzung. Heterogenität.«

Er lachte. »Ungekühlt.«

»Haben Sie eine Erklärung für ihr Verschwinden? Gab es damals Konflikte?«

»Oh ja. Da war ja noch Gerhild. Unser Hausgeist. Paar Jahre nur älter als Tilla, aber total verknittert. Eine alte Jungfer hier aus dem Dorf. Vollblutnazi. KdF und so. Aber ihr hat der ganze Acker gehört, auf dem wir unsere Versuche gemacht haben. Gerhild hat Tilla gehaßt, die ostpreußische Gräfin. Ihre Familie stammte aus dem Warthegau, hat sie immer gesagt.« Er lachte wieder. »Das waren zwei Welten, wirklich. Die vor Lust strotzende Tilla und dieses Dörrobst Gerhild.«

»Und lebt sie noch?«

»Ist vor vier Jahren friedlich entschlafen. Kurz nach Führers Geburtstag. Hatte Adolf über dem Bett hängen wie 'ne Nonne ihren Jesus. Schräge Alte. Aber den Acker hat sie uns vermacht.«

»Könnte sie etwas mit Tillas Verschwinden zu tun haben?«

»Nee, wirklich nicht. Die war der Gräfin nicht ansatzweise gewachsen. Tilla hätte nur pusten müssen und Klein Gerhild wäre bis in ihren Warthegau geflogen.« Er überlegte. »Aber die Renate, ja, die verschwand damals auch um Mauerfall herum.«

»Renate?«

»Praktikantin bei uns. Hat hier aber nicht hergepaßt. Etwas etepetete und arbeitsscheu obendrein. Kam aus Stuttgart. Die konnte Tilla auch nicht ertragen. War so 'ne kleinbürgerlich-linke Nummer. Unterstellte Tilla immer Arroganz. Ausgerechnet Tilla. Gott, hat die Renate rumgezickt.«

»Aber daß sie Tilla deshalb gleich was Übles will?«

»Die Kleine war echt giftig. Hatte sowas Nachtragendes. Besserwisserisch sowieso.«

»Und hat Tilla sie auch weggepustet?«

»Nee, die wäre auch nicht geflogen. Hat ihre Wut gepflegt und abgewartet. Und Tilla lieferte jede Menge Futter. Konnte sich um Kopf und Kragen reden, hatte so eine spöttische Art, wenn ihr jemand zu klemmig war.«

»Und wo ist Renate heute?«

»Das letzte, was ich von ihr sah, war ihr nackter Hintern.« Hans-Dieter rieb sich wieder das Kinn. »Hab's ein bißchen übertrieben damals. Eigentlich war ich ja mit Suse zusammen.« Er wies auf die Kinder ringsum. »Aber Renate war eben auch da.«

»Suse hat Euch erwischt?«

»Und hatte wenig Humor. Kam mit der Schrotflinte zurück und hat Renate vom Hof gescheucht.«

»Ohne Klamotten?«

»Gummistiefel hatte sie an und einen Pullover. War ein kalter Tag. Wie gesagt, das letzte war ihr Hintern. Über grünen Gummistiefeln.«

»Und Suse?«

»Hat die Flinte weggeschmissen und mir eine gescheuert.« Er grinste. »Und am Tag drauf haben wir unsere erste Tochter gemacht. Die ist jetzt auch schon groß und kümmert sich um unsere Buchführung.«

»Haben Sie eine Idee, wie ich Renate finden kann?«

»Damals war sie schon bei den Grünen. Hat beim Abendessen agitiert. Tagsüber immer fern der Arbeit und schön die Pfoten sauber halten, aber abends von der Weltrettung labern. Echt nervig. Und neulich war sie im Fernsehen, im Kostümchen. Hat die Seite gewechselt, zur Wirtschaft. Sieht aus, als ob sie einen Haufen Kohle macht.« Er grinste wieder. »Aber ich seh sie natürlich immer noch vom Hof laufen.«

Dao Thi Nguyens Vorstellungen von Ärzten deckten sich mit denen ihrer Nachbarn. Als Kind vietnamesischer Boatpeople in Oldenburg aufgewachsen und erst im Erwachsenenalter nach Berlin gekommen, pflegte sie einen durchschnittlich naiven Blick auf traditionell angesehene Berufsgruppen.

Ärzte waren bewundernswerte Menschen, deren Kenntnisse für Dao böhmische Dörfer, aber für das Überleben unausweichlich waren. Ärzte wollten anderen helfen, gaben dafür alles und mußten gut entlohnt werden. Das war es im Groben. Bis Dao erfuhr, wodurch ihre Freundin Hanna den Job verlor und warum ihre Approbation ruhte. Bis sie Hermine Neuhaus zwangsernährt in einem viel zu großen Pflegeheimbett liegen sah. Bis sie verstand, daß genau Hannas wunderbar hilfsbereites Wesen sie daran hinderte, im Krankenhaus ihrer Arbeit nachzugehen.

Sie lernte Hanna als frisch entdeckte große Liebe ihres Freundes Jakob kennen. Aus Sorge um den in ihren Augen nur leidlich mit Alltagskompetenzen und Frauenkenntnis gesegneten Geisterseher überprüfte sie Hanna und war von deren Einsatz für Hermine beeindruckt. Aber die eigentlich wehrhafte und zornige Hanna hatte tief in einem sie lahmlegenden Burnout gesteckt und verließ, starr und gleichgültig, nicht einmal mehr die eigene Wohnung. Dao hatte sie an der Hand genommen, zu Hermines Pflegeheim geführt, damit sie der Alten gefälligst in das ersehnte Jenseits half, und so Hanna aus ihrem Tal herausgeholfen.

Daos exotische Augen verhinderten seit ihrer Kindheit, daß sie echte Freunde hatte. Sie war in Oldenburg das überall eingeladene Wunderkind gewesen, mit ihren guten Noten, ihrem höflichen Auftreten, ihrer leisen Stimme, ihrem freundlichen Lächeln. Niemand traute sich, mit Dao eine Kissenschlacht zu veranstalten oder ihren Kopf im Schwimmbad unterzutauchen. Sie war in einer Nußschale über das südchinesische Meer geflüchtet und verdiente in den Augen der in friedlichem Wohlstand lebenden Oldenburger eine Dauerbehandlung mit Samthandschuhen.

Als Dao vor diesem Leben nach Berlin flüchtete, sehnte sie sich nach Buntheit und Härte. Sie wollte rauh angefaßt werden und sie wollte endlich dazugehören. Aber in der großen Stadt beachtete sie niemand.

Dao hob die Stimme, um auf sich aufmerksam zu machen und erkannte, daß sie gern laut sprach, laut lachte, schnell ging und gern sprang. Sie trug gern eine Waffe, trank viel guten Whisky, wollte eine freie und wilde Sexualittät und hatte keine Probleme, dafür Partner zu finden. Dao begann zu leben.

Durch Jakobs Rat und Hilfe hatte sie den Polizeidienst aufgegeben, war eine erfolgreiche Privatdetektivin mit einem beachtlich vielstelligen Kontostand geworden und sie hatte Freunde. Jakob natürlich, den Sonderling, der durch die tiefsten Tiefen ihrer asiatisch-oldenburgischen Seele gestiefelt war, und den sie nie, nie, nie verführen würde. Und schließlich Hanna, die vemeintlich kontrollierte, kühle, dabei aber so unglaublich warmherzige und kluge, wundervolle Freundin.

Jetzt mußte sie Hanna, die Dao nie um Hilfe bitten würde, unbedingt beistehen, damit sie den existenzbedrohenden Gerichtsprozeß überstand. Und deshalb tat Dao, was sie am besten konnte: undercover als Privatdetektivin ermitteln, warum da wer gegen Hanna vorging, und wo die schmutzige Wäsche zu finden war, die ihre Freundin aus der Sackgasse heraus und in ihren Beruf zurückbrachte.

Dieses Krankenhaus, Hannas ehemaliger Arbeitsplatz, hatte Dreck am Stecken, der eine ganze Mülldeponie füllte. In dieser Nacht würde Dao die Beweise stehlen und sie Hanna morgen zum Frühstück servieren. Das war das Mindeste. Schließlich ließen Hanna und Grete sie bei sich wohnen, seit Dao ihr von einem rachsüchtigen Mann besudeltes Penthouse hatte verkaufen müssen.

Dao zog ihre Putzfrauenmontur an und ging, mit einem bis auf einen Wischlappen leeren Eimer bewaffnet, am Nachtportier vorbei. Sie stieg die Treppen hoch auf die Büroetage. Sicher gab es ein Chefzimmer, dort mußten all die Unterlagen sein, die Hanna brauchte. Ihre Erfahrung lehrte sie, zuerst am Ende des Ganges nachzusehen. Der Chefarzt brauchte für sein überschwappendes Ego das größte Büro mit dem fettesten Schreibtisch.

Der Aktenschrank war nicht einmal abgeschlossen. Der PC hatte das Geburtsdatum von Magahn als peinliches Passwort. Es war kurz nach eins in der Nacht und Dao machte es sich gemütlich. Sie hatte alle Zeit der Welt.

Genau acht Minuten später hörte Dao ein sich näherndes Mädchenlachen auf dem Gang. Eine tiefe Männerstimme gesellte sich dazu. Licht ging im Flur an.

Dao sah sich um. Nur die eine Tür, das Büro am Ende des Ganges. Sie saß in der Falle.

Das Kichern kam schnell näher. Daos Blick tastete das Büro auf Verstecke ab. Der Aktenschrank, prall gefüllt. Daneben ein metallischer Kleiderschrank. Dao schlüpfte hinein und zog die

Tür von innen zu. Außen fiel der Riegel. Sie hatte sich selbst eingesperrt, ihr Herz stolperte. Ganz ruhig. Es ist nur ein Schrank. Dao befühlte ihre dunkle Umgebung. Links neben ihr ein Arztkittel, rechts ein nach altem Regen und Aftershave riechender Wollmantel. Dao unterdrückte ein Husten.

»So etwas Süßes wie Dich habe ich überhaupt noch nie gesehen«, sagte die Männerstimme gurrend. Wieder dieses Kichern.

Sie kamen in das Büro, Dao hielt den Atem an. Wenn sie entdeckt würde, war die Arbeit der vergangenen Wochen verloren. Ganz zu schweigen von einer Anzeige wegen Einbruchs in das Büro eines sehr mächtigen, sehr geltungssüchtigen und äußerst streitlustigen Mannes. Noch dazu des Gegners von Hanna. Sie würde stellvertretend ausbaden müssen, was Dao verbockte.

»Das ist aber groß hier«, sagte das Mädchen.

»Und alles meins«, sagte der Mann.

»Und Sie sind wirklich der Chef?« Sie kicherte wieder.

»Du hast ja einen sitzen«, sagte er. »Ein Glas Schampus und Du hast einen sitzen. Süß.«

»Es waren zwei«, piepste sie. »Und das dreht sich alles so.«

»Na so was. Setz Dich doch. Schau mal, gleich hier auf den Tisch. Dann geht's gleich besser, sagt der Herr Doktor.«

»Auf den Tisch? Nein, das darf ich doch nicht.«

»Ist ja schließlich mein Tisch.« Seine Stimme wurde rauh. »Komm, ich heb Dich hoch.«

Sie quiekte.

»Na, gefällt Dir das, wenn ein starker Mann Dich hält?«

»Eigentlich tut das ein bißchen weh.«

»Na komm schon, so schlimm ist das nicht.«

»Ich möchte bitte nicht, was Sie da machen.«

Ein Reißverschluß ging.

»Schau mal, was ich hier für Dich habe.«

Dao biß in ihre Hand.

»Bitte, ich möchte lieber gehen. Im Wohnheim wundern sie sich bestimmt, wo ich bleibe.«

»Die werden schon wissen, was Du gerade machst.«

Geh, verdammt noch mal. Hau ihm eine rein und renn los.

»Sie tun mir weh.«

»Waren wir nicht schon beim Du?«

»Aber Sie sind doch mein Chef.« Sie hickste. »Ich glaube, ich habe zu viel getrunken.«

»Nein, nein, genau richtig.«

»Ich möchte das bitte nicht ausziehen.«

»Laß doch mal sehen. Süße kleine Möpse hast Du. Aber ich glaube, die wachsen noch.«

»Darf ich jetzt bitte gehen?«

»Gleich. Laß mich noch kurz sehen, wie Du unter dem Röckchen aussiehst.«

Es polterte.

»Sachte, sachte, Du bringst mir ja alles durcheinander auf meinem schönen, großen Schreibtisch.«

»Entschuldigung, das räume ich wieder auf.«

»Jetzt bleib doch da, das können wir doch hinterher.«

»Aber ich muß doch …«

»Von hinten bist Du ja noch süßer.«

Es krachte. Das Mädchen schrie.

»Hör auf jetzt, ist ja gleich vorbei.«

Dao zog an der Schranktür, keine Chance. Der Chefarzt stöhnte, Glas klirrte. Dao brannten die Augen. Sie preßte die Lippen aufeinander und ballte die Fäuste.

Ein Reißverschluß ging. »Wenn Du willst, kannst Du das öfter haben. Bist wirklich süß.«

Dao hörte seine Schritte. »Zieh Dich wieder an. Und mach das Licht aus.«

Das Mädchen weinte leise. Dao sank auf den Schrankboden und weinte mit ihr.

Nach einer sehr langen Zeit atmete das Mädchen tief durch. Sie machte tatsächlich das Licht aus und schloß ordentlich die Tür. Dao stand in ihrem Schrank auf, schob die Kittel zur Seite, tastete im Dunkeln nach ihrem Taschenmesser und begann sich zu befreien. Das würde eine lange Nacht. Genug Zeit, darüber nachzudenken, auf welche Weise Chefarzt Magahn für das, was er dem Mädchen angetan hatte, bezahlen würde.

»So wie der Teufelsberg?« Levi hatte seine schwarzen großen Kinderaugen auf Igor, den Koch, gerichtet.

»Die Berge unserer Heimat sind viel, viel größer«, sagte Igor. »Wenn unten der Frühling kommt, alles blüht und die Vögel früh am Morgen singen, dann siehst Du auf den Gipfeln noch den Schnee.«

Levi zog die Stirn kraus. »Du verscheißerst mich.«

Igor, Alikas Chefkoch, der genau wie Alika aus Georgien stammte, lachte. »Alika, Dein Sohn sollte etwas mehr von der Welt sehen als Berlin.«

»Ich war mal an der Ostsee.« Levi breitete die Arme aus. »Die war voll riesig.«

Traditionell verbrachten sie zu dritt den Ruhetag im Restaurant. Am Vormittag besprachen Alika und Igor neue Gerichte und planten die Abläufe in der Apotheke. Dann kochten sie gemeinsam, bis Levi aus der Schule kam.

»Mama kann hier nicht weg«, sagte Levi. »Stimmt's, Mama?«

»Hmh.« Alika war über die Buchführung gebeugt. Irgendetwas stimmte da noch nicht.

»Das würden wir schon für ein paar Tage allein hinbekommen«, sagte Igor.

Levi sah ihn skeptisch an. »Ganz ohne Mama?«

»Willst Du nun die Berge Deiner Heimat kennenlernen?«

»Na klar.«

»Dein Opa kann wandern, weißt Du das? Alika hat mir erzählt, er ist mit ihr früher immer in den Bergen gewesen.«

»Zu Fuß?«

Igor lachte. »Genau, Du Berliner. Ganz ohne U-Bahn.«

»Krass.«

»Dein Großvater war ein starker Mann damals. Er hatte einen Rucksack und da war das Zelt drin zum Übernachten, falls sie mal keine Unterkunft gefunden haben. Das war aber selten. Weißt Du, warum?«

Levi nickte. »Georgier sind gastfreundlich. Stimmt doch Mama, oder?«

Er sah zu seiner Mutter, aber die hatte den Kopf tief über die Papiere gesenkt. »Mama?«

Levi legte den Kopf auf die Tischplatte und sah von unten in ihr Gesicht. »Du weinst ja. Bist Du traurig?«

Er stieg von seinem Stuhl und lehnte sich an den Rücken seiner Mutter. Sie drückte ihn an sich.

Igor legte die Hand auf Alikas Schulter. »Er wird schon wieder auftauchen«, sagte er.

Alika schob ihren Sohn beiseite und wischte sich über das Gesicht.

»Auch wenn er jetzt schon ein Opa ist, ist er bestimmt mit einem Zelt unterwegs«, sagte Levi. »Und wenn es regnet oder dunkel wird, weiß er immer, wohin.«

Igor hielt Alika ein Taschentuch hin, sie schnaubte sich. »Da stimmt etwas mit der Buchführung nicht«, sagte sie. »Es fehlen immer wieder Lebensmittel.«

»Der neue Kellner, wußte ich's doch.« Igor ballte die Faust. »Wenn ich den erwische.«

»Sagst Du mir Bescheid, Igor.« Alika sah ihn an. »Hast Du mich gehört?«

Igors Augen funkelten.

»Du mußt ihn nicht kurz und klein schlagen, nur erwischen.«

»Und dann schmeißen wir ihn raus«, sagte Levi.

»Genau, mein Sohn«, sagte Alika, »so macht man das unter zivilisierten Leuten.«

»Aber er ist Baschkire«, sagte Igor, »aus dem Nachbardorf.«

»Und wir sind hier in Berlin. Wenn er klaut, fliegt er, sonst nichts.«

Jemand schlug gegen die geschlossene Restauranttür.

»Hast Du das Ruhetagsschild hingehängt, wie ich Dir gesagt habe, Levi?«

»Na klar.«

»Sieh trotzdem noch mal nach.«

Levi ging zur Tür. »Hängt«, sagte er und ging zur Küche.

»Wo willst Du denn hin?«, fragte Igor.

»Hab Hunger.« Levi verschwand.

»Hatte der nicht eben das größte Essen des Jahres?«

»Er muß noch viel wachsen«, sagte Alika.

Es wurde wieder gegen die Tür geschlagen.

»Das darf doch nicht wahr sein.« Igor sprang auf.

»Laß mal«, sagte Alika, »ich geh schon.«

»Nicht mal am Ruhetag.«

»So viel zum Kaukasusurlaub.« Alika sah durch die kleine Scheibe und schloß die Apothekentür auf.

Jurij Iwanow hatte die Faust erhoben, um erneut gegen die Tür zu schlagen. Alika sah auf seinen kahlen Kopf, den sehnigen Hals, die massigen, steifen Schultern und seinen tiefgefrorenen Blick. »Was willst Du?«, fragte sie. »Heute ist kein Besuchstag.«

Iwanows Blick tastete ihren Körper ab, als ob sie nackt wäre. Alika wurde übel. »Es geht um Deinen Vater«, sagte er.

Alika trat zur Seite und schloß die Tür hinter ihm.

»Was will der denn hier?«, fragte Igor.

»Schick Deinen Koch weg«, sagte Iwanow.

»Igor bleibt«, sagte Alika.

Iwanow ließ Schlüsselbund und Handy auf den Tisch fallen. »Willst Du nun was über Deinen Vater erfahren?«

»Dreckskerl«, sagte Igor.

»Setz Dich, Igor«, sagte Alika und wandte sich an den Vater ihres Sohnes. »Du kannst Kaffee haben und mir sagen, was Du willst, aber Igor bleibt hier.«

Beide Männer setzten sich.

»Und mein Sohn?«

»Entscheidet ab sofort selbst, ob er seinen Vater sehen will«, sagte Alika.

»Wer sagt das?«

»Ich sage das. Was glaubst Du, warum er nicht aufgemacht hat und warum er jetzt nicht hier ist?«

Iwanow zog die Augen zu schmalen Schlitzen.

»Kaffee?«, fragte Alika. Iwanow fixierte sie.

Alika setzte sich zwischen die beiden Männer. »Was weißt Du von meinem Vater?«

»Nichts.«

Igor schlug mit der flachen Hand auf den Tisch, Alika zuckte zusammen.

»Die Polizei war bei mir«, sagte Iwanow. »Das war sicher Deine Idee.«

»Du haßt Guram.«

»Ich hasse viele Menschen.«

Levi kam aus der Küche, eine Federmappe und Hefte in der Hand. Ohne sie anzusehen, ging er zu einem Tisch, weit weg von den Erwachsenen, nahm einen Stuhl herunter und begann mit den Schulaufgaben.

»Begrüß Deinen Vater, Sohn«, sagte Iwanow. Levi beugte den Kopf noch tiefer über sein Schulheft.

»Noch mal, was weißt Du von Guram?« Alika sah den Mann an, mit dem sie ein Kind in die Welt gesetzt hatte.

»Nichts«, sagte er. »Deshalb bin ich hier.« Er fixierte seinen Sohn. Alika fror unter diesem Blick. »Ich habe meine Geschäftspartner gefragt. Niemand weiß etwas über ihn.«

»Dann kannst Du ja wieder gehen«, sagte Igor.

Iwanows Blick wandte sich von Levi zu Alika. »Wenn Du die Polizei zu mir geschickt hast.« Er beugte sich vor. »Wenn Du versuchst, mir damit meinen Sohn zu nehmen, wird Dir und vor allem ihm das nicht gut bekommen.«

Igor sprang auf, Alika hielt ihn mit der Hand zurück und stand selbst langsam auf.

»Ich will, daß Du gehst, Iwanow«, sagte sie.

Ihre Augen fauchten. »Du hast hier Hausverbot.«

Sie beugte sich vor bis dicht an sein Ohr und flüsterte. »Und wenn Du meinem Sohn irgendetwas antust, werde ich Dich töten. Hast Du das verstanden?«

Jetzt stand Iwanow auf, sehr langsam. Sein Blick durchbohrte Alika. Sie wich nicht zurück. Er baute sich vor ihr auf, kaum größer als sie. Ihre Nasen berührten sich fast. Beide atmeten schwer.

»Mama?« Levis Gesicht war bleich.

Iwanows Mund zuckte. Sein Kopf war dunkelrot. Die Muskeln an seinem Hals zitterten. Er machte einen Schritt zur Seite, sein Stuhl fiel um. Langsam nahm er Schlüssel und Handy vom Tisch und ging. Krachend fiel die Apothekentür hinter ihm ins Schloß. Alikas Spannung löste sich. »Alles gut, Levan«, sagte sie.

»Wirklich Mama?« Levi wimmerte.

Igor nahm Alika in den Arm, sie zitterte, der glühenden Alika war der sibirische Winter begegnet. Levi lief auf die beiden zu und umklammerte den Rücken seiner Mutter. »Wir fahren in den Kaukasus«, rief er. »Alle zusammen. Und dann bauen wir unser Zelt auf und verstecken uns und kommen nie, nie wieder.«

XI

Mit Beethoven ging es bergauf. Die Hebamme schaltete für ihn das Klassikradio an, und sein altes Leben plätscherte an ihm vorüber. Zum Saufen schickten sie ihn vor die Tür. Die Wunde machte sich gut, Hanna war überrascht. Vielleicht würde sie sogar verheilen. Beethoven war eben ein zäher Bratschist. Nach drei weiteren geschützten Tagen im Pferdetransporter würde er auftreten dürfen. Er trug luxuriöses Verbandmaterial, geschaffen für wartezimmertaugliche diabetische Beine. Beethoven war nicht zuckerkrank, nur seine Leberwerte schwebten in astronomischen Höhen.

Das Material, das der heute geladene Gutachter in Hannas Gerichtsverhandlung vorführte, und das sie bei ihrem Wutausbruch auf der Station zerstört haben sollte, war preislich auf dem Weg zum Mars. Irgendwie mußte das Krankenhaus ja auf die Unsummen kommen, die ihr aufgebürdet werden sollten.

Die Richterin stöberte in einem viertausend Euro kostbaren Ulmer Notfallkoffer. Sie nahm das Intubationsbesteck heraus. »Wofür braucht man denn sowas?«, fragte sie.

»Zur Atemwegssicherung«, sagte der Gutachter mit hochrotem Kopf und wichtiger Miene. Hanna fragte sich, was sein Preis gewesen war. »In der Notfall-, der Intensivmedizin und der Anästhesie werden damit Patienten beatmet. Sie halten die mobile Notarztvariante in der Hand.«

Professor Magahn rührte in so vielen Töpfen, daß seine Preise für Gefälligkeitsgutachten vermutlich gering waren. Er hatte es geschafft, daß Hannas Existenz auch finanziell bedroht war. Niemals würde sie all das, was der Gutachter hier vorführte, zurückzahlen können. Für einen Choleriker wie Magahn war das äußerst gründlich. Sicher gefiel ihm sein Rolle. Eitel war er auch. Und Macht anzuwenden auf einen begrenzten Kreis von Opfern in einem abgeschlossenen System wie einem Krankenhaus war das eine. Aber wenn man so geltungssüchtig wie Professor Magahn war, kam eine öffentliche Gerichtsverhandlung gerade recht. Macht will auf die Straße und gesehen werden.

Die Richterin setzte die Brille ab und inspizierte das Intubationslaryngoskop aus der Nähe. Hätte Marianne Lindemann nicht über Hanna zu richten gehabt, und hinge nicht ihre berufliche Existenz von ihr ab, Hanna wäre gern mit ihr Essen gegangen. In eine gemütliche Kneipe mit Kerzenlicht, einer chaotischen Speisekarte und vielen durcheinandersprechenden Gästen.

Hanna brauchte jemanden, der das medizinische System mitsamt seinen Machtinhabern durchschaute und sie mit kühlem und klarem Verstand vor ihm rettete. Richterin Lindemann allerdings eilte der Ruf einer trotteligen Alkoholikerin voraus. Aber obwohl sie ihren Verstand offensichtlich seit Jahrzehnten in Schnaps einlegte und Hanna das erheblich schaden konnte, mochte sie sie. Eine breite graue Strähne ihres sonst schwarzen Haares hing in ihr Gesicht, die Bluse war einen Knopf zu weit geöffnet, der Rock etwas zu kurz, die Nägel hatte sie vor längerer Zeit dunkelrot lackiert. Zwanzig Kilo leichter und viele Flaschen Wein früher war sie einmal hübsch gewesen. Jetzt waren ihre Augen von schweren Lidern bedrängt und mit tiefen Tränensäcken unterlegt.

Für Hanna, die vieles zu genau und gründlich nahm, war diese selbstbewußt nachlässige Art anziehend. Die ziellos taumelnden Bewegungen und eine flachmanngroße Beule in ihrer Aktentasche zeugten von Marianne Lindemanns Alkoholproblem. Wäre sie keine Richterin gewesen, Hanna hätte sie im Pferdetransporter als Patientin vor sich haben können. Die Unabhängigkeit des Berufes, sein Beamtenstand und ein Rest von Disziplin schützten sie vor dem altersschwachen Sonnenschirm und hielten sie vorerst hinter dem Richtertisch.

»Ein Intubationslaryngoskop verwendet man zur Wiederbelebung bei Atemstillstand«, erklärte der Gutachter, als läge in dieser Antwort die Weltformel. Er wischte sich mit einem Taschentuch den Schweiß von der Stirn.

Richterin Marianne Lindemann riß eine Packung auf und bog den langen, dünnen Schlauch in alle Richtungen.

»Das ist ein Endotrachealtubus. Der wird in die Luftröhre zum Beatmen geschoben.«

»Und nimmt man da immer einen Neuen, oder ist der wiederverwertbar?«

»Das ist ein steriles Einwegprodukt.«

»Stolzer Preis zum Wegwerfen«, sagte die Richterin. »Und sei es quer durch den Stationsflur.«

»Immerhin sollen Ärzte damit Leben retten«, sagte der Gutachter. »Sie glauben gar nicht, was man alles falsch machen kann. Gern wird der Tubus in die Speiseröhre geschoben und der Magen statt der Lunge beatmet.«

»Was ja dem Patienten nicht weiterhilft.«

»Eine Fehlintubation kann zum Exitus führen. Man kann auch die Stimmbänder verletzen oder den Tubus zu weit vorschieben und nur einen Lungenflügel beatmen. Die Industrie steckt viel Geld in die Erforschung vereinfachter Anwendung, das schlägt sich dann im Preis nieder.«

Der Gutachter stank wie ein Iltis. Hanna konnte seinen Angstschweiß riechen. Er trug ein Oberhemd ohne Jackett, um die Achselhöhlen hatte der Schweiß große Kreise gebildet. Die Richterin schob den Notfallkoffer zur Seite und besah sich die anderen Geräten auf dem Tisch.

»Zu dem bezifferbaren Schaden an medizinischen Materialien«, sagte der Gutachter, »kommen Kosten durch die Beschädigung des Krankenhausflurs. Zwei Wochen dauerte es, bis die Station wieder geöffnet werden konnte. Siebenunddreißig Zimmer à vier Betten …«

»Das sind aber viele«, sagte die Richterin und inspizierte ein Stethoskop. Natürlich hatten sie ein elektronisches High-End-Produkt genommen, fünfhundert Euro Stückpreis. Keiner von Hannas Kollegen hätte das jemals auf der Station zu benutzen gewagt.

»… haben in dieser Zeit leergestanden. Den möglichen Verdienstausfall für das Krankenhaus zu berechnen, gestaltet sich wegen der Abrechnung in Fallpauschalen schwierig. Es gab eine Liste, welche Patienten aufgenommen werden sollten und welche Behandlungen geplant waren. Die Liegedauer der Patienten ist allerdings nicht vorherzusehen, deshalb war der Schaden schwer zu beziffern. Dreihundertsiebenundachtzigtausend Euro sind ein Schätzwert. Roundabout.«

Richterin Lindemann setzte die Ohrbügel des Stethoskops auf und legte die Membran auf ihre Brust.

»Hinzu kommen die Dekontaminationskosten, verursacht durch ein zu beauftragendes Spezialteam. Das Krankenhaus ist vorbildlich in Sachen Hygiene. Die Rechnung liegt Ihnen vor. Siebzehntausend Euro.«

Die Richterin setzte dem Beisitzer das Stethoskop auf, hielt sich die Membran tief in den Ausschnitt und lachte.

»Eine große Position machen auch die Schadenersatzforderungen der zu verlegenden Patienten aus. Endgültig beziffern läßt sich das zum gegenwärtigen Zeitpunkt allerdings nicht. Die Versicherungen verhandeln noch. Aber wir dürften uns in einem vorsichtig geschätzten Rahmen von roundabout siebzig- bis achtzigtausend Euro bewegen.«

Die Richterin nahm eine Schachtel hoch und schüttelte sie. Der Deckel klappte auf und der Inhalt polterte über den Tisch. »Hoppla«, sagte sie. Der Gerichtsdiener sprang hinzu und hob die Einzelteile auf. Die Richterin hielt ihm die Schachtel hin.

»Entschuldigen Sie«, sagte der Gutachter, »das ist Anschauungsmaterial und muß unbeschadet zurück.«

»Sonst was?« Die Richterin sah ihn an. »Stellen Sie das dem Gericht in Rechnung?«

Der Gutachter rutschte auf seinem Stuhl hin und her.

»Was ist denn das?«, fragte die Richterin.

»Ein Magen- und Darmnähapparat nach Petz. Legierter Edelstahl.« Seine Stimme kippte. »Der kostet fast zweitausend Euro.«

»Wie der Name schon sagt«, sagte die Richterin, »ich nehme in Augenschein.« Sie riß eine sterile Verpackung auf und hob ein Urethrotom hoch über den Kopf. Es schaukelte und wackelte in ihrer Hand. »Ist das nicht schwer kaputtzukriegen?«

»Schon, aber die Angeklagte ist auch weniger zart als sie.«

»Danke«, sagte die Richterin, »und was ist das jetzt?«

»Damit schneidet man eine Harnröhre auf, die zu ist.«

»Ups«, sagte die Richterin. »Und was kostet so etwas?« Sie fuchtelte mit dem Urethrotom über ihrem Kopf herum.

»Tausend Euro«, sagte der Gutachter. »Das ist OP-Qualität.«

»Sieht gar nicht so teuer aus«, sagte die Richterin. »Hat sie den Röhrenschlitzer geworfen?« Sie holte aus. »Kann mir vorstellen, daß es eher eine Delle in der Wand gibt, als daß der kaputt geht.«

»Das weiß ich nicht.« Der Gutachter wischte sich den Schweiß von der Stirn.

»Schade«, sagte die Richterin und legte es zurück.

Der Gutachter atmete aus. »Darf ich fortfahren?«

»Bitte.« Die Richterin legte die Aktentasche auf den Richtertisch. Ihre Hand rastete auf der Beule. »Treiben Sie Sport?«, fragte sie und sah Hanna an.

»Frau Richterin, wir sollten ...«, sagte der Staatsanwalt.

»Oder haben Sie vielleicht mehr Muskeln als ich?«

»Wut setzt Kräfte frei«, sagte Hanna.

Die Richterin nickte und zog die Aktentasche auf ihren Schoß, die Linke ruhte weiterhin auf der Beule. Zeit für eine Verhandlungspause.

»Zur emotionalen Verfaßtheit der Angeklagten werden wir beim nächsten Verhandlungstermin noch ein psychologisches Gutachten vorlegen«, sagte der Staatsanwalt.

Der junge, vor einem halben Jahr aus der oberschwäbischen Provinz zugezogene Staatsanwalt Schmiedel führte die Anklage. Tanja hatte herausgefunden, daß er sich intensiv um den Fall bemüht hatte. Hanna hoffte, Chefarzt Magahns Einfluß reichte nicht bis Oberschwaben, und Schmiedel wollte einfach aus Ehrgeiz oder Geltungssucht das prominente Mordverfahren gegen eine Ärztin nutzen, um in der gleichgültigen Riesenstadt auf sich aufmerksam zu machen.

»Waren Sie wütend auf die Patientin, Frau Dr. von Bredow?«, fragte die Richterin. »Wie hieß sie gleich?«

»Hermine Neuhaus«, sagte Hanna. »Nein, war ich nicht.«

Richterin Lindemann rülpste. »Hoppla«, sagte sie.

»Soll ich nun mein Gutachten zuende vortragen?«, fragte der Gutachter.

Die Richterin seufzte.

»Als nächste Position wären da die individuell angefertigten Zytostatika. Es befand sich ein Privatpatient mit Magenkrebs im Endstadium auf der Station …«

»Deshalb der Nähapparat.«

»… dessen Medikamente erneut angefertigt werden mußten. Die private Kasse weigert sich, die Kosten ein zweites Mal zu übernehmen. Das Krankenhaus hätte für seine Angestellte und die Folgen ihres Ausbruchs zu haften. Macht einundzwanzigtausend Euro. Roundabout.«

»Für einen einzigen Patienten?«

Der Gutachter nickte.

»Lebt er denn noch?«

»Das weiß ich nicht.«

»Vielleicht hätte man die übriggebliebenen Medikamente zurückgeben können. Bei dem Preis.«

»Und der letzte Punkt«, der Gutachter wischte sich wieder den Schweiß von der Stirn, »wäre der Verdienstausfall für das Personal. Während die Station geschlossen war, mußte es ja weiterbezahlt werden.«

Die Richterin stand auf. Sie schaukelte und hielt sich an der Stuhllehne fest.

»Und die Verwaltungskosten für die Verlegung der stationär aufgenommenen Patienten, Kosten für die Verschiebung von notwendigen Operationen …«

»Macht zusammen?« Die Richterin zog den Reißverschluß ihrer Aktentasche auf.

»Gegenwärtig vierhundertdreiunddreißigtausend Euro.«

»Ein dicker Haufen Geld. Und genug zu verdauen für einen Prozeßtag«, sagte die Richterin. »Ich vertage auf morgen. Wir sehen uns um neun Uhr. Roundabout.« Sie drehte sich um, ihr Stuhl kippelte, der Beisitzer hielt ihn fest und die Richterin am Arm. »Hoppla«, sagte sie.

»Nein, nein, nicht Termin.« Tanja stöhnte laut und theatralisch. »Ich gesagt schon zwei Mal. Bin Hausmädchen von Geladse Guram. Sie müssen helfen, sonst ich bekommen große Ärger.«

Oskar amüsierte sich köstlich. Tanja dabei zuzusehen, wie sie über ein geliehenes Prepaidhandy mit der georgischen Botschaft telefonierte, war allerbestes Programm.

Weiterhin war Guram Geladse im Berliner Mutterboden verschollen. Es sprach immer mehr für die Iwanowsche Salzsäurelösung. Und Oskar und Tanja tappten im Dunkeln. Sie warteten weiterhin auf die Telefonverbindungsdaten aus Georgien. Aber Guram hatte kurz vor seinem Verschwinden vom Hotel aus mit der georgischen Botschaft telefoniert. Das war, nachdem Tanja und Oskar Rusudan und ihre musikalisch in Berlins Schoß beherbergte Familie bis auf weiteres als Verdächtige ausklammerten, ihre interessanteste Fährte. Abgesehen natürlich vom tiefgekühlten, mächtigen Schwiegersohn.

Focke wollte ihnen einen Termin beim georgischen Botschafter besorgen. Keen Problem, kenn ick vom Golfen. Wann und wo Focke auch immer dem Botschafter über's Fairway speichelleckend hinterhergewackelt war, sein Eindruck auf ihn war nicht bleibend genug gewesen für einen Zeugenbefragungstermin bei Seiner Exzellenz. Deshalb versuchten sie auf ihre Weise herauszubekommen, was Guram von der Botschaft gewollt hatte.

»Ich erkläre nochmal. Mein Chef, wo ist Geladse Guram, hat gerufen an bei Ihnen. Ich soll jetzt machen, aber habe Zettel verloren. Weiß nicht was. Und Geladse Chef ist zurück übermorgen. Was soll ich tun? Sie müssen mir sagen.« Tanja hörte der georgischen Botschaftsangestellten geduldig zu. Seit einer Viertelstunde versuchte die erfolglos, diese sonderbare polnische Haushälterin aus der Leitung zu bekommen.

»Können wir sagen, er hat telefoniert mit Botschaft? So weit klar? Gut. Jetzt Sie müssen nur sagen noch, was er hat gewollt. Dann weiß Danuta, was Sie muß tun. A: abholen Papiere in Botschaft. B: bringen Papiere in Botschaft.«

Tanja hörte zu. »Also Sie sagen beides?«

Sie sah zu Oskar. »Muß Danuta aber noch wissen, was Papiere.« Sie nahm sich einen Stift und schrieb mit.

»Hab ich«, sagte sie. »Ausweis, Antrag. Erste bringen, zweite holen. Macht Danuta.« Sie hörte zu.

»Geladse Chef muß auch noch ja sagen, verstehe.« Sie sah zu Oskar und zeigte mit dem Stift einen Vogel.

»Vollmacht«, sagte sie. »Termin aufgeschrieben. Danke. Sie sehr freundlich mit Danuta.« Tanja legte auf und starrte auf ihre Notizen. »Ich verstehe kein Wort.«

»Nun erzähl schon, was wollte er von der Botschaft?«

»Einen Antrag auf georgische Staatsbürgerschaft. Hat sich erkundigt, ob er dafür die Zustimmung der betroffenen Person braucht.«

»Und wieso das alles?«

»Er wollte sich noch mal melden und eine Adresse angeben, zu der sie ihm Unterlagen schicken.«

»Ist Levi Deutscher?«

»Keine Ahnung.«

»Wollte Guram ihn vor seinem Vater schützen, indem er ihn zum Georgier macht?«

»Gegen Alikas Willen?«

Renate Schöbles steile Karriere war dem Aufstieg der Grünen in die Gesellschaft gefolgt. Von der halbnackt in Gummistiefeln vom Hof Gejagten wurde sie zur Cheflobbyistin für die Windenergiewirtschaft. Ihr Büro lag in Mitte, sie hatte die Bundestagsabgeordneten im Blick.

In einem Interview bezeichnete sie sich als Vertreterin der Windmüller, das klang etwas gemütlich für das viele in der Branche umgesetzte Geld. Landräte mußten geschmiert werden, Bürgermeister in Aufsichtsräte geschoben. Dieses Mal mit moralisch sauberem Anstrich und zum Nutzen der Windstromer.

Renate Schöble ging Jakob voraus über einen langen Flur, rechts reihten sich vollverglaste Büroräume aneinander, links großformatige Bilder von Windenergieanlagen. Bombastische Rotorblätter, Naben, Gondeln, beeindruckende Fundamente, alles in grau. Sogar das Meerwasser unter dem Offshore-Windpark schwappte farblos.

Die Lobbyistin trug ein grasgrünes Kostüm zu blondiertem Haar und wildledernen Highheels. Sie stieß die Tür am Ende des Ganges auf, Jakob sah auf einen stählernen Schreibtisch, im Hintergrund leuchtete der Reichstag in der späten Sonne. Renate Schöble deutete auf eine lederne Sitzgruppe.

»Sie suchen also die Gräfin.« Ihr Gesicht war stark geschminkt, die Poren japsten nach Luft. »Warum kommen Sie damit ausgerechnet zu mir? Wir hatten seit vielen Jahren keinen Kontakt.«

»Sie verschwand kurz nach Mauerfall.«

»Und da suchen Sie jetzt nach ihr?«

»Es ist nie zu spät, offene Fälle zu klären.«

»Wenn Sie sonst nichts zu tun haben.«

Ein junger Mann brachte Espresso. Er stellte klirrend zwei Tassen vor sie, zwei Gläser mit Wasser, einen Teller mit Gebäck und verschwand wortlos aus dem Büro.

Der Teller war so klein wie das Gebäck auf ihm. Er zitterte vor Verlassenheit auf dem gläsernen Tisch.

»Ich kannte sie kaum«, sagte Renate Schöble.

»Sie lebten damals auf dem Sonnenhof«, sagte Jakob.

»Ich habe nur ein Praktikum gemacht.«

»Haben Sie es nicht sogar verlängert?«

Sie hob ihre Espressotasse hoch und nahm einen winzigen, zu heißen Schluck. »Notgedrungen, ich wartete auf einen Studienplatz.«

»Und Tilla war auch da?«

»Sie war ständig da. Wahrscheinlich hat sie ihren Gatten mit dem Besamer des Sonnenhofs betrogen.«

»Sie mochten sie nicht?«

Sie gab den Versuch, ihren zu heißen Espresso zu trinken, auf, und stellte die Tasse zurück in die gläserne Einöde.

»Sie war eine blasierte Adlige. Hat den Untergang des Deutschen Reiches nicht verwunden. Verlust der Ostgebiete.« Sie schnaubte. »Sicher war sie im Bund der Vertriebenen eine Lokalgröße. Sie wußte alles besser, da paßt das hin. Ihr Ton war unerträglich. Ununterbrochen gab sie Kommandos.«

»Denen Sie ja nicht folgen mußten.«

Sic lachte laut.

»Auch Sie verschwanden schließlich vom Hof.«

»Ich bin nicht verschwunden, sondern habe einen Studienplatz in Freiburg bekommen.«

»Sie haben nach Ihrem plötzlichen Aufbruch nie wieder etwas von sich hören lassen.«

»Warum hätte ich, es war nur ein Praktikum.«

»Und sind Sie Tilla noch einmal begegnet, vielleicht hier in Berlin?«

»Meine Arbeit hat sich erst nach dem Wahlsieg '98 hierher verlagert. Davor habe ich einen ökologisch ausgerichteten Investmentfonds in Zürich gemanagt.«

»Und dann kam der Wind?«

»Erst der Bundestag. Ich bin für die Grünen eingezogen, saß im Energiewendeausschuß. Wir haben das alles eingeleitet: die ENEV, alle Regelungen für den Umbau.«

»Und dann sind Sie in die Wirtschaft gewechselt.«

»Erst hat mich die Partei auf der Wahlliste nach unten durchgereicht, weil einige verdiente Altrecken aus Frankfurter Straßenkampftagen noch einen Pensionsanspruch brauchten.«

»Sie sind weich gefallen.«

»Durch meine politische Arbeit kannte ich die Windenergiefirmen und regionale Würdenträger. Ich mußte sie nur noch zusammenbringen.«

»Quasi als Mediatorin.«

»Stört Sie, daß wir die Atomkraftwerke abschalten?«

»Aber wie könnte es.«

»Irgendwoher muß der Strom ja kommen. Und Windenergie ist äußerst umweltverträglich.«

»Gibt es da nicht auch kritische Stimmen?«

»Die ihr Landidyll lieben und nicht verlieren wollen. Aber täglich aus dem Vorort zur Arbeit über die Autobahn brausen. Das ist fortschrittsfeindlich. Obendrein sind das reine Partikularinteressen.«

»Ihre etwa nicht?«

»Unser Beitrag für die Gesellschaft ist der Ausstieg aus der Kernenergie und Umstieg auf regenerative Energien. Wir verlassen einen Irrweg und schützen die Zukunft unserer Kinder.«

»Zu verdienen gibt es schon auch allerlei.«

»Von den sozialistischen Flausen der Frühzeit unserer Partei haben wir uns verabschiedet. Nichts entsteht, wenn es kein Geld zu verdienen gibt.«

»Sie hatten mal ein Ermittlungsverfahren.«

»War ja klar, daß Sie das wieder ausgraben.«

»Sie haben ein Schaufenster mit Geldscheinen zugekleistert. In Ostberlin. Kurz nach Mauerfall.«

Sie richtete sich die blondierten Haare.

»Und Sie haben an der Mauer Bananen auf DDR-Bürger geworfen. Eine halbe Tonne, bis die Polizei kam.«

»Zusammen mit kopierten Tausendmarkscheinen, auf denen das Konterfei von Helmut Kohl war.« Sie lachte.

»Fanden Sie das witzig?«

»Das waren andere Zeiten. Wir wollten den Ossis klarmachen, daß sie sich kaufen lassen. Das war Konsumterror.«

»Scheint, Sie wußten auch alles besser. Wie Tilla.«

»Wir wollten die Ossis nur warnen. Die waren so naiv. Sind in die Wiedervereinigung gerannt wie die Lämmer.«

»Aber Tilla haben Sie bei Ihrer fürsorglichen Aktion nicht gesehen?«

Sie griff wieder nach der Espressotasse. »Sie hat mir einen Anwalt empfohlen.«

»Das war aber nett von ihr.«

»Ich kannte ja hier nur sie, und die untergehende DDR fuhr das ganz große Geschütz auf.«

»Man hat Sie angeklagt.«

»Beschädigung von Volkseigentum. Und Rowdytum.«

»Spaß verstanden die nicht.«

»Kein Problem, der Anwalt kannte sich aus. Saß später für die Linke im Bundestag.«

»Da sollten Sie Tilla dankbar sein.«

Renate Schöble schwieg.

»Haben Sie sie danach noch einmal wiedergesehen?«

Sie schüttelte den Kopf. »Für die Dauer der Gerichtsverhandlung mußte ich hier bleiben. Hat mich in Freiburg ein Semester gekostet. Das Verfahren wurde dann eingestellt. Mußte ein paar Stunden gemeinnützig arbeiten. Das konnte ich dann in Tillas Institut machen.«

»Sie hat also einiges für sie getan.«

»Das hat sie ja nichts gekostet.« Sie lachte wieder. »Ein Fingerschnippen vielleicht.«

Sie öffnete den Knopf der grasgrünen Kostümjacke. Jakob dachte an die Gummistiefel. »Ihnen hat sie eine Menge Ärger erspart«, sagte er.

»Und daß ich von ihr abhängig war, hat sie ausgekostet.«

»Wie kommen Sie darauf?«

»Das spürt man.«

Jakob sah sie an. Versuchte hinter die geschminkte, blondierte Fassade zu kommen. »Haben Sie sich denn wenigstens bei ihr bedankt?«

Sie schwieg.

»Also nein.«

»Das alles war schon demütigend genug.«

Jakob wartete.

Sie trank ihren Espresso, der nicht mehr zu heiß war, stellte die Tasse langsam zurück und räusperte sich. »Aber wenn Sie sie finden, wenn Sie noch lebt …«

Jakob schwieg. »Was dann?«, fragte er schließlich.

Renate Schöble schüttelte den Kopf. »Ach nichts.«

XII

»Komm rein, Großer.« Grete, Hannas Mitbewohnerin und steinalte Freundin der seit über zwanzig Jahren verschwundenen Tilla schlurfte auf ihren Latschen zurück in die Wohnung. Über ihrem krummen Rücken hing schief die Schleife der Kittelschürze. Jakob streifte die Schuhe ab und folgte ihr, wie schon so oft, in die Küche. Es roch nach Kohl, alle Arbeitsflächen waren belegt. »Sieht nach Rouladen aus«, sagte er.

»Hanna ist noch im Gericht. Und ich weiß nicht, wann sie zurückkommt.« Grete nahm einen Gehackteskloß, umwickelte ihn mit Kohl und schnürte das Paket versandfertig. »Erzähl«, sagte sie, »was gibt es Neues von Tilla?«

Jakob seufzte. »Es ist schwer.«

Tanja hatte das weitere Leben des ehemaligen Lageristen aus Gatersleben recherchiert, der Tilla unvorsichtigerweise den Diebstahl sozialistischen Saatguts ermöglicht hatte. Der Lagerist war in der Tat im Roten Ochsen in Halle gewesen. Taxifahrer Henry und seine Nachbarn hatten richtig gelegen. Nicht nur, daß er die Professorin aus dem Westen an das Staatseigentum gelassen hatte, er hatte auch danach, als käme es jetzt ohnehin nicht mehr auf Anpassung an, einen Ausreiseantrag gestellt. Doppelt hält besser. Die DDR hatte erwartbar reagiert, ihn in Haft genommen und durch die Mangel gedreht.

Aber als die Mauer fiel und Tilla verschwand, war der Lagerist in Haft gewesen. Keine Gelegenheit, der Gräfin Ende '89 etwas anzutun. Erst Anfang '90 wurde er aus dem Stasiknast des siechenden Sozialismus entlassen. Er hatte sich sofort gen Westen gewandt, lebte seitdem in Westfalen, weinte der DDR keine Träne nach und arbeitete seit über zehn Jahren bei einer Baufirma als Maurergehilfe.

Die Windlobbyistin Renate Schöble hatte Jakob noch nicht von seiner Liste gestrichen. Zu aufgesetzt war ihm ihre Coolness erschienen, zu stark die Kränkung, in Gummistiefeln vom Hof gejagt worden zu sein. Grete nickte.

Jakob beschrieb seine Weiterfahrt nach Niedersachsen, Hans-Dieter in seinem hinter Hundsrosen verborgenen kinderreichen Ziegenidyll und den Schweinestall mit der Samensammlung für Untergegangenes.

»Ich kann Tilla spüren, während Du erzählst«, sagte Grete. »An dem murkeligen niedersächsischen Sonnenhof hing drolligerweise ihr Herz. Sie hat ihnen Fördermittel besorgt. Ich habe ihr damals gleich gesagt, daß das Dilettanten sind und Hans-Dieter, der Hahn auf dem Misthaufen, sich nur für seine Eier interessiert. Aber sie sagte, was die tun, ist wichtig.«

»Glaubst Du, der Hahn könnte etwas mit ihrem Verschwinden zu tun haben?«

»Wir können ehrlich miteinander reden«, sagte Grete, die nächste Roulade in der Hand, »Hanna ist ja nicht da.«

Jakob sah diese lebenskluge kleine Alte an, die den Untergang so vieler Welten erlebt hatte. »Glaubst Du«, fragte er, »er könnte ihr etwas angetan haben?«

Ihre Augen stiegen in seine, ein tiefenwarmes Blau. »Wir können es noch klarer machen.« Sie sprach ruhig. »Ich glaube nicht, daß er es war, der sie getötet hat.«

Jakobs Gehirn schlug an die Schädeldecke, als hätte jemand ihm einen Kinnhaken versetzt.

Grete legte die Roulade ab, wusch sich die Hände und setzte sich an den Küchentisch. »Es wird Zeit, daß Du erfährst, wer Tilla wirklich war.« Jakob setzte sich zu ihr.

»Ich habe sie sehr geliebt. Sie war eine wunderbare Frau. Aber sie war auch sehr, sehr schwierig.«

»Inwiefern?«

»Das Leben hat ihr zu früh zu viel Verantwortung aufgebürdet. Wie uns allen. So waren die Zeiten, wir hatten keine Kindheit.« Grete schwieg lange und starrte auf die Tischdecke. »Sie hat alles verloren. Und sie hat gelernt, sich allein durchzuschlagen.«

»Hat sie das hart gemacht?« Jakob setzte sich zu ihr.

»Sie hat Schwäche gehaßt. War der Meinung, jeder müsse doch nur alles geben.«

»Aber es sind nicht alle so stark wie sie.«

Grete nickte. »Viele, wirklich sehr viele Menschen umschwirrten sie. Wollten Anteil haben an ihrer Kraft. Sie hat sie für sich eingenommen, alle waren begeistert, etwas für sie tun zu dürfen.«

»Aber?«

Grete zog die Kittelschürze aus. Auf einmal wirkte sie müde. »Tilla war sprunghaft und unstet. Vergaß, die Miete zu zahlen, ihre Kinder abzuholen, vergaß nach Hause zu kommen.« Sie lächelte. »Und dann stand sie vor Dir. Du warst richtig wütend, weil wieder ein Mädchen geweint hatte, vergessen, zurückgelassen. Du wolltest sie anschreien. Und dann lachte sie Dich an, erzählte, was sie erlebt hatte, anstatt sich um ihre Kinder zu sorgen. Sie nahm Dich in den Arm und alles war vergessen.«

»Sie war herzlich?«

»Nein, das war sie nicht, zumindest nicht vordergründig. Besonders, wenn jemand Schwäche zeigte, war sie grausam. Ich habe mal einen Doktoranden aus ihrem Büro kommen sehen. Sie hatte ihm gesagt, aus ihm würde nie ein wahrer Biologe, und sich geweigert, ihn weiter zu betreuen. Er brannte nicht für seine Profession, hat sie gesagt.«

»Aber das kennen wir doch alle, aus solchen Situationen lernt man. Er hätte sich einen neuen Betreuer suchen können.«

»Wenn Tilla jemanden aussortierte, bekam der kein Bein mehr auf den Boden. Er hat sich noch am gleichen Abend vor eine S-Bahn geworfen.«

»Oh nein.«

»Wir haben nie darüber gesprochen. Seine Eltern haben sie zur Beerdigung eingeladen und sich am Grab bei ihr bedankt.« Grete schüttelte den Kopf. »Ich war dabei, sie wollte, daß ich mitkomme. Und hinterher hat sie sich zuhause in Rekordgeschwindigkeit eine Flasche Whisky eingefüllt. Emotional sind wir alle Wracks durch den verfluchten Krieg.«

Jakob legte ihr die Hand auf den Arm. »Du nicht.«

»Frag Hanna, die ist mit meiner emotionalen Ausstattung öfter mal unzufrieden. Sie läßt mich nicht zu ihrer Gerichtsverhandlung. Denkt wohl, ich quatsche dazwischen.«

»Sie will Dich nur schützen.«

»Schicke ich eben unseren Hauswart Gregor. Der berichtet mir haarklein, wie sie auf ihr rumhacken.«

»Ist es schlimm?«

Grete nickte. »Du mußt Dir das mal anhören. Und sie hat immer noch keinen Anwalt, das Kind. Ist stolz wie ihre Mutter.«

»Aber das mangelnde Mitgefühl hat sich nicht vererbt.«

»Gottseidank nicht, nein.« Grete grinste. »Vielleicht war ihr Vater ein Weichei.«

»Kannst Du Dich erinnern an die Zeit von Hannas ...«

»Ihrer Zeugung? Nein, das hat Tilla eingenebelt. Sie wollte partout nicht, daß irgendwer auf die Väter kam. Und bei Hanna kann man ja nicht einmal etwas sehen wie bei den Schwestern.«

»Die fremden Kontinente.«

»Tilla hatte das Rastlose ihres Vaters geerbt. Da war so etwas Unerreichbares in ihrem Blick. Dann wußte ich, es geht bald wieder los. Ein bißchen wie bei Dir, Geisterseher.«

»Nur verschwinde ich nicht.«

»Doch, in Deine Innenwelten.«

»Und Tilla?«

»Niemand wußte, wohin sie ging und wann sie zurückkehrt. Sie riß jedes Mal eine riesige Lücke. Die Hitze war weg, die Dominanz, die Energie. Unglaublich. Wie ein Vakuum. Orientierungslos schwebten wir alle. Und wenn wir uns halbwegs gewöhnt, unser Leben ohne sie sortiert hatten, kam sie zurück.«

»Bis auf '89.«

»Das war von vornherein anders. Keine innere Abwesenheit, keine Unruhe, ganz im Gegenteil, es ging ihr ausgesprochen gut.

Sie hat viel gelacht und gesungen. Und plötzlich verschwand sie. Ich wußte sofort, da stimmt was nicht. Aber die Zeiten waren natürlich auch besonders. Alles flirrte und schwirrte.«

»Und die Mädchen?«

»Waren längst aus dem Haus. Nur Hanna war noch hier.«

»Und wann habt Ihr etwas unternommen?«

»So schlimm das klingt, die Töchter kannten ihre Mutter ja nicht anders. Wird schon irgendwo ihren Spaß haben, hat die Älteste gesagt.«

»Aber Hanna ...«

»... hat sofort wie ich gespürt, daß etwas anders war. Wir haben erst eine Detektei beauftragt, dann die Polizei verständigt. Völlig erfolglos.«

»Und was glaubst Du, ist ihr passiert?«

»Irgendetwas mit einem Mann, darum kreiste bei ihr alles. Sie war unvorsichtig, was Männer anging. Nur die Väter ihrer Töchter hat sie sorgsam ausgewählt, immer fern von Berlin, auf anderen Kontinenten. Das waren alles richtige Kerle, hat sie gesagt, stark und selbstbewußt, keine Schwächlinge. Und dann hat sie dafür gesorgt, daß sie nichts von den Schwangerschaften erfuhren. Aber wenn es nicht um den Samen, die Kreuzung zweier Kulturen ging, sondern um Sex, war sie verrückt. Das wird ihr Verhängnis gewesen sein. Finde ihren letzten Liebhaber, Jakob.«

Jakob träumte. Er saß auf einem Pferderücken, es war warm, das Pferd schüttelte die Mähne, Staub wirbelte in der Sonne. Seine Oberschenkel waren feucht, das Pferd schwitzte.

Die Sonne brannte hoch über ihnen, kein Wind ging. Er sah auf seine nackten Beine. Dünn, jung, braungebrannt. Und sie waren kurz, kaum umfaßten sie den breiten Pferderücken. Er wollte das Pferd antreiben, griff in seine staubige, verfilzte Mähne, drückte die Fersen in seine breite Flanke, beugte sich hinunter und flüsterte in sein Ohr. Das Pferd verfiel in Trab, wurde immer schneller. Jakob jauchzte. Schneller, Toscha, schneller.

Da sah er den Fluß vor ihnen in der Sonne funkeln. Jakob riß an Toschas klebriger Mähne und klatschte mit schmaler Hand auf ihren nassen Hals. Toscha flog zum Fluß. Jakob beugte sich tief über ihren Rücken und jubelte. Toscha lief in das aufplatschende Wasser. Sie wieherte, Jakob lachte. Setzte sich auf, ballte die Fäuste, streckte seine Kinderarme in den sich über ihnen wölbenden Himmel und jubelte mit heller Kinderstimme.

Immer weiter stieg Toscha in den Fluß. Gutes Mädchen, sagte Jakob, umfaßte wieder den Hals der Stute, die den Boden unter den Hufen verlor und schwamm. Schnaubte und schwamm. Das Wasser wirbelte um Jakob, er hielt sich an Toschas schwimmender Mähne fest. Sie fand wieder Boden, stieg langsam am anderen Ufer aus dem Fluß, Wasser troff an ihr hinab. Jakob sprang von ihrem Rücken in den Ufersand, sah Toscha zu, wie sie die Mähne schüttelte, daß das Wasser weit um sie spritzte, und blickte zurück.

Die großen Brüder stiegen mit ihren Pferden ganz langsam in den Fluß, schräg zur Strömung, die Zügel kurz haltend, konzentriert und hoch aufgerichtet. Tilla lachte. Die wilde Tilla lachte und schüttelte sich das Wasser aus den Kleidern. Schüttelte ihr Haar wie ihre Stute.

Jakob erwachte. Er hatte alles verloren. Ein Knäuel aus Sehnsucht war sein Magen. Stöhnend krümmte er sich. Der sich mächtig wölbende Sommerhimmel, der glitzernde Fluß, der knirschende Sand zwischen Zehen und Zähnen, die warme, verbrannte Haut, die spröden, salzigen Lippen, der Geruch von Toscha, das Winken und Rufen der Brüder über den Fluß, der geliebten, so großen Brüder. Alles verloren.

Es klingelte.

Wie konnte sie nur leben mit der Sehnsucht nach diesem untergegangenen Paradies?

Es klingelte wieder, fordernd. Jakob sah auf den Wecker. Zwei Uhr in der Nacht. Oskar? Er wischte sich sein sonnenverbranntes

Gesicht und stand auf, die Hand schützend vor dem Knäuel, das sein Magen war. Es klingelte. Jakob ging barfuß zur Wohnungstür. Drückte den Summer. Sah auf seine Männerfüße. Kein Sand. Er schloß die Augen. Jetzt knirschte der warme Sand wieder. Er roch den frischen Pferdeschweiß, bis sich ein fremder Geruch in sein Paradies mischte. Er öffnete widerwillig die Augen.

Alika stand in seiner Tür. Verloren in einer viel zu großen Männerjacke, den Blick aus aufgerissenen Augen voller Angst auf ihn gerichtet. Jakob drückte eine Faust fest in seinen Magen.

Sie waren sich nicht mehr begegnet, seit er in ihrem Atelier gewesen war. Seit sie ihm den Kaukasus aufgeladen hatte. Auch den noch. Den gottverflucht riesigen Kaukasus.

Ich habe nichts für Dich, sagten seine Augen. Ich muß Tilla finden, sagten sie.

Hilf mir, sagten ihre.

So groß, so viel Angst.

Er zog sie in die Wohnung und nahm sie in den Arm.

Sie sah zu ihm auf, dem Mann, der ihren Vater finden würde.

Er küßte die Narbe auf ihrer Stirn.

Sie klammerte sich schluchzend an ihn.

Er strich ihr über den Kopf. Das Knäuel in seinem Magen verschwand, der Fluß, der Himmel. Toscha verschwand, Tilla verschwand.

Jakob roch die Gruft. Schimmeliger Steinstaub, feuchtes Gemäuer und Dunkelheit. Es zog in seiner Brust, sein Herz war eng. Angst drückte ihn, seine Beine zitterten. Jakob sank mit Alika im Arm auf den Boden. Sie kauerte sich in seinem Schoß zusammen, er hielt sie fest. Jakob atmete schwer. Die Gruft war schwer. Er versuchte, tief Luft zu holen, aber es ging nicht. Die Schuld stieg auf. Endlich, nach all den Jahren.

Das Atmen fiel so schwer. Die Schuld lag auf seiner Brust. Zusammengerollt. Sie hatte nur auf diesen Tag gewartet.

Alika hob den Kopf, wischte sich die Augen und strich ihr Haar aus der Stirn. Offen lag die Narbe vor ihm.

»Laß uns nach draußen gehen«, sagte Jakob, der kaum noch atmen konnte. Er zog sich an, Alika wartete neben der Tür. Nicht einen Schritt machte sie weiter in die Wohnung.

Es war halb drei, vereinzelte Lichter funzelten in den Fenstern der Nachbarn. Jakob führte sie auf die Hauptstraße. Autos fuhren, späte Fußgänger taumelten durch Schöneberg, Ampeln sprangen um. Jakob atmete leichter. Danke Berlin. Er nahm Alikas Hand. Sie griff fest zu.

»Ich kann nicht schlafen«, sagte sie.

Das Weinen hatte ihr Gesicht entgleisen lassen. Ein Erdrutsch, chaotisches Geröll. Die Narbe war geschwollen, die Augen verquollen, die Nase gerötet. Sie atmete mit offenem Mund. Jakob verlangsamte seinen Schritt.

»Ich habe Angst«, flüsterte sie. »Alles bricht auseinander. Mein Vater ist in Not, und ich kann ihm nicht helfen.« Ihre Augen waren riesig. »Du mußt ihn finden.«

»Erst muß ich jemand anderen finden.«

»Aber er stirbt.« Alika stampfte mit dem Fuß auf und sah Jakob zornig an.

Eine Haustür wurde vor ihnen aufgerissen, ein kicherndes Paar stürzte auf die Straße. Alika ging weiter, den Kopf gesenkt.

»Meine Kollegen suchen Deinen Vater«, sagte Jakob.

Alikas Schritte wurden größer.

»Wir finden ihn«, sagte er.

Ein Feuerwehrauto raste die Straße hinunter, direkt neben ihnen schaltete es sein Martinshorn ein. Jakob fuhr zusammen.

Alika reagierte nicht. »Ich habe diese Stadt gehaßt«, sagte sie. »Sie hat mich von meiner Heimat und dem Vater getrennt. Ich habe die Menschen in ihr nicht verstanden und sie mich nicht. Monatelang habe ich jede Nacht geweint.« Sie zog ihre Hand aus Jakobs. »Eines Morgens wachte ich auf, Berliner Regen schlug gegen mein Fenster, eine Tür im Haus knallte, auf der Straße stritten lautstark Männer, und ich hatte nicht mehr die Wahl. Mein georgisches Leben war zuende und ich gehörte zu Berlin.«

Alika schüttelte sich und zog die große Jacke um den Hals.

»Ein normales Leben. Es hätte so schön sein können. Dazugehören. Sich aufregen über eine S-Bahn, die nicht kommt. Brötchen holen, mit Nachbarn über das Wetter reden oder den Fußball. Niemanden wirklich berühren, niemandem tatsächlich begegnen. Dieses Plätschern, das ihr so liebt. Aufstehen, sein Leben führen, schlafen gehen. Atmen, essen, wie alle anderen. Teil von etwas sein dürfen, das nicht vorbestimmt ist. Tun, was man möchte. Nicht geboren zu etwas sein, sondern zu etwas werden. Berlinerin sein.« Sie sah Jakob an. »Frei durch das eigene Leben gehen. Wie Du.«

Eine Straßenlaterne flackerte vor einer Ladenwerbung. Schöne Dinge aus aller Welt. Im Schaufenster lagen Papierlampions, darüber hing ein riesiger Traumfänger.

»Aber es ist ja alles noch da«, sagte Alika. »Tausend Jahre Judentum in den eigenen Adern. Eine Mutter in Israel, Brüder dort, die der Terror bedroht. Ein Vater, der den Kaukasus auf seinen Schultern eigenhändig ins Paradies tragen will. Meine Seele hat mit der Heimat ihre Resonanz verloren. Ich bin auf eine schreckliche Weise allein seitdem. Das schmerzt, jeden Tag.«

Der nächste Laden bot Kurse an. Bemale Deinen eigenen Teller. Mach Dir selbst ein individuelles Geschenk. Für Einzelpersonen oder Gruppen.

»Levis Vater hat uns gedroht.«

Jakob blieb abrupt stehen. »Womit?«, fragte er.

»Wie konnte ich nur ein Kind bekommen?«

Alika schlug sich mit der flachen Hand vor die Stirn, direkt auf die Narbe, immer wieder. Jakob zuckte zusammen.

»Alles von meiner Familie steckt in ihm. Ich habe gedacht, wenn er hier aufwächst, hat er eine Chance, aber es ist alles da. Levi sieht genau aus wie sein Großvater. Und neulich kamen wir vom Einkaufen an der Synagoge vorbei und mein Sohn Levan, der keinen blassen Schimmer vom Judentum hat, bleibt stehen, weil zwei Männer sich auf Hebräisch unterhalten. Mein Levan bleibt stehen und hört ihnen mit offenem Mund zu. Das ist aber schön, Mama, sagt er, traurig und schön. Was ist das?«

Sie weinte laut. Jakob zwang sich, sie nicht zu berühren.

»Und dann ist sein Vater ein eiskaltes Schwein und auch noch Russe.« Wieder schlug sie die Narbe.

An der Ampel wartete ein schwarzer BMW, der Motor heulte auf. Zwölf Zylinder.

»Die Polizei kann Dir helfen, wenn er Euch bedroht. Du kannst seinen Vater von ihm fernhalten«, sagte Jakob.

Alika lachte höhnisch. »Wie das Judentum?«

Die Ampel sprang auf Gelb, der BMW machte jaulend einen Satz nach vorn und schoß röhrend die leere Straße hinunter.

»Aber was mir wirklich Angst macht, ist, daß sein Vater nicht mehr kommt. Er hat den letzten Besuchstermin verstreichen lassen. Das hat es noch nie gegeben.«

»Und Levan?«

»Ist fröhlich durchs Restaurant gehüpft.«

»Er mag seinen Vater nicht?«

»Seine Abwesenheit bedeutet nichts Gutes. Ich habe Angst, daß er Levan etwas antut.«

»Aber er ist doch sein Sohn.«

»Und wenn er ihn nach Russland verschleppt?« Alika wurde laut. »Hilf mir. Wenigstens dabei. Oder geht das auch nicht?«

»Ich kann jemanden finden, der Levan vor seinem Vater beschützt.« Jakob sah die verzweifelte Mutter und Tochter an. »Würde Dir das helfen?«

»Und mein Vater?« Sie war zornig wie Hanna. Aber sie war Kaukasierin.

»Ich tue, was ich kann.«

XIII

»Was heißt das, verschwunden? Bleibe ich jetzt auf dem Zeug sitzen?« Der Lagerpächter Kobiashvili sah wirklich verzweifelt aus. Guram Geladse hatte bei ihm Platz gemietet.

Oskar und Tanja hatten der Sackgasse der klavierspielenden Rusudan die vorläufige Sackgasse der georgischen Botschaft hinzugefügt. Sie verstanden nicht, was Guram dort gewollt hatte. Levi hatte nur die deutsche Staatsangehörigkeit. Vielleicht hatte sein Großvater ihn auch auf dem Papier zum Georgier machen wollen. Aber wozu? Wenn er den Jungen vor seinem Vater schützen wollte, reichte es aus, daß er Deutscher war.

Weiterhin gab es kein Lebenszeichen von Guram. Selbst Oskar, der sein freiwilliges Abtauchen für möglich hielt, mußte zugeben, es wurde immer unwahrscheinlicher, daß Guram noch lebte.

»Wenn er verschwunden bleibt, können Sie es ja verscheuern«, sagte Oskar zu dem Lagerpächter Kobiashvili.

»Georgischen Wein in Berlin? Bin ich lebensmüde?«

»Das hoffe ich doch nicht.«

»Das Business ist fest in russischer Hand.«

»Und wenn es so gefährlich ist, warum haben Sie das Zeug dann hier lagern lassen?«, fragte Tanja.

»Geladse ist ein Landsmann. Eine Berühmtheit. Hätte ich seine Bitte ignorieren sollen? Kein Kaukasier macht mehr mit mir Geschäfte, wenn sich rumspricht, daß ich vor Russen kusche.«

Tanja öffnete eine Kiste, nahm eine Flasche aus ihrem Strohbett und hielt sie gegen das Licht. Sah aus wie Wein. Unter Vorbehalt. »Und wie erklären Sie sich das Verschwinden Ihres georgischen Volkshelden?«, fragte sie.

»Gar nicht.« Kobiashvili hob die Arme. Sogar sein Zeigefinger war schwarz behaart. Tanja hatte noch niemals einen so affenähnlichen Menschen aus der Nähe betrachtet.

»Na kommen Sie«, sagte Oskar, »wir erzählen nichts weiter.«

»Iwanow haben Sie ja schon verhört.«

»Woher wissen Sie das?«

»Wenn Sie nicht wollen, daß sich das rumspricht, wären Sie wohl kaum in seiner Firma aufgetaucht.«

Oskar grinste.

»Bei dem sind Sie schon richtig.«

»Bei Geladses Schwiegersohn?« Tanja inspizierte den Korken. Keine sichtbare Beschädigung.

Kobiashvili ließ die Kinnlade fallen. »Die kennen sich?«

»Käme Ihnen schon gelegen, wenn Iwanow Ärger bekommt«, sagte sie. »Der Wein verkauft sich dann leichter.«

Er nahm ihr die Flasche ab und legte sie zurück in die Kiste. »Noch ist Geladse ja nur verschwunden. Und so lange Sie ihn nicht mit durchgeschnittener Kehle gefunden haben, bleibt der Wein, wo er ist.« Er schloß die Kiste.

»Hat er denn schon fürs Lagern bezahlt?«

»Geladse ist ein Ehrenmann. Ein halbes Jahr im voraus.«

Das Messingschild der Kreuzberger Rechtsanwaltskanzlei Udo Schatz war als einziges nicht mit Graffiti beschmiert. Hanna stieß die Haustür auf. Verbeulte Briefkästen, zwei rostige Fahrräder, ein Blecheimer mit Kippen. Hanna stieg ins Souterrain und klingelte an einer mit mehreren Schlössern gesicherten Stahltür, über der eine Kamera hing. Ein Summer öffnete die Tür auf einen düsteren Flur. »Ganz hinten«, rief eine Männerstimme.

Hanna ging den Flur entlang. Typisch Grete. In einem finsteren Keller in SO 36 also wartete die Rettung für das Gerichtsverfahren von Bredow gegen das Medizinsystem.

Am Ende des Ganges lehnte ein schmächtiger Mann mit dünnem Zopf und Stirnglatze an seinem Schreibtisch. Hinter ihm marschierten die Füße auf der Straße entlang. »Haben Sie sich verlaufen?«, fragte der Mann. »Schatz«, sagte er. »Das ist kein sexueller Übergriff, sondern mein Name.«

»Dr. Johanna von Bredow.« Hanna streckte die Hand aus.

»Sie haben sich verlaufen.« Schatz stieß sich vom Schreibtisch ab. »Das hier ist eine Rechtsanwaltskanzlei, spezialisiert auf Ausländerrecht. Wir machen Asylverfahren, Abschiebungsverfahren, Drogendelikte, Körperverletzungen.«

»Ich suche Murat Atekin«, sagte Hanna und ließ die verschmähte Hand sinken. Sie überragte Schatz um anderthalb Köpfe, wofür sie genauso wenig wie für ihren Namen konnte.

»Murat!«, brüllte Schatz, »Besuch für Dich!« Er nahm einen Aktenstapel von einem Stuhl, sah sich ratlos um und ließ ihn schließlich auf den Boden fallen. Er klopfte die Sitzfläche des Stuhles ab. »Bitte, Frau Dr. von und zu«, sagte er.

»Ich stehe lieber«, sagte Hanna, »da läßt es sich besser auf das Bürgertum hinabsehen.« Sie versuchte ein ironisches Lächeln.

Schatz brüllte wieder. »Murat, beweg Deinen anatolischen Arsch.« Er kratzte sich am Kinn. »Scheint, ich habe meine Angestellten nicht im Griff. Wollen Sie vielleicht einen Kaffee?« Er sah zu Hanna auf. »Zumindest to go?«

Die Stahltür klappte. »Bin zurück, Chef.«

»Komm durch«, sagte Schatz, »hast hohen Besuch.«

Schatz hob die Akten zurück auf den Stuhl. Staub wirbelte auf. Hinter ihm stolzierte ein Paar hochhackige Stiefel vorbei. »Das ist Frau Dr. von … Rest hab ich vergessen.«

»Herr Atekin?« Hanna streckte wieder die Hand aus. »Grete schickt mich, Johanna von Bredow.«

Murat Atekins Gesicht hellte sich auf. Seine Hände umfaßten Hannas Hand. »Wie geht es meiner ehemaligen Lehrerin?«

»Ich soll Sie grüßen«, Hanna lächelte, »und Ihnen sagen, Sie müssen mein Leben retten.«

Atekin lachte. »Das klingt nach ihr.«

»Ich hol dann mal den Kaffee«, sagte Schatz.

Murat Atekin entschuldigte sich für den Zustand der Kanzlei und führte Hanna in sein Büro. Hier herrschte penible Ordnung. Ein Bild der Hagia Sophia hing an der Wand, umgeben von Familienphotos. Ein metallenes Regal enthielt Gesetzestexte und sauber beschriftete Aktenordner. Murat Atekin bot Hanna einen Stuhl an. Der Anwalt sah aus wie frisch aus dem Ei gepellt. Sein Anzug wirkte, sicher ohne es zu sein, maßgeschneidert.

»Darf ich fragen, woher Sie meine Lehrerin kennen?«

»Wir wohnen zusammen. Grete ist die beste Freundin meiner Mutter«, sagte Hanna. »Seit ich erwachsen bin, ist sie auch meine. Und Sie waren ihr Schüler?«

»Ich habe ihr viel zu verdanken. Meine Eltern konnten nur vier Jahre zur Schule gehen. Sie hat sich auf unsere Couch gesetzt und sie überredet, mich Abitur machen zu lassen. Sie hat uns Schülern damals die Stadt gezeigt. Jeden Sonntag. Wir kannten ja nur das türkische Kreuzberg.« Er lächelte. »Für mich hatte sie das Kriminalgericht Moabit ausgesucht.«

»Und jetzt sind Sie Anwalt.«

»Deshalb würde ich alles für sie tun. Und wenn sie mir ihre Freundin schickt, tue ich alles für sie.«

»Hören Sie sich erst einmal an, worum es geht.«

»Ich übernehme Ihren Fall, was immer es ist.«

Schatz kam mit einer Espressokanne.

»Ich bin Ärztin und des versuchten Mordes angeklagt.«

Die Espressokanne knallte auf den Tisch.

»Mein Opfer war 94 Jahre alt und auf die Station gekommen, um zu sterben.«

Hanna erzählte ihre Geschichte. Als sie bei dem Zornausbruch angekommen war und die horrende Summe nannte, die sie dem Krankenhaus schuldig sein sollte, holte Schatz sich einen Stuhl von nebenan.

Murat Atekin hörte schweigend zu. Er machte keine Notizen, nichts regte sich in seinem Gesicht. Als Hanna geendet hatte, sah sie ihn an. »Jetzt sollten Sie entscheiden, ob Sie meinen Fall übernehmen oder nicht.«

»Himmelherrgott«, sagte Schatz, lehnte sich auf seinem Stuhl zurück und verschränkte die Arme hinter dem Kopf.

»Ich bin jung«, sagte Atekin. »Ich habe keine Erfahrung mit Mordanklagen. Ich verstehe nichts von Medizin.« Er sah Hanna an. »Und ich bin Türke.«

»Finden Sie richtig, was ich getan habe?«, fragte Hanna.

»Sie haben den Willen Ihrer Patientin über alles andere gestellt. Sie riskieren Ihren Beruf und eine Gefängnisstrafe, damit eine alte Frau, mit der Sie nicht verwandt sind, die Sie nicht einmal kennen, in Frieden sterben kann.«

Hanna nickte. »Und ich würde es jederzeit wieder tun.«

Schatz grunzte.

»Sie sind eine sehr mutige Frau, und es wird mir eine Ehre sein, Sie zu verteidigen.« Murat Atekin reichte ihr die Hand, Hanna schlug lächelnd ein.

»Kinderkinder«, sagte Schatz. »Klingt, als würde meine murkelige Kanzlei bald in jeder gottverfluchten Springerzeitung stehen. Und das alles wegen zwei Metern adliger Ärztin.«

»Eins neunzig«, sagte Hanna.

»Wir haben was zu feiern. Laßt uns einen Döner nehmen, bevor wir nicht mehr unerkannt durch die Straßen gehen können.« Er sah an sich hinunter. »Ich brauche einen Anzug, Murat.«

Hanna lachte.

»Nur damit das klar ist, Chef«, Atekins Augen blitzten, »das ist mein Mandat.«

Schatz lachte. »Nun guck Dir den Türken an. Eben noch der kleine Angestellte vom großen Ausländerschatz, und nun wird er frech. Das kann ja lustig werden.«

Dao zog die Schuhe im Hausflur aus. Es war kurz nach zwei in der Nacht. Leise drehte sie den Schlüssel im Schloß und schlich sich in die Wohnung. Die Dielen knarrten.

»So langsam könntest Du wissen, auf welche Du nicht treten darfst«, sagte Grete.

Dao ließ die Schuhe krachend fallen, ihre Tasche dazu und als letztes die Jacke. Sie stieß die Küchentür auf und plumpste Grete gegenüber auf einen Stuhl. »Gott, bin ich fertig«, sagte sie. »Das Leben als Putzfrau ist hart. Danke dem Schicksal, daß Du mit Deinem Verstand Dein Geld verdienen durftest.«

Grete saß im Nachthemd mit nackten Beinen, die Füße in Lammfellhausschuhen, am Küchentisch und hantierte mit einem Messer. »Ist Dir nicht kalt?«, fragte Dao.

»Mir war kalt«, sagte Grete. »Jetzt arbeite ich.«

»Was machst Du denn? Es ist zwei Uhr in der Nacht.«

»Senile Bettflucht«, sagte Grete grinsend.

Dao zeigte ihr einen Vogel.

»Ich mußte an alte Zeiten denken. Jakob sucht Hannas Mutter. Wir haben lange über sie gesprochen.«

»Sieht ihm ähnlich, melancholische Frauen zurückzulassen.« Dao deutete auf Gretes Hände. »Und was wird das? Riecht wie Leberwurst.«

»Pillkaller Machandel«, sagte Grete. »Eine ostpreußische Spezialität. Haben Tilla und ich früher immer gesoffen.« Sie wies auf eine Flasche. »Wacholder.« Sie goß ein Schnapsglas voll. »Darauf eine Scheibe Leberwurst und darauf Senf.«

»Klingt genau nach dem, was ich gerade brauche.« Dao sah Grete zu, wie sie die Leberwurst auf den Schnaps legte. »Bei mir zuhause im Oldenburgischen gibt es eine Lage«, sagte sie. »Unten Bier, obendrüber Korn, zwei Gläser auf einen Streich.«

»Keine Leberwurst?«, fragte Grete.

»Bier und Korn, klar und ehrlich.«

Grete setzte das Schnapsglas an und leerte es. Schmatzend kaute sie auf der Leberwurst herum und zog die Augen zusammen. »Es trinkt der Mensch. Es säuft das Pferd. In Pillkallen ist es umgekehrt.« Sie gackerte. »Schöne Zeiten. Traurig und schön, der untergegangenen Heimat hinterherzusaufen.«

»Ich auch«, sagte Dao und schob ihr ein Glas zu. »Hab einiges runterzuspülen.«

Grete schnitt zwei Scheiben Wurst zurecht. »Du sattelst nicht demnächst auf Medizin um?«

»Das ist vielleicht ein kaputter Laden. Ist mir ein Rätsel, wie Hanna das jahrelang ausgehalten hat.«

»Da sind wir schon zwei.« Machandel, Wurstscheibe. Grete drückte ein Häubchen Senf aus der Tube. »Hast Du denn was gefunden, das Hanna in der Verhandlung nützt?« Sie schob Dao ein Glas rüber und hob ihres an.

»Genug Schweinereien, um die Straßen von hier nach Ostpreußen zu pflastern. Die klauen wie die Raben. Alles verschwindet da, sogar Bettwäsche. Außerdem Medikamentenhandel, Drogenmißbrauch, eine Vergewaltigung.« Dao kippte den Machandel in den Rachen, jetzt schmatzten beide. Dao rülpste. »'tschuldigung«, sagte sie.

»Putzfrauen dürfen das.« Grete starrte in das leere Glas. »Ist warm im Bauch«, sagte sie.

»Frage mich nur, wie der Dreck Hanna helfen soll«, sagte Dao.

»Hast Du ihr endlich gesagt, daß Du für sie ermittelst?«

Dao schüttelte den Kopf und schob Grete das Glas zu. »Das Problem ist, als Putzfrau kann ich zwar überall rumschnüffeln, aber die wichtigen Dinge erfahre ich nicht.«

»Und die wären?«

»Warum Hannas ehemaliger Chef sie fertig machen will. Da muß es ein persönliches Motiv geben.«

»Sonst wäre er nicht so giftig.«

»Ihm bin ich bisher aber nicht begegnet. Chefs und Putzfrauen leben in verschiedenen Welten. Gehört habe ich ihn allerdings. Durch eine Schranktür.«

»Beim Putzen?«

»Er ist ein Schwein, das habe ich gehört.«

Grete legte den Kopf schief. »Willst Du lieber aufhören? Du siehst ziemlich mitgenommen aus.«

»Nee, auf gar keinen Fall. Den mach ich fertig. Höchstpersönlich.« Sie zeigte mit dem Finger auf ihr leeres Glas, Grete füllte es. »Und ich muß Hanna helfen.«

»Sie hat Dich auch ohne Deine Hilfe lieb.«

»Ich hatte noch nie eine Freundin«, sagte Dao.

Grete nickte. »Jetzt hast Du zwei.«

»Ich muß das für sie tun.«

Grete schob sich eine Scheibe Leberwurst in den Mund und kippte den Machandel hinterher. Wilmersdorfer Variante. »Aber nicht als Putzfrau.« Sie schüttelte sich. »Wir müssen Dich irgendwie in seine Welt bekommen. Wie wär's mit Hannas offener Stelle?«

»Spinnst Du? Ich kann doch keine Ärztin mimen.«

»Fällt Dir was besseres ein?«

Dao schwieg.

»Sind denn im medizinischen Bereich irgendwo Stellen, für die sie niemanden finden?«

»Sicher, im OP. Niemand hält es lange an der Seite vom Professor aus. Zur Zeit hat das ganze Krankenhaus nur drei OP-Schwestern, und eine davon macht demnächst die Burnout-Biege. Sie ist schon verdächtig oft krankgeschrieben.«

»Also wirst Du sie ersetzen. Und unserem Feind auf die Finger sehen.«

»Wie soll das gehen?«

»Wir machen Dir ein paar hübsche Zeugnisse. Laß mich überlegen, was wir dieses Mal aus Deiner exotischen Visage machen.« Sie legte den ausgestreckten Zeigefinger an die Lippen. »Philippinen, was hältst Du davon?«

»Kann es sein, daß Du einen ehemaligen Schüler hast, der …«

»… eine Philippina geheiratet hat.« Grete lachte.

»Aber ich habe überhaupt keine Ahnung von Medizin.«

»Glaubst Du, in dem Saftladen merkt das jemand?«

Dao verzog das Gesicht.

»Ihr habt alle viel zu viel Respekt vor den Weißkitteln«, sagte Grete. »Die kochen auch nur mit Leitungswasser. Handwerker mit super Gerät, sonst nix. Wenn Du nicht weiter weißt, machst Du lächelnd ein paar Verbeugungen. Die im OP halten Frauen, erst recht Ausländerinnen, doch sowieso für bescheuert.«

»Und nebenbei finde ich heraus, wo der Herr Professor seinen wunden Punkt hat.«

»Und da pieksen wir rein. Wie in Achills Hacke. Und dann läßt er Hanna in Ruhe.« Grete spießte eine Scheibe Leberwurst auf und reichte sie Dao. »Und jetzt vernichten wir den Rest Pillkallen, bervor er schlecht wird. Auf unsere gute Idee, auf Hannas Sieg, auf die feinen alten Zeiten und auf meine Tilla.«

Die Leiche lag genau auf der Berliner Mauer, Außenstelle Südwest. Ein mickriges Wäldchen, im Winter zum Durchgucken. Linke Leichenhälfte Berlin-Düppel, rechte Kleinmachnow. Ein Berliner Streifenpolizist hatte einen Zollstock auf die tote Brust gelegt, ein Brandenburger Kollege stand daneben und kratzte sich am Kopf.

»Eindeutig mehr als fuffzig Prozent auf unserer Seite«, sagte der Berliner.

»Habt Ihr neuerdings zu wenig Leichen in der Hauptstadt?«, fragte der Brandenburger.

Der Berliner klappte den Zollstock zusammen. »Du kannst die gerne haben«, sagte er und stand auf. »Is' sowieso viel zu früh für Großstädter.« Er sah auf die Uhr. »Noch nicht mal fünfe.«

»Sei froh, ab sechs trampeln hier die Jogger durch.«

»Dann sollten wir vielleicht mal absperren«, sagte der Berliner. »Für die Spurensicherer.«

»Band hab ich«, sagte der Brandenburger. »Rotweiß, genau wie Eures. Nur, falls Du fragen wolltest.«

»Was meinst Du, woran ist der gestorben?«

Der Brandenburger rollte sein Absperrband aus und knotete es an einem Ast fest. »Keine Ahnung, vielleicht die viele frische Luft, so als Großstädter.«

»Meinste, der is' Berliner?«

»Na, wie von uns sieht der nicht aus.«

»Du kennst wahrscheinlich jeden bei Euch.«

»Quatsch.«

Der Brandenburger stieg einmal mit dem Band um die Leiche. »Den hat einer abgemurkst und hier hingelegt.«

»Ach ja?«

»Würdest Du mitten auf der Grenze abnippeln?«

Der Berliner legte den Kopf schief und sah der Leiche in das Gesicht. »Vielleicht war er früher Grenzschützer.«

»Sehr witzig.«

»Wenn ihn einer umgebracht hat, dann nicht mit 'ner Knarre.«

»Keen Blut.«

»Naß ist er auch nicht.«

»Also auch nicht ertrunken.«

»Es sei denn, seine Mörder haben ihn umgezogen.«

»Was Ihr Euch so alles ausdenkt in Berlin.«

Der Berliner beugte sich über die Leiche. »Ist der überhaupt tot?«

»Wieso? Das sieht man doch.«

»Ich meine, haste den Puls gefühlt?«

Der Brandenburger hockte sich neben die Leiche und hielt zwei Finger an den Hals. »Mausetot. Außerdem wird er schon kalt.«

»Na, dann kann ich ja jetzt die Kollegen rufen.«

»Mach det. Und damit es keine Probleme gibt«, der Brandenburger faßte die Leiche an Ärmel und Hosenbund, »ziehen wir ihn noch schnell in die Hauptstadt.«

»Der nächste ist dann Eurer.«

»Ob ich das noch erlebe?«

»Keene Ahnung, aber wenn, denk ich an Dich, versprochen.«

XIV

»Gott, Wladi, was stinkt denn hier so?« Jakob rümpfte die Nase. Auch wenn seine Sinne nicht mehr die eines Wolfes, sondern wieder die eines sensiblen Großstädters waren, der säuerliche Geruch in Wladis Lagerhalle war penetrant.

Wladi verdrehte die Augen. »Mein Kumpel hat sich gedacht, verkaufen wir Yakleder, Yakstiefel, Yakwolle, warum wir nicht verkaufen auch Tee nach Yakart? So wie Yogitee, weißte? Für all die vielen Leutchen inner Großstadt, die glauben, wenn sie Tee trinken wie die Nomaden, werden sie zu Nomaden.«

»Minus den Nomadenstreß mit den zugigen Zelten.«

»Mein Kumpel hat schon gute Ideen. Die ganze Yakgeschichte war seine. Hat mir beschert viele schöne Rubel.« Wladi schnalzte mit der Zunge. »Sind aber andere Zeiten jetzt. Meine monogolischen Freunde verhandeln neuerdings mit Italienern. Designerhandtaschen, stell Dir vor.«

»Nimm's nicht persönlich, Wladi.«

»Wie soll ich's sonst nehmen, Kommissar? Verderben mir mein schönes Geschäft, die Italiener.« Er öffnete ein Fenster.

»Und der Geruch?«

»Frag mich. Yakbutter vielleicht. Mein Kumpel hat nicht richtig zugehört beim Teerezept und jetzt probiert er rum.«

»Riecht, als müßte er noch weiter probieren.«

»Nix da. Wladi steigt aus aus dem mongolischen Geschäft.«

»Und dann?«

Wladi wackelte mit dem Kopf. »Ist noch Geheimnis, Wladi muß brüten darüber.« Er sah Jakob an. »Aber bist nicht gekommen, mich zu bedauern für freie Marktwirtschaft, Kommissar. Was kann ich tun für meinen Freund?«

Sie hatten sich im Lehrerzimmer einer Weddinger Oberschule kennengelernt. Der Berliner Russe Wladimir fuchtelte mit einem Messer am Hals der Lehrerin seines kleinen Bruders, Jakob hatte ihm erst Kaffee serviert und sich dann zu einem Pizzaessen in das Lehrerzimmer selbst eingeladen. Aus diesem belasteten Anfang war tatsächlich eine Freundschaft entstanden. Denn Wladi hatte mehr Anstand als die meisten offiziell untadeligen Bürger der Stadt. »Du müßtest mir helfen, eine Mutter und ihr Kind zu retten«, sagte Jakob.

»Dein Kind?«

»Das Kind eines Russen.«

»Meine Landsleute sind freizügig mit ihrem Samen. Und schnell mit der Wodkaflasche über alle Berge, wenn es ans Bezahlen und die Verantwortung geht.«

»Die Frau ist Georgierin.«

»Kommissar«, Wladi legte seine Pranke auf Jakobs Schulter, »Hände weg von den Kaukasierinnen, sagt meine Mamutschka immer. Sehr, sehr sexy, aber sehr, sehr schwierig.«

Jakob lachte. »Deine Mutter ist ein erfahrene Frau, Wladi.«

»Das will ich meinen.«

»Setz Dich erst mal.«

»Glaubst Du, daß eine georgische Mutter mich umhaut?«

»Es ist Alika.«

»Die schöne Alika mit dem gespaltenen Gesicht?« Wladi pfiff. »Kommissar, Du hast Geschmack. Aber kann es sein, Du verhebst Dich dieses Mal?«

»Es kommt noch schwerer.«

»Was?«

»Der Vater des Kindes. Es ist Iwanow.«

Wladi fiel auf einen Stuhl und atmete tief ein und aus.

»Du kennst ihn?«, fragte Jakob.

»Soll das ein Witz sein?«

»Ich wünschte, es wäre so.«

»Soll ich etwa Alika und ihr Kind vor Iwanow retten?« Wladi hob die Arme. »Das ist für Wladi echt zu groß.«

»Du sollst den Jungen verstecken.«

»Vor Iwanow? Spinnst Du?«

»Seine Mutter hat Angst um ihn.«

»Hätt sie halt nicht gehen sollen ins Bett mit Iwanow.« Wladi schüttelte den Kopf. »Irre, total irre.«

»Wladi, der Junge ist zehn.«

»Und was? Glaubst Du, der eigene Vater tut ihm was an? Und ich rette den Zwerg dann auch noch?«

»Bist Du Dir sicher, daß er seinem Sohn nichts tut?«

»Bei Iwanow? Da kann sich keiner sicher sein.« Er sah Jakob an. »Weißt Du überhaupt, wer das ist, Kommissar? Der skrupelloseste Russe, der mir je begegnet ist. Und glaube mir, ich kenne viele üble Typen. Wenn einer von denen sagte, Wladi, Du spuckst mir mit Deinen Geschäften in die Suppe, habe ich gesehen, daß ich andere Geschäfte mache. Aber Iwanow mußte nicht mal was sagen. Ich habe mich vorher informiert, ob meine Pläne ihn stören könnten. Vorsichtsmaßnahme, verstehst Du?« Wladi riß einen Karton auf, entnahm ihm eine Flasche Wodka, bot Jakob an, der den Kopf schüttelte und goß sich ein Glas voll. »Wie kommst Du überhaupt zu der Geschichte, Kommissar?«

»Alikas Vater ist verschwunden. Die Kripo sucht ihn. Guram Geladse, sagt Dir das was?«

»Nee, keine Ahnung. Georgier? Mit denen habe ich nix zu tun. Verschwunden, was heißt das?«

»Weg, von einem Tag auf den anderen.«

»Hier in Berlin?«

Jakob nickte.

»Klingt, als würdet Ihr demnächst 'ne georgische Leiche finden. Bei dem Schwiegersohn.« Wladi goß Wodka nach. »Also gut, Kommissar.« Er nahm einen großen Schluck und wischte sich den Mund ab. »Auch wenn es Wahnsinn ist, ich beschütze Iwanows Sohn und die Mutter seines Sohnes. Du bist mein Freund und Du bist die Polizei. Wirst Wladi um nix bitten, was er nicht kann. Aber wenn Iwanow das rausbekommt, mußt Du Dich um meine Mamutschka kümmern. Sie hat nur mich.«

»Jetzt übertreibst Du, Wladi.«

»Versprich es mir.«

»Ich verspreche es. Und ich werde mich revanchieren, das verspreche ich auch.«

»Der Tag wird kommen, Kommissar, Du kennst doch Wladi.«

Jakob lachte. »Gut, daß ich wieder einen Dienstausweis habe.«

Wladi nickte. »Aber Du verlangst viel von mir.«

»Für mich ist es auch nicht leichter.«

»Aber sag mir, warum mußt immer Du Dich um die Frauen kümmern? Hatten wir nicht eben erst die verrückte Wolfsfrau mit der kaputten Familie?«

»Was kann ich dafür, daß die mich in ihr Leben ziehen? Aber Deine Mutter hatte recht.«

»Scheiß Kaukasierinnen.« Wladi füllte sich wieder Wodka in sein Glas. »Und das ist dann der letzte bis auf weiteres«, sagte er. »Um Iwanow herauszufordern, braucht Wladi einen klaren Verstand.«

Hanna saß nicht mehr allein auf der Anklagebank. Es half, Murat an der Seite zu wissen, auch wenn er bisher nichts unternahm. Hanna selbst war als Angeklagte zum Schweigen verdammt. Man machte ihr den Prozeß, ließ andere über sie reden und urteilen und erwartete, daß sie das schweigend hinnahm.

Das medizinische System, traditionell von niemandem ernsthaft kritisiert, von der Politik umgarnt und den Patienten ängstlich bewundert, war so arrogant wie mächtig. Selbst wenn Chefarzt Professor Magahn nicht gewesen wäre, würde dieses System die ungewöhnliche Ärztin, die sich nicht duckte, sondern für eine hochbetagte Patientin ihren Beruf riskierte, zwischen seinen Mühlsteinen zermahlen.

Es gehörte zu Hannas Rolle vor Gericht, im Büßerhemdchen zuzuhören, wie die Gutachter sie filetierten – neuerdings an der Seite eines jungen, von Grete ausgesuchten Anwalts, der keinerlei Erfahrung in Kriminalsachen hatte. Hanna hoffte, daß für Murat Atekin nur noch nicht der richtige Zeitpunkt gekommen war, um zurückzuschlagen. Taktik und Kalkül bei einem türkischen Berufsanfänger, Hanna konnte nur hoffen, daß Grete wußte, was sie tat.

Folgte man der Staatsanwaltschaft, hatte Hanna nicht nur ihrem Arbeitgeber erheblichen Schaden zugefügt, sie war offensichtlich auch charakterlich völlig ungeeignet, Ärztin zu sein.

»Es macht schon einen Unterschied, ob ich eine Ärztin begutachten muß oder einen, sagen wir mal, Schweißer«, sagte die Psychologin mit heller Stimme. Sie wirkte so jung, daß Hanna sie nicht einmal zum Studium zugelassen hätte.

Hanna war nie auf diese Art jung gewesen. Bemüht, alles richtig zu machen, keine Angriffsfläche zu bieten, und sich möglichst geschmeidig durchs Leben zu winden. Wann wollte diese Psychologin sich an jene Abgründe wagen, die ihre Patienten in Panik und Hilflosigkeit versetzten. An deren Rand sie standen, um Hilfe schreiend, und die sie behandeln zu können vorgab?

»Mögen Sie keine Schweißer?«, fragte die Richterin.

»Aus psychologischer Sicht macht es einen Unterschied, wer unkontrollierte Aggressionsschübe auslebt. Die Ärztin könnte Fehler provozieren oder sogar Patienten angreifen, der Schweißer …«, sagte die Psychologin.

»… haut nur aufs Rohr, ich habe schon verstanden.«

Richterin Marianne Lindemann hatte in ihrem Leben oft auf Rohre gehauen, vor allem auf mit Alkohol gefüllte. Wie viel näher stand das Hanna als die ängstlich vermeidende Jugend der Psychologin. Das Leben war zu kurz, um vorsichtig zu sein.

»Könnten wir dann mit dem Gutachten fortfahren?«, fragte Staatsanwalt Schmiedel. Noch so ein glatter Junger. Entweder, beide lebten noch nicht lange genug in Berlin, oder es gab neuerdings Plätze, an denen man den Verwitterungsspuren, die die Stadt auf den Seelen ihrer Bewohner hinterließ, entgehen konnte.

Richterin Lindemann nickte dem Staatsanwalt zu und lehnte sich zurück, den Blick an die Decke gerichtet.

»Auffällig war während der Befragung der Angeklagten ihre

Triebsteuerung«, dozierte die Psychologin glockenhell. »Sie reagierte wenig verstandesorientiert und relativierend. Ihre Intelligenz dürfte im mittleren Bereich liegen, die verzögerte Reaktion auf die Übungsaufgaben läßt darauf schließen. Sie wird viel Fleiß für das schwierige Medizinstudium benötigt haben.«

»Wie muß ich mir das mit der Triebsteuerung vorstellen?«, fragte Staatsanwalt Schmiedel bedächtig. »Immerhin ist sie eine kultivierte Großstädterin.«

»Und kein Schweißer«, sagte die Richterin.

»Da geraten wir in den Bereich der triebunterdrückenden Sublimation.« Die Psychologin räusperte sich. »Mein Eindruck der Angeklagten war wenig kultiviert.«

»Warum?«, fragte der Staatsanwalt.

»Sie hat sich den Tests verweigert und versucht, mich zu provozieren, um meine Autorität zu untergraben.«

Murat hustete, sein Gesicht lief rot an. Hanna klopfte ihm auf den Rücken.

»Geht's wieder?«, fragte die Richterin. Hanna nickte.

»Aber Sie haben sich nicht provozieren lassen«, sagte der Staatsanwalt mit einem freundlichen Lächeln.

»Das wäre unprofessionell.« Die Psychologin strich mit ihren jungen, weichen Fingern ihren Rock glatt. »Aber ihr Verhalten hat gezeigt, daß sie über starke narzißtische Tendenzen verfügt, die möglicherweise ein hermetisches Wahnsystem von Freund und Feind produzieren. In diesem Zusammenhang läßt sich ihre Tat als Befreiungsschlag einer in die Enge getriebenen psychopathischen Persönlichkeit deuten.«

»Narzißtisch heißt, sie hat kein Mitgefühl?«

Die Psychologin nickte. »Sie sieht die Welt nur aus ihrer Perspektive, die sie nicht verlassen kann.« Sie legte ihre Unterlagen zur Seite. »Das Fatale daran ist die Unfähigkeit zur Distanzierung. Handlungen anderer werden nur in Bezug zur eigenen Person gesehen.«

Sie beugte sich vor zu Schmiedel, der ihr entgegenkam.

»Ursache einer solchen Persönlichkeitsstörung ist die Abwesenheit einer gewachsenen Identität.«

Schmiedel nickte.

»Meist geht dem eine gestörte Mutterbindung voraus. In einem verletzlichen Entwicklungsstadium macht der Patient die Erfahrung des Ausgeliefertseins durch die fehlende Mutter.«

»Frau Dr. von Bredows Mutter ist verschwunden.« Staatsanwalt Schmiedel richtete sich auf und sah Hanna an.

»Sehen Sie?« Die Psychologin hob den Zeigefinger, ihre Stimme wurde noch heller. »Mangelnde körperliche Nähe. Kein positives Frauenbild, an dem man die eigene Entwicklung ausrichten könnte. Und wenn der Vater dann nicht die entstehende Lücke zu füllen vermag – immerhin ist er ja ein Mann …«

»Der Vater ist unbekannt.«

»… ist das heranwachsende Kind auf sich allein gestellt. Möglicherweise hatte die Mutter wechselnde Männerbekanntschaften.«

»Die Väter der Geschwister sind ebenfalls unbekannt.«

»Dann ist die Aggressionsbereitschaft und die Zerstörungslust der Angeklagten Anzeichen für die Not einer in frühester Kindheit verlassenen Seele.«

Staatsanwalt Schmiedel stellte sich nah vor die Zeugenbank und sah die Psychologin freundlich an. »Bei allem Mitgefühl für ihr Schicksal, quasi ohne Liebe aufgewachsen zu sein, darf so einem Menschen aus psychologischer Sicht das Leben anderer in die Hände gelegt werden?«

»Selbstverständlich nicht.« Die Psychologin räusperte sich. »Frau Dr. von Bredow braucht dringend eine stationäre Therapie. Begleitend müssen Psychopharmaka eingesetzt werden, um den schwankenden Seelenzustand der Patientin zu stabilisieren.«

»Und wie ist die Prognose? Wird sie jemals wieder als Ärztin arbeiten können?«

»Das halte ich für ausgeschlossen. Das Leid anderer wird ein Mensch, der so frei von Mitgefühl ist, niemals nachvollziehen können. Und Empathie ist doch die Grundlage der Arbeit als Medizinerin. Frau Dr. von Bredow braucht einen Beruf ohne Menschenkontakt. Etwas Handwerkliches vielleicht.«

»Schweißer«, sagte die Richterin.

Murat hustete mit der Hand vor dem Mund.

»Ziel der Therapie muß sein, die Aggressionen der Patientin so weit zu kontrollieren, daß sie eigenständig leben kann. Nebenbei halte ich es für unverantwortlich, daß sie auf freiem Fuß ist.«

»Dann danke ich Ihnen für die aufschlußreichen Ausführungen«, sagte der Staatsanwalt freundlich lächelnd.

»Haben Sie noch Fragen an die Zeugin?« Die Richterin sah Murat Atekin an.

»Eins wüßte ich gern.«

»Bitte«, sagte die Psychologin.

»Wie oft haben Sie mit Frau Dr. von Bredow gesprochen?«

»Wir hatten insgesamt zehn Sitzungen à 90 Minuten. Das ist eine sehr gründliche Exploration. Eher am oberen Rand des Üblichen, schließlich geht es um Mordversuch.«

»Das war nicht meine Frage. Wie oft haben Sie miteinander gesprochen?«

»In jeder dieser Sitzungen gab es Gesprächsanteile und Testate, auch das ist …«

»Wie oft?«

»Das müßte ich …«

Sie nestelte an ihren Notizen.

Die Richterin stellte krachend ihre Aktentasche auf den Tisch. »Nun sagen Sie es schon endlich. Wir wollen alle nach Hause.«

»So zwischen fünfzehn und fünfundzwanzig Mal. Wie gesagt, für eine präzisere Antwort …«

»Dann frage ich noch einmal präziser: wie oft hat Frau Dr. von Bredow mit Ihnen gesprochen?«

»Wie schon erwähnt, haben ihre psychopathischen Züge Kontaktstörungen zur Folge.«

Die Richterin verdrehte die Augen und sah an die Decke.

»Ist es nicht so, daß Frau Dr. von Bredow nur in der ersten Sitzung mit Ihnen gesprochen hat? Daß sie Sie gefragt hat, wer Ihr Chef ist und wer das Gutachten in Auftrag gegeben hat? Und daß Sie darauf nicht zu antworten bereit waren und Frau Dr. von Bredow fortan schwieg?«

Die Psychologin schüttelte wortlos den Kopf.

»An Ihren Tests hat sie auch nicht teilgenommen?«

»Diese Verweigerung ist wie die von Ihnen angedeutete Veschwörungstheorie Teil des geschilderten Krankheitsbildes. Frau Dr. von Bredow ist äußerst manipulativ. In vermeintlichen Ohnmachtssituationen erlangt sie so Macht zurück. Auch wenn es nur eine Scheinmacht ist, aber das erschließt sich ihr nicht. Schon aufgrund ihres geringen geistigen Horizonts.«

»Danke«, sagte Murat zur Richterin gewandt, »Ich behalte mir vor, die Zeugin zu einem späteren Zeitpunkt erneut zu befragen.«

Jakob spürte seine Füße nicht mehr. Er setzte sie voreinander, immer wieder, immer weiter, aber er spürte sie nicht. Seine Schuhe knirschten vor Kälte. Die Sohlen waren hart, der Boden war hart. Überall Eis. Der Wind sprang auf seinen Rücken, krallte sich fest mit seinen sibirischen Fingern. So ein weiter Weg über die Ebene, für den Wind und sie alle.

Er hatte seinen Bruder dick eingepackt auf dem Rücken. Jeden Morgen half die Mutter. Wenigstens dabei. Den Rest machte er allein. Das kleine Gesicht halten, die müden Augen küssen. Singen für ihn. Geschichten erzählen. Die kleinen Füße warm pusten mit dem eigenen Atem. So viel Kleidung trug er, und doch.

Die Schritte, die harten Sohlen, das harte Land. Vor sich die Menschen, dunkel, schwer, eine endlose Reihe müder Verlierer. Die Heimat verlassen. Nicht zurücksehen. Niemals zurücksehen. Überleben. Den Rand des Horizonts erreichen. Kein Ziel sonst, nur gehen, nur weg, nirgendwohin.

Keine Sonne, die in ihrem Rücken auf- und vor ihnen unterging. Nur Grau, Tag und Nacht. Die Kälte, das Grau, die Schuhe.

Nicht stehenbleiben. Nicht hinsehen, wenn es jemand tat. Weiter gehen. Ausruhen, nur kurz ausruhen.

Gefrorene Arme ragten aus dem Straßengraben. Weiter, für den kleinen Bruder, die Mutter, den fernen Vater. Nichts sehen, nicht hinsehen, wenn jemand fiel. Hier, jetzt. Tod. Gleichgültigkeit. Leere. Ohne Heimat, ohne Ort, ohne Zukunft. Verlorene Herkunft. Niedersinken, umfallen. Endlich ausruhen. Nicht mehr gehen. Was kümmert mich der Horizont, was sein Rand.

Rechter Fuß, linker Fuß. Für den Bruder, für die Mutter. Rette sie, Tilla, rette sie alle. Der Bruder immer schwerer auf ihrem Rücken. Eisiger Atem in ihrer Brust. Schneidender Wind, schneidender Atem, harter Boden. Tilla blieb stehen. Schwankte. Eis in der Brust, Eis im Gesicht.

Ihre Mutter ging an ihr vorbei. Den Kopf gesenkt. Rechter Fuß, linker Fuß. Tilla sah auf ihren Rücken. Die lange Reihe der Menschen verschwamm zu dunklen Flecken im Grau. Sie wollte rufen. Mama. Tilla ging in die Knie. Der harte Boden. Sie atmete. Der Bruder so schwer.

Da faßte etwas sie an der Schulter. Löste den Bruder von ihrem Rücken, knotete das Tuch auf, mit dem er befestigt war. Ihr Rücken war frei. Der Wind fauchte ihn an. Tilla hob den Kopf. Die Augen einer Frau, sonst nichts. Die Hand der Frau auf Tillas Kopf, die Augen in ihren. Ohne ein Wort.

Tilla drehte sich um zu ihrem Bruder. Das Bündel. All die Jakken, Mützen, Schals, Pullover, Strümpfe, Hosen, Handschuhe. All die Wolle, Wärme, Schutz. Überleben. Sie beugte sich über das Bündel und suchte den Bruder. Senkte den Kopf über seinen. Drückte das Gesicht in sein Bündel und blies ihren Atem mit aller Kraft. Wärme strömte. Sie hatte das sibirische Eis in Wärme verwandelt. Aber die Wärme kehrte zu ihr zurück. Ihr Bruder atmete nicht mehr. Sie blies erneut, Feuchtigkeit bildete sich vor ihrem Gesicht. Er war tot.

Sie hob den Kopf und legte das Gesicht des Bruders frei. Er schlief doch, die Augen geschlossen. Die Lider so zart, lange

Wimpern behüteten seine Augen. Toter Bruder. Sie zog die Handschuhe aus und legte die Hände auf seine Wangen.

Leben. Er muße leben. Sie öffnete ihren Mantel, ihre Jacke, ihren Pullover, ihr Hemd und drückte den erfrorenen Winzling an ihre nackte Mädchenbrust. Schloß das Hemd, den Pullover, die Jacke, den Mantel um ihn und wiegte sich. Wie kalt er war.

Wieder die Hand. Auf Tillas Arm.

Die Hand öffnete den Mantel, die Jacke, den Pullover, das Hemd und griff nach Tillas totem Bruder. Tilla wollte ihn festhalten, aber sie hatte keine Kraft.

Die Frau nahm ihren Bruder und legte ihn auf den Boden. Zog Tilla hoch, zog sie weiter. Tilla ging. Rechtes Bein, linkes Bein. Die Frau ließ sie los. Rechtes Bein. Nein. Tilla drehte sich. Gegen den Wind. Ging zurück. Gegen die dunklen Flecken, die ihr auswichen ohne aufzusehen. Tillas Blick war auf den Straßenrand gerichtet. So viele Bündel. Zusammengesunkene Menschen. Zurück zu ihrem Bruder. Er war so hart wie der Boden. Seine Finger waren gefroren, sein Gesicht weiß. Tilla zog ihren Mantel aus und wickelte ihn darin ein. Sanft legte sie ihn über sein totes Gesicht, seine zarten Wimpern. Sie legte ihn in dem Mantel in den Straßengraben. Gefrorene Tränen.

Eine Frau war stehengeblieben und sah ihr zu. Sah auf den Bruder und den Mantel. Ihr Blick war gierig.

Der eisige Wind, der schneidende Atem. Tilla nahm den Mantel. Legte den Bruder mit dem Gesicht nach unten in den Graben. Sah sein warmes Mäntelchen, seine Socken, seine Pullover. Hockte bei ihm, wimmerte. Zog den Mantel wieder an. Die Frau mit dem gierigen Blick ging. Aber es folgten ihr so viele. Tilla stand langsam auf und reihte sich ein. Ein dunkler Fleck. Auf dem Weg, auf der Flucht. Mit einem schmerzenden Loch auf dem Rücken. Die fehlende Last blieb.

Jakob erwachte. Sein Rücken brannte. Er spürte seine Füße nicht mehr. Erfrorene Zehen, erfrorene Finger. Der beißende Wind in seinem Rücken, das Eis in seiner Lunge. Sein Herz schlug hart an die Rippen, er stöhnte.

Hanna knurrte im Schlaf und legte den Arm auf seinen Rükken. Jakob hielt den Atem an. Deinen Onkel, Tillas toten Bruder, ich trage ihn dort. Er strich über Hannas Kopf. Wie warm sie war. Blut, Leben, Herz.

»Hast Du schlecht geträumt?«, murmelte sie und steckte die Nase in seine Schulter. Jakob wollte antworten, aber das Eis in der Brust war scharf. Es stach die Worte entzwei.

Hanna atmete wieder schwer und tief. Ihr Arm rutschte von seinem Rücken, sie schlief. Jakob drehte sich vorsichtig aus ihrer Umarmung und setzte sich auf. Sah auf Tillas Platz vor dem Fenster, aber er war leer. Kein Mädchen mit sonnengebleichtem, struppigem Haar, nackten Füßen und einem wilden Lachen.

Sie war um das Bett herumgegangen, hatte bei Hanna eingerollt geschlafen. Jetzt streckte sie sich und sah ihre Tochter an. Das braungebrannte, wilde Mädchen sah seine erwachsene Tochter an. Hob die Kinderhand und hielt sie über Hannas Rücken. Wanderte leicht und sanft wie ein Falter über ihren Körper. Hielt die Hand über dem Ohr, dem Haar, flatterte über der Stirn. Kniete sich vor sie neben das Bett und sah in das schlafende Gesicht ihrer Tochter. Ernst. Und verschwand.

Jakob sah auf die Uhr. Es war erst halb fünf. Er legte sich wieder hin, vorsichtig bewegte er die erfrorenen Füße und die erfrorenen Finger. Wie empfindlich sie waren. Erst so tot und dann so empfindlich. Vorsichtig legte er den Arm um Hanna. Sie ergriff seine Hand und drückte sie im Schlaf. Er zuckte zusammen vor Schmerz. Hanna brummte, ihre Hand löste sich, er schlief ein.

Hanna küßte ihn wach. Sie duftete nach Kaffee und Toast. Jakob öffnete die Augen. »Frühstück, Kommissar«, sagte sie.

Jakob stand auf und stöhnte über die Last auf seinem Rücken. Die schmerzenden Hände, die wunden Füße. Hanna lachte. »Hast Du die Nacht als Kohlenträger verbracht?«

Das Telefon klingelte. Es war kurz vor halb sieben.

»Ich geh ran.« Hanna lief in den Flur. Der Anrufbeantworter sprang an. Es war Oskar. Hannas Hand schwebte über dem Telefon.

»Alter, entschuldige die frühe Störung, aber ich habe Neuigkeiten von Deiner schönen Alika.«

Hanna zog die Hand zurück.

»Wir haben eine Leiche gefunden. Es ist Guram Geladse. Aber er war nicht in einer Gruft, sondern im Wald, lag genau auf der Stadtgrenze. Du mußt ihr das jetzt beibringen, hörst Du? Wenn ich mir auch nur vorstelle, was passiert, wenn sie es erfährt. Das ist nichts für meine Neuköllner Seele. Aber mein Frauenversteher macht das schon. Du kennst ja den Weg in ihr Atelier, ich verlaß mich auf Dich. Und wir suchen jetzt keinen verschwundenen Vater mehr, sondern einen Mörder. Und das wiegt ja wohl schwerer als Deine vor über zwanzig Jahren verschwundene Gräfin. Angenehmes Erwachen, mein Freund.«

Jakob stand hinter Hanna. Er sah auf ihre Schultern, über denen eben noch Tilla geschwebt hatte.

»Wer ist Alika?«, fragte sie und ihre Stimme war hart. Tillas Stimme. Verletzte Stimme, zerstörte Stimme.

Jakob schwieg.

Hanna drehte sich um, hob den Kopf und sah in Jakobs Gesicht. Legte ihr Herz in diesen Blick. Und Jakob antwortete nicht auf ihre Frage.

XV

»Aber ich will doch nur kurz auf die Straße.« Levi sah seine Mutter an. »Alle aus meiner Klasse dürfen allein raus.«

»Du wartest, bis ich fertig bin.« Alika beugte sich über ihre Staffelei. Guram war tot. Sie hatten seine Leiche in einem Wald am Rand Berlins gefunden.

Jakob hatte in der Apotheke am Tresen gestanden, Alika war, beide Hände voller beladener Teller, aus der Küche gekommen und hatte seine Augen gesehen. Sie ließ die Teller fallen und brach weinend zusammen. Jakob hatte sie gehalten, aber er hatte nicht verhindert, daß man ihren Vater getötet hatte.

Sie hatte Igor gefragt, ob er sich in der Lage fühle, die Apotheke allein weiter führen, bis sie sich gefangen hatte, aber Igor hatte gesagt, ohne Dich wird niemand kommen. Die Apotheke ist einfach nur ein leerer Raum ohne Deine Seele. Vor den Gästen stehen, für sie da sein, die schöne Alika sein, ihre Geschichten hören, mit ihnen lachen, das konnte sie nicht. Sie schloß also wegen des Trauerfalls. Jeder hatte Verständnis und Mitgefühl, brachte Blumen, bot Hilfe, Rat und Nähe an.

Und jetzt malte Alika nur noch ihren Vater. Nicht den jungen Guram, der seine Erstgeborene mit staunenden Augen hielt, sie nährte und pflegte, bis sie sich selbst der Welt stellen konnte. Nicht den starken, panisch im Schnee grabenden Vater, nicht jenen, der sie wiederbelebte mit seinem Atem, nicht Guram, der im Krankenhaus danach zusammenbrach und sein Vertrauen in die eigene Kraft und die Güte des Schicksals verlor. Sie malte nicht den Politiker, den Weltenretter, den liebevollen, aber immer abwesenden Großvater, nicht den getriebenen alten Mann, nicht den klagenden Vater einer Berliner Kneipenwirtin.

Alika malte Gurams Todeskampf. Seine Verzweiflung, seine Einsamkeit, seine Angst hielt sie wach. Sie schlief nicht mehr, aß nicht mehr, sie malte das angeschlagene Herz ihres Vaters, die enge Brust, die schwere, so lange getragene Last. Ihr Pinsel, die Farben. Bild um Bild.

Nur an der Staffelei ertrug sie sein grausames Ende. In ihrer Wohnung war sie seit Gurams Tod nicht mehr gewesen. Sie hatte Levi ein Nachtlager hinter den Zeichenschränken gebaut. Ihr Sohn hatte sich vor den Zugang aufgespannte Leinwände gestellt und sich dahinter in einer geheimen Höhle eingerichtet, die für Mütter nicht geöffnet war.

Sie hatte Levi ihre Pastellkästen ordnen lassen, die Aquarellschwämmchen auswaschen, neue Keilrahmen mit Maltuch bespannen und Grundierung auftragen lassen. Jetzt fand er nichts mehr zu tun, saß mit Farbklecksern im Haar vor ihr und spielte mit bunt bemalten Fingern gelangweilt mit dem Tacker.

»Ich will aber nicht mehr warten!« Levi stampfte mit dem Fuß auf. »Immer hast Du was anderes zu tun, immer komme ich zuletzt.«

Alika ließ den Pinsel sinken und sah ihren Sohn an. »Komm her, kleiner Levi.« Sie legte die Mischpalette ab, wischte sich die farbverschmierten Hände an ihrem Malerkittel ab und öffnete die Arme, Levi verschränkte seine. »Bitte«, sagte sie.

Levi schüttelte den Kopf. »Du bist voll schmutzig.«

Alika sah auf das Portrait ihres toten Vaters. »Das ist kein Schmutz«, sagte sie.

Levi verdrehte die Augen. »Schon klar, das ist superernste Kunst, aber ich will trotzdem nicht.«

Alika zog den Kittel aus und ging zur Küchenzeile. »Dann setz Dich wenigstens zu mir«, sagte sie.

Levi schlich mit hängenden Schultern zu ihr und krabbelte auf einen Barhocker. Er legte den Kopf in die Hände und sah seine Mutter an. Sie hatte Farbspritzer auf den Wangen. Ultramarinblau. Als Levi klein gewesen war, durfte er ihr die Tuben reichen. Er wußte, wie welche Farbe hieß. Auf Alikas Nase leuchtete es zinnoberrot. Ihre Augen waren kleingeweint. Er hatte ein schlechtes Gewissen. Sein Opa war tot. Das war schlimm, aber draußen wartete sein Kumpel seit einer halben Stunde mit seinem Fußball. Und es war voll uncool, daß Levi in letzter Zeit immer seine Mutter dabei hatte. »Ich vermisse Opa auch«, sagte er.

Alika wusch sich die Hände. Mit einer großen Holzbürste schrubbte sie immer wieder über ihre Nägel. »Und Du willst zum Fußball«, sagte sie.

»Alle anderen aus meiner Klasse dürfen allein raus.«

Alika trocknete geduldig ihre Hände ab und setzte sich neben ihren Sohn. »Du bist aber nicht wie alle anderen«, sagte sie.

Levi verdrehte wieder die Augen und seufzte theatralisch.

Alika strich ihm über den Kopf. Levi wand sich.

»Ein Kumpel von mir lebt auch allein mit seiner Mutter und ein anderer hat auch keine Großeltern mehr.«

»Darum geht es nicht.«

»Worum dann?«

Levi war zu jung für die Wahrheit. Seine Mutter mußte ihn vor seinem brutalen Vater schützen.

»Du weißt doch, daß Du eine Oma hast.«

»Die in Israel.«

»Und Du weißt, was man hier früher mit Juden gemacht hat.«

»Mama, nicht schon wieder.«

»Levi, das ist wichtig. Du bist nicht wie die anderen.«

»Sandro aus meiner Klasse ist Zigeuner, und alle hassen Zigeuner, und umgebracht hat man die auch, und der darf trotzdem Fußball spielen.«

»Du kannst das nicht einfach abtun, Deine Vorfahren sind auch für Dich gestorben.«

»Die kannten mich doch gar nicht.«

Alika seufzte.

»Ach Mama, bitte.«

Sie sah ihren Sohn an. Seine verträumten Augen, die Augen seines Großvaters Guram, die jüdischen Segelohren seiner Großmutter, seine georgische Stirn, seine georgischen Locken. »Ich habe Angst um Dich, Levi«, sagte sie.

»Das mußt Du nicht, Mama, ich paß doch auf.« Er zupfte am Ärmel seiner Mutter. Nahm ihre Hand in seine und spielte mit ihrem Ring. »Außerdem bin ich Russe«, sagte er, »und Russen lassen sich nichts gefallen.«

Alika zog die Hand aus seiner. »Hat das Dein Vater gesagt?«

»Papa hat gesagt, ich soll stolz sein. Russe zu sein, ist etwas Besonderes.«

»Georgier zu sein, ist auch etwas Besonderes.«

»Aber Georgier sind Opfer.«

Alika schwieg.

»Opa war auch ein Opfer, sagt Papa.«

»Dein Vater ist ein Scheißkerl.«

»Ist er nicht!« Levi schossen Tränen der Wut in die Augen.

»Gut, daß er nicht mehr kommt.«

»Du bist gemein!«

Alika streckte die Hand nach ihrem Sohn aus, Levi sprang auf.

»Ich will kein Georgier sein. Und kein verdammter Jude! Die sind auch Opfer. Hast Du mir nicht erzählt, die haben sich alle vergasen lassen? Wenn sie Russen gewesen wären, hätten sie sich gewehrt. Sie hätten die Nazis einfach abgeknallt.« Er zog ein imaginiertes Maschinengewehr hoch und schoß das Magazin leer.

»Levi, wie redest Du!« Alika wurde zornig. »Wem man Leid zufügt, der verdient unser Mitgefühl.«

»Papa sagt, man darf kein Opfer sein. Ein Russe stirbt aufrecht.«

»Hör auf damit, Levi, Du spuckst auf unsere Vorfahren.«

»Was habe ich mit irgendwelchen toten Juden zu tun?«

»Levi!« Alika schlug mit der Faust auf den Küchentisch.

»Ich geh jetzt zum Fußball.« Levis Augen funkelten, seine Stimme kippte. »Von Frauen lasse ich mir gar nichts sagen.«

»Du gehst nirgendwohin. Du mußt erst mal etwas nachdenken.«

»Nein!« Levi stampfte mit dem Fuß auf.

»Es reicht.« Jetzt schrie Alika. Sie sprang auf, ihr Hocker fiel um.

»Du kannst mich mal.« Levi schubste seinen Hocker in Alikas Richtung und lief durch das Atelier in Richtung Ausgang.

Der Hocker traf Alika am Knie. Sie taumelte, verlor das Gleichgewicht und stürzte. »Levi, bleib hier«, rief sie.

Levi schnappte seine Fußballschuhe und verschwand im Hausflur. Hinter ihm fiel die schwere Ateliertür ins Schloß.

Bis zur nächsten Ecke lief Alikas Sohn. Dann blieb er stehen und holte Luft, die Hände auf den Knien. Sein Herz schlug laut. So schlimme Dinge hatte er noch nie zu Mama gesagt. Er schämte sich. Aber es war auch wahr, die konnten ihn alle mal. Er wollte doch nur Fußball spielen. Und das hier war sein Zuhause und nicht Israel. Die Gaskammern gab es ja nicht mehr und Großvater war bestimmt nicht gestorben, weil er zum Fußball wollte.

Levi sah um die Ecke, aber seine Mutter war nicht zu sehen. Er war fast enttäuscht. Sie wußte ja, wo der Fußballplatz war, sie würde sicher später kommen. Er hängte sich die Schuhe um den Hals, schob die Hände in die Taschen und ging weiter. Sie war bestimmt nicht mehr sauer. Obwohl, so schlimme Sachen hatte er noch nie gesagt. Neben ihm fuhr langsam ein Auto. Levi sah kurz hoch. Länger hingucken war nicht cool. Ein starker Mann saß auf dem Beifahrersitz, das Fenster hatte er heruntergelassen, seinen Arm abgelegt. Eine große, breite Hand. Viele Ringe, eine dicke goldene Kette. Auf dem Unterarm hatte er eine Tätowierung. Levi sah schnell weg.

»Na, Levan, ganz allein zum Fußball?«, fragte der Mann.

Levi sah nach vorne. Sein Herz schlug hoch. Weitergehen. Er zog etwas zu den Häusern rüber.

»Willst Du nicht antworten, wenn man Dich etwas fragt?«. Der Mann sprach streng. Levi kannte diese Tätowierung. Papa hatte auch so eine. Nur auf der Brust. Er konnte die Muskeln anspannen und dann wurde die Tätowierung ganz groß.

»Wird Deinen Vater nicht freuen, wenn ich ihm das erzähle.«

Der Mann sah nicht nett aus. Aber Papa guckte auch nicht nett, wenn er mit anderen Leuten sprach.

»Dein Vater will Dich sehen, Levan. Er schickt mich.«

Der Arm verschwand, die hintere Autotür öffnete sich. Auf der Rückenlehne lag der russische Teddybär, den sein Vater ihm vor Jahren geschenkt hatte. Das Auto blieb stehen. Levi blieb stehen.

»Hallo Levi«, sagte eine Stimme dicht hinter ihm auf dem Bürgersteig. »Tut mir leid, hat länger gedauert. Deine Mama schafft es nicht, wir sollen allein zum Kicken gehen.«

Der Mann hinter Levi nahm seine Hand und zog ihn sacht weiter. Sein Gesicht war groß und freundlich. Er zwinkerte. Aus dem Auto stieg der Beifahrer und baute sich vor ihnen auf.

»Was liegt an?«, fragte der Mann an Levis Hand. Der Beifahrer stand jetzt dicht vor ihnen. »Kennst Du den Typen aus dem Auto, Levi?«, fragte der freundliche Mann.

Levis Hand wurde warm in seiner. Er schüttelte den Kopf. »Der kommt von Papa«, sagte er.

»Ist denn heute Besuchstag? Das hätte Alika mir doch erzählt.« Der freundliche Mann schob die Schulter in Richtung des Beifahrers. »Hat Dein Papa sicher verwechselt.« Er schlug die hintere Tür des Autos zu.

Der Beifahrer fluchte auf Russisch.

»Na, na«, sagte der Mann an Levis Hand und ging noch etwas auf den Beifahrer zu. Nase an Nase standen sie sich gegenüber. Jetzt sprach auch er Russisch. Levi verstand nicht, was sie sprachen. Er hatte Angst. Aber der Beifahrer wich zurück. Der Mann an seiner Hand sah zu Levi hinunter. Sein Gesicht war jetzt rot, seine Augen zornig zusammengezogen.

»Komm«, sagte er, »Deine Kumpel warten.«

Sie gingen langsam die Straße hinunter. Hinter ihnen klappte die Beifahrertür. Der Wagen folgte ihnen.

»Ich bin Wladi«, sagte der Mann, »und Du darfst Dich jetzt nicht umdrehen.«

Levi nickte.

»Wo geht's lang?«, fragte Wladi.

»Nächste rechts«, sagte Levi.

»Dann los. Und nicht umdrehen.«

Sie bogen ab.

»Hörst Du den Wagen noch?«

»Ich weiß nicht«, sagte Levi und schniefte.

Wladi hob Levi hoch, damit er über seine Schultern sehen konnte. »Ist er noch da?«, fragte er.

»Nee.«

Wladi ließ ihn runter und ging in das nächste Haus. Er schloß die Tür und sah durch das Fenster. »Das war knapp«, sagte er.

Levi sah zu ihm hoch. »Schickt Dich Mama?« Er weinte.

Wladi ging in die Hocke und faßte ihn an der Schulter.

»Es tut mir leid«, sagte Levi schluchzend.

»Bist Du weggelaufen?«, fragte Wladi.

Levi nickte schniefend.

Wladi ließ sich auf den Treppenabsatz sinken. »Plan B«, sagte er und klopfte neben sich auf den Treppenabsatz. Levi plumpste an seine Seite und heulte. Wladi sah ihn an. »Du bist mir vielleicht ein Knirps.«

»Ich bin kein Knirps«, sagte Levi schluchzend.

»Dann zeig das mal.« Wladi hielt ihm sein Handy hin. »Ruf Alika an, sag ihr, daß es Dir leid tut, und daß ein Freund von Jakob Dich jetzt in Sicherheit bringt. Und dann gibst Du sie mir.«

»Sicherheit, was bedeutet das?«

»Du mußt Dich verstecken, kleiner Mann. Um Dich streiten sich gerade drei Völker. Und Wladi bringt Dich bei einem vierten unter. Da gibt's Hühner, das wird Dir gefallen.«

»Ich will aber nicht aufs Land.«

»Keine Sorge«, Wladi nahm Levis Hand und legte das Handy hinein, »ich rede von Berliner Hühnern. Und einem Hahn. Und alle sind Wladis Freunde. Und jetzt rufst Du Alika an. Die macht sich nämlich ganz fürchterlich Sorgen.«

»Daß er tot ist, ändert die Sachlage«, sagte Tanja.

Oskar und Tanja saßen wieder vor Jurij Iwanows riesigem Schreibtisch. Die Welpen waren gewachsen und taperten über den mit Spielzeug, Trockenfutter und Hundenäpfen übersäten Fußboden. Die kleinen Rüden trugen schwarze Lederhalsbänder mit Nieten, die Hündinnen rote mit Straß. Ihre Mutter lag erschöpft mit gerötetem Gesäuge auf ihrem Sessel, der Rottweilerrüde saß neben Iwanow und beobachtete hechelnd die Polizisten.

Der Russe war der einzige ernsthafte Verdächtige für den Mord an Guram Geladse. Tanja und Oskar waren mit schreiendem Martinshorn, Blaulicht und quietschenden Reifen zu Iwanows Mariendorfer Im- und Exportfirma gefahren, damit nicht nur der Lagerist Kobiashvili, sondern alle mitbekamen, daß er ein ernstes Problem mit der Berliner Kripo hatte. Ins Feuer pusten, hatte Oskar gesagt, bei der Befragung anständig mit den Säbeln rasseln und schauen, was sich daraufhin in der russischen Unterwelt der deutschen Hauptstadt so rührt. Bewegung war in einem festgefahrenen Fall schließlich alles.

»Für mich ändert Geladses Tod gar nichts«, sagte Iwanow.

»Wir suchen einen Mörder«, sagte Oskar.

Oskar machte sich Sorgen. Jakob hatte die dynamisch vor dem bollchenfarbenen Bürogebäude mit quietschenden Reifen endende Autofahrt grüngesichtig schweigend ertragen. Sein Freund hatte es tatsächlich übernommen, Alika die Todesnachricht zu überbringen. Vielleicht war er Oskar deshalb böse. Sicher war es kein Vergnügen, in der Apotheke vor jeder Menge Publikum eine unter lautem Schluchzen zusammenbrechende Alika zu trösten. Aber er mußte doch einsehen, daß Oskar solche auswärtigen Gefühlswallungen gar nicht ertragen hätte.

Jetzt saß Jakob neben ihm und ließ den Blick durch das Büro schweifen, als wäre er eigentlich woanders. Er betrachtete die über seine Schuhe steigenden Welpen, begutachtete die Rücken der Aktenordner, an der Wand hängende Stadtansichten Moskaus, die matt gebürstete stählerne Schreibtischgarnitur. Seit sie Gurams Leiche gefunden hatten, war Jakob auch offiziell raus aus seinem Keller. Aber er tappte hinter Oskar und Tanja her wie ein Praktikant, der sich sträubte gegen diesen Fall. Und reden wollte er auch nicht. Nicht mal mit seinem besten Freund.

»Einen Mörder werden Sie hier nicht finden«, sagte Iwanow. Er folgte Jakobs Blick. Da lief was Ungutes zwischen den beiden. Oskar hoffte nur, Jakob ließe die Finger von Alika. Iwanow eifersüchtig zu machen, war sogar für einen Mann mit Zugang zu einer Horde Geister gefährlich.

»Deshalb können Sie auch gleich wieder gehen.«

Oskar schlug gelassen ein Bein über. »Wir fangen ja gerade erst an.« Umständlich kramte er einen Notizblock hervor. »Bei unserem letzten Gespräch behaupteten Sie, Ihre geschäftlichen Wege hätten sich nicht gekreuzt«, sagte er.

»Seine Tochter ist die Mutter meines Sohnes, das ist alles.«

Jurij Iwanow war sauer, kein Zweifel. Mühsam unterdrückte er seinen Zorn über ihren von Martinshorngejaule und Blaulicht begleiteten Auftritt. Sie hatten nicht einmal eine Vorladung, geschweige denn einen Durchsuchungsbeschluß. Aber sie konnten Berliner Wind machen, das war ihr gutes, auch von einem mächtigen Mann wie Iwanow nicht zu beschneidendes Recht.

»Guram hat Wein eingeführt«, sagte Oskar. Ein Welpe hatte sich sein übergeschlagenes Bein ausgeguckt und versuchte, an den wippenden Schnürsenkel zu kommen.

»Er lagert in Berlin«, sagte Tanja.

»Und?«

»Das ist Ihr Geschäft«, sagte Oskar.

Iwanow schwieg.

Der Welpe fand die hohe Aufgabe zu anstrengend und nahm Kurs auf Iwanows Schuhe.

»Hat er Ihnen in die Suppe gespuckt?«

»Der Wein ist eine Liebhaberei, mehr nicht. Als Kind war ich oft auf der Krim. Grusinischer Wein erinnert mich daran. Er macht mich sentimental. Ein Geschäft sind aber nur sehr alte Weine. Meine Landsleute betrachten Sie als Geldanlage. Für Kindheitserinnerungen töte ich niemanden, nicht einmal größenwahnsinnige alte Georgier.«

»Fünfhundert Hektoliter pro Jahr sind viel Liebhaberei«, sagte Tanja.

»Ich bin Russe. Wir haben von allem viel.«

Der Welpe hatte Iwanows Schuhe erreicht und beschnüffelte sie schniefend.

»Ausgeprägten Geschäftssinn auch«, sagte Oskar.

Jakobs Blick rastete auf einem Rahmen mit Photos von Levi. Ein ernstes Kind im Anzug vor dem Brandenburger Tor.

Iwanow sah von Levis Photos zu Jakob. »Wir mögen es nicht, wenn man in unserem Revier wildert.«

Der Welpe zog an Iwanows Schnürsenkel. Iwanow hob den Fuß und schüttelte ihn ab. Der Welpe flog durch das Büro, landete bei einem Bruder und quiekte.

»Guram Geladse war Georgier«, sagte Tanja, »war georgischer Wein nicht eher sein Revier?«

»Es war schon besetzt, als er kam. Das ist der Punkt.«

Jakob erwiderte Iwanows Blick, gründelnd und garniert mit Geistersehers typischer aufreizender Geduld.

Iwanows Augen wurden schmal. »Wer mir meinen Besitz nehmen will, sollte vorsichtig sein. Sehr vorsichtig.«

»Niemand besitzt einen anderen Menschen«, sagte Jakob. Ruhig saß er in seinem Stuhl.

»Ich schon.«

»Worum geht es hier gerade?«, fragte Oskar.

»Deshalb verlieren Sie alles«, sagte Jakob. »Weil Sie alles besitzen wollen.«

Iwanow legte seine Hände flach auf die leere Tischplatte. »Das einzige, was ich verliere, ist das Interesse.«

»Es ist zu spät«, sagte Jakob ruhig.

»Wer sagt das?« Iwanow beugte sich vor.

»Sie wissen es.«

Iwanow ging um den Schreibtisch und stellte sich hinter Jakobs Stuhl. Er beugte sich vor. »Sei vorsichtig, Polizist.«

Jakob stand langsam auf, faltete sich aus zu ganzer Länge. Er überragte den Russen um mindestens zwei Köpfe. Sein Gesicht war grau, aber seine Augen glühten. Er trug den Kaukasus und den ostpreußischen Himmel. »Ich bin niemals vorsichtig.«

Oskar und Tanja sprangen auf, Tanja war als erste zwischen den Männern. »Das reicht jetzt«, sagte sie.

»Wir setzen unser Gespräch besser ein anderes Mal fort«, sagte Oskar und zog Jakob am Arm weg von Iwanow.

»Und Sie«, sagte Tanja zu Iwanow, der immer noch Jakob fixierte, »kommen für ein Protokoll Ihrer Aussage zur Keithstraße, morgen früh um neun.« Sie steckte ihm eine Visitenkarte in die Hemdtasche auf der sich heftig hebenden und senkenden Brust und klopfte darauf.

»Und duschen Sie vorher kalt«, sagte Oskar, der Jakob aus dem Büro schob, »meinetwegen in Ihrem teuren Essig.«

XVI

Hanna half dem Urologen im Pferdetransporter, eine Wunde zu vernähen. Sie fixierte die Wundränder und wartete geduldig, bis er mit der Nadel die zwei Hautlappen durchstoßen hatte. Nach dem dritten Stich hielt er Hanna die Nadel hin. Hanna sah in sein starres Gesicht. Es zerriß ihr das Herz. Sie nahm die Nadel und nähte die Wunde zu.

Beethoven war in eine Schlägerei zweier verfeindeter Gangs geraten. Ein Obdachloser als Prellbock. Aber Beethoven war zäh und künftig würde die linke Wange des Bratschisten eine Narbe schmücken. Hoffentlich eine kleine, sie hatten ihr bestes gegeben, aber seine Wundheilung lag im alkoholischen Koma.

Hanna war Beethoven dankbar, daß er sie so handfest in ihr berufliches Leben zurückstieß. Keine Aufmerksamkeit für den Abgrund, an dessen Rand sie stand. Der Name dieser Frau hämmerte in ihrem Kopf. Blutung stoppen, Wunde desinfizieren, nähen. Stich für Stich für Stich. Konzentriert arbeiten, sonst nichts. Jakob verließ sie. Das ging nicht. Wie kann man sich selbst verlassen? Verschmolzen, verloren, vergangen.

Ihr Name ist Alika.

Heb den Blick. Spring nicht, sinke nicht nieder. Warte. Atme. Zug für Zug. Es wird leichter werden. Irgendwann.

Der Urologe schlurfte zur Tür. Er würde nicht mehr lange arbeiten können, und er wußte es. Ein paar Wochen maximal. Hanna brauchte ihre Approbation zurück, sonst würde der Pferdetransporter in zwei, drei Monaten geschlossen werden. Du wirst gebraucht. Zumindest als Ärztin. Atme dafür, kämpfe.

»Besuch für Dich«, rief die Hebamme.

Hanna klebte Beethoven ein Pflaster auf seine Wange.

»Darf ich jetzt wieder hier übernachten?«, fragte er und grinste Hanna breit an. Sie brauchten einen Zahnarzt im Transporter, wenigstens einmal im Monat.

»Soweit ich weiß, läufst Du noch nicht auf Deiner Wange, oder?«

Beethoven stieg von der Behandlungsliege und musterte den in den Transporter steigenden Atekin.

»Ist das Dein Neuer?«, fragte er.

Murat ging auf Hanna zu und wich zurück.

»Scheint, er hat 'ne feine Nase.« Beethoven beugte sich vor zu Murat. »Nix fürs Wartezimmer.« Er lachte dröhnend.

»Raus mit Dir, Du Großmaul«, sagte die Hebamme und schob Beethoven aus dem Wagen.

»Tut mir leid«, sagte Hanna, »die Umgangsformen meiner Kundschaft sind etwas eingerostet.«

Murat wischte sich die Hände mit einem Taschentuch ab. »Das ist der Alkohol«, sagte er.

»Möchten Sie an die frische Luft?«

Murat schüttelte den Kopf. »Ich könnte das nicht«, sagte er.

»Auch diese Menschen brauchen Hilfe.« Hanna mußte sich immer wieder daran erinnern, daß andere abstieß, was für Sie alltäglich war. »Warum sind Sie gekommen? Gibt es Neuigkeiten?«

»Die Staatsanwaltschaft will einen Deal mit uns machen.«

»Warum denn das auf einmal?«

»Ich habe es ihnen vorgeschlagen.«

Hanna zog die Augenbrauen zusammen.

»Es sieht nicht gut aus für uns«, sagte Murat. »Ich wollte testen, was die andere Seite anzubieten bereit ist.«

Ihr Name ist Alika.

»Sie hätten mich fragen müssen.«

»Ich frage Sie jetzt.«

Hanna schwieg.

»Jemand hat mir anonym Unterlagen zugeschickt«, sagte Murat. »Jede Menge Belege über die Zustände in Ihrem Krankenhaus. Korruption, Medikamentenhandel, Drogenkonsum. Ich konnte noch nicht prüfen, ob sie echt sind.«

»Sehr wahrscheinlich.«

»Das könnte die Verhandlung in unserem Sinn beeinflussen. Aber ich frage mich, warum mir das zugespielt wurde.«

»Ist das wichtig?«

»Es könnte eine Falle sein.«

Hanna musterte ihren Anwalt. »Sie sind sehr vorsichtig.« Murat bügelte ihre Schwächen aus. Zögerte, wog ab, wo Hanna zornig geworden wäre. War langsam, stürmte nicht vor. Zerschlug kein Porzellan. Was nicht hieß, daß sie mit Murat gewinnen würde. Danach sah es nun wirklich nicht aus.

Eine abgebrühte Friedrichstraßenkanzlei wäre dem Feldzug Professor Magahns angemessener gewesen. Aber die hätte ihren das System herausfordernden und aussichtslosen Fall nie übernommen. Außerdem konnte Hanna einen Anwalt mit Dependancen in Paris, London und New York nicht bezahlen. Und gepaßt hätte so jemand sicher nicht zu ihr. Hanna war nicht abgebrüht. Im Gegenteil, sie kochte gern mal hoch.

»Wir haben mächtige Gegner«, sagte Murat, »da ist Vorsicht angebracht.«

Sie sollte zu Alika gehen und sie mit einem Endotrachealtubus erwürgen. Dann würde Jakob den Fall bearbeiten und sie hätte seine ungeteilte Aufmerksamkeit.

Laß das, konzentrier Dich, hier wird gerade Deine Zukunft verhandelt. »Und was ist jetzt mit dem Deal?«

»Ich mußte die mir zugespielten Unterlagen als Beweismittel bei Gericht einreichen. Die Staatsanwaltschaft hat ein Anrecht, alles einzusehen, um eine Gegenstrategie aufzubauen. Ich dachte, das sei ein guter Moment für einen Deal. Kann sein, die wollen nicht, daß wir den Dreck hochspülen.«

Hanna nickte. Das war vernünftig. Zugegeben.

»Andererseits ist es möglich, daß auch diese Unterlagen eine Falle sind. Dann soll der Deal Ihnen den Rest geben.«

»Und was bieten sie an?«

»Eine außergerichtliche Einigung mit Ihrer Berufshaftpflicht. Kein Eigenanteil wegen Fahrlässigkeit, alles wird bezahlt.«

Keine Schulden bis in den Tod. Kein Leben am Existenzminimum.

Sie wurde zornig.

Unterwerfung.

Denk wenigstens darüber nach.

»Und meine Approbation?«

»Wird entzogen für die maximal möglichen fünf Jahre. Danach erneute Prüfung mit offenem Ausgang.«

»Und Hermine?«

»Einstellung des Verfahrens gegen Geldzahlung an die Justizkasse. Die Anklage wird auf schwere Körperverletzung in einem minderschweren Fall reduziert. Kein Vorsatz, keine Heimtücke, keine niederen Beweggründe, keine Habgier. Sie befanden sich im Zustand verminderter Schuldfähigkeit durch eine akute emotionale Belastungssituation. Da käme dann das psychologische Gutachten ins Spiel. Sie müßten sich verpflichten, eine stationäre psychiatrische Therapie zu machen.«

Hanna schwieg. Der Abgrund wurde breiter und tiefer. Er zog.

Spring nicht. Atme. Ihr schwindelte. Kein Vater, die Mutter verschwunden.

Und Jakob.

Alleinstehend. Als hätte sie erst jetzt begriffen, was das bedeutet. Sie lebte auf der Rückseite von zu zweit sein.

Keine Arbeit, Psychiatrie. Es dröhnte in ihrem Kopf.

Verlassen sein.

Wie soll ich kämpfen, wenn ich so verloren bin?

Hanna warf die Nadel-Faden-Kombination, die blutigen Kompressen, die mit Desinfektionsmittel vollgesogenen Tupfer und die Kanüle mit dem Betäubungsmittel in den medizinschen Abfallbeutel.

»Was soll ich denen sagen?«

Langsam schloß Hanna den Beutel. »Was würden Sie tun?«, fragte sie.

Atekin schüttelte den Kopf. »Es ist Ihr Leben.«

Hanna sah auf ihre Hände. Cellohände, die obdachlose Wangen flickten.

»Beraten Sie sich mit Ihrer Familie«, sagte Atekin, »und befragen Sie Ihr Gewissen. Wir haben Zeit, die Gegenseite hat uns eine Woche gegeben.« Er stand auf. »Und vergessen Sie nicht, wenn Sie dieses Angebot ablehnen, werden die richtig die Faust ausfahren. Kann sein, Sie zerquetschen uns.«

Ihre Familie. Haben Sie Kinder? Denken Sie an Ihre Kinder. Was sagt Ihr Mann dazu, was ihr Geliebter? Gemeinsam entscheiden. Zusammen sein, durch's Leben gehen.

Er hat Dich verlassen für Alika.

Es ist Ihr Leben. Ja. Niemandes sonst. Frag Dein Gewissen. Entscheide. Frag nicht Deine Schwestern, frag nicht Grete. Du hast doch immer alles allein entschieden. Und durchgesetzt, gegen jeden Widerstand. Nicht aus Einsamkeit, sondern aus Stolz. War das Hochmut und ist das jetzt der Fall?

Noch hatte sie wenigstens einen Anwalt. Hanna hob den Kopf und sah Murat Atekin an. Diesen jungen Kreuzberger Türken, der einen so weiten Weg zurückgelegt hatte aus Anatolien in die Berliner Anwaltskammer. Und der jetzt vor einer stolzen Gräfin stand, die auch sein Leben zerstören konnte. »Ich brauche keine Zeit«, sagte sie. »Das ist ein schmutziger Deal. Hermine dreht sich im Grab um. Nein, ich habe keine Wahl. Nichts von dem, was ich getan habe, war falsch. Es tut mir leid für Sie.«

Atekin nickte.

»Möchten Sie aussteigen?«, fragte sie. Ihre Stimme zitterte.

Atekin streckte ihr die Hand hin. »Sie sind ein wirkliches Vorbild und es ist mir eine Ehre, für Sie zu kämpfen.«

Noch nie hatte Jakob sich provozieren lassen. Er war der ruhende Mittelpunkt in Oskar Blums Welt. Alles schwankte, flippte aus, drehte sich ins Gegenteil, aber sein Jakob blieb ruhig.

Oskar verlor die Kontrolle, klar. Jeder kleine Pisser regte ihn auf. Da gab es so einen kleinen roten Knopf. Auch noch mitten auf der Stirn, gut sichtbar für jeden, der Ärger suchte. Einmal draufdrücken und Blum schoß hoch wie eine Fontäne.

Aber Jakob?

Gut, da waren die Anfälle. Aber die zählten nicht. Waren eher eine Art Rausch. Zumindest stellte Oskar sich das so vor. Und wenn er bedachte, wie verkatert sein Freund hinterher für Tage war, konnte er so falsch nicht liegen. Aber das mit dem Russen war kein Rausch, wirklich nicht. Und trotzdem hatte Jakob fast die Kontrolle verloren.

Oskar machte sich mal wieder Sorgen. Irgendetwas lief da schief. Er hatte den stocksteifen Jakob in seinen alten Citroën gequetscht, am Charlottenburger Schloß wieder rausgezerrt und auf die nächste Parkbank gedrückt. Gegend half bei dem immer.

»Sag mir, was los ist«, verlangte er.

Jakob schwieg.

»Hallo, hier spricht Dein Ossi. Was war das eben mit dem Iwanow?«

»Das ist ein eiskaltes Arschloch.«

»Und? Kommt er zu den anderen Arschlöchern. Ist ’ne weitverzweigte Familie.«

»Du verstehst mich nicht.«

»Dann erklär’s mir endlich. Was ist in letzter Zeit los mit Dir?«

»Da ist nichts, verstehst Du. Kein Gefühl.«

»Na komm, das ist doch nicht das erste Mal. Denk an den Physiker aus Schlachtensee. Was für ein sadistisches Schwein der ist, und wie er Frauen gequält hat.«

»Der hatte Gefühl, wenn auch nur böses.«

»Aha.«

Jakob stand auf und ging mit großen Schritten in den Park. Oskar lief hinterher.

»Es fühlt sich anders an.« Jakob blieb stehen und sah seinen Freund an. »Ich kann keinen Kontakt zu ihm aufnehmen. Das ist mir noch nie passiert.«

»Dann läßt Du es halt. Mußt Dich ja nicht um jeden kümmern.«

Jakob schwieg.

»Was? Rede mit mir.«

»Alika.«

»Hast Du doch was mit ihr angefangen? Wehe.«

Jakob schüttelte den Kopf.

»Gottseidank. Das würde Hanna Dir nie verzeihen.«

Jakob schwieg.

»Was ist?«

»Es kann gut sein, daß Iwanow Guram eingesperrt hat, und daß er ihn hat sterben lassen. Ich weiß es nicht, weil ich ihn nicht fühlen kann, aber es kann gut sein.«

»Und warum hätte er das tun sollen?«

»Weil er Alika nicht brechen und seinen Sohn nicht besitzen kann.«

»Rache?«

»Nein, kein Gefühl. Nicht mal Haß und Rachegelüste.«

»Sondern?«

»Er macht es einfach, weil es geht.«

»Dann werden wir es ihm nachweisen.«

Jakob schüttelte den Kopf. »Er handelt anders als wir alle. Kalkuliert wie eine Maschine. Und er macht keine Fehler. Wir müßten ihn erschüttern. Im Kern. Aber ich weiß nicht, wie.«

»Und das regt Dich so auf.«

»Der nächste Schritt wird sein, Alika zu zerstören.«

»Du übertreibst.«

»Er denkt, ich habe etwas mit ihr.«

»Verständlich. Noch dazu bei Deiner Ausstrahlung. Überall Mitgefühl und Tiefenentspannung. Also normalerweise.«

»Der fühlt auch keine Ausstrahlung. Aber wie er auf mich reagiert hat, heißt, er läßt Alika überwachen. Er weiß, daß sie in der Nacht bei mir war.«

»Sie war was?«

»Wir sind spazierengegangen.«

»Nachts? Du machst mich fertig.«

»Sie wollte meine Hilfe, sonst nichts.«

»Ja klar.«

»Sie hat Angst um Levi. Iwanow versucht, ihn entführen zu lassen.«

»Dann braucht sie Polizeischutz.«

»Das würde ihn nicht hindern. Nein, ich habe Levi in Sicherheit gebracht.«

»Du hast was?« Oskar zog pfeifend Luft in die Lungen. »Kein Wunder, daß er Dich als Feind sieht. Du verbringst die Nacht mit seiner Frau und hast seinen einzigen Sohn vor ihm versteckt. Verdammte Scheiße, Jakob, Du bist es, der den Polizeischutz braucht.«

»Vergiß es.«

Oskar schüttelte den Kopf. »Daß Du aber auch immer alles übertreibst. Ich hätte es wissen müssen. Hätte ich Dich bloß nicht aus Deinem Keller geholt. Die schöne Alika, zum Teufel, das war wirklich vorherzusehen.«

Jakob sah seinem Freund in die Augen. »Es ist nicht Deine Schuld. Es lief alles darauf zu. Es ist mein Schicksal. Tilla, Guram, Alika und daß ich jetzt vielleicht Hanna verliere.«

»Wieso Hanna?«

»Deine Nachricht auf dem Anrufbeantworter. Sie stand daneben.«

Oskar schlug sich vor die Stirn. »Ich Hornochse. Aber das war doch nur Spaß. Ich rede mit ihr. Laß mich das in Ordnung bringen.«

»Sie hat ja recht. Alika ist mir sehr nah.«

»Ist das wieder so ein Ich-Welt-Grenzen-Ding?«

»Vielleicht.« Jakobs Blick verschwand. Oskar wartete geduldig. »Nein«, sagte Jakob schließlich zögernd. »Es ist, als ob ich sie kenne. Und ich muß das alles für sie tun. Den Mörder ihres Vaters finden. Die Gruft. Und ihren Sohn beschützen.«

»Und Hanna?«

Jakob schwieg.

»Mensch Alter, bin ich froh, daß nur einer von uns beiden so ein Frauenversteher ist.« Oskar tätschelte ihm die Schulter. »Jetzt wird die Berliner Kripo fein dafür sorgen, daß der Eisblock Iwanow für den Rest seines Lebens ins Tiefkühlfach Tegel kommt. Und dann sortieren wir zusammen Deine Weiber bei einem gepflegten Bier, was hältst Du davon?«

Jakob lachte. »Was würde ich nur ohne Dich machen?«

»Ständig den Faden verlieren, Du alter Träumer, was sonst.«

Levi fütterte die Hühner. Sein neuer Freund hatte nicht zu viel versprochen. In dem Hausflur telefonierte Wladi lange auf Russisch. Er sprach ernst und sah doch immer wieder mit lachenden Augen zu seinem Schützling. Verstrubbelte ihm das Haar, zupfte an seiner Schulter.

Levi war müde geworden unter dem für ihn unverständlichen Sprachstrom und schlief an seiner Seite ein. Er wurde schließlich hochgehoben, in einen Wagen gelegt, der neu roch. Sie fuhren durch die Stadt, Levi mit dem Kopf auf Wladis Schoß, abgedeckt mit seiner schweren Lederjacke. Er roch das Leder, Rasierwasser und kalten Rauch. Wenn Wladi sprach, vibrierte sein Bauch, Levi fühlte sich wohl, sein neuer Freund war stark und er war Russe. Endlich ein guter Russe, und trotzdem kein Opfer. Er würde Alika von ihm erzählen.

Mama war gar nicht wütend auf ihn gewesen, hatte geweint am Telefon. Aber Wladi brachte sie wieder zum Lachen. Verfiel dann ins Russische, nicht bestimmt für Levis Ohren war, was sie zu besprechen hatten.

Es war dunkel, als sie endlich ankamen. In dem Haus war kein Licht. Sie fuhren in eine Garage, Wladi trug ihn durch einen Keller, Levi war so müde.

Wladi legte ihn in ein Bett, küßte ihn auf die Stirn und verschwand. Eine Frau saß bei Levi am Bett, bis er fest einschlief.

Sie redete in einer Sprache, die fast wie Russisch klang. Levi war zu müde, sie zu fragen. Er wollte ihr zuhören, wollte ihr breites Gesicht ansehen, aber ihm fielen immer wieder die Augen zu.

Am nächsten Tag kroch er aus seinem Bett und begegnete ihr auf dem Weg zum Bad. Sie nahm ihn gleich in den Arm und redete ununterbrochen. Er sagte, er suche das Klo und verstünde kein Russisch. Sie lachte, zeigte ihm den Weg und ging zur Küche.

Irina war Ukrainerin und Levi hatte noch nie so gut gefrühstückt. Sie buk Eierkuchen für ihn, gab ihm Ahornsirup, kochte ihm Kakao und fütterte ihn mit gerösteten Zedernüssen. Levi war schlecht, aber er konnte nicht aufhören. Irina kam aus Kiew und berlinerte ganz wunderbar. Nach den Zedernüssen verliebte Levi sich zum ersten Mal in seinem Leben. Irina hatte einen Busen, der ihr aus dem Ausschnitt quoll, trug Slipper mit rosafarbenen Bommeln, eine glänzende blaue Hose mit Adidasstreifen, hatte eine widerspenstige blondierte Mähne, himmelblaue Augen und war eine Ex von Wladi. Was natürlich noch mehr als die Nüsse für sie sprach.

Zu ihr gehörte ihr Mann Dimitrij Panichenko, der sein Geld in der Heimat mit dem Landmaschinenhandel gemacht hatte und kein Wort sprach. Wenn er nach Hause kam, nickte er Levi nur knapp zu. Wahrscheinlich machte man das unter ukrainischen Männern so. Levi nickte zurück und beschloß, Dimitrij sei kein Konkurrent um die Liebe Irinas.

Ihr Haus, gelegen in einem Lichtenrader Industriegebiet, war verschachtelt und riesig. Ein ausufernder Flachbau voller Innenhöfe und Nischen, vollständig unterkellert und von einer zwei Meter fünfzig hohen Mauer umgeben. Der Garten zwischen Mauer und Haus war klein, aber groß genug für Rhabarber, ein Beerenbeet, Knoblauch und später im Jahr Kartoffeln, Mais und jede Menge Kohl.

Im Keller gab es mit Einweckgläsern gefüllte Regale, mehrere Gefriertruhen bargen Fleisch und Eintöpfe, Gemüse und Obst.

Irina war für den dritten Weltkrieg ausgerüstet und stopfte Levi ununterbrochen mit Köstlichkeiten voll.

In winzigen Innenhöfen wurde gegrillt, hing Wäsche zum Trocknen auf bunten Leinen, es gab Kaninchenställe, einen Sporthof mit Fitnessgeräten, einen großen Maschinenhof, in dem Dimitrij an Rasenmähern, Vertikutierern und Hochdruckreinigern schraubte, die Kettensäge ölte und sich vor der endlos plappernden Irina in Sicherheit brachte. Und in einem weiteren Innenhof waren die Hühner. Sie hatten eine Stelle zum Scharren, eine kleine Wiese, ihren Stall zum Eierlegen, und Levi durfte sie füttern.

Irina und Dimitrij hatten ihre Ukraineversion nach Lichtenrade verlegt, eine Mauer darum errichtet und lebten in ihrer eigenen importierten Welt, zu der Gastfreundschaft gehörte wie eigene Hühner. Und dann hatte Wladi sie gefragt, ob sie ein Kind vor seinem Vater retten und sich mit Iwanow anlegen wollten.

Sie hatten nicht einmal nachgedacht. Irina hatte ein Bett für Levi bezogen, Dimitrij Krimsekt aus dem Keller geholt und Wladi und er hatten sich betrunken, um die Angst, die ihren Mut begleitete, im Zaum zu halten.

Sie liebten Levi vom ersten Tag an. Irina bemutterte ihn, Dimitrij ließ ihn an den Vertikutierer, sägte mit ihm zusammen das Brennholz für den nächsten Winter. Und sie ließen ihn Hühner füttern und Eier suchen.

Er stellte sich geschickt an. Lockte die Hühner zu sich, gurrte und krähte mit ihnen, dankte für jedes Ei, barg es vorsichtig im Korb und brachte es stolz zu Irina.

Auch am siebten Tag seines Aufenthaltes war er bei den Hühnern. Er hatte ein braunes Ei gefunden. Das war selten. Außerdem war es so groß, daß es wohl ein Zwillingsei war. Zwei Eigelb in einer Schale. Das brachte Glück, hatte Irina gesagt. Bei ihr zu Hause in der Ukraine wurde ein solches Ei in der Pfanne gebraten und man gab es den Eheleuten, die es gemeinsam aßen, damit die Ehe noch lange hielt.

Das Zwillingsei lag in der hintersten Ecke des Hühnerstalls. Levi mußte ganz hinein. Vorsichtig, um seine Hose nicht schmutzig zu machen, kroch er voran.

Sicher hatte Suse das Ei gelegt. Das war das schönste Huhn von allen. Er hatte es so genannt nach einer Mitschülerin aus der Parallelklasse, die er sehr gemocht hatte. Nicht so wie Irina, aber immerhin.

Levi war hochkonzentriert, deshalb überhörte er die Unruhe im Haus. Das Poltern der Möbel, das Schlagen der Türen.

Er streckte vorsichtig die Hand nach dem Zwillingsei aus. Für das Glück von Dimitrij und Irina. Seine Zunge kam hervor.

Im Haus schrie Irina.

Er schob das Heu von dem Ei und legte die Hand darüber.

Dimitrij brüllte. Etwas stürzte um.

Das Ei war noch ganz warm.

Glas klirrte.

Levi hob das Ei hoch und legte es an seine Wange. Wenn er es drinließ, konnte Suse es ausbrüten. Aber Irina wollte das nicht. Sie hatten genug Hühner. Erst mußten sie schlachten, dann durften die anderen brüten. Aber Levi wollte nicht, daß eins der Hühner starb. Sie sollten alt werden. Dann war das Sterben okay. Dimitrij hatte gebrummt, das gäbe aber viele Suppenhühner.

Er hörte die Schüsse nicht. Die Stille danach.

Levi robbte, das Zwillingsei vorsichtig haltend, rückwärts aus dem Hühnerstall. Er konnte die erste Stufe der Leiter mit den Fußspitzen spüren, als die Hoftür aufgestoßen wurde. Die Hühner stoben auseinander. Ein Huhn kreischte, Männer brüllten. Levi zog die Füße wieder in den Stall. Sein Herz schlug wild. Hühner flatterten, Männer fluchten auf Russisch. Ein Schuß fiel, Stille. Wieder die Hühner. Noch ein Schuß. Levi ließ das Ei fallen, es zerplatzte, zwei Eigelb liefen an seiner Hose hinab. Noch ein Schuß, noch einer. Levi kauerte sich zusammen. Zitternd hielt er sich die Ohren zu. Aber es war still. Keine Hühner mehr. Schritte auf der Hühnerleiter. Da krähte der Hahn. Wieder ein

Fluchen. Ein Kopf füllte den Eingang zum Hühnerstall aus. Draußen der Hahn, Gepolter. Suse, dachte Levi, und preßte die Lider aufeinander. Eine Hand griff nach ihm, glitschte ab an dem Eigelb. Levi schrie. Der Mann fluchte und zerrte an ihm. Levi schrie weiter. Da schlug er ihm ins Gesicht. Levi weinte. Der Mann griff ihn an den Unterarmen und zog ihn aus dem Hühnerstall. Levi wollte nichts sehen. Er preßte weiter die Lider zusammen. Suse. Er weinte. Kein Hahn mehr. Der Mann warf ihn über die Schulter. Brutal hielt er Levi fest. Fluchte dabei, spuckte aus. Levi weinte still.

XVII

»Es gibt Visagen, die habe ich über.« Chefarzt Professor Dr. Magahn betrachtete die betäubt auf dem OP-Tisch liegende Patientin. »Die hat mit ihren Blutungen ’ne Dauerkarte bei mir. Oberschwester, decken Sie das Gesicht zu.«

Er sah hoch zu zwei schwarzen Schlitzaugen zwischen OP-Maske und Haube. »Ach Du Scheiße«, sagte er, »was ist das denn?«

»Unsere Neue«, sagte der assistierende Oberarzt. »Von den Philippinen.«

Der Chefarzt nahm seufzend die Kürette und schabte die Gebärmutter der Patientin aus. »Und was spricht die?«

»Do you speak english?«, fragte der Oberarzt.

Die Philippina senkte höflich den Kopf.

»Sieht nicht so aus«, sagte der Anästhesist.

»Hauptsache, sie steht auf dem Protokoll«, sagte der schabende Chefarzt. »Mußte neulich ohne operieren. Sieht nicht gut aus. Laßt mal einen der Deppen klagen und wir hatten keine Schwester.« Er zog die Kürette aus dem Uterus. »Das ist jetzt das vierte Mal«, sagte er. »Deren Myome wachsen schneller nach, als ich kratzen kann.« Er warf die blutige Kürette in hohem Bogen in den Mülleimer. »Das kotzt mich an«, rief er.

Der Oberarzt zuckte zusammen, der Anästhesist zog den Kopf zwischen die Schultern.

»Und dann diese Visage. Nix als Botox. Was das alles kostet.« Er hob das OP-Hemd hoch. »Dachte ich mir doch. Die Titten sind auch neu.« Er hob die Brüste an. »Guck an, die kleine Meurernaht. Der wird auch immer eitler. Demnächst brennt er den Kleinmachnower Gattinnen noch eine Signatur in die Brustwarzen.« Er beugte sich über den Oberschenkel. »Zellulite. Da sind mindestens noch mal fünf Mille drin. Pro Seite. Und was mache ich? Vier Ausschabungen, weil die Alte sich einfach nicht von ihrem Uterus trennen kann. Als Pauschale bringt das so gut wie nix.«

»Immerhin ist das eine Privatpatientin mit Chefarztbehandlung«, fragte der Oberarzt.

»Richtig«, sagte der Chefarzt. Er griff das Skalpell und ließ es über dem Bauch schweben. »Wir nehmen den Uterus raus, das kostet ein Mal und dann hat es ein Ende.« Er schnitt die Haut oberhalb des Schambeins auf. Epidermis, Fettgewebe, Muskelgewebe, Faszien.

»Und wenn ich schon mal dabei bin«, er sah in das Gesicht der Frau, »nehmen wir die Eierstöcke gleich mit.«

Er deutete mit dem blutigen Skalpell auf die OP-Schwester und auf eine Nierenschale. Sie hielt sie ihm hin. Zack, der Uterus landete im Edelstahl.

Der Oberarzt und der Anästhesist sahen sich an.

»Notfall«, sagte der Chefarzt.

Zack, der linke Eierstock landete beim Uterus.

»Begleitbefund Ovarialkarzinom. Schöne Komorbidität. Kostet gleich das Dreifache.«

Zack, der rechte.

»Beidseitig.«

»Stadium T2, Ausbreitung auf die Eileiter, Metastasen im Uterus. Die Gewebeproben gehen an den Histologieladen von Schuster, der soll uns den passenden Befund liefern. Erinnern Sie ihn dran, daß ich bei ihm noch was gut habe.« Er sah seinen Oberarzt an. »Wie viel Privatpatientengeld bringt uns das?«

»Das müßte ich jetzt erst ...«

»Sollen wir die Harnblase auch gleich entfernen? Schöne Neoblase aus ihrem Dünndarmgewebe stattdessen reinfummeln? Gibt richtig Kohle.« Er schnalzte mit der Zunge. »Aber das dauert zu lange. Müssen wir uns für die nächste aufheben, ich habe nachher noch eine Verabredung. Schade.« Er schüttelte den Kopf und ließ sein Skalpell auf den Boden fallen, es klirrte. Er tätschelte die Patientin mit seinen blutigen Handschuhen. »Das war's, meine Liebe. Keine Mens mehr, kein Streß. Kannst in Ruhe alt und schrumpelig werden. Und grüß mir bei den Oberschenkeln Meurer.« Er riß sich die Handschuhe von den Händen. »Zunähen«, sagte er.

Jakob saß in der letzten Reihe. Er war sich nicht sicher, ob es Hanna recht war, daß er zu ihrer Verhandlung kam. Aber wenn er schon ihre Mutter nicht fand, sollte er ihr wenigstens beistehen. Sie hatten sich in Jakobs Flur gegenüber gestanden. Wer ist Alika? Zum ersten Mal wagte er nicht, sie zu berühren. Ein Windhauch, und sie wäre auseinandergestoben.

Dabei machte Jakob nur seine Arbeit. Guram Geladses Leiche war gefunden worden und die Mordkommission ermittelte. Nichts alltäglicher als das. Jakob suchte Mörder, befragte Angehörige. Und Hanna wußte, daß er dabei den Beteiligten nah trat. Sehr nah. Sie wurden Teil von ihm.

Es brach ihm fast das Herz, wie sehr Alika unter der Todesnachricht des Vaters litt. Sie war sein Mädchen, sein Geschöpf gewesen, der Vater ihr Fels in der Lebensbrandung. Von gleichem Fleisch und Blut. Zwei gemeinsam schwingende Seelen, verbunden seit ihrer schweren Geburt, verbunden seit ihrem Tod im Eis und dem vom Vater geschenkten zweiten Leben. Und Jakob mußte sie halten, trösten, bergen, wer sonst hätte die allumfassende Trauer dieser Frau ertragen?

Zugleich hatte er ja versucht, Tilla für Hanna zu finden. Hatte den Liebesdienst seinem Beruf vorgezogen. Vielleicht war Guram tot, weil Jakob ihn nicht gefunden hatte, sondern die seit über zwanzig Jahren verschwundene Mutter seiner Geliebten suchte. Vielleicht hatte er seine Pflicht versäumt, sich schuldig gemacht am Schicksal des alten Mannes. Und an seiner Tochter.

Alika. Sie hatte den Namen gehört und Jakobs Reaktion auf ihre Frage erlebt. Wie erklärte er, was diese Frau für ihn war?

Er stand vor ihr, war noch Tilla auf der Flucht, hing im Straßengraben über dem toten Bündel Bruder. War auch in der Gruft, in der Alikas Vater den Tod gefunden hatte. Atmete schwer mit seiner Lunge, mit seinem alten, kranken Herzen. Und er war der ostpreußische Himmel, flog auf Toscha über das weite Land, stürzte mit ihr in den Fluß. War der Kaukasus und Alika. Er war sie alle und kaum er selbst.

Er versuchte, es für Hanna in Worte zu fassen. Alika, begann er, und schlug schon mit ihrem ausgesprochenen Namen Hanna ins Gesicht. Aber sie wollte mehr hören. Ihre Augen forderten es. Es ist ein Fall, sagte er, und beschrieb ihr Atelier, ihre Bilder.

Und Hanna, seine große, starke Hanna, wich zurück an die Wand. Jakob streckte die Hand aus, und sie sank auf den Boden. Hockte dort, zusammengekauert in einem Straßengraben. Verloren, verlassen. Jakob legte seinen Mantel über sie, ohne sie zu berühren. Saß vor ihr und sah sie weinen.

Sie war gegangen und hatte sich nicht mehr bei ihm gemeldet. Kein Anruf, nicht mal eine dürre SMS. Und jetzt saß Jakob im Gerichtssaal und fürchtete ihren Blick.

Aber sie schien ihn gar nicht zu bemerken. Stattdessen tauschte sie Blicke mit Gregor aus, dem von Grete entsandten Hauswart. Er, der Spion, saß in der ersten Reihe, saß, wo Jakob hätte sitzen sollen. Jakob sah Gregors breite Schultern und fühlte sich, als hätte er Hanna tatsächlich verlassen.

»Würden Sie sagen, Hermine Neuhaus war in einem guten Zustand, als sie in ihr Heim kam?«, fragte Staatsanwalt Schmiedel.

»Na ja, richtig gut natürlich nicht, sonst wäre sie ja nicht zu uns gekommen«, sagte die Pflegedienstleiterin jenes Heimes, in das Hermine Neuhaus nach der Notoperation im Krankenhaus in tiefer Bewußtlosigkeit und im Widerspruch zu ihren Wünschen auf einer Patientenverfügung eingeliefert worden war.

»Und verglichen mit anderen Neuaufnahmen?«

»Es gibt zwei Gruppen. Die einen kommen von zuhause. Dehydriert und mangelernährt. Die kochen ja nicht mehr. Obst und Gemüse sind auch passé. Zu viel Arbeit, zu hart für die Prothese, meist schaffen sie es mit dem Zeug auch nicht mehr vom Supermarkt in die Wohnung. Also gibt es Weiches aus der Tüte oder dem Glas. Schlesische Gurkenhappen, Pudding. Macht den alten Magen satt. Aber null Vitamine, keene Mineralien.«

»Und Frau Neuhaus?«

»Kam aus dem Krankenhaus. Das sieht schon anders aus. Da haben Profis die Hand drauf.«

»Mit Magensonden?«

»Sondennahrung ist perfekt ausgewogen. Physiologische Nährlösung. Eigentlich wie Babybrei. Ich sage immer, laßt die Profis an die Ernährung. Selbst kochen ist was fürs Mittelalter. Davor und danach sollte man der Medizin vertrauen.«

»Trotzdem hat Frau Neuhaus nicht mehr lange gelebt.«

Die PDL verschränkte die Arme vor der Brust. »An uns lag das nicht.« Sie war kompakt gebaut, hatte praktisch kurzes Haar und saß mit abfälligem Blick auf der Zeugenbank, als sei die ganze Veranstaltung unter ihrer Würde und hielte sie von weitaus wichtigeren Dingen ab. Jakob fragte sich, was das sein könnte und was diese Frau antrieb.

»Aber sagten Sie nicht, sie kam in einem perfekten Zustand?«

»Nee, sagte ich nicht.« Sie schüttelte unwirsch den Kopf. »Erst mal hatte sie eine frische Bauch-OP. Jede Menge Blutverlust. Dann die Gewaltaktion von der da.« Sie wies mit dem Kinn auf Hanna. »Wir haben getan, was wir können, aber der Personalschlüssel gibt nicht mehr her.«

»Wollen Sie damit sagen, daß Frau Neuhaus länger hätte leben können, wenn Frau Dr. von Bredow sie nicht attackiert hätte?«

»Na logisch. So'n oller Körper verkraftet Operationen nur noch schwer, aber was die da mit ihr gemacht hat, war entschieden zu viel. Mordversuch ist schon richtig.«

Mord. Jakob schüttelte den Kopf. Einen Menschen vorsätzlich ins Jenseits befördern. Er glaubte nicht, daß die Pflegedienstleiterin wußte, wovon sie redete.

Hannas Herz bot Raum für kleinste Käferchen, sie rettete jeden Grashalm vor dem Rasenmäher. Er sah sie an. Nie war sie ihm so zerbrechlich erschienen. Verraucht der Zorn, blaß die Haut, schmal das Gesicht. Hanna selbst, die Helferin so vieler Wesen, hätte einen Retter gebraucht, vor dem sie attackierenden Rasenmäher Medizinsystem. Jakob hätte sie bergen, behüten müssen, stattdessen zog er ihr mit Alika und dem gottverfluchten Kauskasus den Boden unter den Füßen weg.

Staatsanwalt Schmiedel stand auf. »Und wie ging es Frau Neuhaus, nachdem sie sich eingelebt hatte?«

»Prima ging es der«, sagte die PDL, immer noch mit verschränkten Armen. »Ein feines Zimmer, gute Betreuung, was will man mehr.«

Schmiedel näherte sich langsam der Anklagebank. »Und so hätte es noch lange weitergehen können?«

»Aber sicher. Wir haben Patienten, die Jahre im Koma zurechtkommen. Ist ja auch praktisch: alle Parameter werden regelmäßig überprüft. Vollkasko sozusagen. Wenn da was aus dem Ruder läuft, sind wir sofort da.«

»Aber sie starb ja dann.« Der Staatsanwalt ignorierte Atekin und sah Hanna an. »Plötzlich und unerwartet?«

»Vollkommen«, sagte die PDL. »Sie muß durch den Mordversuch so stark geschwächt gewesen sein, daß ihr Herz versagte.«

»Danke«, sagte der Staatsanwalt und ging, mit einem Seitenblick in Richtung Jakob, zurück zu seinem Tisch. Jakob war dem jungen Mann bisher nicht begegnet. Vielleicht hatte doch Samuel Herzl ihn instruiert und auf Jakob eingestimmt. Vielleicht wurde Jakob aber auch immer noch als anekdotenreicher Höhepunkt in Initiationsgesprächen für Neuankömmlinge verwendet. Als geistersehender, sich epileptisch auf dem Boden eines Lehrerzimmers windender Kripokommissar. Kiek ma', was da uff Dich zukommt. So Irre gibt's nur bei uns.

»Die Verteidigung?«, fragte die Richterin.

»Ergab die Obduktion nicht eine Lungenentzündung?« Atekin blätterte in den Unterlagen. »Beide Flügel waren betroffen, der rechte hatte schon nekrotisierte Areale.«

»Pneumonien sind Alltag in Pflegeeinrichtungen. Das reglose Liegen, da kann man drauf warten.«

»Bekam sie Medikamente?«

»Was für eine Frage.« Der Staatsanwalt lachte.

»Selbstverständlich«, sagte die PDL.

»Wurde die Lunge abgesaugt?«, fragte Atekin.

»Dazu war sie zu schwach.«

»Schritt denn die Entzündung fort?«

»Das kann ich nicht beurteilen, ich bin keine Ärztin.«

»Und der junge Herr Verteidiger will die Zeugin ja nicht zu Spekulationen verleiten«, sagte der Staatsanwalt.

»Aber Sie können beurteilen, daß Frau Neuhaus an den Folgen von Frau Dr. von Bredows Behandlung starb?«, fragte Atekin.

»Behandlung?« PDL und Staatsanwalt lachten.

»Können Sie?«

»Sicher kann ich. Das sind Erfahrungswerte. Wird Ihnen später auch so gehen, wenn Sie welche haben. Was meinen Sie, wie viele multimorbide Patienten ich in meinem Berufsleben schon habe sterben sehen. Türken waren übrigens auch dabei.«

»Viele nehme ich an.«

»Sehr viele. Ich erkenne, wenn jemand noch Jahre hat.«

»Laut Statistik leiten Sie das Pflegeheim mit der geringsten Verweildauer. Haben Sie dafür eine Erklärung?«

»Wir bekommen eben die aussichtslosesten Fälle.«

»So wie Frau Neuhaus?«

»Das habe ich nicht gesagt.«

»Aber die Verweildauer von Frau Neuhaus liegt schon im langjährigen Mittel Ihres Heims?«

»Das ist doch nicht die Frage. Sie hätte noch jahrelang …«

Atekin wandte sich an Richterin Lindemann. »Auch diese Zeugin möchte die Verteidigung eventuell erneut befragen.«

»Die Schleifspuren sind postmortal«, sagte der Leiter der Rechtsmedizin der Charité Professor Dr. med. Bernd Cumloosen.

»Also beim Abtransport der Leiche entstanden? Dann ist Fundort nicht gleich Tatort«, sagte Oskar.

Cumloosen sah ihn an. »Nehmen Sie sich ein Beispiel an Ihrer Kollegin Wehland oder am glücklicherweise wieder am Tisch stehenden Kollegen Hagedorn.« Cumloosen deutete in Richtung Jakob eine Verbeugung an. »Die warten, bis ich so weit bin.«

Oskar verdrehte die Augen. »Ist ja gut.«

Cumloosen war sichtbar froh, daß Jakob zurück war. Zwei Beamte mit Hang zum Überirdischen. Der Rechtsmediziner hatte dem Kriminaler so heftig die Hand geschüttelt, daß Oskar sich Sorgen um Jakobs Gesundheit machte.

Mit Jakobs Geisternummer hatte Oskar sich eingerichtet, und manchmal half sie ihnen ja auch. Wenn er da nur an das Weihnachtsomalametta dachte. Und abgesehen von den Geistern war Jakob öffentlichkeitstauglich. Meistens zumindest. Wenn nicht gerade eine Frau in der Nähe war.

Cumloosen dagegen war in Oskars Augen schon lange in einem Paralleluniversum unterwegs. Der redete nachts mit seinen Toten. 'tschuldige, ick muß Dir ma' umdrehen. Tut mir leid, wird jetzt ein bißchen wehtun. Herrje. Mußte man sich neuerdings schon bei Leichen entschuldigen?

Tote Ökos, da würde das natürlich passen. Denen traute Oskar sogar im Jenseits noch alles Überempfindliche zu. Ein Leben in Intoleranz, sei es gegen Lactose oder andere Lebensformen. Und danach 'ne Sonderbehandlung von der Götterwelt.

Das war Oskar alles zu therapeutisch. Berlin war schließlich keine offene Einrichtung. Noch. Auch deshalb hoffte Oskar, Jakob würde nicht zu Cumloosen aufschließen und schön auf seinem Geisterteppich bleiben. Aber schließlich schnibbelte er ja auch nicht an Leichen. Die landeten immer noch in Cumloosens Schlachthaus.

Der Rechtsmediziner hatte sie lange auf Gurams Obduktion warten lassen. Drei ermordete Mitglieder einer Rockergang hatten mit ihren massigen Körpern seine Tische blockiert. Sicher hatten die Kollegen von der Organisierten Kriminalität die Reihenfolge der Schläge, Tritte und Messerstiche gebraucht, aber daß Cumloosen jetzt nicht wenigstens ohne Umwege zur Todesursache kam, ging Oskar auf die Nerven.

»Wissen Sie, wo Guram Geladse gefunden wurde?«, fragte der Rechtsmediziner.

»Im Wald, wieso?«

»Kaukasischer Riesenbärenklau, sagt Ihnen das was?«

»Das ist doch das Monsterkraut, das hier nicht hergehört, sich so irre vermehrt und alles andere platt macht«, sagte Oskar. »Und verbrennt man sich nicht, wenn man es anfaßt?«

Cumloosen nickte. »Ein aggressiver Neophyt.«

»Mein Papa hat einen Schrebergarten«, sagte Oskar in Richtung Tanja.

»Wir haben Sporen davon an seinem Rücken gefunden. Und wenn Sie sich die Photos des Auffindortes ansehen …«

Cumloosen hielt Oskar eines hin.

»Kaukasus«, sagte Oskar, »Außenstelle Düppel. Konnte sich der Berufsgeorgier im Tod noch mal richtig zuhause fühlen.«

»Und die Schleifspuren?«, fragte Tanja.

»Sind Stunden nach Eintritt des Todes entstanden. Da lag die Leiche schon lange in Düppel und konnte Totenflecken ausbilden.« Cumloosen wühlte in einer Kiste mit Unterlagen. »Ich habe schöne Photos gemacht. Der Tod ist ein Künstler.«

Oskar verdrehte die Augen. Bloß nicht auch noch Bilder angucken. Mein Urlaub, mein Auto, meine Kinder, meine Totenflecke.

»Haben Wildschweine ihn beim Nachtmahl aus dem Weg geschoben?«, fragte er.

Cumloosen ließ ab von seiner Photokiste. »Wie wäre es mit ihren Kollegen von der Streife? Am Waldrand verläuft die Berliner Landesgrenze.«

»Och nö.«

Tanja lachte.

»Haben Sie etwas gefunden, das auf einen Aufenthaltsort im Keller hinweist?«, fragte Jakob plötzlich. Er konnte also noch reden, dachte Oskar, richtig diesseitig, immerhin.

»Glauben Sie, man hat ihn wie Sie in ein Sterbezimmer zwangsversetzt?« Cumloosen sah in Jakobs Gesicht. »Scheint, Sie haben Ihre Zeit dort gesundheitlich noch nicht verwunden.«

Oskar musterte seinen Freund. Cumloosen hatte recht, er sah immer noch graugrün aus. Oskar hatte Jakob von Levans Entführung erzählt und daß dabei Irina und Dimitrij Panichenko, seine Gasteltern im Versteck, schwer verletzt worden waren.

In Kurzform: die Berliner Kripo und Jakob, der Geisterseher, hatten einen Zehnjährigen nicht vor seinem brutalen Vater beschützen können. Eine Niederlage mit Ansage. Und Iwanow hatte natürlich ein bildschönes Alibi. Er war während der Entführung bei seinem Notar gewesen, es gab fünf untadelige Zeugen. Jurij Iwanow saß in seiner Im- und Exportfirma, hatte irgendwo Levi versteckt, und sie konnten ihm nichts anhaben.

Alika flippte völlig aus, als sie von Levis Entführung erfuhr. Oskar schlug vor, zu ihrer Beruhigung Jakob zu holen, aber sie schrie nur, von ihm nichts wissen zu wollen. Jakob hätte ihren Vater sterben lassen und nicht verhindert, daß ihr Sohn jetzt wehrlos in den Fängen Iwanows war.

Nun ja, Jakob sah zwar Geister, aber der Allmächtige war er nun auch nicht. Die heißblütige Frau suchte einen Schuldigen für ihre verzweifelt hilflose Lage. Oskar versuchte gar nicht erst, ihr mit Argumenten zu kommen. Abkühlen lassen, war seine Devise. Nicht mal Alika Geladse hielt einen Ausnahmezustand unendlich aus. Gut, daß solche Frauen nicht auf ihn standen. Was für ein Drama. »Unser Geisterseher meint, Geladse war in einer Gruft.«

Cumloosen lachte Jakob an. »Wirklich schön, daß Sie wieder zurück sind, Hagedorn.«

»Wie wäre es, bevor wir zum gemütlichen Teil übergehen, erst einmal mit der Todesursache?«, fragte er. »Nur so für Geistersehers Fußvolk.«

»Er erlitt einen schweren Herzinfarkt.« Cumloosen ging zum Kühlschrank und entnahm ihm ein großes Gefäß aus Edelstahl. »Wirklich ein Riesending. Schauen Sie mal, die Nekrose hat fast ein Viertel des … «

Oskar fuhr zurück. »Cumloosen!«

Der ließ das Herz enttäuscht sinken. »Jetzt habe ich schon mal so reichlich Publikum.«

Tanja beugte sich über die Wanne und inspizierte Guram Geladses Herz. »Kann er das überlebt haben?«

»Er hat. Sehen Sie mal hier. Die Herzkranzgefäße. Es hat sich ein Umgehungskreislauf gebildet.« Cumloosen strahlte. »Ist das nicht faszinierend?«

»Total«, sagte Oskar.

»Das Herz will überleben«, sagte Tanja.

»Wie wir alle«, sagte Oskar, »besonders diesen Vortrag.«

»Und wie lange kann er das überlebt haben?«, fragte Jakob.

»So einen natürlichen Bypass zu bilden, dauert Tage. Und er muß sich körperlich angestrengt haben, dann geht's schneller.«

»Und das alles umsonst«, sagte Tanja. »Jetzt ist er doch tot.«

Cumloosen stellte Guram Geladses Herz zurück in den Kühlschrank. »Das Herz hat sein Bestes gegeben, aber das nekrotische Areal war zu groß.« Er seufzte. »Und vorgeschädigt war es auch. Erkennbar gab es schon zwei länger zurückliegende Infarkte. Vermutlich unkompensierter Hypertoniker.«

»Unwas?«, fragte Oskar.

»Er hat keine Medikamente genommen«, sagte Jakob.

»Danke, Du Klugscheißer.«

»Seine Gefäße waren insgesamt in einem beklagenswerten Zustand«, sagte Cumloosen.

»Aber daran ist er nicht gestorben?«, fragte Tanja.

»Todesursache Herzstillstand.«

»Also kein Verbrechen?«, fragte Oskar.

»Fragen Sie Ihren Freund«, sagte Cumloosen.

»Ich frag aber Sie.«

»Eine ganze Ladung Hämatome.«

»Hat er sich geprügelt?«

»Eher ist er gestürzt. Vermutlich gestoßen worden.«

»Körperverletzung mit Todesfolge? Nach Tagen?«

»Er war eingesperrt in einer Gruft«, sagte Jakob.

Cumloosen nickte. »Danke, Hagedorn.« Er hob Gurams rechte Hand an. »Sehen Sie seine Fingernägel?«

»Dreckig«, sagte Oskar.

»Abgebrochen«, sagte Tanja.

»Er hat versucht, sich zu befreien«, sagte Cumloosen. »Und hatte seit dem Attentat ja nur eine Hand dafür.« Er wies auf Gurams Unterarmstumpf.

»Die körperliche Anstrengung«, sagte Tanja.

»Aus einer Gruft?«, fragte Oskar. »War es nicht vielleicht einfach ein Souterrain?«

»An seiner Kleidung war Mäusekot. Und er hatte Pilzsporen an den Händen.«

»Souterrain, sag ich doch, unrenoviert.«

»Dazu Marmorstaub, eine Prise Sandstein und etwas Granit.«

»Kein Souterrain. Und auch nicht die Düppeler Stadtgrenze«, sagte Tanja.

»Da gibt's nur Sand«, sagte Cumloosen, »aber keinen Marmor.«.

»Eine Gruft.« Oskar sah Jakob an. »Das hast Du schon vor einer Woche gesagt.«

»Da hat er noch gelebt«, sagte Jakob.

»Verdammte Scheiße«, sagte Oskar. »Wenn das Alika hört, schlägt sie uns alles kurz und klein.«

»Ich fasse zusammen«, sagte Tanja. »Guram Geladse hatte einige Tage vor seinem Tod einen schweren Infarkt, wurde bewußtlos«, sie sah Cumloosen an, der nickte, »in eine Gruft geschleppt und dort gefangengehalten. Bis zu seinem Tod.«

»Und danach auf die Grenze zum riesigen Bärenklau geschleift«, sagte Oskar.

»Und von einem Kollegen nach Berlin gezogen oder geschoben«, ergänzte Cumloosen.

»Also suchen wir zumindest jemanden wegen unterlassener Hilfeleistung«, sagte Tanja.

»Und einen Entführer«, sagte Oskar.

»Außerdem ist die Frage, was den Infarkt hervorgerufen hat«, ergänzte Cumloosen.

»Die Kloppe«, sagte Oskar.

»Wir suchen einfach den, der schuld ist an seinem Tod«, sagte Jakob.

»Du bringst es wieder auf den Punkt«, sagte Oskar. »Gut, daß wir Dich haben studieren lassen.«

Hanna fürchtete den Feierabend. Seit zwei Stunden war kein Patient mehr in die Pferdekutsche gestiegen, ihr Kollege hatte sich vor einer Stunde heftig ruckend verabschiedet, alle Bestecke waren gereinigt, der Boden gewischt, aber sie wollte nicht nach Hause. Alles erinnerte sie dort an Jakob. Und an ihre Mutter. Zwei Mal war sie verlassen worden. Und es tat beim zweiten Mal genauso weh wie beim ersten.

Sie öffnete die Tür und alle Fenster, um die abgestandene Krankenluft hinaus- und die Berliner Abendluft hereinzulassen. Kein Grund mehr, das Heimgehen hinauszuzögern. Sie genoß die herbeiwehenden Berliner Nachtgeräusche. Heulende Motoren, brummende Doppeldecker, lachende Menschen, Musikfetzen, eine startende U-Bahn. Sie lauschte. Keine kreischenden medizinischen Geräte wie im Krankenhaus. Nichts, das sie bedrängte. Nur die Sinneswahrnehmungen ihrer Heimatstadt. Prall, bunt, hart und weich, alles zugleich. Berlin bot Synästhetikern wie Hanna maximale Möglichkeiten. Vorausgesetzt, man war entspannt genug, die Eindrücke widerstandslos kommen und gehen zu lassen wie Ebbe und Flut.

In der Pferdekutsche umgaben sie ehrliche Geräusche und Gerüche von Krankheit und helfender Medizin. Schweiß, Blut,

Urin, weggeschoben von Desinfektions- und Putzmitteln. Rhythmisches Klopfen, grundierendes Brummen, melodiöse Akzente. Ihre Arbeit konnte so schlicht sein. Nie würde sie im Pferdetransporter unter Überarbeitung leiden. Belastungssituation, Ausnahmezustand, was wußte die junge Psychologin schon von den Zuständen auf der Inneren Station ihres Krankenhauses.

Eine Georgierin. Rassige Künstlerin. Da konnte sie mit ihrem angestauben Cello, ihrem Arztkittel ohne Farbspritzer und ihrer protestantisch-berlinerisch-ostpreußischen Sozialisation natürlich nicht mithalten.

Arbeiten, sich nützlich machen, dem Dasein einen mitmenschlichen Sinn geben. Sie sah auf ihre Hände, dachte an Hermines letzte Stunden, die Spritze mit dem Kalium, die sie mitgebracht, aber nicht benötigt hatte. Hermine hatte es auch so geschafft. Der Personalschlüssel hatte ihr Davonschleichen ermöglicht. Der alte zarte Spatz mit dem großen Schnabel.

Jakob hatte nicht mit Alika geschlafen. Sie angeblich nicht einmal begehrt. Aber sein Körper widersprach. Er fühlte sich dieser Frau nah, das hörte, sah Hanna. Einer Fremden.

Sie hatte gewußt, daß sie Jakob teilen mußte. Alle hatten ein Recht auf ihn, deren Seele er berührte. Aber eine andere Frau? Das traf sie unvorbereitet. Lächerlich, sicher. So banal, so wiederkehrend. Aber es tat weh. Kein Gedankengebilde, keine aufgehäufte Erfahrung, gerade in Schmerzensdingen, schützt vor dem Abgrund, der droht und der zieht.

Hanna war seit über zwei Stunden allein und tief in Gedanken, als es am Eingang krachte. Sie konnte nichts erkennen, es war zu dunkel draußen. Eine junge Frau kroch auf allen vieren die Stufen hoch, sich langsam vorantastend. Sie hob den Kopf, verharrte witternd wie ein Tier, den Blick mißtrauisch auf Hanna gerichtet. Ihr schwarzes Haar war verdreckt und verklebt, das Gesicht glänzte schweißnaß im Dämmerlicht. Sie legte sich hin.

»Kann ich Ihnen helfen?«, fragte Hanna.

Die Frau bleckte die Zähne zu einem mißlungenen Lächeln. Ihre Lippen entblößten braungelbe Stümpfe. Ein durch Drogen zerstörter Mensch. Und sie war so jung. Sie legte die Hände auf ihren Bauch und stöhnte. Junge Hände, kaum erwachsen.

»Hast Du Bauchschmerzen?«, fragte Hanna.

Das Mädchen öffnete den Reißverschluß ihrer Hose, schob sie im Liegen hinunter und zog ein Bein heraus.Wieder legte sie sich hin und stöhnte.

Hanna sah erst jetzt, daß die Hose naß war. Das Mädchen riß den Slip hinunter, versuchte aufzustehen und sank in die Hocke. Vor- und zurückschaukelnd kauerte sie mit gesenktem Kopf. Hanna kniete sich auf den Boden.

Sie hatte überall Einstichstellen von Spritzen. Sogar der Hals war übersät. Ein knochiger Kopf, magere Arme, dürre Beine.

Plözlich warf das Mädchen schreiend den Kopf in den Nacken.

Zwischen ihren Beinen erschien ein roter Kopf mit schwarzem Haar. Mein Gott, ein Baby.

Hanna rutschte auf Knien zu dem Mädchen. Sie schrie wieder. Die Schulter kam. Hanna war jetzt da.

Das Mädchen kippte nach vorn, hockte auf allen vieren und stand plötzlich auf. Breitbeinig, die Hände auf den Knien, starrte sie nach unten auf das, was da aus ihr herausglitt.

Plötzlich machte einen Schritt nach hinten. Hanna, immer noch auf Knien, rutschte hinterher, aber das Baby schlug auf den Boden. Ein Schwall Blut umgab es. Die Nabelschnur riß.

Hanna hob das Baby auf. Vorsicht, Hanna.

Es war winzig. Überall Blut. Kein Fruchtwasser, nur Blut. Hanna sah sich hektisch nach Mulltüchern um. Zu weit weg, zu langsam. Sie riß sich den Kittel von den Schultern, zerrte sich ihr T-Shirt vom Leib und wischte das kleine Gesicht vorsichig damit ab. Fand die Nase, den Mund.

Es atmete nicht. Sie tastete die Brust ab, horchte.

Sie öffnete seinen Mund, drehte den winzigen Kopf in den Nacken, hielt die kleine Nase zu. So winzige Flügel, so winzige

Lippen. Sie holte tief Luft und blies die kleinen Lungen auf. Zählte, holte Luft und blies Leben in den Winzling.

Legte die Hände, die viel zu großen Cellohände auf den winzigen Brustkorb und drückte sanft und kräftig. Zählte. Blies Leben in das Kind. Fühlte den Puls, suchte den Puls, das Herz schwieg. Hände auf den Brustkorb, drücken.

Atmen, drücken, atmen.

Ihr brach der Schweiß aus. Nur das Baby und sie. Atmen, drücken, atmen, drücken. Komm, Kleines, komm auf diese Welt. Wirst sehen, sie ist schön. Atmen, drücken, atmen.

Hanna, ganz allein. Immer allein.

Atmen, drücken. Bumbumbum. Schluß. Atmen, drücken. Weiter, komm schon. Bum, Bumbum. Ein Klopfen, leise, schwach, fern. Drücken. Komm. Näher jetzt. Ein Atemzug, Rasseln. Ja. Atmen, Drücken, warten.

Der Brustkorb hob sich, ganz sacht. Es atmete. Es schlug. Ein Finger bewegte sich, ein Bein zuckte.

Hanna sank auf den Boden zurück. Ein Junge.

Ihre Hände zitterten. Es ist ein Junge. Viel zu früh. Sie hob ihn vorsichtig hoch. Legte ihn auf ihren blutdurchtränkten Kittel. Deckte ihn zu mit den Ärmeln. Fühlte seinen Puls. Gleichmäßig schlug sein Herz. Notarztwagen rufen. Neonatologie. Kein Telefon. Sie hob den Kopf. Sah sich um im Wagen. Sie war allein. Ihr Herz raste. Wo ist die Mutter? Sie ging zur Tür.

Die Nachgeburt lag direkt vor den Stufen. Es war dunkel, trotzdem sah sie die Blutspur. Bis zur Laterne, zum Bordstein, auf die Straße. Hanna sah zurück auf den Jungen. Rette dieses Leben. Sie schloß die Tür. Die Mutter war verschwunden. Rette den Jungen.

XVIII

»Guckt Euch diese Wampe an.« Chefarzt Magahn klatschte auf den freigelegten Bauch des Patienten. Er wackelte hin und her wie Vanillepudding.

»Speckzuschlag müßte es geben.« Er lachte. »Kann mein Schwiegersohn einführen.« Er sah zu der jungen Assistenzärztin, deren dritte Operation das unter ihm war. »Sie wissen doch sicher, daß der Mann meiner Tochter Vorsitzender der Berliner Ärztekammer ist?«

Jetzt mach keinen Fehler, Mädchen, dachte Dao unter ihrer OP-Schwesternhaube und sah die nervöse Ärztin an, der schon jetzt der Schweiß auf der Stirn stand. Natürlich kennst Du den Schwiegersohn des Chefs.

Grete und Saya, die philippinische Frau eines ehemaligen Schülers hatten es tatsächlich geschafft, Dao mit falschen Papieren in den OP und an die Seite von Hannas Chef zubringen. Wie geltungssüchtig und größenwahnsinnig er war, durfte sie jetzt aus allernächster Nähe betrachten.

Die junge Assistenzärztin nickte. »Vielleicht könnte man minimalinvasiv ...«

»Das macht aber nur halb so viel Spaß.« Der Professor setzte das Skalpell an. Gelbes Fettgewebe breitete sich aus. »Wie soll ich da den Magen finden? Es war doch der Magen?«

»Die Gallenblase«, sagte der Oberarzt, »ist entzündet, ein Stein blockiert den Gallengang.«

»Na, dann lassen wir sie doch mal platzen, die Blase. Lohnt sich abrechnungstechnisch.« Immer tiefer schnitt das Skalpell in die Bauchdecke. »Haben Sie das?« Er sah hoch zur OP-Schwester. »Das Schlitzauge schon wieder. Versteht die mich immer noch nicht?«

»Ihre Kolleginnen sind krank. Rücken und Burnout.«

»Und wer fragt nach meinem Rücken?«

Dao wischte das austretende Blut von den Wundrändern.

»Putzen kann sie ja immerhin.« Der Chef winkte die Assistenzärztin heran. »Schauen Sie mal, was ist das da unten?« Er deutete auf die offene Wunde.

Sie zögerte. »Muskelgewebe?«

»Großartig, wir haben tatsächlich das Muskelgewebe erreicht.« Er öffnete die Bauchhöhle. »Meine Güte, da ist ja alles entzündet.«

Die Assistenzärztin beugte sich vor. »Aber das sieht doch gesund aus.«

Der Chef hob das Skalpell und sah sie an. »Sie sollten eigentlich wissen, daß Komplikationen die Vergütung durch die Kasse verbessern. Und wir wollen doch gutes Geld für unsere Arbeit. Also?«

»Entzündet, eindeutig.«

Er nickte. »Und Sie behalten das im Auge? Unser Schlitzauge muß ja tupfen.« Er vergrößerte die Bauchöffnung.

»Aber da ist doch gar nichts … «, sagte die Assistenzärztin.

Der Chefarzt hob wieder das Skalpell.

»Der Entzündungsherd ist größer als gedacht.«

Der Chefarzt grunzte zufrieden. »Oberarzt«, sagte er, »gibt's Neuigkeiten von der Gräfin? Etwas Aufbauendes bei der schweren OP einer Bauchhöhlenvereiterung?«

Der Oberarzt sah zur Assistenzärztin.

»Reden Sie ruhig, die Kollegin kann gern erfahren, was Frauen blüht, die auf mich herabsehen.«

»Sie hat wohl jetzt einen Anwalt«, sagte der Oberarzt.

»Wer war denn da so lebensmüde, das Mandat zu übernehmen. Muß ich mit der Kanzlei telefonieren?«

»Ein junger Türke aus Kreuzberg.«

»Sollten wir den kaufen? Teuer klingt er nicht.«

Der Oberarzt zuckte mit den Schultern.

»Ach was, der geht auch so baden. Schade um das Geld.«

Der Magen lag jetzt frei, der Chef ertastete die Gallenblase.

»Na, Du kleiner Scheißer, hiergeblieben.« Er zog sie hervor. »Abbinden, Schwester«, sagte er.

»Die versteht Sie nicht«, sagte der Oberarzt und band ab.

»Erhöhter Schwierigkeitsgrad«, sagte der Chef, »eine Idee, warum?« Er sah die Assistenzärztin an.

»Ungewöhnliche Lage, abgeknickter, perforierter Gallengang, austretende Gallenflüssigkeit?«

»Aus Ihnen kann mal was Großes werden.« Er hielt ihr die Schere hin. »Nur zu.« Die Assistenzärztin zögerte. »Ist wie ein Küchenmesser, das kennen Sie doch.« Er sah zum Oberarzt. »Und die junge Frau kommt als Operateurin ins Protokoll.«

Sie trennte die Gallenblase ab.

»Und wenn es 'nen Prozeß wegen eines Kunstfehlers gibt, sind Sie es gewesen.« Der Chefarzt lachte, die Assistenzärztin ließ das Skalpell fallen. »Nicht so empfindlich, junge Frau.« Der Chefarzt bebte vor Lachen »Machen Sie nur, was ihr Boß sagt, und Sie müssen nicht zurück zum Küchenmesser.« Er sah wieder zu seinem Oberarzt. »Und die Gräfin machen wir platt, das wird ein Spaß.« Er schlug mit dem Skalpell in der Hand auf den Bauch seines Patienten. »Arrogante Kuh.«

Blut schoß aus dem Bauchraum.

»Chef!«, rief die Assistenzärztin.

»Huch, was haben wir denn da erwischt?« Er drehte sein Skalpell in der Hand. »Eine Leberarterie.« Er sah die Ärztin an. »Sie müssen aber schon besser aufpassen.«

Das Blut quoll aus dem Bauchraum. Dao tupfte und tupfte.

»Aber ich …«

»Was?«

Das Blut quoll und quoll. Der Chefarzt sah ihm zu. »Schön, oder nicht?«, sagte er ruhig. »Das Leben. Frisches Blut. Und wenn wir jetzt zu lange warten, fließt es einfach heraus.«

Der Blutdruck sank, ein Alarmton piepte. Achtzig zu fünfzig, siebzig zu vierzig.

»Chef, wir müssen die Blutung stoppen.« Die Ärztin flüsterte.

»Wollen Sie mir sagen, was ich zu tun habe?«

Die Ärztin schwieg.

»Weiber.« Der Chefarzt warf das Skalpell weg, riß sich seinen Mundschutz vom Gesicht und deutete auf seinen Oberarzt. »Zumachen«, sagte er und verließ den OP.

Hanna hatte einen Sohn. Er lag auf ihrer Brust und atmete. Sein Herz schlug zu langsam, aber er atmete. Er war zu jung, um auf der Welt zu sein. Seine unreife Lunge wußte nicht, was sie zu tun hatte. Hanna mußte seiner Lunge helfen, erwachsen zu werden.

Er war viel zu früh aus dem Bauch seiner Mutter gefallen. Und viel zu spät. Die Drogen seiner Mutter waren durch sein Blut geflossen.

Auch seine Mutter war nicht ausgewachsen gewesen. Unreif wie die Lunge ihres Sohnes, sechzehn vielleicht. Unfertig und fertig zugleich, zerstört. Auch ihr Leben war gefährdet. Der Blutverlust, die Infektionsgefahr. Sie hatte auf dem Fußboden entbunden. Sie mußte ins Krankenhaus. Wie ihr Sohn.

Nein. Hanna sah Hermine in ihrem Krankenhausbett. Sie spürte die Haut des Kleinen auf ihrer. Sein flatternder Brustkorb. Ein zartes Blatt. Er war ihr vor die Füße gefallen. Keine Mutter, kein Vater. Hanna war seine Chance. Er hatte nur die eine.

Jetzt mußte er atmen lernen. Seine Lunge mußte erwachsen werden. Und dann der Entzug. Er würde den Entzug für seine Mutter machen müssen. Hanna brauchte Morphium, sonst würde er an dem Entzug sterben. Und er würde nicht sterben. Hanna ließe ihn nicht sterben.

Wieder setzte seine Atmung aus. Hanna sah auf die Uhr, bevor sie ihn beatmete. Achtzehn Minuten. Drei Minuten mehr. Einatmen, anhalten, in den Jungen hineinatmen. Nimm meinen Atem. Lebe. Einatmen, anhalten, nimm. Sein Herz setzte wieder ein. Gut so. Es stolperte, setzte aus. Hanna wartete. Mein Atem, Dein Atem. Sie legte ihre Hand auf seinen Rücken. Ihre Cellohand auf seinen Rücken. Sie summte leise. Einatmen, ausatmen. Er fiel ein. Gut so. Einatmen, ausatmen. Im Duett. Antworte mir. Hanna kontrollierte die Fließgeschwindigkeit der Infusion und die Braunüle auf seinem winzigen Handrücken. Einatmen, ausatmen. Alles gut. Wieder eine Viertelstunde mehr Leben. Nein, achtzehn Minuten, mindestens.

»Hanna, bist Du da?« Es war nach zehn am Abend. Grete kam von einem Treffen mit ehemaligen Kollegen und hatte Bauchweh vom vielen Lachen. Sie ließ die Wohnungstür ins Schloß fallen.

Hanna konnte nicht antworten. Keine Erschütterung für das zu junge Gehirn.

Grete erschien in der Zimmertür. »Warum antwortest Du nicht?«

Einatmen, ausatmen.

»Warum sitzt Du so im Dunklen? Mach Dir doch Licht.« Grete schaltete die Deckenleuchte ein.

»Mach das Licht aus«, sagte Hanna leise.

»Was zum Teufel …«

»Das Licht.«

Grete schaltete es aus, warf ihren Mantel auf die Couch und sah auf Hanna und den neuen Mitbewohner. »Wer ist das?«

»Ein Findelkind«, sagte Hanna. »Er hat noch keinen Namen.«

Grete beugte sich über das Bündel Leben. »Mir scheint, er wird auch keinen brauchen.«

Seine Atmung setzte wieder aus. Hanna drehte sich vorsichtig auf die Seite und atmete. Einatmen. Geben. Einatmen. Füllen. Die kleine Lunge.

»Was tust Du da, Hanna?«

Es ging schneller als bisher. Sein Herz setzte wieder ein. »Einundzwanzig«, sagte sie.

»Hanna?«

»Er atmet schon einundzwanzig Minuten allein.«

»Großartig. Dann kann ich ja jetzt den Notarzt rufen.«

»Nein.«

»Was nein? Spinnst Du? Das Würmchen muß in die Klinik.«

Einatmen. Ausatmen. Duett. Antworte mir. »Die Nährlösung ist bald alle. In der Küche ist Ersatz. Holst Du ihn bitte?«

Grete schüttelte den Kopf und schlurfte vor sich hin brabbelnd in die Küche.

»Laß mich machen«, sagte Hanna, als Grete an der Flasche fummelte. Sie tauschte im Liegen die Lösung aus. Einatmen, ausatmen.

»Und warum gehst Du nicht selbst zur Küche?«, fragte Grete. »Du hast einundzwanzig Minuten.«

»Er ist ein Frühchen.«

»Das sehe ich, Du neunmalkluge Ärztin.«

»Sein Gehirn verträgt keine Erschütterung, keine Vibration und wenig Lärm.«

»Klingt, als sei er in Berlin genau richtig gelandet.«

»Er braucht Nähe und Wärme.«

»Und wie soll das weitergehen? Du mußt doch mal aufs Klo.«

»Jetzt bist Du ja da.«

»Kommt überhaupt nicht in Frage.«

»Ich brauche aber Deine Hilfe.«

»Der Wurm ist nicht überlebensfähig.«

»Das wird schon. Wir brauchen nur Geduld.«

Die Atmung setzte aus. Hanna drehte sich auf die Seite. Einatmen. Abgeben. Nimm. »Fünfundzwanzig«, sagte Hanna.

»Super«, sagte Grete. »Ich bin beeindruckt. Wenn das weiter so steil bergauf geht, sind wir morgen fertig.«

»Dann geht es erst richtig los.«

»Wieso?«

»Seine Mutter ist drogenabhängig. Solange die Drogen in seinem Blut sind, ist alles in Ordnung. Aber sie werden sich abbauen, und dann macht er einen Entzug.«

»Die Achtelportion? Das packt der nie.«

Einatmen, ausatmen. »Abwarten«, sagte Hanna. Der Kleine atmete rasselnd.

»Was ist das?«, fragte Grete.

»Seine Lunge arbeitet nicht richtig. Eigentlich brauche ich eine Absaugpumpe.«

»Sonst noch was?«

»Ein transportables Beatmungsgerät. Medikamente. Eine Spritzenpumpe.«

»Alles wie im Krankenhaus, verstehe.«

»Du kennst doch jemanden, der die Sachen besorgen kann?«

»Nee.« Grete verschränkte die Arme vor der Brust.

»Aber die Medikamente für den Pferdetransporter gingen doch auch. Kannst Du da nicht noch mehr besorgen?«

Grete sah Hanna an. »Das ist kein Igel und keine Schildkröte, die Du gesund pflegst.«

Hanna schwieg.

»Und auch keine Amsel mit gebrochenem Flügel.«

Hanna schwieg.

»Du bist kein Kind mehr, das die ganze Welt retten muß.«

Hanna sah die alte Grete im Dämmerlicht des Zimmers an. »Er ist mir vor die Füße gefallen.«

»Eben. Wie die Schildkröte, der Igel und die Amsel.«

»Ich kann nicht anders.«

Grete seufzte. »Also gut. Schreib eine Liste. Aber Du wirst diesen kleinen Scheißer nicht ins Leben zwingen, hast Du gehört? Er verdient den gleichen Respekt wie Deine Hermine.«

»Das ist etwas anderes. Er ist noch so klein.«

»Das ist nichts anderes. Ob am Lebensanfang oder am Ende, er entscheidet.«

Jakob saß in der ersten Reihe und fischte nach Hannas Blick.

Sie hatte nicht auf seine Anrufe reagiert und einen Liebesbrief unbeantwortet gelassen. Jakob hatte mit Blumen vor ihrem Haus gestanden und sie dann einer vorbeihastenden Frau geschenkt. Ein Lächeln eingefangen und die angebotene Handynummer abgewehrt. Er konnte doch nichts dafür. Und brauchte keinen Arm voller Blütenblätter gegen schlechtes Gewissen. Er hatte ja nichts getan. Weniger als nichts. Hagedorn machte seine Arbeit. Alika war die verzweifelte Mutter eines entführten Jungen und Zeugin im Mordfall an ihrem Vater, sonst nichts. Sein Mantra von früh bis spät. Vielleicht half Autosuggestion. Sonst nichts.

Hanna sah schrecklich aus. Aufrecht, aber zerbrechlich schmal saß sie neben ihrem Anwalt. Wehrlos erlitt sie die Schläge des medizinischen Sachverständigen. Geladen von der Staatsanwaltschaft, instruiert von Hannas Chef und der ganzen Ärztemischpoke. Jüdisches Wort. Alika. Sie machten Hanna zur Schnecke, ihr junger Anwalt schwieg, und er dachte an Alika. Die ihn nicht mehr sehen wollte. Besser, Hanna sah ihm nicht in die Augen.

Und Jakob fand Tilla nicht. Keine Spur nirgends. Kein Weg, den er beschreiten konnte. Es war, als hätte sich Alika mit ihrem toten Vater vor seine Tillasuche geschoben. Die Gräfin trat zur Seite, eigentlich unfaßbar.

»Wie groß ist denn so ein Loch?«, fragte die Richterin.

»Die Größe ist nicht das Problem«, sagte der Gutachter. »Es geht um die Kraft, mit der die PEG-Sonde aus der Bauchdecke gerissen wird. Bedenkt man den Schaden auf der Station …«

»… und den psychischen Ausnahmezustand der Angeklagten«, ergänzte der Staatsanwalt.

»… muß Frau Dr. von Bredow über enorme Kräfte verfügen.«

Die Richterin nickte. »Und das hatte welche Folgen für das Opfer?«

»Das läßt sich im Gutachten nur annähern, schließlich mußte ich mich auf das Studium der Krankenhausakten beziehen.«

»Nur zu«, sagte die Richterin, »nähern sie sich. Und bitte für medizinische Laien verständlich.«

Der Gutachter wirkte nicht einmal unsympathisch. Kein Lakai von Magahns Gnaden, kein arroganter oder frauenverachtender Mediziner, kein besserwisserischer Technokrat, voller Unkenntnis des aufreibenden Krankenhausalltags. Stattdessen war er höflich und zurückhaltend, sportlich und gepflegt, saß alert und gesund auf seinem Zeugenstuhl. Sicher aß er viel Salat, joggte zwei Mal die Woche, ging vier Mal im Jahr zur Kariesprophylaxe und sprach niemals laut mit seinen Kindern.

Jakob wäre es lieber gewesen, er hätte ihn hassen können. Denn auf seine unangreifbar professionelle Art trug der Gutachtter distanziert sachlich vor, was Hannas Griff nach Hermine Neuhausens Bauchdecke an Abscheulichkeiten zur Folge gehabt haben sollte. Er wußte nicht, daß er mit seinem Gutachten über die wundervollste Ärztin des Planeten richtete. Schlimmer noch, Hannas Schicksal war ihm gleichgültig, er machte einfach seine Arbeit wie ein frisch geölter Roboter. Die Folgen verantworteten andere, er wusch seine Hände in desinfektionsmittelgetränkter Unschuld.

»Ruptur, Verzeihung, Riß der Bauchdecke mit Blutungen in den Bauchraum. Riß der Bauchaorta und der Magenwand. Abknickung der Speiseröhre und des Gallengangs. Dadurch Rückstau der Gallenflüssigkeit und Beschädigung des linken Leberlappens.«

Die Richterin hob den Schlauch der PEG-Sonde hoch und drehte ihn dicht vor der Nase. »Und dabei ist das so ein kleines Ding.«

»Enorme Kräfte, wie gesagt. Das ist die einzige Erklärung.«

Die Richterin legte ihrem Beisitzer die Sonde in die Hand und zog am Schlauchende. Es schnellte hoch und schlug gegen eine Wasserflasche. »Hoppla«, sagte sie.

Der Gutachter räusperte sich.

Ausgerechnet Marianne Lindemann richtete über Jakobs Hanna. Sie hatten sich vor vielen Jahren bei einer Verhandlung gegen einen Zuhälter kennengelernt, der wegen versuchten Mordes an zwei seiner Mädchen angeklagt und schließlich auch von Marianne Lindemann verurteilt worden war.

Jakob hatte damals die Frauen dazu gebracht, gegen ihren Beschützer auszusagen. Der Zuhälter hatte sich nach einem Freund gesehnt, war auch ein wenig geltungssüchtig und auf seine brutale Mitarbeiterführung stolz, redete sich in Jakobs verständnisvolles Gesicht hinein um Kopf und Kragen und wurde dem Staatsanwalt von der Kripo verdauungsfertig geliefert.

Während der Verhandlung allerdings war der Lude aufgewacht, hatte in seinen alten, gewalttätig verschlossenen Charakter zurückgefunden und dem Kommissar, den er irrtümlicherweise für einen Bruder im Geiste gehalten hatte, geifernd ewige Rache geschworen.

Seit dem Verfahren schien Richterin Lindemann Jakob für die Wiedergeburt eines mittelalterlichen Ritters zu halten. Jedes Mal, wenn sie ihm auf den Fluren des Gerichts begegnete, nestelte sie an ihrer Kleidung. Jakob, dem der Minnesang so gar nicht lag und den Bewunderung immer peinlich berührte, ging ihr, so gut das möglich war, aus dem Weg.

Aber wenn er Hanna schon nicht helfen konnte, dieses so absurde wie bedrohliche Verfahren zu überstehen, weil er Gurams Mörder suchen mußte, konnte vielleicht die Schwäche der Richterin für Jakob seiner Hanna nützen. Vielleicht sollte er Marianne Lindemann sagen, daß das Ganze ein mieses Komplott des Chefarztes und die Angeklagte die Liebe seines Lebens war.

Könnte sein, er verstand nicht wirklich etwas von verliebten Frauen. Vielleicht ginge das Geständnis nach hinten los, und er sollte sich einfach an die Richterin heranschmeißen. War er dann ein Scheißkerl, der mit ihren Gefühlen spielte?

»Fahren Sie ruhig fort«, sagte der Staatsanwalt in oberschwäbischem Singsang und strich sich, zufrieden mit dem Inhalt des Gutachtens, über die Krawatte und sein oberschwäbisches kleines Bäuchlein.

»Laut Krankenhausakten war eine Notoperation erforderlich, die vier Stunden und 27 Minuten dauerte.«

»Hoppla«, sagte die Richterin und lachte.

Jakob würde sich sehr schmeißen müssen, um sie durch die alkoholische Nebelwand überhaupt noch zu erreichen.

»Alle entstandenen Schäden konnten bei der Operation behoben werden, die Sonde wurde neu gelegt.«

»Wie praktisch«, sagte die Richterin.

»Erstaunlich ist das allerdings schon.«

»Warum?« Die Richterin öffnete ihre Aktentasche und schob die Sonde hinein. Direkt neben die Flaschenbeule.

»Ich weiß nicht so richtig, wo.« Er sah sich auf den Zuschauerbänken um. »Also, ohne den Kollegen, der so aufopferungsvoll das Leben der Patientin gerettet hat, zu kritisieren und natürlich auch, ohne die Unterlagen des Krankenhauses infrage zu stellen, es ist schon ein Kunststück bei so vielen frisch genähten Wunden und in Anbetracht des Alters der Patientin noch einen Platz für die PEG-Sonde zu finden.«

»Vielleicht hatte die alte Hermine einen großen Magen«, sagte die Richterin.

»Das ist natürlich möglich.«

»Wenn ich Sie richtig verstehe, war das also eine schwere Operation?«

»Oh ja.«

»Lebensbedrohlich?«

»Bei einer derart hochbetagten und multimorbiden Patientin sicher.«

»Dann halte ich fest«, sagte der Staatsanwalt und hob die Stimme, »daß nur das beherzte und hochqualifizierte Eingreifen des …«, er blätterte in seinen Unterlagen, »des Chefarztes den sofortigen Tod der Patientin verhindert hat.« Er sah zu Hanna. »Die Tat der Angeklagten bedrohte also akut das Leben ihres Opfers. Und da die Angeklagte als Ärztin wußte, was sie durch das gewaltsame Entfernen der Magensonde auslöst, ist es mehr als angemessen, Frau Dr. med. Johanna von Bredow wegen versuchten Mordes zu verurteilen.«

XIX

Die Tür wurde aufgeschlossen. Levi sprang ins Bett und zog die Decke bis zum Kinn. Iwanow stand im Türrahmen.

Levis Zimmer war groß. Ein Bett, ein Tisch mit vier Stühlen, eine Couch, zwei Sessel, ein Fernseher, ein Regal voller Spielzeug. Ein mit Milchglasfolie verhängtes Fenster. Eine kleine Tür zu einem kleinen Bad. Und eine immer verschlossene Zimmertür.

»Meine Haushälterin sagt, Du ißt nicht.«

Levi schwieg.

»Schmeckt Dir unser russisches Essen nicht?«

Iwanow setzte sich an den Tisch.

»Ich kann auch eine andere besorgen, wenn Du willst.«

Iwanow legte Bücher auf den Tisch.

»Du solltest Russisch lernen. Das hier sind Bücher für Anfänger. Sieh sie Dir an. Ich besorge einen Lehrer für Dich, der wird herkommen und Dich unterrichten.«

Levis Vater stand auf.

»Wir gehen nach Russland, da kommst Du mit Deutsch nicht weit.«

Er sah seinen Sohn an, Levi schwieg.

»Du bist stolz, das ist gut. Aber irgendwann wirst Du trotzdem mit mir reden. Alle reden irgendwann. Das ist unsere Natur.«

Er legte einen Schreibblock und Stifte neben die Bücher. Er deutete auf das Spielzeug, das im Regal gestapelt lag.

»Morgen lasse ich das wegräumen. Anscheinend kannst Du ja nichts damit anfangen.«

Er sah Levi an.

»Du bist auch zu alt zum Spielen. In Russland bringe ich Dir bei, was ein Mann wissen muß. Wir werden fischen gehen und jagen. Du wirst eine richtige Waffe bekommen und ich zeige Dir, wie man mit ihr umgeht. Du wirst viel lernen.«

Er deutete auf die Russischlehrbücher.

»Ich muß ein paar Geschäfte machen. Wenn ich wiederkomme, hast Du die Aufgaben erledigt. Sagen wir, die ersten hundert Seiten.« Er öffnete die Zimmertür, zog den Schlüssel ab und steckte ihn ein. »Ich werde Dich nicht mehr einschließen. Du bist mein Sohn und frei. Aber Du solltest noch etwas wissen.« Er sah Levi an. »Es dauert lange, bis ich jemandem vertraue. Wer dieses Vertrauen mißbraucht, den töte ich.«

Die Villengegend hinter der Drakestraße hatte schon bessere Tage gesehen. Die Hecken waren löchrig und schief, in den Fenstern hingen aus der Mode gekommene Kinderutensilien, überall blätterte Farbe. Abgeliebte Häuser, dachte Jakob. Er hörte das vergangene Geschrei zahnender Kinder, wummernde Bässe von ehemals Pubertierenden, die längst ihre eigenen pädagogischen Fehler in die Welt setzten.

Das Haus der Richterin lag hinter einem verrosteten Gartenzaun, der irgendwann vor etlichen Jahren das Umfallen vergessen hatte. Keine Fahrräder, nur eine Klingel, hatte sie eigentlich Kinder? Jakob war davon ausgegangen, sie am Abend allein anzutreffen. Aber nein, sie hatte keine Kinder. Und wenn, waren sie aus dem Haus. Sie mußte fünfzig sein, wenn nicht älter.

Zwei unbeleuchtete abbröckelnde Stufen und er langte auf die Klingel. Sie klemmte, er war sich nicht sicher, ob er etwas gehört hatte, also drückte er noch einmal fest zu. Die Richterin öffnete und sah ihn verblüfft an. »Hagedorn, na so was.«

Mitte fünfzig, dachte Jakob, mindestens. Und in Abendgarderobe. Das kleine Schwarze, ziemlich scharf.

Sie ging voraus, Jakob folgte ihr in ein Zimmer mit Bücherwänden bis zur Zimmerdecke. Er entspannte sich. Sie wies ihn auf eine Sitzgruppe, Jakob ließ sich in die tiefe Couch plumpsen und sah auf eine endlose Batterie von Flaschen genau in Höhe seines Gesichtes. Single Malt, teuer angestaubte Weine, alter Cognac, uralter Sherry, Wermut. Peinlich berührt versuchte er, woanders hinzusehen, aber auch auf dem Beistelltisch standen lauter Flaschen.

»Wie geht es Ihnen, Hagedorn, was macht die Gesundheit? Sie sollen ja einen Hang zum Gefallenen haben in letzter Zeit, hört man munkeln.«

»Danke, es geht.«

»Das freut mich. Ihr Abgang wäre ein herber Verlust.« Sie setzte sich Jakob gegenüber. Ihr Blick war ruhig, kontrolliert und vollkommen nüchtern. Gottseidank.

»Sie haben sich einen guten Tag ausgesucht für Ihren Besuch, es gibt etwas zu feiern.« Sie deutete mit einer großzügigen Bewegung auf die soldatische Flaschenparade.

»Tut mir leid, wenn ich Sie störe, vielleicht hätte ich mich anmelden sollen.« Irgendwie hatte er sich das anders vorgestellt. Weniger selbstbewußt, eher errötend. Anscheinend verstand er wirklich nichts von Frauen.

»Vermutlich denken Sie, ich versuche mich gerade für meine Trunksucht zu entschuldigen.«

»Sie erwarten noch Gäste. Ich möchte Sie nicht aufhalten.«

»Sie sind mein Gast, wenn Sie mögen, sonst niemand. Ich habe vor, mich heute Abend in die Besinnungslosigkeit zu trinken, und erfahrungsgemäß brauche ich dafür einiges an Material.« Sie sah ihn an, erstaunlich intensiv für eine Alkoholikerin. Sogar ausgesprochen unverschämt intensiv.

»Ich bin hier wegen der Verhandlung gegen Frau Dr. von Bredow«, sagte er.

»Sie waren im Gerichtssaal. Habe mich schon gefragt, warum.« Sie schlug ein Bein über und entblößte dabei durch einen langen Schlitz im Kleinen Schwarzen ein überzeugend schönes Knie. Jakob pflückte seine flanierenden Augen von ihrem Schenkel. »Sie ist meine Freundin.«

Die Richterin zog eine Augenbraue hoch. Mit einer eleganten Bewegung warf sie den Stoff über das Bein und beendete die Aussicht. Schade, dachte Jakob.

»Ist Frau Doktor vielleicht nur eine Spielfigur, und es geht eigentlich darum, Sie in die Knie zu zwingen?«

Jakob fühlte seine Zunge dick und träge werden. Sie war zu groß für seinen Mund. Warum war er nicht selbst darauf gekommen? »Das trauen Sie der Kripo zu?«

»Mein Verstorbener und Ihr Chef Fockemeyer hatten ein gutes Verhältnis. Seelenverwandtschaft, würde ich sagen. Was bedeutet, ich traue ihm alles zu.«

Sie breitete die Arme auf der Rückenlehne aus. Jakob sah ihr schwarzes Trägerhemdchen aus Seide, das ihre Brüste mehr enthüllte als verbarg.

»Sie sind ein guter Kriminaler und integer obendrein, ein bißchen skurril auch, zugegeben. Das reicht, um sie wegzubeißen.« Sie fräste ihre Augen in Jakobs Seele.

»Und jetzt kommen Sie zu mir, weil Sie Mitstreiter suchen. Eine gute Wahl, Hagedorn, auch der Zeitpunkt ist exquisit.«

»Eigentlich wollte ich nur meiner Freundin helfen«, sagte Jakob matt.

Sie beugte sich vor und Jakobs Vorzugsblick auf die Rundung ihrer Brüste verschwand in schwarzer Tiefe. »Lassen Sie uns erst einmal Kaffee trinken.«

Sie ging zur Küche. Als sie mit einem Tablett zurückkam, studierte Jakob die Buchrücken im Regal. Beim Vorübergehen schlug eine Woge ihres Parfums über Jakob zusammen.

»Lesen Sie?«, fragte sie, schob einige Flaschen zur Seite und stellte den Kaffee auf den Tisch.

Jakob erzählte von seinem Studium und dem Umweg zur Kripo. Die Richterin hörte aufmerksam zu und nickte hin und wieder sichtlich zufrieden.

»Unter welchen Bedingungen würden Sie etwas Ungesetzliches tun, Hagedorn?«, fragte sie, als er am Ende war. »Ich nehme an, die Frage ist Ihnen nicht neu.«

»Wäre sie es, säße ich nicht hier.« Er hielt sich an seiner Kaffeetasse fest. »Es gibt Menschen, für die ich alles täte.«

»Wie viele?«

Jakob nahm sich Zeit. »Drei.«

»Dann steht das Gesetz für Sie nicht über allem?«

»Es ist menschengemacht, wie könnte es.«

Sie nickte. »Kennen Sie Situationen der Ohnmacht?«

Das Eis unter seinen Füßen knackte. Er sah in die Augen der Richterin, von der er zwei Stunden zuvor nur etwas Aufschub für Hanna gewollt hatte. Nur etwas Zeit, um Gurams Mörder und die verschwundene Tilla finden und sich dann ganz und gar, mit Stiel und Stumpf, Blatt- und Wurzelwerk, Hannas Anklage widmen zu können. Damit der Ritter Hagedorn heldenhaft aus dem Weg räumen konnte, was seine wundervolle Hanna bedrohte. Und jetzt stieg diese attraktive dauerbetrunkene Richterin ihm auch noch auf die Seele. Schubste Guram, Alika, Tilla und Hanna zur Seite und machte ihr eigenes Programm.

Aber Jakob Hagedorn wich nie aus, zuckte nie zurück.

Ausgerechnet Jakob, der hilflos hatte zusehen müssen, wie seine Mutter unendlich langsam starb. Der in sein Selbstbild einzufügen hatte, daß er in unmöglichen Situationen epileptisch zuckend auf dem Boden lag. Ausgerechnet den Meister der Waagerechten und des freien Falls fragt die Frau, die über seine Liebe Hanna richten wird, nach Situationen der Ohnmacht.

Antworte auf die Frage.

Er tastete sich voran auf dem Eis, horchend auf das Knacken.

»Meine Mutter starb, als ich zwölf war«, sagte er.

Noch ein Schritt.

»Ich liebe.«

Noch einer.

»Und ich habe Epilepsie.«

Die Richterin nickte, stand auf und holte zwei Gläser. Sie öffnete eine Flasche Rotwein, roch am Korken und setzte sich Jakob gegenüber. »Ich möchte Ihnen eine Geschichte erzählen, über Ohnmacht und etwas Ungesetzliches.«

Levi hatte geschlafen, als sein Vater zurückkam. Es war dunkel. Iwanow machte das Licht an, legte seine schwere Jacke auf die Stuhllehne, drehte den Stuhl zu Levis Bett und setzte sich. Er war blaß und hatte Augenringe. Levi sah auf sein Pistolenhalfter. Es war eine große Pistole.

»Die neue Haushälterin scheint Dir besser zu gefallen. Zumindest ißt Du.«

Iwanow sah Levi an.

»Aber Du redest nicht. Mit niemandem.«

Er deutete auf den Tisch.

»Hast Du getan, was ich Dir aufgetragen haben?«

Er blätterte im ersten Buch. Im zweiten, im dritten.

»Du bist stolz.«

Er stand auf und ging auf Levi zu. Der rutschte an die Wand. Iwanow blieb stehen. Levi schob unter der Bettdecke den Schreibblock hervor. Iwanow hob ihn auf und las.

»Irina? Das ist die urkrainische Schlampe, die versucht hat, meinen Sohn vor mir zu verstecken?«

Iwanow warf den Schreibblock auf das Bett und ging zur Tür.

»Mach, was ich Dir befohlen habe, und ich sage Dir, was Du wissen willst.«

Es war Nacht und Grete allein mit dem Baby. Hanna suchte in der Berliner Unterwelt nach seiner Mutter.

Der Zwerg brauchte eine Absaugpumpe, eine Nährlösung nach der anderen, Ruhe, Körperkontakt, jede Menge Drogen, aber vor allem brauchte er seine Mutter, wenn er überleben sollte. So sah Grete das. Deshalb hatte sie zugestimmt, auf ihn aufzupassen, so gut sie konnte, während Hanna sich die Nächte mit Taschenlampe unter Brücken herumtrieb.

Der Knirps atmete inzwischen allein. Zumindest sagte Hanna das. Grete war sich da nicht so sicher. Immer wieder hechelte er wie ein Hund oder die Atmung setzte aus und plötzlich mit einem Zwergenschluchzen wieder ein.

Grete hatte ihn sich in den Schoß gelegt und horchte auf sein Schmatzen. Hanna hatte ihn vor ihrer Tour noch einmal abgesaugt und war überzeugt, das sei genug für die Nacht. Die Drogen reichten für vier oder sechs Stunden. Stiege sein Fieber oder würde er allzu unruhig, sei es Zeit, wieder Morphium zu geben.

Klang alles überschaubar, Grete gab ihr Bestes. Aber sie war zu alt. Viel zu alt. Schon der Schweiß, der an dem Knirps heruntertroff, war zu viel. Dazu das Fieber, gefolgt von Eiseskälte. Das Zittern. Der geringe Schlaf. Entzug, sagte Hanna, das vergeht.

Grete war hellwach. Immer wieder tupfte sie ihm das Gesicht ab. Sein Hemdchen war schon wieder naß. Und so, wie es roch, hatte er die Windeln voll. Grete stand vorsichtig auf, holte Feuchttücher und eine frische Windel. Legte ihn hin und öffnete die volle Windel. Durchfall, schon wieder. Der Kleine schnaufte und stöhnte. Seine Augenlider waren blau, sie zuckten. Ist gut, kleiner Mann, Oma Grete zieht Dich nur frisch an. Sie wischte ihm die Beine sauber, sein Herz blieb stehen.

Grete starrte ihn an. Hielt selbst den Atem an. Stille. Es dauerte so lange. Endlich zog er schluchzend Luft ein. Was, wenn? Nicht nachdenken. Grete schüttelte den Kopf. Auf meine uralten Tage. Hannchen, was tust Du da?

Grete deckte ihn zu. Er war so kalt. Sie schlich aus dem Zimmer, die Windel entsorgen, Hände desinfizieren.

Als sie zurückkam, war er schweißgebadet. Hochrot der kleine Kopf. Eine Ader pulste am Hals. Neununddreißigkommavier. War das genug für die nächste Morphiumration? Er stöhnte. Grete öffnete sein Hemd und wischte ihm den Schweiß ab. Seine Beine verkrampften, der Kopf drehte sich zur Seite, hinter den zitternden Lidern bewegten sich die Augen ruckartig. Ein Bein schlug gegen Gretes Schoß. Was willst Du?

Grete sah auf den Galgen. Zwei Kanülen hatte der kleine Kerl. Riesig auf den unfertigen Handrücken. Links die Nährlösung, rechts die Medikamente. Schmerzmittel, Schlafmittel, Antibiotika. Er schlug den Kopf hin und her. Nicht mal vier Stunden. Sie nahm ihr griffbereites Handy und rief Hanna an. Ließ es klingeln. Lange. Sie ging nicht ran.

Grete hatte gelernt, die Medikamente zu wechseln. Einfach umstöpseln. Sie hatte gelernt, was ein neonatales Abstinenzsyndrom war. Abhängig geboren und auf Entzug gesetzt. Aber sie mußten es verlangsamen, sonst stürbe der kleine Kerl. Ein langsamer Entzug. Qualvoll, aber zu überleben.

Grete gab ihm die nächste Dosis Morphium, sofort schlief er ein. Schlief tief und ruhig. Zu tief? Grete horchte auf seinen Atem. Leise, schwach. Und er schwitzte so. Kalter Schweiß. Noch vier Stunden. Hanna wollte zurück sein in vier Stunden. Er schlief. Grete lehnte den Kopf an. Die verkrampften kleinen Hände entspannten sich. Grete strich über seine offenen Handflächen, der Daumen zuckte noch, sein Kopf sank zur Seite. Grete hielt ihn fest, ihre Hand zitterte. Sie lehnte sich an, den Kleinen im Arm. Kurz darauf schlief sie ein.

»Ich lernte meinen Mann in einer Kneipe kennen«, sagte die Richterin. »Er suchte juristischen Rat, wie man auf kürzerem Weg als dem legalen zu einem positiven Baubescheid kommt. Er war charmant und voller Leben, ein Bär von einem Mann. Wir gingen am gleichen Abend miteinander ins Bett. Daran erinnern kann ich mich allerdings nicht, ich war zum ersten Mal in meinem Leben betrunken. Auf diese eine Nacht folgten weitere, nach einem halben Jahr haben wir geheiratet. Da drehte er im Berliner Bausumpf längst am großen Rad. Cocktailpartys, Segeltörns, überall Geschäfte. Fünfzehn Jahre später erwachte ich eines Morgens mit einem heißluftballongroßen Schädel, sah in den Spiegel und war vierzig.«

Langsam und vorsichtig legte die Richterin den Korken, mit dem sie die ganze Zeit gespielt hatte, auf den Tisch. »An das verstrichene Leben hatte ich nur vage Erinnerungen, bis heute sind meine besten Jahre im Nebel versunken. Mein Mann hat mich zur Alkoholikerin gemacht. Ich habe Jura studiert, weil ich das

Gesetz liebte. Seine logische Ordnung, die Kühle, die aus den Texten wehte. Dann kam mein Mann. Zündete sich an der Ordnung seine Zigarre an, versoff die Kühle und Objektivität. Er war das pralle Leben, an dem sich jedes Recht blamiert. Großmäulig und sehr anziehend. Er hat mich mitgezogen. Zugegeben, viel Widerstand leistete ich nicht. Bis ich vierzig wurde.«

Marianne goß sich einen weiteren Kaffee ein und bot Jakob an, der den Kopf schüttelte. »Mein Spiegelbild wurde ich nicht wieder los. Ich versuchte, nicht mehr zu trinken, und bin gescheitert. Also reduzierte ich wenigstens die Menge. So tauchte nach einigen Wochen aus den Alkoholschwaden mein Leben vor mir auf. Richterin Hoppla tauchte auf.«

Jetzt lächelte sie Jakob an wie auf dem Gerichtsflur. »Der Spitzname klebt an mir. Aber es war ja nicht nur der Name. Ich sah mich selbst vor Türen laufen und an Teppichkanten hängenbleiben. Ich war eine Säuferin und alle wußten es.«

Die Richterin leerte ihre Kaffeetasse in einem Zug und stellte sie ab. »Vor fünf Jahren, ich hatte inzwischen auch die fünfzig überschritten, ohne in der Lage zu sein, meine Situation zu verändern, bestand mein Mann darauf, ich müsse ihn bei einem Geschäftsessen begleiten. Wir fuhren in ein Luxushotel im Spreewald. Dort fiel sein Auge auf am Ufer des Kanals liegende Boote. Eine Stunde später zogen wir zwei Kajaks ins Wasser.«

Sie streckte die Beine aus. »Meine Muskeln erinnerten sich schnell an die Bewegungen. Je länger wir durch das Wasser glitten, desto ruhiger wurde ich.« Sie sah aus dem Fenster. »Mein Mann hatte mehr Mühe. Sein Kajak fuhr Zickzack, er sang zotige Lieder. Ich schämte mich, obwohl wir allein waren.«

Marianne schlug wieder ein Bein über, der Rock rutschte hoch. »Ich weiß nicht genau, was passiert ist. Vermutlich hatte sich eine Wasserpflanze in seinem Paddel verfangen, das er immer viel zu tief eintauchte. Er geriet in Panik, versuchte es herauszuziehen und verlor die Kontrolle. Sein Boot drehte sich, schlug gegen einen in das Wasser ragenden Ast. Wie ein Kobold vollführte er immer wildere Bewegungen, um sich zu befreien. Das Grölen hatte er längst eingestellt, ich glaube, er rief wie ein Kleinkind um Hilfe. Dann kippte sein Boot.«

Jakob schluckte. Marianne sah ihn an und schwieg eine Weile. »Man lernt frühzeitig, aus einem auf dem Bauch liegenden Kajak auszusteigen. Es ist gar nicht schwer, es sei denn, man ist ein Alkoholiker um die sechzig, der zur Panik neigt.«

Die Richterin lehnte sich zurück, legte die Hände ruhig im Schoß ab. »Ich wollte ihm helfen, paddelte bis direkt neben sein auf dem Bauch liegendes Kajak. Was dann passiert ist, kann ich mir selbst nicht erklären. Er versuchte wohl, eine Rolle zu machen, das Boot schaukelte. Und dann sah ich meine Hand, wie sie das Boot nach unten drückte. Ich sah die Wassertropfen an meinem Handrücken herunterrinnen, spürte den zerkratzten Kunststoff unter meinen Fingern. Es war ganz leicht. Das Boot zappelte noch eine Weile, dann war es still. Irgendwann ließ ich los. Es trieb von mir weg, ganz sacht umkurvte es den Ast, an dem es sich zuvor verfangen hatte. Ich genoß die Stille.«

XX

Grete erwachte von einem schrillen Schrei. Er ballte die Fäuste und erbrach sich in hohem Bogen. Grete wollte ihn zur Seite legen, um die Bescherung zu reinigen, da würgte er wieder. Aber es kam nichts mehr. Er schrie, den hochroten Kopf nach hinten gestreckt. Sie legte ihn vorsichtig auf die Seite, riß im Bad Lappen, Feuchttücher und ein frisches Hemd an sich und stürzte zurück.

Schon im Flur der nächste Schrei. Sie beugte sich über ihn, er war schweißnaß. Es stank säuerlich. Die Windel war schon wieder voll. Sie zog ihn vorsichtig aus. Erbrochenes und Kot. Seine Beine waren blau vor Kälte, ein Zittern lief durch den kleinen Körper. Grete lief ins Bad, füllte eine Schüssel mit warmem Wasser. Lief mit dem Wasser zurück, zog ihn aus, hob ihn hinein, wusch ihn vorsichtig. Hielt den Kopf fest, der immer wieder nach hinten schlug.

Sie sah auf die Uhr. Morphium vor zwei Stunden. Zwei Stunden, bis Hanna kam. Sie trocknete ihn vorsichtig ab und legte ihn sich auf die Brust. Die alte, schwache Brust. Sie streichelte seinen Rücken. Schschsch machte sie. Summte leise. Der Kleine zuckte und zitterte. Nackt lag er auf ihr. Grete deckte ihn zu, wenn er kalt wurde und tupfte ihn ab, wenn er schwitzte. Kein Thermometer mehr. Er schrie. Immer wieder. Grete weinte. Er trat mit seinen winzigen Beinen nach ihr, drückte seine winzigen Fäuste in ihre Brust, schlug mit dem Kopf gegen sie und schrie. Er verlor Urin, noch mehr dünnen Kot. Grete weinte.

Die Richterin zog den Rock über ihr nacktes Bein. »Ich erzählte im Hotel, mein Mann hätte allein weitergewollt, ich sei zu müde gewesen. Ich ging auf unsere Suite. Von der nächtlichen Suche habe ich nichts bemerkt, ich schlief wie ein Baby. Sie fanden seine Leiche am Morgen.«

Sie goß Rotwein in zwei Gläser. »Es gab nicht mal eine Ermittlung. Alle betonten das Tragische des Unfalls. Er hatte so eine alberne Cargohose an, mit jeder Menge Gummibändern und Haken für das Zubehör beim Überlebenskampf im Dschungel. So ein Haken hatte sich am Boot verfangen und verhinderte, daß er ausstieg. Er hätte eine Rolle machen müssen, um zu überleben. Und das habe ich verhindert.«

Langsam hob sie den Kopf. »Der Rest ist schnell erzählt. Ich kehrte zurück, Richterin Hoppla stolperte noch häufiger, das Mitgefühl aller war ihr sicher. Mein Mann hatte mir einen Berg Schulden hinterlassen, ich lehnte das Erbe ab und unser marmorgespicktes Haus mit seiner lächerlichen, von Buchsbäumen flankierten Kiesauffahrt ging in die Zwangsversteigerung und tilgte die Gier seiner Gläubiger. Ich zog zurück in mein Elternhaus und wartete auf die heruntersausende Faust der Gerechtigkeit oder zumindest den Arm des Gesetzes. Aber beide blieben aus.« Sie hob ihr Glas und roch an dem Rotwein. »Seit dem Mord an meinem Mann habe ich keinen Tropfen Alkohol mehr angerührt. Mir fehlte der Grund.«

Jakob starrte sie an.

»Alles Show, Hagedorn. Ich war so lange die versoffene Ehefrau meines Mannes, es ist ein Leichtes, sie nur zu spielen.«

»Sie waren glaubwürdig«, sagte Jakob.

»Es sind fünf Jahre vergangen und ich möchte auch in der Öffentlichkeit wieder sein, was ich einmal war, ein von Grund auf nüchterner Mensch. Deshalb habe ich beschlossen, heute Abend wieder zurückzukehren in den Alkoholismus. Da reicht ein einziges Besäufnis. Für die zu einer zwanzigjährigen Sucht passenden Leberwerte brauche ich allerdings länger. Also habe ich das Haus mit Alkohol gefüllt und in einer Woche ein Taxi bestellt, das mich zu einer Entzugsklinik bringen soll.«

»Sie wollen sich eine Woche lang betrinken, um öffentlich einen erfolgreichen Entzug inszenieren zu können?«

»Es ist das letzte Stück Freiheit, das ich zurückwill.«

»Warum haben Sie mir das alles erzählt?«, fragte Jakob.

»Weil Sie ausgerechnet heute vor meiner Tür standen. Wie Sie sich denken können, sind Sie der erste, der die Wahrheit erfährt. Es hat gutgetan, es einmal auszusprechen. Da bin ich nicht anders als unsere Kundschaft. Gefährlich werden können Sie mir durch dieses Wissen nicht, es gibt keinen Beweis, und wer würde Ihnen glauben, einem kopfkranken Kommissar ohne Hausmacht? Und Sie sind hier, um mit mir einen Deal zu machen. Hanna ist einer der drei Menschen, für die Sie alles tun würden.«

Jakob wurde übel.

»Das ist kein Grund zur Scham, Hagedorn, sondern Selbstverteidigung. Seien Sie froh, daß das Leben Sie nicht soweit in die Enge treibt, daß Sie glauben, jemanden töten zu müssen. Wir können uns einigen. Durch meinen Absturz wird die Gerichtsverhandlung verzögert und Sie gewinnen Zeit, Ihre Freundin zu retten.«

Jakob schwieg, sein Magen verknäuelte sich.

»Finden Sie heraus, worum es bei diesem Verfahren eigentlich geht, während ich bei meiner Leber Abbitte leiste und ihr eine sorgenfreie Zukunft verspreche. Ich könnte Ihnen auch guten Gewissens zusagen, Frau von Bredow freizusprechen, weil die Anklage ein Witz und Ihre Freundin eine wirklich gute Ärztin und aufrechte Person zu sein scheint. Aber wenn Sie nicht herausfinden, wer da intrigiert und warum, kassiert die nächste Instanz mein Urteil. Sie müssen den Gegner unschädlich machen, das ist die einzige Möglichkeit.«

»Danke«, sagte Jakob.

»Das ist nicht alles. Außer, daß Sie jetzt meine Lebensgeschichte am Hals haben, kostet sie das noch etwas.«

Jakob zog seinen Kopf hoch und sah sie an.

»Würden Sie mit mir trinken? Es wäre mir eine besondere Freude, diese Nacht mit Ihnen zu verbringen.« Die Richterin setzte sich zu ihm auf die Couch. Jakob roch wieder ihr Parfum und etwas Schweiß. »Sind Sie schockiert?«

»Wirke ich so?«

Sie lächelte. »Sie wirken, wie Sie immer wirken, entspannt, rätselhaft und beängstigend zielstrebig.« Sie strich ihm das Haar aus der Stirn. »Und vielleicht etwas verunsichert. Sie müssen sie sehr lieben, Ihre zornige Ärztin.«

Jakob nahm ihre Hand und untersuchte die einzelnen Finger.

»Es war die andere«, sagte sie. »Ich bin Linkshänderin.«

Er nahm auch die linke. »Du hattest keine Wahl«, sagte er in ihre Handfläche hinein.

Sie näherte sich seinem Gesicht. »Schuld habe ich trotzdem auf mich geladen«, sagte sie.

Auch Jakob näherte sich ihr, ihre Wimpern berührten sich fast. »Das ist das Leben.« Er küßte sie, sie schmeckte weich und jung.

Vergib mir Hanna.

Jurij Iwanow blätterte im Russischbuch. Levi hatte in ihm gearbeitet. Exakt bis Seite 100. »Die ukrainische Schlampe ist im Krankenhaus.«

Er sah Levi an, der wieder in seinem Bett lag.

»Leider. Der Mann, den ich zu Dir geschickt habe, Dich zu holen, sollte sie töten. Stattdessen war er grob zu Dir.«

Er holte eine Tafel Schokolade aus seiner Jackentasche und legte sie auf den Tisch. »Aber dafür bezahlt er. Morgen geht er zurück nach Russland.«

Er sah Levi an. »Ich kann niemanden gebrauchen, der meine Anweisungen nicht befolgt. In Russland wird er verschwinden. Viele Menschen verschwinden in unserer Heimat.«

Er stand auf.

»Die nächsten dreißig Seiten. Bis heute Nachmittag.«

Levi sah ihn an und schüttelte den Kopf.

Iwanow lachte. »Versuchst Du gerade, Dich mir zu widersetzen? Du halbe Portion?«

Levi warf den Schreibblock, den er unter seiner Bettdecke versteckt hatte, auf den Fußboden. Iwanow hob ihn auf, riß das oberste Blatt ab, las, was Levi geschrieben hatte und warf den Block auf den Tisch. Er ging zur Tür und drehte sich dort um. »Dreißig Seiten«, sagte er. »Danach machen wir eine Geschäftsreise zusammen. Du wirst meine Partner kennenlernen.« Er sah ihn an. »Als mein Sohn und Nachfolger.«

Er knüllte das von Levi beschriebene Blatt zusammen und warf es quer durch den Raum in den Papierkorb.

»Deine Mutter muß nicht wissen, wie es Dir geht. Du wirst sie nie wiedersehen.«

Hanna öffnete die Wohnungstür, streifte die Schuhe ab, schloß die Tür und lehnte sich dagegen. Sie hatte das Mädchen nicht gefunden. Vielleicht war es längst tot.

Sie schlich durch die dunkle Wohnung. Nach dem Sohn sehen. Sicher schliefen beide. Es stank. Kot, Säure, Erbrochenes, Schweiß, Urin. Sie war hellwach.

Grete saß auf einem Stuhl vor dem Lager des Jungen. Kerzengerade. Sie sah ihn an. Hanna stürzte zu dem Kind. Fühlte Puls, kontrollierte seine Atmung, die Nährlösung.

»Was ist passiert?«, fragte sie.

Grete war über und über besudelt mit breiigem Kot, Erbrochenem und Urin. Ihr Gesicht war kalkweiß und steinalt.

»Grete.« Hanna ging zu ihr.

»Er hat so geschrien. Und Du bist nicht an Dein Handy gegangen. Ich habe ihm noch mal Morphium gegeben. Dann war er plötzlich still.« Sie flüsterte. »Lebt er noch?«

Hanna rannte ins Bad, kehrte zurück mit einem Arm voller Medikamente, warf sie neben das Kind, ließ ihre Jacke auf den Boden sinken und zog eine Spritze auf.

Grete stand langsam auf, ging ins Bad, wusch sich, zog frische Kleidung an, warf die beschmutzte in einen Müllbeutel, packte eine Tasche und stellte sie vor die Wohnungtür. Sie stieg langsam in ihre Schuhe, ihren Mantel, nahm den Wohnungsschlüssel aus der Tasche, legte ihn vorsichtig auf die Kommode und zog die Wohnungstür auf.

Vor ihr stand Dao, den Schlüssel in der Hand.

»Grete, wo willst Du denn hin mitten in der Nacht?« Dao sah die Alte an. »Um Himmels willen, wie siehst Du denn aus?« Sie schob Grete zurück in die Wohnung und auf den erstbesten Stuhl. »Rühr Dich nicht vom Fleck.«

Dao ließ ihre Sachen fallen, holte aus der Küche den Eierlikör, füllte ein Glas und hielt es Grete hin. »Trinken«, sagte sie.

Grete folgte wehrlos. »So ist's fein«, sagte Dao und strich Grete über die Wange. »Und jetzt sag, was los ist.«

Grete starrte auf den Fußboden.

Dao schüttelte die Eierlikörflasche, hob Gretes Hand mit dem leeren Glas und goß es voll. »Noch einen«, sagte sie.

Grete trank. Farbe kehrte in ihr Gesicht zurück. Dao kniete sich vor sie und sah ihr ins Gesicht. »Gretchen, bist Du dem Teufel begegnet?«

»Ich habe ihn umgebracht.«

»Den Teufel?«

Grete nahm Daos Hand und zog sich an ihr hoch. Sie führte sie in das Zimmer mit dem Jungen und Hanna.

Hanna kniete inmitten aufgerissener Medikamentenpackungen. Um sie lagen Spritzen, Kanülen, sie beatmete das Kind und saugte es ab. Im Wechsel.

»Das sieht ja hier aus wie in meinem verfluchten Krankenhaus«, sagte Dao. »Was zum Teufel tust Du da, Hanna?«

Hanna drehte sich um. Ihr Gesicht war gerötet, ihre Augen aufgerissen. »Hilf mir, Dao, er stirbt.«

Hanna legte Daos Hände auf die winzige Brust. »Drücken«, sagte sie, »eins, zwei, drei.« Sie zog eine Spritze auf und injizierte etwas in die Kanüle. »Nicht aufhören«, sagte sie. Schubste Dao zur Seite und beatmete den Kleinen. Winkte Dao wieder, die Brust zu massieren. Beatmete ihn wieder. Wieder Dao. Auch ihr

Gesicht rötete sich. Wieder Hanna. Da hustete der Kleine, röchelnd atmete er ein. Hanna sank zurück.

»Was geht hier vor?«, fragte Dao außer Atem. Sie zeigte auf den Jungen. »Die ganzen Medikamente von mir, sind die für diese halbe Portion?«

»Die sind von Dir?«, fragte Hanna.

»Sicher. Ich arbeite in Deinem Krankenhaus.« Dao wischte sich den Schweiß von der Stirn.

»Warum das denn?«

»Um Dir zu helfen natürlich.«

Hanna weinte.

»Noch mal, was geht hier vor?«

»Sie hat ihn fast umgebracht«, sagte Hanna mit dem Rücken zu Grete.

»Ich glaube nicht, daß man den umbringen muß, der sieht aus, als würde er nicht mal den morgigen Tag erleben«, sagte Dao. »Was wiegt der, ein Kilo?«

Hanna drehte sich zu Grete um. »Wie konntest Du ihm nur so viel Morphium geben?«.

Grete schwankte. Sie hielt sich am Türrahmen fest. »Wie konntest Du mich mit ihm allein lassen? Wie konntest Du uns in so eine Situation bringen?«

»Ist er Dir nicht gesund genug? Ist er es nicht wert zu leben?«

Grete wich an die Wand zurück. Sie flüsterte. »Ich sage das nur ein Mal, Hanna: Das ist nicht Dein Sohn.«

Der Junge schrie. Schrill und laut. Sein Körper bog sich nach hinten. Hanna sah von ihm zu Grete.

»Was ist das?«, fragte Dao.

»Hypoxisch-ischämische Encephalopathie«, sagte Hanna. »Er hat nach der Geburt zu wenig Sauerstoff bekommen. Das sind Krampfanfälle.« Sie weinte. »Sein Gehirn ist geschädigt.«

»Es gibt kein Leben um jeden Preis«, sagte Grete.

»Die Nazizeit ist vorbei!«, schrie Hanna.

»Er leidet«, sagte Grete, »siehst Du das nicht?«

»Er kämpft um sein Leben!« Hanna schluchzte.

»Du kämpfst um sein Leben«, sagte Grete. »Du zwingst ihn zum Leben.«

»Das ist mein Beruf!«

»Nein«, sagte Grete, »das ist nicht Dein Beruf.«

»Soll ich ihn einfach sterben lassen?«

»Laß ihn gehen«, sagte Grete, »das ist alles. Laß ihn in Frieden gehen.«

»Er wird überleben, dafür werde ich sorgen.«

Grete ging aus dem Zimmer, nahm ihre gepackte Reisetasche und kehrte zurück. »Ich werde mir das nicht länger mit ansehen. Meine Handynummer hast Du ja. Leb wohl.«

Sie fuhren in einer abgedunkelten Limousine. Levi auf der Rückbank zusammen mit einem bulligen Angestellten seines Vaters. Die Limousine rollte auf eine Einfahrt, der Bulle zog Levi am Arm aus dem Wagen und hielt ihn fest, bis sie im Haus waren.

Ein Mann in schwarzem Anzug führte sie in einen mit dunklem Holz getäfelten Raum und wies sie auf dunkelbraune und unbequeme Sessel, Levi seinem Vater gegenüber, der Bulle stand hinter dem Kind. Ein Mann kam, er sprach Russisch. Umarmte Iwanow, tätschelte Levis Kopf.

Levis Vater machte mit ihm Geschäfte. Sie tauschten Koffer aus, zählten Geldbündel, zündeten sich Zigarren an und tranken Wodka. Levi war froh, daß sein Russisch noch nicht reichte, um ihren Gesprächen zu folgen, und starrte aus dem Fenster.

Die Männer standen auf, der Bulle zog Levi aus seinem Sessel, faßte hart zu, als Levi sich wand. So hart, daß ihm die Tränen hochstiegen. Der fremde Mann kam auf Levi zu, redete auf ihn ein und tätschelte ihm die Wange.

»Finger weg«, sagte Levi.

Der Mann gluckste vor Vergnügen. Auch Iwanow lachte.

Levi spuckte dem Mann ins Gesicht.

Alle schwiegen.

Iwanow beugte sich vor und sprach schließlich leise auf den fremden Mann ein, der hob die Hand in seine Richtung, Iwanow war sofort still.

Der fremde Mann sah dem Kind schweigend ins Gesicht. Levi bekam Angst, aber er wich nicht aus. Iwanow winkte dem Bullen, der griff Levi und zog ihn weg. Raus aus dem Raum, raus aus dem Haus, zum Auto. »Nicht anfassen«, schrie Levi.

Der Bulle hob Levi hoch und klemmte ihn sich unter die Achsel. Levi brüllte, zappelte mit den Beinen und schlug mit den Armen. Er erwischte die Hand des Bullen und biß kräftig in seinen Handballen. Der Bulle schrie auf, Levi lachte. Der Bulle ließ ihn fallen und hielt sich die Hand. Levi rappelte sich hoch und lief los. Der Bulle hielt ihn an den Haaren fest. Jetzt schrie Levi. Der Bulle zerrte ihn zum Auto, öffnete die hintere Tür, stieß Levi hinein, hob den Arm und versetzte ihm eine wuchtige Ohrfeige. Levis Kopf schlug zur Seite, stieß an den Türholm, er sah Sterne und verlor das Bewußtsein.

XXI

Ratten. So viele dunkle Tunnel, Gestank nach Urin. So viele gierige Augen, hager greifende Finger. Kauernde, torkelnde, keifende, fluchende, wimmernde Menschen. Müll, Spritzen, Blut, Kot. Und dazwischen überall Ratten.

Gurrende Tauben über eingerollten Menschen. Janine hielt eine Taschenlampe in verdreckte Gesichter. Stieg durch Unrat, über magere Beine, wühlte in Kleiderbergen, zog an Schultern. Stieß gegen leere Flaschen, verscheuchte Ratten.

Hanna suchte die Mutter und Janine, die ehemalige Wolfsfrau aus Brandenburg, half ihr. Hatte selbst auf der Straße gelebt, kannte die Plätze, Verstecke. Dao paßte auf das Baby auf, denn Grete war tatsächlich gegangen. Hannas Leben geriet ins Rutschen. Eine kleine Neigung zunächst, fast nicht wahrzunehmen. Sie kämpfte, aber die Schwerkraft zog. Die Klinik, Hermine.

Hanna wollte ja kämpfen. Sie erholte sich, kam zurück und stand vor Gericht, aufrecht. Aber Atekin und sie traten auf der Stelle. Bleischwer drückte sie ihre Aufgabe nieder. Die Gegenseite war so mächtig, so selbstsicher in der Zerstörung. Und dann auch noch Grete, die sie im Stich ließ, allein ließ. Nach Jakob, der eine andere Frau sein Herz berühren ließ. Es tat so weh.

»Finger weg!« Ein Obdachloser, den Janine an der Schulter gerüttelt hatte, schlug nach ihr. Es kam Bewegung in die Berge von Lumpen. Überall tauchten verschlafene Köpfe auf. Aufgequollene Gesichter, rote Nasen.

»Was'n los?«, rief eine Frau.

Ein Mann griff eine leere Flasche, stand taumelnd auf und drohte Janine. »Hau ab!«

»Unser Platz«, keifte die Frau.

Ein zweiter Mann stand auf. Janine hob die Taschenlampe, nahm eine herumliegende Flasche in die andere Hand und ging auf den Mann zu.

»Janine«, flüsterte Hanna, »Zeit zu gehen.«

Janine fixierte den Mann, ihre Halsmuskeln zuckten, der tätowierte Wolfskopf leuchtete. »Ich muß hinten noch nach ihr sehen.«

»Janine, komm jetzt.«

Janine sprang auf den Mann zu, beide Arme hoch erhoben. Sie brüllte wie ein Tier. Der Mann wich zurück.

Sie sprang auf den zweiten zu, fauchte jetzt. Er ließ die Flasche fallen und sank auf sein Lager. »Is' ja gut«, murmelte er.

»Komm her, wenn Du was willst«, keifte die Frau.

Janine ging auf sie zu, geduckt wie eine Katze. Die Frau starrte sie an. Janine beugte sich über sie und fauchte. Die Frau hob den Arm und schützte ihr Gesicht. Sie wimmerte.

Janine drehte ab, leuchtete mit der Taschenlampe die restlichen Lumpenberge ab und kehrte zurück. »Hier ist sie nicht«, sagte sie. »Nur Alkis.« Sie schob Hanna voraus. Unter einer Laterne hielt sie und sah Hanna an. »Bist Du eigentlich immer so blaß?« Hanna schüttelte den Kopf.

Janine war ganz in Schwarz gekleidet, sogar eine schwarze Mütze hatte sie übergezogen. Hanna fand, sie sah bedrohlich aus. Wilmersdorfer Witwen hätten ihre Handtaschen an sich gezogen. Aber sie waren nicht in deren Revieren unterwegs. Janines Bruder war beeindruckt von ihrem Aufzug gewesen, hatte Janine erzählt. Cool, hatte er gesagt, wie aus einem Comic. Er wußte ja nicht, daß diese Kleidung aus Janines altem Leben stammte, aus ihrer Zeit auf der Straße.

Sie wohnten zusammen in Frohnau. Grete hatte Janine ein Praktikum in einer Reinickendorfer Tierarztpraxis besorgt. Die Tierärztin war begeistert von Janines Umgang mit den Tieren, hatte den Geschwistern zwei Dachzimmer ihres Hauses vermietet und Janine einen Ausbildungsplatz angeboten. Bert ging in Frohnau zur Schule. Auf dem Dorf, wie er sagte. Janine hatte die Pflegschaft für ihn. Liefe alles glatt, bekäme sie irgendwann das Sorgerecht.

Janine sah Hanna mit ihrem Wolfsblick an. Auch ohne das Fauchen wäre sie jemand gewesen, dem Hanna ausgewichen wäre. Vorsichtshalber. Aber Janine war eine typische Eroberung von Jakob, also vertrauenswürdig. Hanna fragte sich, ob sie selbst auch so eine sonderbare Ausstrahlung auf andere Menschen hatte. Irgendetwas Ungezügeltes. In Richtung wilder Schale, tief verborgen butterweiche Kerne.

»Geht's Dir gut?«, fragte Janine.

»Nee«, sagte Hanna, »das nun wirklich nicht.«

»Kann ich was für Dich tun?«

»Finde das Mädchen.«

»Die wird Dir nicht helfen.«

»Sie ist Mutter. Sie muß sich kümmern.«

»Sie ist Junkie. Vergiß es.«

»Wir machen zusammen einen Entzug. Als erstes zeige ich ihr ihren Sohn, das hilft.«

Janine lachte.

»Wir müssen es wenigstens versuchen.«

»Sagt das Jakob? Würde zu ihm passen. Der große Retter.«

Hanna schwieg.

»Was?« Janine zog die Augenbrauen zusammen. »Ist was mit Jakob? Sag schon. Er ist mein Freund. Wenn was mit ihm ist, muß ich ihm helfen.«

»Der braucht keine Hilfe.«

»Oh doch. Ständig.«

»Er hat eine andere.«

»Jakob? Eine andere neben Dir? Nie im Leben.«

»Laß gut sein, von Männern verstehe ich mehr als Du.«

»Jakob ist kein Mann.«

Hanna lachte.

»Er ist ein Wolf. Und von Wölfen verstehe ich was.«

»Gehen die auch fremd?«

Janine fixierte sie. Was für ein Blick.

»Nein«, sagte sie.

»Scheint, Du irrst Dich.« Hanna ging aus dem Lichtkegel der Laterne. Janine folgte ihr mit ihrem wilden Blick. »Laß uns weitermachen«, sagte Hanna. Von Janine brauchte sie nun wirklich keine Ratschläge im Zwischenmenschlichen. »Dao wartet mit dem Baby. Kennst Du einen Junkieplatz?«

Janine fixierte sie weiter und schüttelte den Kopf.

»Aber irgendwo muß sie doch sein.«

Janine ging einfach los. Hanna hastete ihr hinterher. Die zweite Runde war noch härter als die erste. Janine hieß Hanna zu warten, schlüpfte durch Tore und Zaunlöcher, kletterte über Gerümpelhalden. Das Mädchen war nirgends.

Janine kaute auf ihrer Unterlippe, sah Hanna finster an und ging hinab in die U-Bahn. Sie gab Hanna ihre Mütze, zog selbst die Kapuze tief ins Gesicht, und schlich an Überwachungskameras vorbei in den Tunnel. Es war kurz nach drei. Vereinzelt donnerten Bahnen vorbei. Janine schob Hanna in Nischen. Sie trafen niemanden mehr, nur Ratten.

Spuren von Menschen schließlich. Müll, Essensreste, Spritzbesteck, Alufolienschnipsel. Hanna stolperte über Gleise, Janine hinterher. Sie stiegen in die Kanalisation. Noch mehr Ratten, Tümpel schillernden Wassers. Schlamm. Ein Licht plötzlich, eine Gruppe kauernder Menschen. Janines Taschenlampe huschte über die Gesichter. An einem blieb sie hängen. Janine hielt Hanna zurück und ging auf das Gesicht zu. Hockte sich hin und sprach leise. Hanna konnte nichts sehen. Es dauerte lange. Sie schwitzte. Es war warm. Wasser gluckerte um ihre Schuhe.

Schließlich kam Janine zurück. Ihr Gesicht war müde, sie nickte Hanna zu, sie gingen weiter. Janine lief jetzt schneller, sie hatte ein Ziel. Kein Suchen mehr. Sie kletterten eine eiserne Treppe hoch. Ein neuer Gang. Noch wärmer, trocken. Direkt über ihnen hörten sie eine Straße. Janine verlangsamte ihren Schritt, schlich fast.

Da lag sie. Die Beine angezogen. Zusammengekauert. Hanna lief auf sie zu.

Im Laufen öffnete sie ihre Jacke, zog die kleine Notfalltasche heraus und ließ sie neben das Mädchen fallen. Grub ihre Hände in das Bündel Kleidung, suchte den Kopf, das Gesicht, den Puls am Hals, drehte sie schließlich um.

Schwarze Hände, hochgeschobener Ärmel, die Arme voller eiternder Abszesse. Wo war der Puls? Hanna rief Janine, die langsam auf sie zu kam und sich über sie beugte. Hanna riß den Pullover des Mädchens hoch. Magere Brüste, schwarz vor Dreck. Jede einzelne Rippe war zu sehen, sogar das Brustbein.

Hanna legte den Handballen darauf und drückte zu.

Eins, zwei, drei.

»Hanna«, sagte Janine. »Hör auf.«

Eins, zwei, drei.

Janine umfaßte hart Hannas Schultern und zog sie zurück. Hannas Hände glitten von der Brust des Mädchens ab.

»Sie ist tot«, sagte Janine.

Hanna sank auf den Boden. Es rutschte. Immer abschüssiger der Weg. Immer steiler bergab.

Janine richtete den Lichtkegel der Taschenlampe auf das Mädchen. Ihr Gesicht war völlig entspannt. Sie schlief. Sie war so jung.

Hanna schluchzte.

»Ist besser so«, sagte Janine.

»Sie hat einen Sohn«, rief Hanna.

»Eben. Für den ist es viel besser so.«

»Hanna steht vor einer Wand«, sagte Grete.

»Das ist aber kein Grund, Dir so wehzutun«, sagte Penta.

Grete hatte die Freundin vom nächstgelegenen Bahnhof angerufen. Noch nie hatte Penta die Alte mit solcher Stimme sprechen hören. Sie war sofort in ihr Auto gesprungen und fand Grete entsetzlich verloren vor dem Bahnhofsgebäude. Auf der langen Rückfahrt fuhr sie besonders sanft über ruhige Straßen und Grete erzählte, was vorgefallen war.

Penta verdankte Grete und Hanna ihr Leben. Als junge Frau hatte sie in einer Kneipe einen Mann, der sie zu vergewaltigen versuchte, brutal zusammengeschlagen. Ohne die Hilfe der beiden Frauen wäre Penta im Gefängnis gelandet. Und das wäre für die Frau, die quasi unter freiem Himmel aufgewachsen und im Wasser zuhause war, der sichere Untergang gewesen.

Als Notärztin war Hanna Penta bei einem Einsatz begegnet und hatte sie mitgenommen in die eigene Wohnung. Grete erkannte in Penta das traumatisierte Mädchen, gemeinsam hatten sie ihre Seele wieder zusammengeflickt. Und das, ohne in sie zu dringen, ohne ihre Geschichte zu fordern.

Penta hatte sich gefangen, eine Ausbildung zur Bootsrestauratorin absolviert und war eine erfolgreiche Geschäftsfrau geworden. Allerdings getrieben von der Vergangenheit und schließlich von ihr eingeholt. Ein Geist aus alten Zeiten hatte sich an ihr rächen und sie töten wollen, sie war des Mordes verdächtigt worden und geflohen. Und wieder hatten Hanna und Grete ihr beigestanden, hatten sich schützend vor sie gestellt, als die Kripo sie zur Fahndung ausschrieb. Sie hatten deshalb sogar den Kontakt zu Jakob abgebrochen. Penta verdankte ihnen alles.

Grete war, und darin war Hanna ihr aufmerksamer Lehrling, das personifizierte Rückgrat, nichts schien sie zu beugen, undenkbar war, daß sie brach. Immer wußte sie Rat, fand Lösungen, gute Worte. Bot ein Nest, ein Zuhause.

Hanna war der Grete am nächsten stehende Mensch. Und ausgerechnet sie brachte die Alte, indem sie sie mit dem kranken Baby allein ließ, in eine ausweglose Situation. Und Grete, keine Ärztin und schon immer mit Wehrlosen leidend, war überfordert gewesen. Sie hatte dem Kleinen helfen wollen und eine falsche Entscheidung getroffen. Gut, daß er überlebt hatte. Abgesehen davon, das fand auch Penta, nachdem sie von seinem bisherigen Leben erfuhr, daß er natürlich längst hätte tot sein müssen. Aber bitte nicht durch Gretes Fehler.

»Keine Sorge«, sagte Grete, »Schläge halte ich aus.«

»Und warum bist Du dann gegangen?«

»Weil Hanna nur ganz allein auf ihren eigenen Weg zurückfinden wird.« Grete seufzte. »Was immer ein anderer sagt, sie nimmt sofort die Gegenposition ein. Sie verschanzt sich, verstehst Du? Da mußte ich zurückweichen, damit sie sich nicht mehr in der Enge fühlt, den Verstand einschaltet und mit dem Schwachsinn aufhört.«

»Und ob ich das verstehe.«

Grete lachte. »Im Verschanzen warst Du ein Profi. Weißt Du noch, die Trommeln?«

Auch Penta lachte. Hanna war bei ihrem ersten Aufeinandertreffen als Notärztin zu einer Kneipenschlägerei gerufen worden. Sie fand Penta, nachdem sie den Mann krankenhausreif geschlagen hatte, auf einer Bühne, trommelnd wie eine Verrückte.

»Was macht das Stoßen?«, fragte Grete leise.

»Ist noch da.» Penta sah die müde, angeschlagene Grete an. »Das ist es, was ich aushalten muß«, sagte sie.

»Das ist Dein Preis für ein halbwegs normales Leben. Folge des überstandenen Krieges.« Grete faßte sie tröstend an der Schulter. »Und wohin fahren wir? Hast Du Dir eine Festung gebaut?«

Penta fühlte sich weiterhin bedroht von ihrem alten Leben. Selbst Mörder wurden irgendwann wieder in Freiheit entlassen, und Haß war ein sehr ausdauerndes Gefühl. Sie hatte zum Gefängnis Kontakt aufgenommen, um Frieden zu schließen, aber keine Antwort erhalten. Also würde Penta ihr Leben lang wachsam bleiben und Matthäus vor seiner schrecklichen Verwandtschaft beschützen müssen.

Aber sie hatte einen verborgenen Ort für sich und ihren inzwischen erwachsenen Sohn gefunden. Ein Dorf, gelegen in endlosen Wäldern im Norden Brandenburgs. Sie hatte nach und nach unter wechselnden Tarnfirmen Haus um Haus gekauft, schließlich die Ländereien ringsum, und als es ihr sicher genug erschien, waren sie unter falschem Namen in eines der Häuser gezogen.

»Es ist ein Zuhause für uns«, sagte sie. »Und jetzt haben wir genug geredet. Es ist nicht mehr weit. Wenn wir ankommen, stecke ich Dich in die Wanne und koche uns was ...«

»Kannst Du neuerdings kochen?«

»... und dann legen wir Dich vollgefuttert in ein Federbett.«

»Laß mich die Küche übernehmen.«

»Auf gar keinen Fall. Du bist mein Gast.«

Grete knurrte.

»Und dann schläfst Du die ganze Aufregung aus. Wirst sehen, es ist wundervoll still.«

Grete sah sie skeptisch an. »Ich soll ohne Berliner Grundrauschen schlafen?«

»Wart's ab«, sagte Penta, »unser Dorf ist ein friedlicher Ort.«

Levis Vater ging im Zimmer auf und ab. Immer die paar Meter zwischen Tisch und Bett. Levis Gesicht war geschwollen. Iwanows Kinderaufsichtsbulle hatte ihm eine Beule hinter dem Ohr und eine Platzwunde an der Augenbraue beschert. Wahrscheinlich würde der jetzt auch in Russland verschwinden. Und Levi bekäme eine Narbe. Ein bißchen wie die seiner Mutter. Es tat weh, aber er fühlte sich stark. Stark genug für seinen Vater.

»Weißt Du, wen Du da angespuckt hast?« Levi schwieg. »Den mächtigsten Russen der Stadt«, sagte Iwanow. »Vielleicht den mächtigsten des ganzen Landes.«

»Umso besser«, sagte Levi.

Iwanow machte einen Satz nach vorn und gab ihm eine Ohrfeige. Seine Oberlippe platzte auf. Levi schmeckte Blut. Er biß die Zähne aufeinander. Keine Tränen.

Iwanow ging wieder im Zimmer auf und ab. »Du mußt sofort nach Russland«, sagte er.

»Ich geh da nicht hin«, sagte Levi.

Iwanow hob den Arm, Levi streckte ihm das Kinn entgegen.

»Du tust, was ich sage. Du bist mein Sohn und Du bist Russe.«

»Nicht alle Russen sind wie Du«, sagte Levi. »Wladi ist anders und er ist mein Freund. Der hat auf mich aufgepaßt, ohne jemanden zu schlagen oder zu töten.«

»Das wird er nicht überleben«, sagte Iwanow.

»Willst Du alle umbringen?« Levi schrie. »Was bist Du bloß für ein Arschloch?« Seine Stimme kippte. »Opa hat Dir nichts getan. Und Wladi auch nicht. Er hat nur auf mich aufgepaßt. Und ich gehe sowieso nicht mit in Dein blödes Russland, da kannst Du Dich auf den Kopf stellen.«

Iwanow schlug ihn wieder. Jetzt blutete Levi auch aus der Nase. Er kämpfte gegen die Tränen.

Iwanow sah seinen Sohn an. »Du bist mutig«, sagte er.

»Berliner sind so«, sagte Levi.

Iwanow lachte.

»Hör auf zu lachen. Ihr könnt mich alle mal mit Eurem Russland und dem Kaukasus. Und Israel kann mir sowieso den Buckel runterrutschen.«

»Es wird wirklich Zeit, daß Du hier wegkommst.« Iwanow ging zum Waschbecken, machte einen Waschlappen naß und ging damit auf Levi zu. Er hob den Arm, um Levi das Blut aus dem Gesicht zu waschen, aber der schlug die Hand weg.

»Verschwinde!«

Iwanow lachte wieder, warf den Waschlappen ins Waschbekken und ging zur Tür. »Morgen«, sagte er, »schicke ich Dich los.« Er hielt die Türklinke in der Hand. »Und ich hoffe, Du erinnerst Dich, was denen passiert, die mein Vertrauen mißbrauchen.« Er verließ das Zimmer.

Levi sank in sein Bett, hielt sich das schmerzende Gesicht und weinte. Er sehnte sich nach seiner Mama.

XXII

Jakob hatte einen Kater. Mit altvertrauten Bewegungen hatte Marianne Flasche um Flasche geöffnet und Jakob trank. Aus Champagnerkelchen, schillernden Weingläsern, schweren Whiskygläsern, rauchigen Cognacschwenkern. Ein gepflegt bürgerlicher Alkoholismus.

Marianne trank immer schneller und wurde immer lebendiger. Mit glühenden Wangen zog sie Bücher aus Regalen, las, neben ihm auf der Couch sitzend, einzelne Passagen daraus vor und ließ immer länger die Hand auf Jakob ruhen. Dann sprang sie plötzlich auf, entkorkte die nächste Flasche, brachte Photos, legte Musik auf, redete und redete und zog ihn schließlich zu sich.

So wenig Liebe in all den Jahren und so viel Sehnsucht. Und jetzt saß Jakob in Jurij Iwanows protzigem Zuhause an der Seite von Oskar und Tanja und strahlte den gehabten Sex aus wie ein aufgeladenes Glühwürmchen. Wie ein Blockheizkraftwerk surrte er im Tiefkühlklima Iwanows. Um seinen Stuhl ganze Seen von Tauwasser.

Iwanow saß ihnen gegenüber auf einem Gladiatorensessel, hinter sich an der Wand eine riesige russische Fahne, es fehlten nur Krone und Zepter. Neben ihm besetzten die Hunde zwei große schwarze Ledercouchen. Der immer wieder knurrende Rüde links, die Hündin rechts mit vier an ihrem Bauch schlafenden Welpen, der Rest der Hunde tobte durch den Raum.

»Warum sind Sie nicht zum Protokoll bei uns erschienen?«, fragte Tanja.

»Es gibt nichts zu protokollieren. Ich habe zum Verschwinden des Georgiers nichts zu sagen.«

»Das nennen wir mangelnde Kooperationsbereitschaft«, sagte Oskar.

Iwanow ließ die Knie zur Seite fallen und stellte seine Eier zu Schau. »Und?«

»Sieht nicht gut aus.«

»Immerhin habe ich Sie in mein Haus gelassen.« Iwanow fixierte Jakob. »Alle.«

»Wir hätten Sie natürlich auch vorladen können.«

Iwanow lachte. Etwas zu laut. Ein Mann ohne Maß. Und ohne wirkliche Gegner. Alle wußten, daß er seinen Sohn entführt hatte und irgendwo gefangen hielt, aber niemand konnte ihn dafür zur Rechenschaft ziehen. Sie durften ihn nicht einmal zu Levi befragen. Kriminalrat Fockemeyer war richtig laut geworden, vermutlich brach ihm der Angstschweiß aus, wenn er an Iwanows Kontakte dachte. Was hatte er getönt in der Apotheke. Und war nun noch jemand, der Alika nicht schützen konnte.

Alika war in einem schrecklichen Zustand. Weiterhin verweigerte sie jeden Kontakt zu Jakob, aber sie tauchte nahezu täglich in der Keithstraße auf, forderte von den Kollegen, daß sie nach Levi suchten, klagte, schimpfte, drohte und brach weinend zusammen. Zwei Kollegen der Fahrbereitschaft brachten Alika dann in ihr Atelier. Jakob zerriß es schon von Tanjas Beschreibungen ihrer Auftritte das Herz. Alle fühlten mit ihr, aber sie waren ohnmächtig.

Niemand hatte Jurij Iwanow in seinem bisherigen Leben Grenzen aufgezeigt und Jakob fragte sich, ob er der Grenzer für ihn sein würde.

Sein Wohnzimmer war so maßlos wie der Mann. Riesengroß, mit massigen Teppichen, an deren Ecken die Welpen kauten. Darunter spiegelnde weiße Fliesen, durchzogen von goldenen Weinranken. Bodentiefe Fenster umrahmten den Ausblick zum Garten. Auf der Terrasse rauchten zwei Bodyguards, hinter ihnen dämmerte eine Kinderschaukel auf dem Rasen, Hundespielzeug lag im Gras.

»Sie haben ja Erfahrung mit Vorladungen«, sagte Oskar. »Verdacht auf Körperverletzung, Hehlerei, Diebstahl, Steuerhinterziehung, Frauenhandel und Förderung der Prostitution.«

»Verdacht, Sie sagen es.«

»Vorbestraft sind Sie trotzdem. Wegen unerlaubten Waffenbesitzes und Hausfriedensbruch.«

»Das ist lange her.«

»Och«, sagte Oskar, »zwei Jahre finde ich jetzt nicht so lang.« Er sah sich um. »Mit dem beantragten Waffenschein wurde es ja nun leider nichts. Haben Sie denn noch Waffen?«

»Meine Angestellten sind bewaffnet. Das reicht.«

»Der Hausfriedensbruch war allerdings in Alikas Restaurant.«

»So schlimm war die Strafe nicht.«

»Weil Alika eingelenkt hat.«

Iwanow sah zu Jakob. »Alika lenkt nie ein.« Er legte die Hände in den Schoß zwischen die breitgestellten Beine. Ist ja gut, dachte Jakob, ich seh sie. »Wüßte ich es nicht besser, man könnte Alika für eine Russin halten.«

»Besitzen Sie Immobilien mit Keller?«, fragte Tanja.

Iwanow lachte.

»Es muß ein altes Gebäude sein«, sagte Jakob. »Sandstein. Anfang zwanzigstes Jahrhundert.«

Iwanow sah ihn an. »Ich besitze viel.«

»Der Keller ist unrenoviert.« Jakob sah in Iwanows Augen. Sein richterlicher Kater fauchte, die Ohren sausten, der Magen krümmte sich. »Es gibt ein paar Stufen hinein«, sagte er. »Vier oder fünf. Nackte Wände, kein Putz, keine Fenster. Sand auf dem Boden. Und er ist nicht weit von hier.«

»Fällt Ihnen dazu etwas ein?«, fragte Oskar.

Iwanow fixierte Jakob. »Mein Sekretär gibt Ihnen eine Aufstellung meiner Immobilien in der Region. Suchen Sie selbst.«

»Schon wieder keine Kooperation«, sagte Tanja.

Vergiß es, Tanja, dachte Jakob.

»Was wollen Sie denn mit dem Keller?« Iwanow suchte Jakobs Augen ab. »War Guram in so einem Keller?«

Es polterte im Flur. Iwanow stand auf. Alika stürzte in das Wohnzimmer. »Wo ist er?«, rief sie. Ihr folgten zwei Bodyguards. Iwanow wies die Männer zurück.

»Du bist hier nicht erwünscht«, sagte er.

Alika stand dicht vor ihm. »Wo ist Levi?« Sie hatte die Fäuste geballt.

»Ist er Dir weggelaufen?« Iwanow sah sie verächtlich an. »Das kann ich verstehen.«

Alika stürzte an ihm vorbei zur Terrasse. »Ich finde ihn.«

Die Welpen sahen die Frau, die geöffnete Tür und ihre Chance auf einen unerwarteten Ausflug.

Iwanow setzte sich wieder. »Wo waren wir stehengeblieben?«

Alika stieß die rauchenden Bodyguards zur Seite, lief durch den Garten und rief nach Levi. Iwanow sah ihr zu und lachte. »Herrlich, wie eine Russin.«

Die Welpen dachten, die fremde Frau wolle spielen, und hampelten hinter ihr her. Jakob stand auf, tonnenschwer senkte sich der Himmel auf seinen alkoholisierten Schädel. Der Rottweilerrüde hob den Kopf und grollte. Jakob ging zur Terrassentür, der Rottweiler stand auf und schüttelte sich. Iwanow sah ihm zu.

Alika kam aus einem Busch hervor, sah Jakob und blieb stehen. Ihre Schultern fielen herab. »Komm her«, sagte er ruhig. Alika ging auf ihn zu. Iwanow beobachtete die beiden, der Rottweiler stand auf der Terrasse.

»Er ist weg«, sagte Alika, als sie vor Jakob stand. Der große Mann und die kleine Frau mit der gespaltenen Stirn. Ihre Augen waren weit aufgerissen. »Er hat ihn sich geholt«, flüsterte sie. »Der Teufel hat ihn geholt.«

Jakob drehte sich um. Iwanow stand auf der Terrasse, den Rottweiler hielt er am Halsband. Der Blick des Russen schoß auf Jakob zu und traf ihn am Hals. Er unterdrückte ein Stöhnen.

»Sieh oben nach ihm«, sagte Iwanow zu Alika. »Du kennst Dich ja aus.« Er fixierte Jakob, sein Gesicht war höhnisch. »Die Schlafzimmer sind noch an der gleichen Stelle.«

Alika stürzte los, die Welpen ergriffen die Flucht. Die Bodyguards versuchten sie einzufangen. Jakob folgte Alika in den oberen Stock, Iwanow ihm, dahinter Oskar und Tanja.

Die Mutter lief durch alle Zimmer. Kam schluchzend zurück, ein Spielzeug in der Hand. »Das ist seins«, rief sie.

»Das hat er hier vergessen«, sagte Iwanow.

»Du lügst.« Alika umklammerte zitternd das Spielzeug.

»Wir sehen uns dann mal um«, sagte Oskar und nickte Tanja zu. Sie teilten sich die Zimmerflucht, Oskar links, Tanja rechts.

Alika ging zurück in das Zimmer, aus dem sie das Spielzeug geholt hatte. Jakob folgte ihr. Sie riß die Schranktür auf und zog Kinderkleidung hervor. »Das ist alles seins«, rief sie und streckte es anklagend Iwanow entgegen.

Jakob griff ihr in den Arm.

»Alika«, sagte er sanft, »er ist nicht hier.«

Sie sah zu ihm hoch, in dieses vertraute, fremde Gesicht und fiel ihm an die Brust. Jakob strich ihr über den bebenden Rücken. Alles um ihn versank, Jakob war da für die verzweifelte Mutter.

Der erste Schlag traf seine Niere. Stöhnend krümmte er sich zusammen und vergaß, seinen Kopf zu schützen. Der zweite Schlag galt seiner Schädeldecke, er stürzte. Haut platzte, Blut troff über seine Stirn. Alika schrie. Er hob die Fäuste und sah in Iwanows Gesicht. Lust blitzte in dessen Augen. Der Russe holte aus. Ein Totschläger, er hielt einen Totschläger.

Jakob bot ihm die rechte Schulter an. Es krachte. Er zog seine langen Beine unter den Körper.

Alika sprang Iwanow schreiend auf den Rücken. Krallte ihre Nägel fest an seinen Hals. Blut quoll unter ihren Fingernägeln hervor. Aber Iwanow fixierte Jakob, das Opfer. Als wäre Alika ein lästiges Insekt, schüttelte er sich und holte erneut aus.

Jakob rollte sich zur Seite, in der Schulter gellte der Schmerz, aber der Schlag traf nur den Fußboden. Jakob lag jetzt vor dem offenen Schrank. Er griff die Tür von innen. Iwanow stürzte auf ihn zu, Jakob zog an der Tür, der Schrank kippelte, ein Brett rutschte, Kinderkleidung, Tornister, Bücher stürzten aus dem Schrank. Brüllend hob Iwanow den Totschläger über Jakobs Kopf, da stürzte der Schrank auf ihn. Krachend sauste der Totschläger durch die Schrankwand und verhakte sich an Kinderpullovern. Iwanow brüllte, Jakob lag im Dunkel unter dem Schrank.

»Runter auf den Boden!« Oskar. Wird auch Zeit, dachte Jakob, als in seinem Kopf das Glockenläuten begann.

»Waffe weg!«

Tanja. Schön, Dich zu hören.

»Hände auf den Rücken.«

Handschellen rasteten ein. Jakob verlor das Bewußtsein.

Hanna fielen die Augen zu. Atekin ruckelte vorsichtig an ihrem Unterarm. Sie schrak hoch. Die Richterin war noch immer nicht da. Der Staatsanwalt blätterte gereizt in seinen Unterlagen, der Beisitzer wühlte gelangweilt in seiner Aktentasche. Eine dreiviertel Stunde warteten sie jetzt.

Nachdem sie das Mädchen gefunden hatten, hatte Janine der Polizei von einer Notrufsäule aus einen Hinweis gegeben. Unmöglich zu sagen, woran sie starb. Zu ausgemergelt war sie gewesen. Die Geburt und der Blutverlust hatten ihr den Rest gegeben. Hanna kam zu spät. Sie konnte nichts mehr für sie tun. Und das Mädchen konnte nichts für seinen Sohn tun.

Hanna war nach Hause gestürzt. Auch wenn Dao die OP-Schwester spielte, von Medizin verstand sie so gut wie nichts. Hanna fand sie an der Seite des Jungen. Er schrie alle paar Minuten, war abwechselnd glühend heiß und vor Kälte blau, in seine Windel schoß dünner Kot.

Hanna hatte die Medikamentendosierung angepaßt. Sie hatte ihm eine Infusionspumpe gelegt. Kurz darauf wurde er ruhiger. Dao holte aus der Küche ihre Flasche Whisky, goß sich und Hanna ein und sah ihre Freundin an.

»Weißt Du, wie es hier aussieht?«, fragte sie.

Im Wohnzimmer lagen Vorratspackungen an Windeln, Stapel von sterilem Verbandmaterial. Der Galgen, das abseits lauernde Beatmungsgerät, der Pulsoximeter, Kanülen, Besteck. »Wie auf Station«, sagte Hanna.

Dao nickte. »Es geht mich ja nichts an, aber weißt Du, was Du tust?« Sie trank in einem Zug das Glas leer. »Hast Du nicht gesagt, Du hörst medizinische Geräte schreien?«

Hanna sah auf den Jungen, der jetzt ruhig atmend schlief. »Er ist so klein«, sagte sie.

»Er ist nicht fertig«, sagte Dao, »genau, wie seine Mutter es war. Nicht ganz ausgewachsen und schon tot.«

»Was soll ich tun?«, fragte Hanna.

»Das weiß ich nicht, aber wobei ich Dir gerade helfe, ist falsch, das weiß ich.« Sie deutete auf den Jungen. »Es ist gut, daß seine Mutter tot ist, Janine hat recht. Und vielleicht will er auch sterben und Du läßt ihn nicht.«

Dao war gegangen. Das Leiden des Würmchens aus dem Kopf saufen, hatte sie gesagt. Und dann zurück in ihr Schwesternheim. Aber sie war zurückgekommen, als Hanna sie gebeten hatte, während der Verhandlung auf den Kleinen aufzupassen. Es ginge ihm besser, hatte Hanna gelogen.

Der Entzug dauerte so lange. Und sein Gehirn war durch den Sauerstoffmangel während der Geburt schwer geschädigt. Sie selbst konnte sich nicht belügen.

Der Staatsanwalt stand auf. »Herr Beisitzer, wollen Sie nicht nachfragen, ob die werte Richterin noch kommt? Immerhin ist Montag, vielleicht hat sie auf die uns allen bekannte Art ihr Wochenende verbracht?«

»Das ist respektlos«, sagte Atekin scharf.

»Wollen Sie mich belehren?« Sein oberschwäbisch angenehmer Singsang war einem genervten Quengelton gewichen. »Verbietet der Islam nicht Alkohol? Wir wären besser dran, wenn die Richterin zu Ihrem Glauben übertreten würde.«

»Herr Staatsanwalt«, sagte der Beisitzer, »ich ermahne Sie, die Würde des Gerichts ...«

Der Staatsanwalt setzte sich wieder und richtete seine Krawatte. »Bißchen viele Benimmregeln in Abwesenheit einer versoffenen Richterin.«

»Es reicht.« Atekin sprang auf.

Der Staatsanwalt lachte.

»Herr Staatsanwalt, das Publikum ...«, sagte der Beisitzer.

Hanna wußte, daß Jakob in der zweiten Reihe saß, schräg hinter Gregor. Als ob er bemerkt hätte, daß Hanna immer wieder zu ihrem Hauswart sah, der so eine beruhigende Art hatte, ihr zuzunicken. Wird alles wieder gut. Nichts wird gut.

Hanna streifte Jakob mit einem Blick. Sie sehnte sich so nach ihm. Er sah aus, als hätte er sich geprügelt. Sicher ging es um seine neue Flamme. Georgierin. In deren Kreisen schlug man sich vermutlich um Frauen.

Hanna, was denkst Du da. Sie war so müde. Wie damals bei Hermine. Das Baby. Sein Gehirn. Ein Hinkelstein lag quer in ihrer Brust. Kein Raum für anderes. Keine Atmung ging mehr, kein Herz schlug. Nur der Stein.

Sie sah wieder zu Gregor. Aber Jakobs Blick zog sie. Diese Hitze, die von ihm ausging. Keine Georgierin hätte dem widerstehen können. Hanna auch nicht. Ihre Augen trafen sich. Es tat so weh, der Stein ächzte. Ihre Hände strichen über seine Augen. Dieses Blau, ihr Blau. Er lächelte. Seine Wärme schoß zu ihr, füllte ihre Brust. Das Baby. Mein Baby. Unser Junge.

Alika. Es schoß ihr in den Rücken. Ihr Name ist Alika.

Bleib da, sagten Jakobs Augen.

Der Schmerz in ihrem Rücken war so stark. Sie zog sich aus seinen Augen.

»Ich hasse es, meine Zeit mit Dilettanten zu vergeuden. Ob sie aus Kreuzberg oder Anatolien kommen, ist mir völlig gleichgültig.« Der Staatsanwalt drehte sich zum leeren Richterstuhl. »Und mit Alkoholikern in gehobenen Positionen.«

Hanna sah in Atekins Gesicht. Es war angespannt. Unter dem Tisch ballte er die Linke zur Faust. Er schwieg.

Der Staatsanwalt packte die Aktentasche. »Und jetzt gehe ich.« Schlug knallend die Gesetzestexte zu. »Sie dürfen mich gern verwarnen«, sagte er zum Beisitzer. »Sie dürfen die Verhandlung aber auch gern vertagen. Am besten auf einen Mittwoch, da ist unsere verehrte Richterin meist nüchtern.«

Der Beisitzer entschied sich für eine Vertagung, Hanna verabschiedete sich vom kurz angebundenen Atekin und hoffte, er machte jetzt einen Waldlauf. Sie hastete nach Hause zu Dao und dem Jungen, war Stunden früher zurück als geplant.

Dao saß steinern auf einem Stuhl. Ihre Wimperntusche war verschmiert. Sie reagierte nicht auf Hannas Rufen. Hanna kontrollierte die Parameter und war erleichtert, daß sich nichts verschlechtert hatte. Nicht schon wieder. »Danke«, sagte sie mit einem schwachen Lächeln zu Dao.

Daos stand auf. »Das war das letzte Mal«, sagte sie.

»Aber das hast Du doch sehr gut gemacht«, sagte Hanna.

»Und ich mache es niemals wieder. Auch wenn mich das unsere Freundschaft kostet.«

»Aber nein.« Hanna kamen die Tränen. »Auch mir tut es weh«, sagte sie.

»Dann hör auf. Hör endlich auf, dieses wehrlose Kind am Sterben zu hindern.«

Jakob stand gegenüber von Marianne Lindemanns Haus an einen Laternenpfahl gelehnt und fragte sich, ob er erkennen würde, wenn die Richterin Hilfe brauchte. Es war kurz vor Mitternacht, als das Licht in der Küche ausging. Die Schlafzimmerfenster blieben dunkel, das Wohnzimmer hell erleuchtet. Um Mitternacht klingelte sein Handy. Jakob fischte es aus der Tasche und stöhnte, als er die von Jurij Iwanow zerschlagene Schulter dabei bewegen mußte.

»Stör ich Dich?«

»Du störst mich nie, Vater, das weißt Du doch.«

Jakobs Vater war nach einem getriebenen Leben im Münsterland bei einer Bauernfamilie zur Ruhe gekommen. Auf ihrem Hof konnte er als Bildhauer arbeiten. Auch mitten in der Nacht, sein Leben lang hatte sein Vater unter Schlaflosigkeit gelitten.

»Wie geht es meinem Sohn? Du meldest Dich gar nicht, da macht ein Vater sich Sorgen.«

Gut, daß sein Vater nicht sehen konnte, wie zerbeult Jakob aus der Auseinandersetzung mit dem russischen Totschläger gekrochen war. Mit einer Schulter-, einer Nierenprellung und einer mit fünf Stichen genähten Platzwunde am Hinterkopf. Den erschütterten Schädel schmückte ein monströses Pflaster, er brummte immer noch. Ein nahtloser Übergang vom Alkohol zur Schlägerei. Sein Gehirn hatte auch ohne epileptische Anfälle einiges durchzustehen in letzter Zeit. »Findest Du nicht, wir sollten die Rollen so langsam umkehren?«, fragte Jakob und strich sich über das Pflaster.

»Nö, mir geht's gut. Ein gesunder alter Sack, der sich freut, wenn er mal wieder im Bogen pinkeln kann.«

Jakob lachte.

»Lach nur, mein Sohn, irgendwann sind das auch Deine einzigen Glücksmomente.«

»Soll ich Dich jetzt bedauern?«

»Sag mir lieber, ob Du Dich endlich von Hanna trennst und ich Dich beerben kann. Sie wäre die einzige Frau, für die ich sofort zur nächsten Apotheke radeln und Viagra kaufen würde.«

Jakob schwieg.

»Dünnes Eis?«

»Ganz dünn.«

»Ich warne Dich, mein Sohn, sie ist die beste Frau nach Deiner Mutter. Verdirb es nicht.«

»Das Schicksal verdirbt es. Es knüpft mir immer wieder andere Seelen ans Bein.«

»Seelenrettung ist nun mal Deine Aufgabe.«

»Aber dieses Mal ist es der ganze Kaukasus.«

»Der ist schwer.«

»Und eine schöne Frau mit einem gespaltenen Gesicht.«

»Armer Jakob.«

»Und keiner fragt mich, ob ich das will.«

»Das ist nichts zum Wollen. Du kannst es einfach, deshalb mußt Du es.«

»Manchmal hasse ich das.«

»Sag das nicht, das ist eine Gabe.«

»Du fehlst mir, mein Alter. Ich muß gar nicht nachdenken, wenn wir reden.«

»Was ist denn das für ein Kompliment?«

Sie lachten.

»Und was machst Du gerade, Sohn?«

»Eine Freundin beschützen. Sie betrinkt sich in ihrem Haus gegenüber.«

»Deinetwegen?«

»Wegen ihres Mannes.«

»Scheiße, das tut mir leid für Dich.«

»Muß es nicht, er ist tot.«

»Das klingt schon besser.«

»Sie hat ihn umgebracht.«

»Oh Mann, Du treibst es wirklich auf die Spitze.«

»Wo ich das bloß her habe.«

Sein Vater lachte.

Marianne löschte das Licht im Wohnzimmer und schaltete es ein im Schlafzimmer. Ein gutes Zeichen, sie konnte noch gehen.

»Hast Du einen Tip, wie ich das Hanna erkläre?«

»Was? Daß Du andere Frauen beschützt?«

»Daß einige der Seelen, die mir das Schicksal ans Bein knüpft, weiblich sind. Und manchmal attraktiv.«

Sein Vater schwieg lange. »Deine Mutter hat es auch nicht verstanden«, sagte er schließlich. »Sie hat zu ertragen gelernt, daß nicht all meine Liebe für sie war. Und sie hat gemerkt, daß der reservierte Rest gottverdammt ein Riesenhaufen war verglichen mit dem, was andere Männer ihren Frauen so zu bieten haben. Vielleicht sagst Du das Deiner Hanna. Oder noch besser, zeig ihr den Riesenhaufen.«

»Mach ich, Papa, und jetzt geh schlafen, es ist schon spät.«

XXIII

All das mußte ein Ende haben. Dao hatte Material gesammelt, um das gesamte verfluchte Krankenhaus auf Jahre in den Knast zu bringen. Patienten raus, Pforte versiegeln und den Schlüssel wegwerfen.

Dao war schon einigem an Verkommenheit und Sumpf in ihrem immer noch recht kurzen Leben begegnet, aber dieses Krankenhaus war der Gipfel. Jeder bereicherte sich, ignorierte Vorschriften, säbelte an Patienten herum, beging so viele Kunstfehler, daß es auch schon wieder eine Kunst war. Es war unfaßbar. Hanna behauptete ja, das sei an allen Krankenhäusern so, aber Dao wollte sich, potenzielle Patientin, die sie ja nun mal war, einen Rest an gutem Glauben bewahren.

Der Chefarzt allerdings, da waren Hanna und sie sich einig, war wirklich einzigartig. Der kurzbeinige Stier mit seinem roten Haarkranz stand über jedem Gesetz. Niemand wagte es, ihn zu kritisieren, alle deckten seine Ausfälle.

Und Dao hatte sich geschworen, dafür zu sorgen, daß er nie wieder ein Skalpell in die Hand nehmen würde. Notfalls würde sie ihn eigenhändig ertränken und aufpassen, daß er nicht an anderer Stelle wieder hochgluckste wie Unrat.

Ihre Einarbeitungszeit als philippinische OP-Schwester endete in zwei Tagen. Und obwohl sie viel gelernt hatte und alle Instrumente inzwischen blind zureichen konnte – so schwierig war das wirklich nicht –, wollte sie keinen Tag länger unter diesem Operateur arbeiten. Das konnte fürchterlich nach hinten losgehen.

Heute war ihr letzter OP-Tag, und hätte nicht das Team eines Notarztwagens nach einer Massenkarambolage auf der Stadtautobahn Patienten eingeliefert, hätte sie schon Feierabend. Dao bat ihren Schutzengel noch um Aufmerksamkeit und desinfizierte ein letztes Mal ihre Hände.

»Hoher Blutverlust«, rief der Notarzt, während sie den Flur zum OP entlangliefen. Zusammen mit einem Rettungssanitäter hob er den Patienten auf die Krankenhausliege. »Motorradunfall. Ohne Bewußtsein seit Eintreffen. Möglicherweise Schädelhirnverletzungen. Verdacht auf Milzruptur, Schulterfraktur, Rippenfraktur.« Zwei Schwestern rissen die Liege herum und stürzten weiter. Der Notarzt warf im letzten Moment das Übergabeprotokoll auf den Patienten und rief ihnen die verabreichten Medikamente hinterher.

Sie schnitten die Kleidung des Patienten auf. »Scheiße«, sagte die eine Schwester und wies auf seinen geschwollenen Bauch. Sie desinfizierten die Körperoberfläche. Tücher flogen auf den Boden. »Sechzig zu dreißig«, sagte die andere und entnahm eine Blutprobe.

»Rüber, schnell«, sagte die andere.

Sie betteten ihn auf eine OP-Liege und stießen damit die Tür zum Operationssaal auf. Der Chefarzt sah ihnen aus einem Nebenraum dabei zu. »Sechzig zu dreißig«, sagte die Schwester, und schloß den Patienten an die Geräte an. Es piepte. Sie legte einen venösen Zugang, Dao hängte eine Tüte Blutplasma an den Galgen und schloß die Kanüle an. Das Plasma tropfte langsam.

»Schneller«, sagte die Schwester und Dao drehte den Regler auf. »Sechzig zu dreißig, Puls 110.«

Der Oberarzt klappte das Visier des Motorradhelms auf, zog die Augenlider des Patienten hoch und testete die Pupillenreflexe. »Seitengleich«, sagte er.

Der Chefarzt kam in den OP. »Säge«, sagte er.

Der Oberarzt klappte das Visier hinunter und zog vorsichtig den Helm über den Kopf.

»Säge habe ich gesagt.« Der Chefarzt brüllte.

Der Helm war ab. »Das ist meine OP«, sagte der Oberarzt. »Sie haben seit vier Stunden frei.«

»Puls 130«, sagte die OP-Schwester.

Der Oberarzt tastete den Nacken ab. »Corticoide«, sagte er.

Er sah in sein Gesicht. »Mein Gott, ist der jung.» Er richtete den Blick auf den Bauch. Dao legte ihm das Skalpell in die Hand. Er setzte es an, atmete tief ein und aus. Die Haut öffnete sich. Oberhaut, Unterhaut, kein Fettgewebe, Bindegewebe. Blut. Überall war Blut. Er legte die Milz frei. »Mittendurch«, sagte er, klemmte die zuführenden Gefäße ab und entfernte das gerissene Organ.

Eine Schwester kam mit Blutkonserven. Dao tauschte das Plasma gegen sie aus.

»Was macht der Puls?«

»Unverändert«, sagte die Schwester.

Der Oberarzt trat einen Schritt zurück und sah auf den Bildschirm. »Abwarten«, sagte er.

»Und was ist mit der Leber?« Der Chefarzt stieß ihn zur Seite, der Oberarzt taumelte. »Laßt mich mal nachsehen.« Er hatte eine Fahne, seine Finger fuhren tief in den Bauchraum. »So'ne kleine Leber«, sagte er. »Jung müßte man noch mal sein.«

»Chef«, sagte der Oberarzt.

»Was?«

»Sie sind betrunken.«

Der Chefarzt tastete sich durch den Bauchraum. Der Puls setzte aus. Die Schwester, der Oberarzt und Dao starrten auf den Bildschirm.

»Sein Herz schlägt«, sagte der Chef. »Bumdibum. Wie es sich gehört.« Der Puls setzte wieder ein. Der Oberarzt beugte sich zu Dao, sie wischte ihm den Schweiß von der Stirn. Der Chef löste eine Arterienklemme. »Alles prima. Die brauchst Du nicht mehr, mein Freund.«

»Stop!« Der Oberarzt fiel ihm in den Arm.

»Finger weg.« Der Chefarzt griff nach der zweiten Klemme.

Da schoß Blut aus dem Bauch des Jungen. Frisches, helles sauerstoffreiches, arterielles Blut. »Ups«, sagte der Chef, rülpste und nahm sich ein Skalpell.

»Nicht!«, rief die Schwester und faßte zu.

Der Chef schwankte und traf mit dem Skalpell ihren Arm. Sie schrie. Blut tropfte auf den Boden.

Dao sprang vor und versetzte dem Chef einen Handkantenschlag in den Nacken. Er sank zusammen wie ein nasser Sack.

Der Obearzt stieg über ihn. »Schnell!«

Blut schoß in Wellen aus dem Jungen.

»Puls 140«, sagte die Schwester.

»Klemme«, rief der Oberarzt. Dao reichte sie ihm. Er versuchte, das Gefäß abzuklemmen, aber es blutete weiter. Er ließ die Klemme fallen. Dao hielt ihm Faden hin. Er band es ab.

»Fünfzig zu dreißig, Puls 190.«

Der Oberarzt vergrößerte den Schnitt. Er suchte den Anfang des Gefäßes. Überall Blut.

»Puls 210.«

Dao tupfte und tupfte.

Unter ihr stöhnte der Chef.

»220.«

Der Herzschlag setzte aus.

Der Oberarzt hielt das Gefäßende und wickelte den Faden darum. Zog zu.

»Kein Puls mehr.«

Das Blut floß langsamer. Die Blutung stoppte.

»Nullinie.«

Er trat zurück. Schweiß rann ihm über das Gesicht.

Der Chef auf dem Boden richtete sich auf und rieb sich den Nacken. Sah sich um. Zog sich hoch am OP-Tisch.

»Exitus.« Der Oberarzt ließ die Hände sinken.

Schwankend stand sein Chef neben ihm. Er zog die OP-Haube vom Kopf und den Mundschutz hinunter. Sein ganzer Schädel leuchtete rot, Alkoholschwaden legten sich über den Blutgeruch. »Die Abrechnung, Schwester«, lallte er und torkelte zum Ausgang. Drehte sich um, hielt sich an der Tür fest. »Und die jungen Organe nich' vergessen. Verkaufen wir.«

In Marianne Lindemanns Haus brannte kein Licht. Nicht im Schlafzimmer, nicht in der Küche, nicht im bücherumstellten Wohnzimmer. Jede Nacht hatte sie länger gebraucht, um das Wohnzimmer zu verlassen. Erst, wenn das Schlafzimmerlicht erlosch, erklärte Jakob seinen Freundschaftsdienst für abgeleistet und ging nach Hause. Heute war er kurz vor Einbruch der Dunkelheit angekommen und hatte sie im Licht der tiefen Sonne durch das Haus gehen sehen.

Sie konnte also immer noch stehen.

Inzwischen war es seit Stunden dunkel, und er sah nichts mehr hinter den Fenstern. Er schlich sich um das Haus. Er zog eine an der Garage lehnende Leiter hervor und stieg auf das Garagendach.

Sie lag im Wohnzimmer auf dem Boden in einer Pfütze Urin. Um sie herum leere Flaschen. Jakob versuchte zu sehen, ob sich ihr Brustkorb hob und senkte. Er sah in ihr Gesicht.

In dem Moment öffnete sie die Augen.

Hastig kroch er aus dem Blickfeld dieser Augen, stieg die Leiter hinunter und stellte sie zurück. Jakob schämte sich. Er schlich sich vom Grundstück und wartete.

Das Taxi kam mit dem ersten Zwitschern der Amseln. Der Taxifahrer klingelte. Als niemand öffnete, zog er einen Schlüssel aus der Tasche und verschwand in Mariannes Haus. Das Licht ging im Hausflur an, dann im Wohnzimmer. Nach fast zwei Stunden traten sie vor die Tür. Marianne trug einen langen Mantel, Hut und Sonnenbrille. Der Taxifahrer stützte sie. Öffnete die Tür hinter dem Beifahrersitz und half ihr geduldig beim Einsteigen. Er hastete zum Haus zurück, löschte alle Lichter und kam mit zwei Reisetaschen zurück, die er im Kofferraum verstaute.

Jakob sah den sich langsam stadtauswärts entfernenden Rücklichtern nach und hätte heulen können. Er warf einen letzten Blick auf das Haus, das erleichtert schien, daß die Woche überstanden war. Niemand fragte die Häuser, ob sie all das Leben in ihrem Innern tragen konnten über so viele Jahre. Jakob grüßte zum Abschied seine Laterne und ging, begleitet vom Morgenkonzert der Lichterfelder Vogelschar zu seinem Frühstück.

Alika malte nur noch ihren Sohn. Keinen Kaukasus, keinen Guram. Levis Profil, seinen Rücken, seine Hände, Füße, seinen aus der Tür verschwindenden Nacken mit den baumelnden Fußballschuhen. Sie hörte sein Lachen, roch seinen Kinderschweiß, sah überall seine wütenden Augen. Das ganze Atelier war voller Levibilder. Es tat ihr gut und es zerriß sie. Sie malte und schrie an gegen das, was sein Vater gerade mit ihm tat. Liebe gegen Haß. In Öl, in Pastell, Gouachen, Kreiden, Levi, Levi, Levi.

Ihr Vater hatte sie aus Georgien nach Berlin gebracht, um sie zu retten und war ausgerechnet hier ermordet worden. Und Levi? Alika hatte Igor die Apothekenführung übertragen und malte wie besessen. Hoffte, ihn so zu retten. Was man so tut, wenn das Beten verlernt, der Glaube verschwunden ist. Die schöne Alika, immer mutig, immer stark, war Jurij Iwanow ausgeliefert. Ohnmacht. Sie schrie gegen den Mond, schlug mit dem Kopf gegen die Wand. Nimm mir alles, aber nimm mir nicht meinen Sohn.

Sie schlief inmitten seiner Kleidung, zusammengekauert in seinem Kinderlager, der geheimen Höhle hinter den Zeichenschränken, trank aus seinem Becher, aß von seinem Teller. Horchte nach seinem Schritt, fand ihn in jedem Kind auf der Straße, glaubte seinen Schopf um jede Ecke kommen zu sehen.

Alika ließ erschöpft den Pinsel sinken und sah sich um. Eine Schar Levis. Sie stellte seine Bilder auf Staffeleien und darunter. Zog alles zu einem Kreis zusammen. Stellte wieder und wieder um, bis sie zufrieden war. Suchte Kerzen, entzündete sie in der Mitte des Kreises und summte die georgischen Kinderlieder, die sie für ihn gesungen hatte. Vor einem halben Leben. Seinem Leben. Levi war zu jung zum Sterben. Sie schluchzte. Sank auf den Boden und schließlich in den Schlaf.

Sie hörte den Schlüssel nicht im Schloß. Leise, zart wurde er herumgedreht. Sanft die Tür aufgeschoben. Die Kerzen waren längst runtergebrannt. Alika schlief. Nur ein kleines Licht in der Küche brannte noch.

Seine Wärme holte Alika aus dem Schlaf. Ihr Sohn hockte neben ihr und strich ihr über das verweinte Gesicht. Alika riß sich hoch, sah in Levis Augen, seine großen Augen. War sie verrückt geworden, war das sein Geist?

»Mama«, sagte er, »Du sahst aus wie tot.«

Sein Gesicht war blutverkrustet. Die Lippen dick und aufgeplatzt, ein Auge blau. Vorsichtig strich Alika über die Wunden. Er zuckte zurück.

»Ich hab Hunger«, sagte Levi und stand auf. Er sah die Bilder. »Das bin ja alles ich.«

Alika biß sich in die Hand und unterdrückte ein Schluchzen.

Levi klapperte am Kühlschrank. »Du hast aber wenig zu essen da.«

»Ich koche Dir was.« Ihre Stimme war rauh.

Levi biß mit schmerzverzerrtem Gesicht in eine Banane und betrachtete die Staffeleien. »Kannste abbauen«, sagte er mit vollem Mund, »das Original ist wieder da.«

»Wie redet denn mein kleiner Levi?«

Er warf die Bananenschale in den Mülleimer. »Wie ein hungriger Berliner«, sagte er.

Alika ging zu ihm und streckte die Arme aus. »Komm her«, sagte sie.

Levi ging zum Kühlschrank und öffnete die Tür. »Wüßte nicht, wie Du hier was zum Kochen finden willst.«

»Levi.«

»Wir müssen ins Restaurant. Hungrig kann ich nicht ins Bett.«

Alika ließ die Arme sinken.

»Papa hat eine russische Haushälterin. Nein, zwei.« Er drehte sich zu ihr um, hinter ihm der offene, erleuchtete Kühlschrank. Levi hatte einen Heiligenschein. Das zerschundene, blutverkrustete Gesicht und der Schein. Alika biß sich auf die Lippen. »Die konnten voll nicht kochen, alle beide.« Er schüttelte den Kopf.

»Wer hat Dir so wehgetan?« Alikas Blick strich zärtlich durch sein Gesicht.

»Das war Papa«, sagte er. »Immer, wenn er nicht weiterwußte, weil ich nicht gemacht habe, was er wollte.«

»Und dann hat er Dich gehen lassen?«

Levi schnaubte. »Nach Russland wollte er mich bringen. Da mußte ich doch abhauen. Und dann ist er einfach nicht mehr gekommen. Nur die Haushälterin war noch da. Und er hat ja immer die Tür aufgelassen. Aber vielleicht wollte er mich auch nur testen. Er hat gesagt, wenn ich sein Vertrauen mißbrauche … und das hab ich ja jetzt, weil ich abgehauen bin.«

»Es ist gut, Levi.«

»Sie haben Suse erschossen.«

Alika schwieg.

»Und Irina ist im Krankenhaus. Der Mann sollte sie töten, Papa war böse, daß sie noch lebt.« Der Kühlschrankkompressor sprang an. »Warum ist Papa so?«

»Das weiß ich nicht, mein Levi.«

Levi flüsterte. »Ich hatte solche Angst.«

»Es ist gut, Levi.« Alika machte einen Schritt auf ihn zu.

»Wir müssen ins Krankenhaus, wir müssen Irina beschützen.«

Noch ein Schritt.

»Er hat gesagt, ich soll Dich vergessen. Er hat gesagt, wir sehen uns nie wieder.«

Alika hob die Hand, Levi legte sein Gesicht hinein.

»Er hat gesagt, er tötet mich, wenn ich …«

Alika zog ihn an sich. Er war so kalt, ganz steif. Sie summte ein Kinderlied.

»Was ist, wenn Papa hierher kommt? Und wenn er die Tür nur aufgelassen hat, damit ich abhaue?«

Sie küßte seinen Scheitel.

»Wir müssen Wladi anrufen«, sagte Levi. »Der ist ein guter Russe. Der wird uns beschützen. Aber Papa hat gesagt, er will ihn auch töten, weil er Dir geholfen hat.«

»Er kann sie nicht alle töten, Levi. Es sind zu viele.«

»Bist Du sicher?«

»Ich gehe zu Wladi. Und zu Jakob, dem Polizisten. Sie werden uns verstecken und zusammen dafür sorgen, daß Dein Vater Dir nie wieder weh tut.«

Jakob stieg die Treppen zu Hannas Wohnung hinauf. Seit dem letzten Termin vor Gericht schien es ihm, als habe Hanna ihm wieder eine Tür zu ihrer Seele geöffnet. Es tat ihm weh, wie schlecht es ihr ging. Aber mehr als Marianne für sie einzunehmen, konnte er nicht tun. Und das durfte sie nicht erfahren. Sie würde sofort spüren, wieviel er dafür hatte einsetzen müssen.

Er hatte Zeit gewonnen. Zeit, Gurams Mörder zu finden und endlich Tilla. Und dann würde er herausfinden, worum es bei der Verhandlung eigentlich ging. Er würde Hanna da rausboxen. Schien, er bräuchte viel Zeit. Möglicherweise war er auch einfach ein von einem russischen Totschläger gezeichneter Idiot, wenn es um Hanna ging. Statt sich um seine Liebe zu kümmern, ließ er sich vom Schicksal den Kaukasus und eine kleine Frau mit gespaltenem Gesicht aufladen. Und ihren Sohn. Und ihren ermordeten Vater. Er seufzte. Niemand fragte Jakob, bevor er ihm sein Leben auflud. Konnte all die Geschichten nicht mal jemand anderer zuende erzählen?

Hannas Wohnungstür war schon besetzt. Gregor hatte ein Ohr an sie gelegt und lauschte.

»Keiner zuhause?«, fragte Jakob.

Gregor fuhr erschrocken herum.

»Ich will zu Hanna.«

Gregor nickte. »Sie macht aber nicht auf.«

»Wird nicht da sein. Vielleicht ist sie zum Zoo, den Pferdeanhänger putzen.«

Gregor schüttelte den Kopf. »Horchen Sie mal.«

Auch Jakob legte sein Ohr an die Tür. Gregor und er sahen sich an. »Ich hör nix«, sagte Jakob.

»Gleich«, flüsterte Gregor.

Da ertönte ein spitzer Schrei. Jakob sträubten sich die Nackenhaare.

»Das ist doch ein Baby, oder nicht?«, sagte Gregor.

»Irgendwie schon.« Jakob wurde übel, sein Kopf dröhnte.

Gregor trat einen Schritt zurück. »Ist das Ihrs?«

»Nicht, daß ich wüßte.«

Wieder ein Schrei.

»Ich frage nur, weil, man hat gar nichts gesehen.«

»Muß ja nicht Hannas sein.«

»Und warum läßt sie uns dann nicht rein?«

»Soll ich mal?« Jakob klingelte, beide horchten.

Nichts.

»Vielleicht ist das Baby allein?«

»Nee.«

»Sicher?«

»Ich bin der Hauswart.«

»Ohne Schlüssel.«

»Mit«, sagte Gregor.

»Und warum gehen wir dann nicht einfach rein?«

»Weil Hanna hinter der Tür ist.«

Jakob lachte. Sein Gesicht tat dabei noch immer weh.

»Und was jetzt?«, fragte Gregor.

»Meine Freundin hat ein Baby. Vielleicht sollte ich mich besaufen.«

»Ich wohne im Parterre, habe Wein und zwei Stühle.«

»Klingt nach einem ziemlich guten Vorschlag.« Jakob sah ein letztes Mal zur verschlossenen Tür. Er streckte Gregor die Hand hin. »Ich bin Jakob.«

»Ich hoffe, Du magst Bordeaux, Jakob.«

»Hauptsache, er ist warm im Bauch und räumt die Sorgen beiseite.«

»Macht er, ich versprech's.«

Hypoxisch-ischämische Encephalopathie. Denke es, sage es, ertrage es.

Hanna lag mit dem Baby auf der Brust allein in ihrer Wohnung. So viele Zimmer, so leer.

Hanna summte. Peterchens Mondfahrt. Rechtes Bein, linkes Bein.

Seine Atmung ging pfeifend. Der kleine Brustkorb hob und senkte sich wie die Flügel eines nervösen Falters. Immer langsamer der Flügelschlag, immer kürzer das Flattern.

Schweiß brach ihm in Wellen aus. Schauer liefen durch seinen Körper. Hin und wieder bäumte er sich auf, die kleinen Hände gestreckt, die Beine verdreht.

Cerebrale Krampfanfälle. Unterwegs zum Stupor. Pupillen lichtstarr, keine Reflexe mehr, schlaffer Muskeltonus.

Sein Gehirn war massiv geschädigt. Zu lange zu wenig Sauerstoff. Dazu der Entzug, immer noch. Neonatales Abstinenzsyndrom. Seine Schreie. So klein. So schrill. Jetzt nicht einmal mehr das. Hanna summte.

Vitalfunktionen stabilisieren. Antiepileptika. Leberwerte kontrollieren. Blutwäsche. Nierenfunktion. Kardiales Pumpversagen. Kardiales Lungenödem. Hypnotika, Analgetika, Katecholamine. Insulin, Heparin. Furosemid, Elektrolyte.

Rechtes Bein, linkes Bein.

Ein leises Flattern des Herzens. So müde. Schlaf ruhig.

Bradykardie, Apnoen.

Ich halte Dich nicht zurück.

Nabelschnurruptur. Sturzgeburt. Mutter tot.

Du bist nicht mein Sohn.

Intrauterine Drogenexposition. Der nächste Krampf. Aufbäumen. Schschsch. Die Schauerwelle, der Schweiß. Hanna hielt seine winzige Hand. Er reagierte nicht. Multipler Substanzgebrauch. Heroin, Kokain, Amphetamine.

Die Nährlösung war leer. Hanna schloß den Zugang.

Morphiumsulfat, Phenobarbital, Diazepam.

Er zog pfeifend Luft. Sein Gesicht lief rot an.

Hanna summte. Er fiel ein. Leise wimmernd.

Noch ein Bäumen. Welle, Schweiß.

Der Flügelschlag, Flattern. Ein winziger Schnaufer, die offene Hand. Aus.

Hanna summte. So still. Die leere Wohnung. Ihre Tränen fielen in sein schweißnasses Haar. Sie legte ihn zur Seite, sah in sein erschöpftes Gesicht. Ein totes Baby. Das Schlimmste. Sie legte ihm eine Decke über, hoch bis zur Brust. Nicht frieren. Aber den Kopf frei. Endlich frei atmen. Sie ging zum Fenster, öffnete es. Atmete tief ein. Zündete sich eine Zigarette an. Die erste seit dem Krankenhausflur. Sie rauchte, weinte. Schließlich nahm sie das Telefon. Wählte und wischte sich die Tränen aus dem Gesicht. »Es tut mir leid«, sagte sie. »Er ist tot. Komm nach Hause, bitte.«

XXIV

Tanja streckte den Kopf durch Oskars Bürotür. »Neuigkeiten«, sagte sie. Oskar winkte sie herein.

»Die Fingerabdrücke auf Gurams Brieftasche und Handy, wir haben einen Treffer.«

»Jetzt erst? Wer hat denn da gepennt?«

»Niemand. Die Kollegen haben eine Suchanfrage für die alten DDR-Bestände gestartet. Weil er doch auf der Stadtgrenze lag.«

»Und?«

Es klopfte. »Herein«, brüllte Oskar und sah Tanja erwartungsvoll an. Durch die Tür schlich Jakob. Mit Sonnenbrille.

»Ach nee«, sagte Oskar. »Akademischer Glanz in unserer Beamtenhütte.«

»Hat es nicht eben noch geregnet?« Tanja deutete auf Jakobs Brille.

»Laßt Euch nicht stören.« Jakob ließ sich auf einen Stuhl fallen. »Ich will hier nur ein bißchen sitzen und so tun, als wäre ich die Kripo.«

Oskar starrte ihn an.

»Also die Fingerabdrücke«, sagte Tanja, »die wir auf Gurams Papieren gefunden haben … «

»Hast Du einen Kater?«, fragte Oskar.

»Gregor, Hannas Hauswart … «, sagte Jakob mit kratziger Stimme.

»Hannas Hauswart? Hat der irgendwas mit dem Mord an Guram Geladse zu tun?«

»Natürlich nicht. Ich wollte nur erklären …«

»Vergiß nicht, womit Du Deine Miete verdienst, Alter.«

»Noch bin ich in der Wiedereingliederung.«

»Und die freien Tage dienen dazu, daß Du Dein krankes Hirn in Gesellschaft eines Hauswarts in Alkohol einlegst?«

»Warum nicht?«

Oskar stöhnte.

»Dürfte ich die Herren dann mal um ihre Aufmerksamkeit bitten?«, fragte Tanja.

Oskar sah sie an. »Findest Du das normal?«

»Jakob ist nicht normal.«

Jakob lachte und hielt sich die schmerzende Wange.

»Hat er Dir im Suff eine reingehauen, Dein Hauswart?«

»Das ist immer noch Iwanows Beule, Du erinnerst Dich an seinen Totschläger? Eine Dienstverletzung«, sagte Jakob.

»Laß Dich doch krankschreiben.«

»Ruhe jetzt!« Tanja brüllte, die Männer sahen sie erschrocken an. »Die Fingerabdrücke«, fuhr sie ruhig fort, »stammen von einem Kriminellen aus der DDR.«

»Also ist er doch im Umland ermordet worden«, sagte Oskar.

»Ossis dürfen jetzt reisen«, sagte Jakob.

»Klugscheißer.«

»Ein Russe?«

»Die DDR-Behörden waren nicht ermächtigt, sowjetischen Staatsbürgern Fingerabdrücke abzunehmen«, sagte Tanja.

»Da sind wir besser dran, wir lassen sie erst nach der erkennungsdienstlichen Behandlung laufen«, sagte Oskar.

»Iwanow ist ja noch in Untersuchungshaft«, sagte Jakob. »Das Ermittlungsverfahren läuft doch weiter.«

»Mit Samuel Herzl als Staatsanwalt«, sagte Tanja, »das wird was werden.«

»Und wo finden wir den kriminellen DDR-Mann zu den Fingern heute?«, fragte Oskar.

»So weit sind die Kollegen noch nicht.«

»Super.«

»Er saß in Bautzen, das ist bisher alles.«

»Ein Sachse.«

»Vielleicht ein Handlanger von Iwanow?«, fragte Jakob. »Habt Ihr schon die Fingerabdrücke von Levis Entführern damit abgeglichen?«

Tanja nickte. »Russen. Einer war mal Iwanows Türsteher.«

»Für die wichtigen Sachen nimmt man Landsleute.«

»Und nicht das sächsische Brudervolk.«

»Fünf Tage, und wir haben die Ergebnisse aus Bautzen. Wenn es die Akten noch gibt.«

Jakob brauchte dringend ein Bad. Irgendwas mit Kastanie. Er sah dem Wasser zu, wie es die Wanne füllte. Fließend warmes Wasser, welch ein Luxus. Vor lauter Verschwundenen, Verschollenen und ihm aufgesattelten Schicksalen vergaß er die wirklich wichtigen Dinge im Leben. Eine Wanne mit warmem Wasser.

Er war nicht männlich genug für eine Schlägerei mit Iwanow. Oder nicht entschlossen genug. Oder zu zivilisiert. Oder alles zusammen. Diese virile Revierscheiße ging ihm auf die Nerven. Außerdem hatte er Kopfschmerzen. Hauswartfusel. Gesüßter Bordeaux. Gregor war ja ein netter Kerl, aber sein Wein …

Vor Gregors Wohnungstür mußte Jakob warten. Wahrscheinlich hatte der Hauswart Schmutzwäsche von der Couch geklaubt oder Pornos in die Besenkammer geworfen. Zumindest waren die Wände im Wohnzimmer auffällig leer und die Schlafzimmertür verschlossen. Alleinlebender Mann, Jakob war voller Vorurteile. Stop, lebst auch allein. Keine Pornos, stattdessen Geister. Die räumt keiner weg.

Gregor hatte in der DDR Dramaturg werden wollen, durfte aber nicht studieren. Stattdessen steckte man ihn in eine Lehre zum Schweißer. Ausgerechnet. Die DDR hatte eben keinen Humor. Immerhin ein ehrlicher Beruf. Nach der ersten Flasche süßen Weins hatte Gregor Jakob davon erzählt. Metall, Hitze, Verbindung. Alle Räder stehen stramm, weil mein starker Arm det kann. Sein Vater war nicht in der Partei, die Mutter Pastorentochter. Politisch unzuverlässige Herkunft also. Kein Theater. Stattdessen Schweißer. Bewährungsstrafe in der Produktion. Dabei hatte er nichts gemacht, nur die falschen Eltern. Verfluchte Diktatur. Jakob war mal wieder froh, auf der richtigen Seite der

Mauer geboren zu sein. Mutter Cellistin, Vater Bildhauer und politisch struppig. Das wäre was geworden. Nix Kripo, Tütenkleber, maximal.

Jakob hatte den Verdacht, Gregor war ein bißchen in Hanna verliebt. Nachvollziehbar. Die schönste, klügste, beste, stolzeste Frau des Planeten. Und Jakob störte das kein bißchen. Er war eben kein wilder Russe, sondern ein durchgeknallter epileptischer Geisterseher. Der nicht einmal die Mutter seiner großen Liebe fand. Darauf noch ein Glas. Die ein Baby aus Amerika mitgebracht hatte. Wie Tilla. Auf Reisen, um Samen zu klauen, von einem Amerikaner. Gregor hielt das für ausgeschlossen. Ihr seid so ein schönes Paar. Prost. Sind wir.

Jakob hätte dem verhinderten Dramaturgen fast von Alika erzählt, aber als der Bordeaux ihn so weit hatte, war Gregor eingeschlafen. Jakob deckte ihn zu, spülte die Gläser, sah sich noch die Plattensammlung an, lieh sich ein paar aus, schrieb das auf einen Zettel mit seiner Adresse und Telefonnummer, sah dem schlafenden Hauswart noch einmal ins Gesicht. Wärst ein guter Regisseur geworden, dachte er. Hast so was. Drübergucken, daneben stehen, andere einsetzen. Kein Mann für die erste Reihe, was ihn Jakob sympathisch machte.

Ob Gregor wohl auch jetzt noch als Schweißer arbeitete? Gab es überhaupt noch Schweißer in Berlin? Jakob goß Badeessenz in seine gefüllte Wanne. Die Kastanienmilch verteilte sich schaumschlagend im Wasser. Er würde ihn fragen. Vielleicht war er deshalb so schnell eingeschlafen. Und zum nächsten Gerichtstermin, wenn Marianne von ihrer Klinik zurückkehrte, gingen sie gemeinsam. Saufen verbindet. Zumindest Männer.

Es klingelte Sturm. Jakob stöhnte. Doch keine Wanne.

Alika stieg die Treppen hoch. Jakobs Herz schlug bis zum Anschlag. Sie stürzte auf ihn zu, winzig die dauerverweinten Augen. »Levi«, preßte sie hervor.

Jakob zog sie in die Wohnung. Was sollte er auch machen? Sie klammerte sich an seinen Hals. »Er ist zurück«, schluchzte sie.

Jakob strich ihr über das Haar. Es roch so vertraut. Schwarzes Haar wie Hannas. Er stand mit Alika im Arm barfuß in seinem Flur, die Hose nicht mal richtig zu, und dachte an Hanna. Mit ihm stimmte wirklich etwas Wesentliches nicht.

»Aber warum weinst Du denn? Das ist doch schön.«

»Iwanow hat ihm gedroht, daß er ihn tötet«, sagte Alika.

»Laß ihn drohen, er ist verhaftet und muß sich verantworten, weil er einen Kripobeamten fast totgeschlagen hat.«

»Du mußt uns retten.«

Na klar. Aber einen Versuch war es wert gewesen.

Es klingelte wieder. Alika weinte aus Angst um ihren Sohn, Jakob hangelte sich zum Summer und öffnete die Tür, soweit es ging. Alika war im Weg.

»Er wird ihm etwas antun«, flüsterte sie.

»Aber nein«, sagte Jakob matt und spürte die neue Last auf seinen Schultern. Er wäre fast auf die Knie gesunken. Gebirge, dachte er. Ich tippe mal Kaukasus.

Alle nur her, Jakob kann det.

Es klopfte. Jakob zog Alika an sich und öffnete die Tür.

Es war Gregor.

»Deine Platten«, sagte Jakob. Er deutete auf Alika in seinem Arm. »Aber ich kann gerade nicht.«

Gregor starrte ihn mit aufgerissenen Augen an.

»Das ist … «, sagte Jakob. Ja, wer ist das und vor allem was? Er wußte nicht weiter.

»Aber das geht doch nicht«, sagte Gregor.

Oh nein.

»Das ist nicht so, wie es aussieht.«

Gregor drehte sich um und stürzte die Treppe hinunter.

Scheiße. Jakob schlug die Tür zu. Alika weinte.

»Komm erst mal rein«, sagte er.

»Du mußt Levi verstecken, Jakob.«

»Ja.« Er warf einen sehnsüchtigen Blick auf die Badezimmertür. Das auch noch. Tilla, Gurams Mörder, den Vater von Hannas

Baby und jetzt auch noch Levi. »Ich koche uns Tee«, sagte er. Das war immerhin ein ordentlicher Anfang.

»Sind Sie gegen die Wand Ihrer Zelle gelaufen?« Tanja sah in Jurij Iwanows geschwollenes, bläulich verfärbtes Gesicht. Auf seinem Nasenrücken klebte ein breites Pflaster.

Die Untersuchungshaft war gefährlich, gerade für im Freien mächtige Männer wie Iwanow. Im Knast galten andere Regeln, waren andere stärker, forderten ihr Stück vom Kuchen, der außerhalb der Gefängnismauern gebacken wurde. Wenn Iwanow da nicht nachgab und sich freikaufte, war das schlecht für seine Gesichtsfarbe. Und Iwanow, der Mann ohne richtige Gegner, hatte natürlich den Dicken rausgehängt.

»Mein Mandant ist von Mithäftlingen in der Justizvollzugsanstalt Moabit angegriffen worden.« Iwanow ließ eine Anwältin für sich sprechen.

»Na sowas«, sagte Oskar.

»Deshalb beantrage ich die sofortige Entlassung zum Schutz meines Mandanten«, sagte die Anwältin.

Oskar fragte sich, was eine Frau dazu verleiten konnte, so ein Arschloch zu vertreten. Vermutlich einfach ein Batzen Geld, Oskars Frauenbild war eben zu romantisch.

»Wäre nicht erst mal die Krankenstation dran?«

»Mein Mandant befürchtet, auch dort verfolgt zu werden.«

»Von den Krankenschwestern?« Iwanow sah Oskar aus seinen zugeschwollenen Augen an.

»Finden Sie das witzig?«, fragte die Anwältin.

»Es ist immer wieder interessant zu sehen, was die Untersuchungshaft aus Berliner Geschäftsleuten macht.«

»Warum hat man Sie denn angegriffen?«, fragte Tanja.

»Dazu möchte mein Mandant keine Angaben machen.«

»Und wer hat Sie angegriffen?«

Jetzt schwieg sogar die Anwältin.

»Auch gut«, sagte Oskar, »ein Haufen Papierkram weniger.«

»Allerdings auch eine Begründung weniger für Haftverschonung«, sagte Tanja. »Zumal ja Verdunkelungsgefahr besteht.«

»In welcher Angelegenheit?«, fragte die Anwältin.

»Entführung seines Sohnes Levan Geladse.«

»Damit hat mein Mandant nichts zu tun.«

»In Tateinheit mit schwerer Körperverletzung, Mordversuch, Hausfriedensbruch und Sachbeschädigung.«

»Den Hausinhabern Irina und Dimitrij Panichenkko geht es übrigens den Umständen entsprechend gut.« Tanja sah Iwanow an. »Nur, falls Sie danach fragen wollten.«

»Meinem Mandanten ist das Ehepaar Panichenko unbekannt, aus dessen Haus sein Sohn entführt wurde. Im übrigen hat Herr Iwanow die Mutter seines Sohnes wegen Verletzung der Fürsorgepflicht angezeigt. Levan ist seit einer Woche nicht mehr zur Schule erschienen und Umgang mit dem Ehepaar Panichenko sollte einem Zehnjährigen auch nicht zugemutet werden.«

»Warum?«

»Nun, die Umstände der Entführung ...«

»Sind sie jetzt auch noch selbst schuld, daß sie sich haben niederschießen lassen?«, fragte Oskar.

»... lassen auf Kontakte im Bereich der Organisierten Kriminalität schließen.«

»Das ist jetzt aber wirklich dreist.«

Die Anwältin zog aus ihrem Aktenkoffer einen Schriftsatz und legte einen Kugelschreiber darauf.

»Mein Mandant wird erneut eine Sorgerechtsklage ...«

»Aus dem Knast heraus?« Der Mann litt wirklich unter einer Realitätsverschiebung.

»Es wird sich herausstellen, daß Ihre Anschuldigungen jeglicher Grundlage entbehren.«

»Und daß einer der zwei Entführer bis vor kurzem noch bei Ihrem Mandanten angestellt war?«

Was für ein Fehler, einen Mann mit Levis Entführung zu beauftragen, dessen Fingerabdrücke gespeichert waren.

»Ist reiner Zufall. Möglicherweise ist der Herr auf die schiefe Bahn geraten, nachdem mein Mandant ihn wegen Unregelmäßigkeiten entlassen mußte. Selbstverständlich wußte er nicht, daß der Herr vorbestraft ist.«

»Das glaube ich Ihnen sogar.«

»Mein Mandant ist ein rechtschaffener russischer Staatsbürger, der völlig zu Unrecht von Ihnen verfolgt wird.«

Erstaunlich, wie dreist auch Frauen sein können. »Immerhin hat er unseren Kollegen zu erschlagen versucht.«

»Es ist selbstverständlich bedauerlich, daß Ihr Kollege Schaden genommen hat, aber mein Mandant glaubte, als er das Zimmer betrat, Frau Geladse werde von Ihrem Kollegen bedroht. Er hat nur versucht, einer wehrlosen Frau zu helfen.«

Ein Lächeln huschte über Iwanows lädiertes Gesicht.

»Er ist mit einem Totschläger auf ihn losgegangen!« Oskar, nicht laut werden, das bringt nichts.

»Die Mutter seines Sohnes war bedroht«, sagte die Anwältin. »Da greift man das Erstbeste.«

Oskar schnaubte.

»Im übrigen ist Ihr Kollege dafür bekannt, wie mir die Staatsanwaltschaft versicherte, sehr persönlich an seine Fälle heranzugehen. Insbesondere, wenn dabei Frauen eine Rolle spielen.«

»Er lag bewußtlos unter den Trümmern eines Schranks!«

»In Anbetracht seines allgemeinen Gesundheitszustands nicht weiter verwunderlich.«

Iwanow grinste.

»Er war ja wohl auch bewußtlos, als die Feuerwehr eintraf. Möglicherweise ein Krampfanfall? Dann wären seine gesundheitlichen Beschwerden gar nicht auf die Einwirkung meines Mandanten zurückzuführen.«

Oskars Frauenbild, zumindest, wenn es um Anwältinnen ging, bedurfte dringend einer Generalüberholung.

»Staatsanwalt Herzl hält das für möglich. Deshalb scheint ihm die Einstellung des Verfahrens gegen eine noch festzusetzende

Geldbuße angemessen. Zumal Ihr Kollege auch keinen Strafantrag gestellt hat.«

Tanja und Oskar schwiegen.

»Mein Mandant ist überdies gern bereit, dem Kommissar ein angemessenes Schmerzensgeld zu zahlen. Ohne jedes Schuldeingeständnis natürlich.«

Iwanow nahm den Kugelschreiber seiner Anwältin und notierte etwas auf dem Schriftsatz. Sie warf einen Blick darauf. »Wir dachten an 600 Euro.«

Totschläger, dachte Oskar, und spürte, wie ihm die Magensäure in den Rachen stieg. Er schwieg.

»Auch wegen der angeblichen Entführung hält Staatsanwalt Herzl es für unangemessen, einen Haftbefehl gegen meinen Mandanten zu erlassen.« Sie zog die Mundwinkel zu einem künstlichen Lächeln hoch. »Ich soll Ihnen ausrichten, sie mögen doch bitte die Ermittlungen auf andere Verdächtige ausdehnen.«

»Und die Jacke, die wir in Iwanows Haus gefunden haben?«, fragte Tanja. »Levi hat sie am Tag der Entführung getragen. Das Ehepaar Panichenko hat das ausgesagt.«

Ach Tanja, dachte Oskar.

»Mein Mandant hat seinem Sohn, der diese Jacke sehr schätzt, ein zweites Exemplar gekauft. Hier ist die Quittung.«

Tanja und Oskar schwiegen.

»Im übrigen können Sie den Jungen selbst fragen, er ist ja wieder aufgetaucht, wie man mir berichtete.«

Iwanows Oberkörper schoß vor, er fixierte seine Anwältin.

»In Absprache mit Ihrem Vorgesetzten, Herrn Kriminalrat Fockemeyer und mit Staatsanwalt Herzl, ist die Untersuchungshaft ab sofort aufgehoben. Mein Mandant und ich verlassen jetzt gemeinsam diesen Raum. Und ich kann Ihnen nur raten, anstatt sich in haltlosen Beschuldigungen gegen einen besorgten Vater zu ergehen, lieber nach dem Entführer eines hilflosen Kindes zu suchen.«

»Verdammter Mist.« Wladi starrte auf die Straßensperrung. Sie standen mitten im Wald. Rechts Kiefern, links Kiefern. Das Navi hatte vor einer Stunde gurgelnd den Geist aufgegeben, sein Handy suchte hysterisch piepend seit zwanzig Minuten erfolglos einen Sendemast, obendrein dämmerte es in einer Affengeschwindigkeit.

Solche Ausflüge in die Einöde hatte Wladi normalerweise für seinen Kumpel Boris reserviert. Den hatte er auch zu Janine, der verrückten Wolfsfrau in ihrer Station geschickt, als die Brandenburger Bullen ihr an's Leder wollten. Wladi verstand alles von Straßenschluchten. Er war in Berlin sozialisiert. Wenn es dunkel wurde, also, so richtig dunkel, hatte er ein Problem. Boris dagegen hatte Großeltern in Russisch-Karelien und ganze Sommer dort inmitten schlecht gelaunter Mücken verbracht. Der verstand was vom Jagen, vom Fischen, von Bären, Wölfen und von gähnender Leere. Aber das hier war ein Auftrag von Jakob, da mußte der Chef ran, Dämmerung hin oder Kiefern her.

»Haben wir uns verfahren?«, fragte Alika mit verschlafener Stimme. Sie rieb sich die Augen.

Mitten im Wald allein mit einer Kaukasierin, die seiner Männlichkeit so sehr vertraute, daß sie auf der Flucht vor dem miesesten Russen westlich von Moskau eingeschlafen war. Wenn das seine Mutter wüßte, würde sie vor Stolz platzen. Wladi ließ den Motor im Leerlauf aufheulen.

Er hatte ja gewußt, wie größenwahnsinnig es war, sich mit Iwanow anzulegen. Jetzt lagen seine Freunde Irina und Dimitrij Panichenko schwerverletzt im Krankenhaus. Iwanow hatte seinen eigenen Sohn von Killern entführen lassen, nur, um ihn dann so zu verprügeln, daß der Knirps jetzt aussah, als hätte er sich mit einer Betonwand gestritten.

Der Kleine war, kurz nachdem Wladi ihn auf der Rückbank des Wagens in eine Decke gewickelt hatte, in tiefen, erschöpften Kinderschlaf gefallen. Die letzten Tage waren selbst für Levi zu viel gewesen. Er benahm sich wie ein Stier, war aber erst zehn.

Wladi sah in den Rückspiegel auf sein vom eigenen Vater zerschundenes Gesicht. Jakob, der Alleskönner, der Gescheite, Studierte, der Frauenversteher, Geisterseher, dem Wladi blind, taub und stumm vertraute, hatte es zusammen mit der gesamten Berliner Kripo nicht geschafft, das Schwein für das einzulochen, was er Levi angetan hatte. Iwanow war frei und Wladi mußte Alika und ihren Sohn vor ihm retten. Deshalb stand er jetzt vor einer Straßensperrung, die sich bis in kein Naviprogramm herumgesprochen hatte, und irgendwo dahinter lag inmitten all der verflucht gleich aussehenden Kiefern Jakobs bestes Versteck der Welt.

Von hinten näherte sich ein Auto. Alika ging in Deckung, Wladi zog seine Waffe und legte sie sich entsichert in den Schoß.

Der Wagen wendete vor der Absperrung und stellte sich an den Straßenrand. Eine Frau stieg aus, öffnete den Kofferraum, entnahm ihm eine Plastiktüte nach der anderen, schließlich ein Gebinde mit Wasserflaschen, schulterte einen Rucksack, schloß den Wagen ab, nahm in jede Hand zwei Tüten und ging gebeugt von der Last auf die Absperrung zu.

Wladi ließ das Fenster herunter, immer noch die Waffe im Schoß. »Entschuldigung«, rief er, »geht's hier nicht weiter?«

Die Frau musterte ihn, sein dickes Auto und das Berliner Kennzeichen. »Erst im nächsten Frühjahr wieder«, sagte sie. »Die Brücke muß neu.«

»Und gibt's 'nen anderen Weg?«

Die Frau schüttelte den Kopf.

So gut, so schlecht für ein Versteck.

»Wollen Sie rüber?«

Wladi musterte sie. Leuchtend rot gefärbtes Haar, olle Gummistiefel, abgegriffener Rucksack. Wie eine Spionin von Iwanow sah sie nicht aus. Er nickte.

»Dann kommen Sie, ich nehm sie mit.«

Alika stieg aus, die Frau betrachtete sie interessiert und blieb an der Narbe auf ihrer Stirn hängen. »Den Wagen können Sie stehen lassen«, sagte sie. »Hier klaut keiner.«

Wladi hob den schlafenden Levi samt seiner Decke von der Rückbank, Alika nahm ihre Reisetasche.

Die Frau stieg schnell und geübt zum Bachufer hinab. »Zu wem wollen Sie denn?«, fragte sie und hüpfte über eine Wurzel.

»Hausnummer dreizehn«, sagte Alika.

Wladi sah sie streng an, sie zuckte die Schultern.

»Sind Sie Verwandte aus der Schweiz?«

»Freunde«, sagte Alika.

Die Frau blieb am Flußufer stehen. Durch ein verrostetes Wehr gurgelte das Wasser. Sie wies auf die andere Seite. »Wir müssen über das Fischereigelände«, sagte sie.

Jakob, Jakob, ein Bombenversteck, wirklich. Man muß nur gut zu Fuß sein. Dein Wladi wird Dich nachher am Telefon beschimpfen. Vorausgesetzt, das Handy stellt das Piepen ein, weil es endlich einen Sendemast gefunden hat.

»Gehen Sie ruhig vor«, sagte Wladi und deutete auf den schlafenden Levi, »wir sind langsamer.«

»Und vielen Dank«, sagte Alika.

Die Frau nickte und stieg mit schwankendem Rucksack über das Wehr. Auf der anderen Seite drehte sie sich noch einmal um. »Wenn Sie in's Dorf kommen, müssen sie links. Ganz an's Ende. Das ehemalige Forsthaus, es hängt ein Geweih über der Tür.«

Sie warteten, bis die Frau verschwand. Wladi sah sich gründlich um. Scheiß Fluchtweg. Sackgasse. Falle. Und ohne Auto. Aber auch schwer für Iwanow, unbemerkt an sie ranzukkommen. Und zur Not konnten sie in die Wälder abhauen. Im strunkigen Unterholz war genug Platz für halb Berlin. Gab massig irgendwelche Beeren mit Stacheln. Er würde ein Photo machen, und Boris ihm erzählen, ob man die schwarzen Dinger daran essen konnte. Aber wie sollte er jemals wieder aus dem Wald finden, so ohne Handy und Straßenschilder?

»Soll ich unser restliches Gepäck holen?«, fragte Alika.

Wladi schüttelte mißmutig den Kopf. »Erst mal sehen, ob das

alles hier das Richtige ist für Euch.«

Alika sah ihn an, Wladi wurden die Knie weich. Was für eine Frau. Stark, wild, rassig. Und was für ein Blick, selbst in der fortschreitenden Dämmerung glühte er wie heiße Kohlen.

Hände weg, Wladi, denk an Mamutschka.

»Wird schon gut sein«, sagte sie, »hat ja Jakob ausgesucht.«

Aber klar. Alteigentümer Iwanow, aktueller Besitzstand Hagedorn. Finger ganz weit weg.

Mach Deine Arbeit, wird schwer genug. Er stieg mit Levi im Arm über das Wehr. Es war wenigstens nicht glitschig. Gut für seine blitzneuen, sauteuren Lederschuhe.

Sie kamen an zwei kleinen Fabrikhallen vorbei, deren Rückseiten sich an den Flußlauf lehnten. Die Dächer hätten mal wieder mit frischer Wellpappe gedeckt werden müssen. Durch die zugigen hölzernen Tore roch Wladi den Fisch. Daneben ein kleiner, jetzt geschlossener Fischladen. Ein Fähnchen warb für Eis, im vergitterten Fenster hingen vergilbte Plastikblumen, weiße Plastikstühle standen um einen Tisch, ein Eimer voller Zigarettenkippen darauf. Die Kneipe der Dorfmänner. Ein guter Ort für Informationen.

Es wurde immer dunkler. Und keine Laterne weit und breit. Wladi unterdrückte ein Fluchen. Fern der Heimat und nicht wirklich vom Fach. Boris hätte jetzt seine abgegriffene Taschenlampe gezogen. Vielleicht hatte die Nummer Dreizehn eine für Wladi.

Von der Fischerei führte eine schlaglöchrige Sandpiste zum Dorf. Die ersten Häuser lagen lichtlos im Dunkeln, am fünften brannte zitternd eine Energiesparlampe, über der Hausnummer sammelten sich die dämmernden Mücken.

Wladi schob den immer schwerer werdenden Levi auf die andere Schulter, ein Kinderarm fiel herab.

Die Straße mündete auf einen Dorfanger, den eine Backsteinkirche mit kleinem Friedhof dominierte. Streuobstbäume wuchsen an der Friedhofsmauer, am Boden faulten die Äpfel. Wladi bekreuzigte sich auf Levis Rücken. Alika tat es ihm gleich und deutete einen Knicks an.

Links. Sie gingen schweigend, hinter dem Anger war die Dorfstraße plötzlich asphaltiert. Ihre Schuhe knallten in der abendlichen Stille. Hier hörte man sogar Fußgänger kommen. Wladi entschloß sich, das für seine Sicherheitsüberprüfung vielversprechend zu finden.

Am Ende der Straße stand in warmem Lampenlicht eine Frau im Vorgarten eines großen Backsteinhauses. Hinter ihr versteckte sich ein junger Mann, der mit den Händen auf ihren Schultern immer wieder hochhüpfte, und einen Blick auf Wladi und seine Begleiter warf.

Himmel, bitte nicht, Hagedorn. Du kannst doch nicht ernsthaft eine Frau für das beste Versteck der Welt halten. Wladi liebte Frauen, sie waren wundervoll, anstrengend und unverzichtbar, aber sie waren keine Option in ernsten Dingen.

Wladi öffnete die kleine Pforte der Feldsteinmauer. Die Frau sah ihnen ruhig entgegen. Sie trug einen viel zu großen Männerpullover, der in einer Hose mit vielen Taschen steckte, und einen prall gefüllten Werkzeuggürtel. In der Linken hielt sie ein Schnitzmesser. Sie trug keine Schuhe, ihre Füße waren sehnig und muskulös.

Die Frau war gar keine richtige Frau. Sie sah aus wie ein Kerl, mit dem man Pferde stehlen konnte. Jemanden wie Iwanow herausfordern. Jemanden wie Levi beschützen. Jemanden wie Alika aushalten. Wladi stand vor einer Frau und hatte plötzlich keine Angst mehr, daß Jurij Iwanow ihn besiegen und sie alle töten würde. Er stand im Vorgarten eines ehemaligen Forsthauses unter einem Geweih und atmete freier.

»Das ist mein Sohn Matthäus«, sagte die Frau und deutete auf den jungen Mann in ihrem Rücken. »Und mein Name ist Penta. Wir haben den Tisch für Euch gedeckt und die Betten bezogen.« Sie gab die Haustür frei. »Willkommen in Porinchen.«

XXV

Zeit, weiterzuleben. Er war nicht Dein Sohn. Du hast keine Kinder. Du bist allein. Ein kurzes Nicken von Grete bei der Rückkehr, die alte Hand auf Hannas Rücken. Keine geteilten Tränen mit Jakob. Er hat ihn nicht einmal gekannt.

Das Richtige tun. Methoden, einen Patienten zurückzuhalten, festzuhalten, hatte sie genug gelernt. Die Dinge nicht tun, das war neu. Loslassen, geschehen lassen. Aushalten. Da sein, nicht eingreifen. Und das, bevor ein Leben beginnt. Schwer. Ein schwerer Beruf, so, wie Hanna ihn ausübte.

Das Richtige tun. Helfen. Leben lassen, sterben lassen. Den eigenen Weg gehen lassen, und führe er in den Tod, und führe er zu den Ratten, und führe er in die Drogenseligkeit. Wer war sie, zu richten, zu hindern, zu zwingen?

Hanna war auf dem Weg zum Pferdetransporter. Seit das Baby ihr in die Hände gestürzt war, war sie nicht mehr dort gewesen. Sie hatte die Hebamme angerufen und sich entschuldigt. Die Gerichtstermine seien zu häufig, sie melde sich wieder.

Sie ging auf den Transporter zu, ihr Herz schlug wild. Die Blutspur der toten Mutter war noch da. Der Regen hatte es nicht ganz geschafft, sie wegzuspülen. Niemand hier wußte von dem Mädchen, niemand von ihrem toten Sohn. Hanna stieg die Stufen hinauf und blieb am Eingang stehen. Die Hebamme säuberte mit dem Rücken zu Hanna klappernd Instrumente, eine Rauchwolke umgab sie. Zuhause, dachte Hanna. Ein Kloß hing in ihrem Hals.

Der Urologe hörte die Brust eines Obdachlosen ab, den Hanna nicht kannte. Der Kopf des Urologen schaukelte wild hin und her. Er hatte abgenommen.

»Draußen warten.« Der Obdachlose sah Hanna böse an.

Die Hebamme drehte sich um. »Hanna!«, rief sie. »Dachte schon, wir hätten Dich verloren.«

Hanna weinte.

»Kindchen, so schlimm?« Sie zog Hanna zur Pausenecke und hielt ihr eine dampfende Tasse hin.

»Haste den Prozeß verloren? Macht doch nichts, gehste in die nächste Instanz. Und Putzfrauen werden immer gebraucht, erst recht mit LKW-Führerschein.«

Hanna lachte.

»Siehste, schon besser.«

Die Hebamme schob den Obdachlosen hinaus. Sie schloß die Tür. »Wiedersehensfeier«, sagte sie.

Der Urologe schlurfte mit winzigen Schritten zu Hanna und streckte ihr die schaukelnde Hand hin. »Willkommen«, sagte er langsam. Hanna weinte.

»Nu' reicht's aber«, sagte die Hebamme und goß auch dem Urologen Kaffee ein. Neuerdings nur noch halbvoll den Becher. Hanna sah, warum, als er ihn mit beiden Händen festhielt und zum Mund führte. Die Hebamme folgte ihrem Blick. »Ja«, sagte sie, »wir sind in Not, seit Du weg bist.«

»Wie geht es Dir?«, fragte Hanna den Urologen.

Der Urologe sah sie an. Sein Gesicht war vollkommen starr. Hanna kamen wieder die Tränen. Er hob rappelnd den Arm und strich ihr über die Schulter. »Geht schon«, sagte er. »Und«, er brauchte lange für einen ganzen Satz, »wie läuft es bei Gericht?«

Hanna schneuzte sich die Nase. Die Hebamme hielt ihr den Kaffee hin. »Schlecht«, sagte sie. »Die wollen mich wirklich fertig machen.«

»Dein Krankenhaus?«, fragte die Hebamme.

»Die haben Verbindungen.«

»Wie früher.«

»Irgendwie haben sie die Leute vom Pflegeheim gekauft. Dazu eine Psychologin, deren Gutachten mich als unkontrollierte Irre darstellt. Der olle Krankenhausflur, den ich zerlegt habe, war angeblich ein Lagerraum für die teuersten Medizinartikel, die es auf der Welt gibt. Ich werde Jahrzehnte brauchen, um das alles zurückzuzahlen.«

»Brummifahrer verdienen nicht schlecht.«

»Ich …«, der Urologe kämpfte um jedes Wort, »stelle Dich ein. Als Pflegerin.«

»Davon träumst Du wohl«, sagte die Hebamme lachend. »Gefüttert von einer Gräfin. Laß das nicht Beethoven hören, der mimt sofort den Parkinson.«

Der Urologe lachte, ein Knarzen kam aus seiner Kehle.

»Aber ich frage mich«, sagte die Hebamme und steckte sich noch eine Filterlose an, »wer steckt dahinter? Dafür, daß die Dich nur aus Spaß platt machen wollen, ist mir das zu aufwendig.«

»Dao vermutet, es geht um meinen Chef.«

»Wer ist Dao?«

»Eine Freundin und Privatdetektivin. Sie ermittelt undercover im Krankenhaus.«

»Und findet jede Menge Dreck.«

»Der mir aber kaum weiterhilft. Wir müssen an den Chef ran, der hat seine Machtposition durch Rücksichtslosigkeit und Brutalität gefestigt. Außerdem ist sein Schwiegersohn der neue Vorsitzende der Berliner Ärztekammer.«

Der Urologe ließ seinen Kaffebecher fallen.

»Scheiße«, sagte die Hebamme und holte ein Kehrblech. »Womit ich den Chef und nicht den Becher meine.«

»Das ist aber mein Job«, sagte Hanna, »die Putzfrau ist zurück.«

»Hanna«, sagte der Urologe.

»Tu Dir keinen Zwang an«, sagte die Hebamme, »Wischlappen sind immer noch da hinten.«

»Ich habe Deinen Charme wirklich vermißt, Genossin.«

»Sein Name«, sagte der Urologe.

Hanna wischte die Kaffeepfütze auf. »Von meinem Chef? Rudolf Magahn, warum?«

Der Urologe fiel auf einen Stuhl.

»Was ist denn?«, fragte die Hebamme. »Du bist ja ganz blaß.«

Der Urologe lachte wieder sein Knarzen. »Wenn ich an einen Gott glauben würde«, sagte er langsam.

Die Frauen warteten.

»Zeit aufzuräumen.« Er sah auf seine schaukelnden Hände. »Ich werde nicht mehr arbeiten.« Er hob den Kopf und sah Hanna an. »Aber Du.«

»Wovon redest Du?«, fragte die Hebamme.

»Wir müssen in meine Wohnung. Die Unterlagen.«

»Welche Unterlagen?«

»Ihr müßt mir helfen. Wir suchen zusammen.«

Er stand unendlich langsam auf. »Und wenn es das Letzte ist.«

Es war halb zwei in der Nacht. Dao schlich sich in die Wohnung. Es war überstanden. Die letzte Schicht ihrer Einarbeitungszeit lag hinter ihr. Und sie mußte auch nicht mehr im Schwesternheim wohnen. Nie wieder würde sie dieses schreckliche Krankenhaus betreten. Sie hatte genug Material. Der Chefarzt hatte den Jungen getötet. Mit besoffenem Kopf. Auch dafür würde er bezahlen, wie für das Mädchen und Daos Hilflosigkeit im Schrank. Und Hanna würde reinweiß aus diesem Moloch emporsteigen.

Dao ging in die Küche. Sie mußte etwas essen. Dieses Krankenhaus hatte ihr alle Energie geraubt. Noch nie hatte sie so viel gegessen wie in letzter Zeit.

Sie öffnete vorsichtig die Schränke. Ihr war nach Pizza. Sicher war der leckere Flammkuchen noch da, den sie neulich im Tiefkühlschrank deponiert hatte. Und Hanna? Schlief sicher. Die ganze Wohnung war dunkel. Und das Baby würde sich am Geruch von brutzelndem Flammkuchen kaum stören. Sie drehte den Backofenregler auf zweihundert Grad Umluft, und zog vorsichtig das Backblech hervor. Sie öffnete die Kühlschranktür. Alles voller Medikamente. Ihr wurde übel. Ob sie das fürchterliche Krankenhaus jemals wieder los würde? Sie schob die Packungen und Flaschen, Tuben und Tiegel zur Seite, ohne die Etiketten zu lesen. Dahinter war eine Tüte mit Rucola. Sehr schön, drauf auf den Flammkuchen. Sie zupfte ihn. Der Backofen war warm. Hundert Grad, das genügte. Sie ging zur Tiefkühltruhe. Halt. Sie brauchte noch Rotwein.

Nein. Der Geruch vom OP-Tisch.

Sie war zornig. Dieser elende Magahn verdarb ihr sogar ihren Wein. Also Wasser. Sie hob den Deckel der Tiefkühltruhe an. Wo hatte Hanna bloß die Selters versteckt? Ihr Blick schweifte durch die Küche auf der Suche nach dem Getränkekasten. Sie schob die Hand blind in die Truhe und tastete nach der Flammkuchenpackung. Nanu? Sie folgte ihrer Hand mit dem Blick.

Oh mein Gott. Sie schrie. Ein Gesicht. Sie wich zurück, stieß an den Küchentisch, ein Stuhl fiel um. Licht ging an im Flur.

»Was schreist Du denn so?« Grete erschien im Nachthemd in der Küchentür. Ihre weißen Haare standen in alle Richtungen.

Dao zeigte mit ausgestrecktem Arm auf die Truhe. »Da.«

Grete schlurfte auf ihren Nachtsocken zur Truhe und sah hinein. »Was suchst Du denn?«, fragte sie.

»Flammkuchen«, sagte Dao.

»Da ist er doch.« Grete warf die Packung auf die Spüle. »Und deshalb so viel Lärm.« Sie schloß den Truhendeckel und ging wieder aus der Küche.

»Grete!«, schrie Dao.

»Was? Ich will schlafen.«

»Wo ist das Baby?«

»Hast Du doch gesehen.«

»In der Tiefkühltruhe? Spinnt Ihr?«

»Wo sollten wir denn hin mit ihm, jetzt, wo der kleine Kerl es endlich geschafft hat.«

»Und wie lange soll er da bleiben?«

»Bis wir seine letzte Ruhestätte gefunden haben natürlich.«

»Irre«, sagte Dao, »diese Mediziner sind alles Irre.«

»Findest Du?« Grete kratzte sich am Kopf. »Kann was dran sein. Aber das mit der Truhe war ich. Mir fiel der Lesbenkiller aus Baden-Württemberg ein. Frag Jakob, die Leichenteile waren damals in einem erstklassigen Zustand. Schließlich soll das Würmchen frisch sein, wenn wir es dann begraben.«

»Wenn Ihr es begrabt.« Dao sank auf einen Stuhl.

»Er hat übrigens jetzt einen Namen. Tilman. Ist von mir.«

Dao sah sie an.

»Kann ich dann wieder schlafen gehen?«

Dao nickte.

»Und einen Rat von einer alten Frau: Du solltest nicht mitten in der Nacht Pizza essen. Liegt schwer im Magen.«

»Flammkuchen«, sagte Dao.

»Soll ich ihn nicht besser zu Til zurücklegen?«

»Gute Idee«, sagte Dao. »Der verträgt ihn besser.«

Jakob hatte ein zweites Mal Blumen gekauft. Er war bei seinem Antiquar gewesen, aber nichts hatte gepaßt. Also hatte er kurz vor Feierabend bei seinem Lieblingsblumenhändler eingekauft. Für seine Frau mit dem Baby von einem anderen.

Er öffnete die Haustür und suchte den Lichtschalter. Schon wieder schlug sein Herz im Kopf. Das war ein Herzensfall. Tilla, Guram, Alika, Levi, Hanna. Sie alle turnten auf seinem Herzen herum und das spielte verrückt. Mal nicht nur das Hirn, auch schön.

Das Licht ging von allein an. »Jakob.« Gregor stand auf dem Treppenabsatz vor seiner Wohnungstür.

»Ich habe keine Zeit«, sagte Jakob und deutete auf den Blumenstrauß. »Ich bringe Dir Deine Platten, versprochen.« Waren das vielleicht Sammlerstücke? Hätte er sie bloß nicht mitgenommen. Das war der süße Wein. Er hatte sie sich noch nicht einmal angehört.

»Darum geht es nicht«, sagte Gregor. Er sah auf den Boden und trat von einem Bein auf das andere.

Jakobs Herz zappelte. »Komm zur Sache, Gregor, ich habe es wirklich eilig.«

»Es ist wegen Alika.«

»Du kennst sie?« Logo, dachte Jakob, was für eine dämliche Frage. Jeder kennt die schöne Alika vom Stuttgarter Platz. Nur so 'ne verträumte Blindschleiche wie Jakob Hagedorn kannte sie nicht. Der hatte ja auch nur noch Augen für Hanna. Meistens. Herz hüpft. Hiergeblieben. Abbiegen. Herz schlägt zum Kopf. Alika. Ab-bie-gen.

»Also, ich mische mich ja eigentlich nie ein«, sagte Gregor.

Gute Einstellung, dachte Jakob, bleib dabei.

»Es ist nur wegen Hanna. Also, wie soll ich …«

Jakobs Herz wieherte wie ein Pferd in der Rennbox. Ja, es geht um Hanna. Laß mich losrennen. »Gregor«, sagte er, »ich muß jetzt wirklich. Laß uns das verschieben, ja?« Er schlängelte sich an Gregor vorbei. Blindschleichendasein hat Vorteile, besonders im Dunkeln. »Ich ruf Dich an«, er nahm zwei Stufen auf einmal.

Völlig außer Atem kam er vor Hannas Wohnungstür an. Ohne seinem Zögern eine Chance zu geben, langte er mit der flachen Hand auf die Klingel und läutete Sturm. Sie würde öffnen, das wußte er, er auf die Knie sinken und um ihre Hand anhalten. Baby hin oder her. Er hörte Schritte auf dem Flur, sein Herz sprang an die Decke. Die Tür ging auf.

»Wie siehst denn Du aus?« Grete lachte ihn an. »Deine Bäckchen sind ganz rot.«

Jakob ließ die Blumen sinken.

»Sind die für mich?« Grete griff den Strauß und ging in die Wohnung. »Nun komm schon rein. Kannst ja immer noch auf der Türschwelle stehen wie ein Träumer in Tiefschlafphase.«

Jakob folgte ihr. Kein Baby schrie. Vermutlich war Hanna mit ihm auf dem Spielplatz. Oder auf der nächsten Parkbank. Jakob verstand nichts von so was. Aber er würde es lernen. Für gemeinsame Schwangerschaftsgymnastik war es glücklicherweise zu spät.

»Komm in die Küche«, sagte Grete. »Ich mache gerade ostpreußische Quarkplinsen.« Jakob setzte sich an den Küchentisch.

»Muß viel an Tilla denken in letzter Zeit. Wußtest Du, daß sie einen kleinen Bruder hatte, der Tilman hieß? Hat die Flucht nicht überlebt.«

Jakob nickte.

»Ach so, Geisterseher, dumme Frage, natürlich weißt Du das. Kommst Du denn bei der Suche nach ihr weiter?«

Jakob schüttelte den Kopf.

»Was ist mit Dir? Du bist so still.« Sie sah ihn an. »Siehst aus, als könntest Du einen Pillkaller Machandel vertragen. Ist auch ostpreußisch. Dao war ganz begeistert.«

Sie ging zur Tiefkühltruhe. »Konnte gar nicht wieder aufhören.« Sie nahm die Schnapsflasche heraus und ließ den Deckel fallen. Stellte die Flasche ab, nahm eine Tischdecke aus dem Küchenschrank, deckte die Truhe damit ab, sah sich in der Küche um, nahm die Obstschale von der Fensterbank, stellte sie auf die Decke und nickte zufrieden. »Kommissar, sprich mit mir. So langsam macht die alte Grete sich Sorgen.«

»Ich wollte zu Hanna«, sagte Jakob.

»Habe ich mir fast gedacht«, sagte Grete, »schon wegen der Botanik.« Sie deutete auf den Blumenstrauß.

»Und wo ist sie?«, fragte Jakob.

»Beim Quartett. Zum Fideln. Seit Wochen zum ersten Mal. Gottseidank.« Sie öffnete den Kühlschrank.

»Wir haben ein Problem«, sagte Jakob.

»In der Tat«, sagte Grete, »die Leberwurst ist alle.«

»Ich war bei Gericht.«

»Hat Gregor schon erzählt.«

»Sie weicht mir aus. Ich …«

»Mach Dir keine Sorgen«, sagte Grete und goß den Schnaps ein. Dann eben ohne Wurst.

»Sie hat mich nicht reingelassen.«

Grete hob das Glas. »Sie hatte quasi einen anderen.« Sie deutete auf Jakobs Machandel. »Aber der ist jetzt tot.« Sie kippte den Schnaps in den Rachen und ächzte.

»Soll ich mich darüber freuen?«

»Ich an Deiner Stelle würde es. Ein Problem weniger, für uns alle.«

Jakob schwieg.

»Und Tilla?«, fragte Grete.

Jakob seufzte. »Ich finde sie nicht.«

»Logisch.«

»Was ist daran logisch?«

»Der Fehler ist, daß Du sie suchst. Wenn es auf normalem Weg ginge, hätten sie schon damals Deine Kollegen gefunden. Du mußt sie schon als Jakob suchen, auf Deine Art.«

»Versteh ich nicht.«

»Trink den Schnaps und laß mal locker.«

»Vom Saufen kriege ich Kopfschmerzen.«

Grete verdrehte die Augen. »Du hast sie doch längst gefunden. Ich denke, sie war bei Dir? Hast Du nicht von ihr geträumt? Das Pferdebad, die Flucht, Du kennst sogar Til.«

»Hanna wollte sicher nicht, daß ich Tillas Geist finde.«

»Ach Hanna, die hat genug mit ihrer Verhandlung zu tun.«

»Da kann ich ihr auch nicht helfen.«

»Wieso, das mit der Richterin war doch schon mal gut.«

»Woher weißt Du das?«

»Gregor ist ein aufmerksamer Junge.«

»Gregor?«

»Er hat gesagt, sie hat eine Schwäche für Dich. Und auf einmal ist sie verschwunden. Wie immer Du das gedeichselt hast, Gregor war hoch zufrieden. Jetzt gewinnt Dao Zeit herauszufinden, wie man die Dreckskerle aus der Klinik stoppen kann.«

»Dao?«

»Sie arbeitet undercover im Krankenhaus.«

»Was?«

Grete gackerte. »Entschuldige, aber Du guckst gerade richtig bescheuert.« Sie tätschelte Jakob den Arm. »Wir hauen sie da schon raus, alle zusammen. Sagt Murat auch.«

»Ihr Anwalt?«

»Einer meiner Schüler und ein sehr cleverer Junge.«

»Er ist total überfordert. Sagt so gut wie nichts.«

»Wart's ab.« Grete nahm auch Jakobs unangerührten Schnaps. »Dachte immer, der macht mal 'ne Dönerbude auf und jetzt verteidigt er meine Hanna.« Sie leerte das Glas. »Mach Du nur mit Deiner Richterin weiter. Jeder sein Puzzlesteinchen.«

»Und Tilla?«

Grete sah ihn ernst an. »Findet Dich. Mach Deine ganz normale Arbeit, Kommissar. Such den Entführer dieses armen Jungen und den Mörder seines Großvaters. Tilla wird Dir schon irgendwann sagen, wo Du ihre Leiche findest.«

»Ist das Dein Puzzlestein? Mir zu sagen, daß sie tot ist?«

»Ich weiß nicht, ob sie tot ist. Du bist der Geisterseher. Ich habe sie nur sehr geliebt und wappne mich für den schlimmsten Fall. Ich nehme die Katastrophe vorweg. Das ist die Kriegskindermethode. Wir zäumen das Pferd von hinten auf. Dann lassen sich Halbkatastrophen sogar erleichtert begrüßen.« Sie stand auf. »Und mein Puzzlestein ist es, ostpreußische Quarkplinsen zu braten.« Sie ging zum Herd und schwenkte die Pfanne. »Magst Du kosten? Tilla fand die immer ganz wunderbar. Besser als zuhause, sagte sie.«

Dein Steinchen, liebe Grete, dachte Jakob, ist, uns allen die Köpfe und Herzen gerade zu rücken. Er sah ihr zu, wie sie mit Schwung einen Löffel Teigmasse in das heiße Öl goß, und fühlte sich schon leichter.

Jakob hatte die Plinsen kosten müssen. Mit vollem Bauch und beruhigtem Herzen stieg er die Stufen im Hausflur hinunter. Wie machte sie das bloß? Immer schien nach einem Gespräch mit Grete die Welt blankgeputzt, die Luft reiner, das Atmen freier.

Das Licht ging aus im ersten Stock. Jakob nahm die letzte Treppe im Dunkeln. Er war sie schon oft genug hinabgestiegen, keine Gefahr. Blindschleiche, plinsengefüllt. Träge und müde schlängelte er sich weiter. Er faßte die Haustürklinke, als ihm jemand in den Arm griff. Er fuhr zusammen. »Gregor«, rief er. »Mensch, hast Du mich erschreckt.«

Auf der Kellertreppe hinter Gregor standen eine Flasche des süßen Weins und ein Glas, daneben lag ein aufgeschlagenes Buch.

»Hast Du hier auf mich gewartet? Das tut mir leid, ich habe mich mit Grete verquatscht.« Er faßte Gregor an der Schulter.

»Und jetzt bin ich wirklich müde. Können wir morgen reden? Ich verspreche, ich erkläre Dir alles mit Alika.« Er forschte nach Gregors Zügen im Dämmerlicht des Hausflurs.

»Warum kannst Du mir nicht endlich zuhören?«, fragte Gregor. Er schüttelte den Kopf.

»Morgen, Gregor, ich versuch's«, sagte Jakob.

»Nein«, sagte Gregor, hob den Arm und fuhr die Faust aus.

Der Kinnhaken traf Jakob völlig unerwartet, er klappte zusammen, Gregor fing ihn auf und lud ihn sich auf die Schulter. Das letzte, was Jakob spürte, war Gregors angespannte Muskulatur, als der ihn breitbeinig schwankend erst zum Lichtschalter und dann die Kellertreppe hinuntertrug. Das letzte, was er sah, war das Etikett der Flasche süßen Weins und ein Buch über das Dessauer Gartenreich.

XXVI

»Also ich finde das schon verdammt hoch.« Levi saß im sicher größten Baum der ganzen Welt, und Matthäus rief von weit über ihm, er solle noch weiter. Kann sein, sein neuer Freund hatte mal wieder vergessen, daß er nicht fliegen konnte.

Matthäus war ein super Kumpel, aber er hatte auch nicht alle Tassen im Schrank. Wenn Levi das richtig verstand, war er vor ein paar Jahren von einem Dach gesprungen, weil er sich für einen Maikäfer hielt, der die Flügel nur ausklappen muß.

Dabei war Matthäus ein echt großer Junge, wie ein komischer Käfer sah er nun wirklich nicht aus.

Levi verstand nicht, warum er sich trotzdem manchmal für einen Brummer mit unzuverlässig funktionierenden Flügeln hielt, aber Penta hatte ihm erklärt, daß Matthäus irgendwelche Pillen genommen hatte, die seinen Kopf durcheinanderbrachten. Sein Großvater Guram hatte recht gehabt, Ärzten war nicht zu trauen. Wenn man nicht aufpaßte, machten die einen echt zum Käfer.

»Von hier kannst Du den Kirchturm sehen«, rief Matthäus.

Super, dachte Levi, nichts lieber, als auf die Dächer von Porinchen zu gucken. Ich würde aber lieber den Fahrstuhl nehmen. Er klammerte sich an den nächstbesten Ast. Wie sollte er bloß jemals wieder von der Holzfabrik runterkommen, es gab ja nicht mal ein Treppenhaus. Er war doch total bescheuert, auf irgendwelche Monsterbäume zu klettern. Opa würde schimpfen mit seinem Enkel. Und zu Recht. Fast elf Jahre und immer noch so blöd.

Da war das Messer wieder. Levi drückte die Faust auf seine Brust, aber es war zu spät, die Tränen kamen schon geschossen.

»Was ist los?«, rief Matthäus.

Levi konnte nicht antworten. Opa war ja tot. Er würde nie wieder mit ihm schimpfen. Die Welt und der Monsterbaum drehten sich, er schloß die Augen.

»Halt Dich fest«, rief Matthäus und kletterte den Baum hinunter zu ihm. Levi zählte. Einundzwanzig, zweiundzwanzig. Das hatte Penta ihm empfohlen, wenn das Messer in der Brust wieder da war. Penta kannte sich mit solchen Schmerzen aus. Sie hatte einen fiesen Holzpfahl im Bauch. Fünfunddreißig, sechsunddreißig. Außerdem verstand sie was von Messern und konnte total schön schnitzen. Levi wollte das auch lernen, unbedingt. Bei achtundvierzig kam Matthäus und faßte ihn an der Schulter. Levi hielt sich an ihm fest. Er heulte. Opa.

»Nicht weinen«, sagte Matthäus. »Das kann ich nicht sehen, wenn kleine Menschen weinen.«

Levi schluchzte.

»Soll ich Dir die Berliner Schafsnase zeigen?« Matthäus zwinkerte.

Levi mußte lachen. Das war bestimmt wieder ein Stein, der komisch aussah und den sein Freund im Fluß entdeckt hatte. Oder Matthäus hatte irgendwas angemalt, um zu gucken, ob es über Nacht gewachsen war. Wenn er das seinem Fußballkumpel in Berlin erzählen würde, glaubte der ihm kein Wort. Wenn er denn überhaupt noch mal nach Berlin zurückkam. Er zog den Rotz hoch. »Klar will ich die sehen«, sagte er.

Matthäus rannte voraus über die Wiese, Levi brauchte länger, er schnaufte. Steiler als Pentas Garten in Porinchen konnten die Berge im Kaukasus auch nicht sein. Bis Mama, Igor und er mit dem Zelt losziehen würden, mußte Levi fitter werden. Berliner waren nun mal keine Bergbewohner.

Matthäus schlug an den Stamm eines Apfelbaumes. »Schafsnase Berlin«, sagte er triumphierend. Levi lachte.

»Und das ist Kaiser Alexander.« Matthäus wies auf den Nachbarbaum. »Höchstpersönlich.«

»Das ist ein Baum und kein Kaiser«, sagte Levi streng und pflückte einen kaiserlichen Apfel. Ab und zu mußte man Maikäfer mal auf den Boden der Tatsachen zurückholen.

»Der hat vor hunderttausend Jahren regiert«, sagt Matthäus.

Levi biß krachend ab. Spitzenmäßig lecker. »Über die Schmetterlinge?«, fragte er schmatzend.

»Und die Regenwürmer.« Matthäus brach einen Apfel durch. In seiner Mitte ringelte sich ein Wurm. Levi würgte.

»Kaiser Alexander mußte die Heimat verteidigen.« Matthäus lief zu einem Birnbaum und warf Levi eine Birne zu. »Clapps Liebling hat ihm dabei geholfen. Der hat sich mit Alexander verbündet.« Er sah Levi ernst an. »Allein geht gar nichts.«

Levi warf das Apfelgehäuse in hohem Bogen ins Gras und biß in die Birne. »Und wer waren ihre Gegner?«

»Die Invasoren aus Russland. Mistkäfer. Das war echt schwierig, weil so ein russischer Mistkäfer ja dem Brandenbuger Apfel total unbekannt ist. Da muß man sich erst mal eine Kriegsführung überlegen, eine Überlebenstaktik, sonst kommt man unter die Räder, weißt Du. Man kann nicht einfach zu Liebling sagen, scheiß auf die russischen Mistbacken, wir machen weiter wie bisher. Levi, was ist mit Dir? Du bist ja ganz weiß im Gesicht. Levi, warum atmest Du so komisch? M-A-M-A! Komm schnell, der Levi zittert so dolle. Ich weiß nicht warum, ich habe doch nur vom Kaiser und den russischen Invasoren erzählt, und dann hat er so gezittert und die großen Augen gekriegt und geschrien. Mama, mach schnell, daß es ihm wieder gut geht.«

Die Richterin war zurück. Es hatte sich rumgesprochen, daß sie von einem Entzug kam. Die Zuschauer rangelten um die besten Plätze, mit gierigen Augen sahen sie zum Richtertisch. An den Wänden lehnten Journalisten mit Diktiergeräten und Notizblökken. Hofften auf die entgleisende Richterin Hoppla oder auf Hannas endgültigen Abstieg.

Murat hatte gesagt, dies werde ihr letzter Gerichtstermin. Er sah aus, als hätte er gewußt, wie viel Aufmerksamkeit ihm heute zuteil wurde. Eine Duftwolke seines Rasierwassers umgab ihn. Er trug einen neuen Anzug, war beim Friseur gewesen und hatte die Haare sorgfältig gegelt.

Hatte Murat die Presse informiert? Oder sein Chef? War es gute Publicity, beim Untergang einer Mörderärztin dabeigewesen zu sein? Hanna sah durch die Zuschauerreihen und suchte bekannte Gesichter. Jakob fehlte. Es tat immer noch weh. Gregor war auch nicht da. Zum ersten Mal. Ein schlechtes Omen.

»Ich sehe, Herr Atekin, Sie haben noch einmal Zeugen geladen. Die psychologische Gutachterin, die Pflegedienstleiterin und sogar den Chefarzt?«

Die Richterin zog ihre Lesebrille auf die Nasenspitze und sah Murat an. Der nickte nur.

»Könnte mal jemand nachsehen, ob der Herr Chefarzt denn auch erschienen ist?« Sie wies den Gerichtsdiener an.

»Eine so wichtige Person wie Professor Magahn sollte ihre Zeit nicht in einem Gerichtsflur vergeuden «, sagte der Staatsanwalt. »Nur, weil Rechtsanwalt Aykin nichts anderes einfällt.«

Ein Zuschauer klatschte heftig.

Der Gerichtsdiener kehrte zurück und nickte.

»Der Name des Kollegen ist Atekin, Herr Staatsanwalt«, sagte die Richterin und wandte sich an Murat, »ich nehme doch an, der Chefarzt wird zur Aufklärung des Sachverhaltes beitragen?«

Murat nickte.

»Dann bitten Sie ihn herein«, sagte die Richterin.

»Erst möchte ich die psychologische Gutachterin befragen«, sagte Murat.

Die Richterin nickte dem Gerichtsdiener zu, die junge Psychologin trat ein. In der ersten Reihe der Zuschauerbänke packten zwei Rentner ihre Stullen aus. Mit einem Zischen entwich Luft aus ihrer Thermoskanne.

»Setzen Sie sich doch«, sagte die Richterin. »Der Rechtsanwalt der Beschuldigten hätte noch ein paar Fragen.«

»Würden Sie uns bitte zunächst erklären, wie Sie zum Auftrag des Gutachtens gekommen sind?«, fragte Murat.

»Die Staatsanwaltschaft hat angefragt.«

»Und wie kommt man dort auf Sie?«

»Das müssen Sie den Staatsanwalt fragen.« Die Psychologin nickte ihm freundlich zu, als wären sie Nachbarn. Vielleicht stammte sie auch aus Oberschwaben.

Murat wandte sich an ihn. »Bitte.«

»Wir haben für solche Fälle eine Liste«, sagte der schmal.

»Und da steht die Gutachterin drauf?«

»Offensichtlich.«

»Erstaunlich. Immerhin ist das doch Ihr erstes Gerichtsgutachten. Oder irre ich mich?«

»Schon, aber ich habe für meinen Chef an etlichen Gutachten mitgearbeitet.«

»Hat Ihr Chef Ihnen denn irgendwelche Vorgaben gemacht?«

»Natürlich nicht.« Die Psychologin schüttelte heftig den Kopf. Sie hatte ihr blondes Haar zu einem Zopf gebunden, er schlug hin und her, wenn sie von Murat zum Staatsanwalt sah. Gescheiter und reifer sah sie dadurch nicht aus.

»War er behilflich?«

»Er hat viel Erfahrung.«

»Und kennt auch mehr Leute.«

»Wie meinen Sie das?« Sie sah Murat mißtrauisch an.

»Er ist der Schwager von Professor Magahn, des Chefs von Frau Dr. von Bredow.«

»Das wußte ich nicht.«

»Aber Sie sind dankbar, wenn er hilft.«

Einer der Rentner hatte sich an seiner Stulle verschluckt und hustete mit hochrotem Kopf. Sein Nachbar klopfte ihm heftig auf den Rücken. Er würgte.

»Zumal meine Arbeitsleistung ja dem Institut untersteht.«

»Sie wurden also nicht extra bezahlt?«

»Nein.«

»Und da hat der Chef Ihnen Arbeit abgenommen.«

Sie schwieg.

»Wieviel denn?«

Sie schwieg.

»Schließlich revanchiert Ihr Chef sich nur für die Gutachten, die Sie früher für ihn verfaßt haben.« Er sah sie an. »Also, wie viel?«

»Fünfzig Prozent vielleicht.«

»Und wie läuft so etwas ab? Geht er über Ihren Entwurf drüber mit dem Rotstift?«

Der Staatsanwalt schnaubte und schüttelte den Kopf.

»Er schickt mir Textbausteine als Mailanhang, und ich kann dann sehen, was ich davon verwende.«

»Textbausteine?«

Sie rutschte auf ihrem Stuhl hin und her, der Zopf wippte wie bei einem seilhüpfenden Mädchen.

»Und wir könnten auf Ihrem PC die unterschiedlichen Versionen finden, wie Sie diese Bausteine verwendet haben und das Gutachten zustande gekommen ist?«

»Also das sind vertrauliche medizinische Daten …«

»Beantworten Sie einfach die Frage.«

»Genaugenommen waren es nicht nur Textbausteine.«

»Sondern?«

»Es war eher das gesamte Gutachten. Aber ich habe es schon durchgearbeitet.«

»Durchgearbeitet.«

»Sprachlich vor allem. Mein Chef ist ja älter, das hätte mir niemand abgenommen.«

Atekin sah zur Richterin. »Ich halte fest, daß das psychologische Gutachten vom Schwager des Chefarztes erstellt wurde.«

»Was aber keinen Rückschluß auf Qualitätsmängel zuläßt«, rief der Staatsanwalt. »Immerhin ist er Institutsleiter der Charité und ein erfahrener Psychologe.«

Wieder klatschte ein einzelner Zuschauer

Atekin sah den Staatsanwalt an. »Wenn man es für qualitätsfördernd hält, die zu begutachtende Person in Abwesenheit zu beurteilen, dann sicher.«

»Die Sachsen haben sich gemeldet.« Tanja hatte den Kopf in Oskars Büro gesteckt. Sie sah süß aus, fand Oskar, so eifrig. Ihre Wangen waren gerötet, sie war die Treppe hochgerannt. Und das wegen irgendwelcher Sachsen. Die hatten nun wirklich alle Zeit der Welt

»Was für Sachsen?«, fragte Oskar, der mal wieder auf dem Schlauch stand, zwei Stücke Currywurst aufspießte und in den Mund schob.

»Die Fingerabdrücke auf Gurams Sachen, sie haben den Mann dazu. Er saß in Bautzen, ein Politischer.«

»Ach nee.« Die Currywurst war fast kalt. Daß die immer die Soße nicht warm machten.

»Deshalb hat es auch so lange gedauert, weil er kein Krimineller war, sagen sie.«

»Schlaffe Entschuldigung.« Oskar stach in die Pommes. »Und was macht er jetzt?« In Sachsen nannte man solche Köstlichkeit Sättigungsbeilage.

»Er ist Gärtner. Viel wichtiger ist, wo er wohnt.«

Warm, wie fein, wenn auch versalzen. Berliner Currywurstbuden waren auch nicht mehr die alten. Zu viel Sushifresser in der Stadt, zu wenig Handwerker, zu wenig Konkurrenz. »In Georgien?«, fragte er mit vollem Mund.

»Am Rüdesheimer Platz.«

»Und? Vorbestrafter Oppositioneller der DDR zieht nach Mauerfall gen Westen. Kommt öfter vor. Hätte ich vielleicht auch gemacht.«

»Er wohnt in Hannas Haus. Sie sind Nachbarn.«

Oskar blieb ein Stück Pommes im Hals stecken. Er schluckte und schluckte. »Das ist aber schon sonderbar«, sagte er und spürte dieses kribbelige Ziehen im Nacken, das ihm immer anzeigte, wenn etwas wichtig war. Er warf das restliche Essen in den Papierkorb. »Wir sollten ihn schleunigst fragen, wie seine Fingerabdrücke an Gurams Sachen kommen.«

»Wie kommen Sie zu Ihren Patienten?«

Die Pflegedienstleiterin sah immer wieder zu den prall gefüllten Zuschauerbänken und zupfte an ihrem Jackenkragen.

»Beantworten Sie bitte meine Frage«, sagte Murat.

»Die Angehörigen beantragen einen Heimplatz oder die Krankenhäuser fragen nach.«

»Direkt bei Ihnen?«

»Es gibt eine Datenbank, wo Plätze frei sind. In der Intensivpflege sind das nicht viele.«

»Da hilft es natürlich, daß bei Ihnen die Fluktuation größer ist.«

»Kann schon sein.« Sie strich sich den Pullover glatt und richtete die Brille.

»Aber bestimmte Krankenhäuser bevorzugen schon Ihre Einrichtung?«

»Das mag an der hohen Qualität unserer Pflege liegen.« Sie reckte den Kopf hoch, die Zuschauer weiter im Blick.

»Das Krankenhaus der Beschuldigten hat innerhalb von drei Jahren siebenundachtzig Patienten an Sie überführt.«

»Das halte ich für unmöglich.« Sie verschränkte die Arme vor der Brust.

Murat zog ein Liste hervor und las. »Allein am 21. Dezember hatten Sie sieben Neuaufnahmen. Soll ich Ihnen die Namen vorlesen, damit Sie sich erinnern?«

»Woher haben Sie das?« Sie sah Murat mißtrauisch an.

Murat legte das Papier wieder hin. »Wie haben Sie die denn alle untergebracht?«

»Das kann ich jetzt so auf die Schnelle ...«

»Lassen Sie nur«, sagte der Staatsanwalt, »das ist für das Verfahren vollkommen uninteressant.«

Murat nahm ein anderes Papier. »Schon kurz nach Weihnachten wurden alle sieben Patienten zurück in das Krankenhaus verlegt. Fällt Ihnen dazu etwas ein?«

Die Pflegedienstleiterin schwieg.

»Und eine Woche später kamen sie zu Ihnen zurück.«

»Klingt nach einer Gruppeninfektion. Norovirus vielleicht.«

»Was kostet denn so eine Verlegung?«

»Keine Ahnung.«

»Aber für Ihr Haus ist das doch ungünstig. Da sind plötzlich sieben Betten frei. Und sie können niemand anderen hineinlegen, die Patienten könnten schließlich wiederkommen.«

»Die Wartebetten werden schon bezahlt. Und wiedergekommen sind sie dann ja auch.«

»Und so ging es noch drei Mal hin und her. Lauter Infektionen.«

»Anscheinend.«

»Und jedes Mal der doppelte Preis: das Intensivpflegebett und das Krankenhausbett. Habe ich das richtig verstanden?«

Die PDL nickte langsam.

»In Ihrer Einrichtung nennt man das Fleischwolf.«

»Hab ich noch nie gehört.«

Murat hob einen dicken Stapel Papiere an. »Das hier sind Ihre Buchführungsunterlagen der letzten drei Jahre. Schon bei oberflächlicher Durchsicht …«

»Wo haben Sie das her?« Ihr Gesicht verfärbte sich dunkelrot. »Das ist Diebstahl!«, rief sie und stand auf.

»… fallen regelmäßige fünfstellige Eingänge auf, die unter Sondereinnahmen verbucht werden. Können Sie mir erklären, was sich hinter diesen Zahlen verbirgt?«

»Ich bin nur die PDL, das müssen Sie die Verwaltung fragen.« Sie fiel wieder auf ihren Stuhl.

»Aber Sie haben doch eine Kontovollmacht.«

Sie verschränkte die Arme.

»Und haben diese Beträge regelmäßig in bar abgehoben.«

Sie schwieg.

»Die Frage ist nur, inwieweit Sie sich persönlich bereichert haben.«

Die Zuschauer raunten. Sie schwieg.

»Oder ob Sie von dem Geld Beteiligte bezahlt haben.«

Murat übergab der Richterin einen dicken Umschlag mit Photos. »Diese Bilder zeigen, wie Sie in einem Park beim Pflegeheim einem Mann Geld übergeben.«

Sie schwieg.

»Können Sie uns sagen, wer dieser Mann ist?«

Sie schwieg.

»Das macht nichts«, sagte Murat, »er ist gut zu erkennen.«

Murat wandte sich zur Richterin. »Und jetzt würde ich gern Professor Rudolf Magahn befragen.«

»Keiner da«, sagte Oskar und klingelte ein zweites Mal beim Bautzener Exhäftling, der in Hannas Haus gezogen war.

Tanja legte das Ohr an die Tür.

Ein Mädchen polterte mit seinem Roller die Treppen hinunter und blieb hinter ihnen stehen.

»Der ist nicht da«, sagte sie. »Gestern schon nicht.«

»Aha«, sagte Oskar.

»Er soll Mama helfen, weil die Klingel nicht geht. Sie ist echt sauer.«

»Also ist er ein Freund von Deiner Mama?«, fragte Tanja.

Das Mädchen lachte. »Der Gregor ist doch unser Hauswart.«

Oskar und Tanja sahen sich an. »Jakob«, sagte Oskar, zog sein Handy hervor und wählte Jakobs Nummer. »Es ist aus«, sagte er.

Tanja kniete sich vor das Mädchen. »Kannst Du mir sagen, wann Du Gregor zuletzt gesehen hast?«

»Wer will'n das wissen?«

Tanja zog ihren Dienstausweis hervor und gab ihn dem Kind. »Wir sind von der Kripo. Ich bin Tanja und das ist Oskar.«

Oskar verzog das Gesicht.

»Cool«, sagte das Kind. »Ich bin Leila.« Sie hielt den Ausweis fest zwischen beiden Händen. »Ich wollte in den Keller, da war er auch.«

»Und wann war das?«, fragte Tanja.

»Gestern.«

»Hast Du auch mit ihm gesprochen?«

Leila schüttelte den Kopf. »Er hat mir Angst gemacht.«

»Und warum?«

»Es war ja schon spät. Mama will nicht, daß ich in den Keller gehe. Aber mein neuer Roller war doch da. Ich wollte ihn mir nochmal ansehen. Und Mama war ja bei ihrer Freundin.«

»Leila, warum hat Gregor Dir Angst gemacht?«

»Er hat so geschnauft. Als ob er doll wütend ist. Er hat was in die Schubkarre gelegt und wollte damit hinten raus.« Sie kratzte sich mit Tanjas Ausweis am Kopf. »Er ist immer wieder von der Stufe abgerutscht.«

»Und was hast Du gemacht?«

»Mich versteckt.«

»Und hat er es mit der Karre geschafft hinten raus?«

»Ja. Da konnte ich ganz schnell wegrennen. Und der Roller steht jetzt in meinem Zimmer.« Sie faßte ihn am Lenker, dabei fiel Tanjas Dienstausweis runter.

»Danke Leila«, sagte Tanja und hob ihren Dienstausweis auf, »dann kannst Du jetzt losfahren. Und das ist ein wirklich toller Roller.«

Leila nickte ernst. »Und wenn Ihr noch was fragen wollt?«

»Sagen wir es Deiner Mama, versprochen.«

Leila hüpfte die letzten Stufen hinunter. Tanja wartete, bis die Haustür klappte, nickte Oskar zu und zog ihre Dienstwaffe. Oskar holte tief Luft, nahm Anlauf und rannte, die Schulter voraus, die Tür ein.

Die Wohnung war leer. Es roch nach abgestandener Luft und Männerschweiß. Tanja steckte ihre Waffe zurück ins Halfter. Sie sahen sich um. Ein langer dunkler Flur. Poster von Theateraufführungen an den Wänden. In der Küche ein Stuhl vor einem winzigen Eßtisch an der Wand. Darüber ein schmales Regal mit Gewürzen, ein Glas mit Spaghetti. Signierte Schauspielerportraits am Kühlschrank. Im Wohnzimmer brauner Teppichboden, ein alter Couchtisch mit einer Resopalplatte, ein durchgesessenes Sofa, abgedeckt mit einem schweren Gobelinstoff. Schwere Vorhänge aus dunkelrotem Samt. Ein Grammophon voller Staub. Hinter Glas Theaterkarten. Die Schaubühne November '89. Das Deutsche Theater '84. Münchner Kammerspiele März '90.

Ein vollgestopftes Bücherregal, schwarz gestrichener Preßspan. Oskar öffnete die Fenster. Staub wirbelte auf. Die Wand gegenüber der Couch war voller Photos. Hanna. In dicker Winterjacke, in leichtem Hemd. Mit längerem, mit kurzem Haar. Jünger, älter. Unter freiem Himmel, laufend, den Blick nach vorn, konzentriert.

»Die hat er alle von hier aufgenommen.« Oskar deutete auf das Fenster zur Straße.

Über der Couch noch mehr Photos von Hanna, entspannt auf einer Parkbank, liegend auf einer Wiese. »Das ist an der FU«, sagte Tanja, »das kenne ich.« Hanna zusammen mit Studenten, im Kittel mit Kollegen.

»Er hat sie verfolgt«, sagte Oskar. Er ging in das anschließende Zimmer. Eng, mit schmalem Bett. »Hier hängt sie nicht, dafür eine andere Frau«, rief er.

Tanja quetschte sich an Oskar vorbei. »Die Photos sehen älter aus«, sagte sie, »schon die Kleidung.«

»Aber mit der hatte er was. Guck mal, hier sind sie zusammen drauf.« Oskar seufzte. »Gott, sind die verknallt.«

»Wie jung er da war. So ein weiches Gesicht«, sagte Tanja. »War bestimmt noch in der DDR.«

Oskar zog sein Handy hervor. »Die Fingerabdrücke an Gurams Sachen, hier überall Hanna, die Schubkarre auf der hinteren Kellertreppe und Jakobs Handy ist aus. Das macht mich alles ziemlich nervös.«

»Fahndung«, sagte Tanja, »sofort.«

XXVII

Wladi wachte. Vor einer Stunde hatte ein komischer Vogel gekreischt und er war hochgeschreckt, seitdem hörte er nichts mehr. Aber Stille nützte ihm gar nichts, er war Berliner und fand die Abwesenheit von Lärm bedrohlich. Und Porinchen war für ihn kein friedliches Dorf, sondern ein verschnarchtes, wehrloses Nest, ein schlachtfertig serviertes Opfer für Jurij Iwanow, den größten Scheißkerl des Planeten.

Die abgerissene Brücke, die gesperrte Straße waren kein Hindernis für ihn. Seine Killer mußten nur über das alberne Wehr steigen, konnten zu Fuß über die Dorfstraße spazieren, ihre Maschinengewehre in aller Ruhe laden und die paar Bewohner dieses elenden Kaffs niedermähen. Keine Nebenstraßen, in die man flüchten, nirgendwo ein Hinterhof, in dem man sich verstecken konnte. Stattdessen flache und harmlose Häuschen, klapprige Gartenzäune, zerfallende Felssteinmauern. Hecken aus Rosen, krumme Bäume, sandige Straßen, auf denen vor sich hin faulendes Obst in der Sonne lag. Porinchen war kein Versteck, es war ein Alptraum.

Levi schrie in seinem Zimmer. Wladi stieg der Zorn hoch. Iwanow hatte aus dem Kind einen Haufen bebender Panik gemacht, wenn jemand das Wort Russland erwähnte oder er im Schlaf allein mit seinem Vater war.

Wladi mochte sich nicht vorstellen, womit Iwanow das ausgelöst hatte. Gestern waren sie auf der Dorfstraße der alten Nachbarin und ihren Hühnern begegnet. Die rief eins mit Namen und Levi brach in Tränen aus. Wegen Federvieh, verdammte Scheiße.

Levis Schreien ging in wimmerndes Weinen über. Alika hatte es geschafft, ihn zu wecken und hielt ihn jetzt im Arm.

Iwanow würde bezahlen, das schwor Wladi beim Grab seiner Großmutter. Niemand durfte einem Kind so etwas antun. Der Knirps war noch nicht mal elf.

Der Zorn und die Anspannung, mit der Wladi auf Geräusche horchte, machten ihn durstig. Er stand auf, um sich ein Glas Wasser zu holen. Kein Alkohol, er brauchte alle Sinne, wenn sie plötzlich nachts in die Wälder aufbrechen mußten. Er kontrollierte seine Waffe, steckte sie zurück in das Halfter und schlich zur Küche.

Bestes Versteck der Welt. Jakob, wir haben zu reden.

Er machte kein Licht, obwohl es in dem Kaff zappenduster war. Langsam tastete er sich an der Flurwand entlang. Die Küchentür stand offen, der Kühlschrank mit der Selters war links.

»Fall nicht über mein Gewehr, es könnte losgehen.« Das Licht ging an. Wladi blinzelte und zog seine Waffe.

»Du mußt sie entsichern«, sagte Penta spöttisch.

Wladi senkte die Arme und starrte auf die Pistole. »Scheiße«, sagte er.

»Scheint, Du hast sonst nicht so viel Umgang mit Waffen.«

»Ich handle mit Yak«, sagte Wladi, steckte die Pistole zurück in das Halfter und ließ sich neben Penta auf einen Stuhl fallen. »Wenn Jakob mich nicht gerade bittet, eine Frau und ihr Kind vor dem brutalsten Russen westlich des Urals zu retten.«

Vor ihm auf dem Küchentisch lag ein Jagdgewehr. Entsichert.

»Was tust Du hier mitten in der Nacht?«

Penta sah ihn ruhig an. »Uns beschützen.«

»Du?«

Penta lachte. »Wer denn sonst?«

Wladi hatte schon intelligenter ausgesehen.

»Scheint, Jakob hat Dir außer meiner Adresse nicht viel mitgegeben«, sagte Penta. Sie ging zum Kühlschrank. »Bier?«

Wladi schüttelte den Kopf. Sie stellte eine Flasche Wasser und zwei Gläser auf den Tisch. Wladi setzte die Flasche an den Hals und trank.

»Geht's wieder?«, fragte Penta, als er die Flasche absetzte. Wladi nickte. Sie sicherte das Gewehr und stellte es an die Wand. »Ein Bewegungsmelder hat einen Eindringling gemeldet, vor drei Stunden. Ich habe nachgesehen. Sie wies auf das Gewehr. Aber es war nur ein Wildschwein. Trotzdem wollte ich sichergehen und noch etwas warten. Hätte sich ja jemand im Schatten des Schweins ins Dorf schleichen können.«

»Ein Bewegungsmelder.« Wladi starrte sie an.

»Der am Wehr. Aber ich dachte mir schon, daß es nichts Schlimmes war, sonst hätten die Infrarotkameras an den Lagerhallen ausgelöst. Es gibt keinen anderen Weg als den an ihnen vorbei.«

»Kamera. Infrarot.«

»Kann es sein, daß Du ein Echolot bist, Wladimir?« Penta lachte, nahm Butter, Käse und ein Glas mit Deligurken aus dem Kühlschrank und schmierte sich eine dicke Scheibe Brot. »War eine lange Nacht«, sagte sie, »willst Du auch?«

Wladi merkte auf einmal, daß er Hunger hatte. »Hast Du auch Fisch? Ich meine, sowas wie Rollmops. Mir ist total danach. Vielleicht sollten wir beide in die Fabrik einbrechen.«

»Müssen wir nicht«, sagte Penta und biß herzhaft in ihre Stulle, »ich habe eine Schlüssel.«

»Du hast einen …«, Wladi schluckte den Rest runter.

»Logisch«, sagte Penta und warf sich eine Gurke in den Mund, »die Fabrik gehört ja mir.«

»Eine Fischfabrik?«

»Kontrolle ist alles.«

Wladi leerte die Wasserflasche und wischte sich am Ärmel den Mund ab. »Scheint, Du siehst harmloser aus, als Du bist.«

Penta lachte. »Freut mich zu hören, früher war es andersrum.« Sie schob den Teller zurück. »Und jetzt zeige ich Dir mein ganzes Sicherheitssystem und danach gehen wir in die Fischfabrik und vernichten die Rollmöpse.«

»Herr Professor, darf ich Dr. Magahn zu Ihnen sagen?«

Der Chefarzt musterte Murat. Sein gegeltes Haar, seine schwarzen anatolischen Augen, seine breiten Schultern in dem neuen Anzug. »Sowohl der Doktorgrad als auch mein Professorentitel sind Zeichen meiner Leistung wie meiner Reputation. Sie in der Anrede wegzulassen, steht nur Gesprächspartnern desselben Grades zu.«

Der Staatsanwalt nickte und sah Murat kopfschüttelnd an.

»Seit wann sind Sie Arzt, Herr Professor?«

»Wie erfreulich, daß Sie nicht mit meiner Schulzeit beginnen. Achtunddreißig Jahre sind es jetzt.«

Hanna hatte ihren Chef noch nie in Zivilkleidung gesehen. Zu seinem Regiment gehörten der wehende Kittel, die weißen Klinikschuhe, die OP-Haube. Vor Gericht wirkte er noch kleiner und noch massiger. Er klemmte in seinem Anzug fest, den obersten Hemdknopf hatte er vorsichtshalber geöffnet. Sein Kopf war wie immer gerötet, die Haarstoppeln leuchteten. Die vielen Zuschauer schienen ihn zu irritieren, er schwitzte.

»Und der Doktorgrad?«

»Ist fünfunddreißig Jahre alt. Und kein Plagiat.« Er lachte. Einige Zuschauer fielen ein.

»Und die Professur?«

»Einundzwanzig. Hören Sie …«

»Chefarzt?«

Er seufzte theatralisch in Richtung der Zuschauerbänke. »Fünfundzwanzig.«

Murat nickte wieder. »Was haben Sie gegen Frau Dr. von Bredow?«

»Nichts. Immerhin habe ich sie eingestellt.«

»Ich formuliere es anders. Was halten Sie von ihr?«

»Wir hatten beruflich wenig miteinander zu tun.«

»Sie sind ihr Chef.«

»Also gut, ich wollte das nicht sagen, aber ich halte sie für labil. Zu weich für diesen Job.«

Professor Magahn würdigte Hanna keines Blickes. Sie betrachtete ihn dagegen ausgiebig und fragte sich, ob dieser führungsunfähige und cholerische Mann an irgendeiner anderen

Stelle als in einem deutschen Großstadtkrankenhaus jemals zum Chefposten gekommen wäre.

»Zu weich? Immerhin steht sie unter Mordanklage. Ganz zu schweigen von dem erheblichen Sachschaden.« Murat sah Magahn direkt an. Hanna war noch gar nicht aufgefallen, wie männlich die Ausstrahlung ihres Anwalts war. Jetzt sah sie, daß er im düstersten Kreuzberg zur Schule gegangen war und sich durchgesetzt hatte. Breitschultrig, klar und ruhig. Ein gelassener Aufsteiger.

»Das widerspricht sich nicht.«

»Und wieso ist sie dann bei Ihrem Schleudergang nicht rausgeflogen?« Murats Stimme wurde härter.

»Wobei?«

»So nennen Sie doch das Initiationsritual, das alle Assistenzärzte bei Ihnen durchlaufen.«

»Schwachsinn.«

»Die Kollegen werden bei Operationen in Bereichen eingesetzt, die sie nicht beherrschen.«

»Quatsch.«

»Sie werden vor versammelter Mannschaft angebrüllt.«

Im Zuschauerraum rumorte es, Magahn schüttelte den Kopf.

»Sie müssen in der Probezeite drei Dienste nacheinander fehlerfrei überstehen. Ohne Schlaf.«

Die Zuschauer tuschelten.

»Frei erfunden. Erzählt sie so was?«

»Das erzählen Ihre Kollegen.«

»Neider. Ein Krankenhaus ist ein hierarchischer Ort. Und das ist auch nötig. Kann ja nicht jeder machen, was er will.«

»Sie haben also nicht persönlich etwas gegen Frau Dr. von Bredow?«

»Warum sollte ich?«

»Möglicherweise wegen Ihrer Herkunft?«

Er schwieg.

»Sie sind in ärmlichen Verhältnissen aufgewachsen.«

»Das ist keine Schande.«

»Ihre Mutter war ein lediges Dienstmädchen, das Ihren Vater verklagt hat. Es gab einen Vergleich.«

»Also wirklich«, sagte der Staatsanwalt. »Das gehört doch nicht hierher.« Er sah die Richterin an und wies auf die überfüllten Zuschauerränge.

»Ist doch nichts unappetitlich Intimes«, sagte Marianne.

»Er hat uns versorgt«, sagte Magahn.

»Ihre Mutter verlor ihre Arbeit. Sie wohnten in einem Hinterhofzimmer in Neukölln. Hat er sie dort mal besucht?«

»Er war ein vielbeschäftigter Mann.«

»Und ein Adliger. Wohlhabend, verheiratet, vier Kinder. Und Sie sind sein unehelicher Sohn. Der nur seinen Vornamen trägt.«

»Der Name meiner Mutter reicht völlig. Wir leben nicht mehr im Mittelalter.«

Der Staatsanwalt nickte.

»Es stört Sie also nicht, daß Frau Dr. von Bredow adlig ist?«

»Nicht die Spur, die abwesenden Väter verbinden uns eher.«

»Dann frage ich mich, warum Sie alles tun, um sie beruflich zu zerstören.« Murat fixierte Professor Magahn, als hätte der unerlaubt seinen Kreuzberger Bolzplatz betreten.

»Tue ich das?«

»Sie haben sie auf die Innere II versetzt. Eine unter Kollegen berüchtigte Station, mit einer äußerst geringen Verweildauer des medizinischen Personals. Sie haben verhindert, daß sie, als sie darum bat, auf eine andere Station kam.«

»Man kann sich sein Einsatzgebiet nicht aussuchen. Sie ist ja keine Fachärztin.«

Ein Zuschauer klatschte.

»Auch daß sie eine wird, haben Sie verhindert.«

»Blödsinn.«

»Mir liegen Unterlagen dazu vor.« Murat zog Papiere hervor. »Abgelehnte Versetzungen mit Ihrer Unterschrift. Dienstplanänderungen von Ihrer Hand.«

»Zufall. Ich unterschreibe vieles.«

»Also kein persönliches Motiv?«

»Ich habe nichts gegen die Kollegin. Sie ist einfach überfordert, und sie ist keine gute Ärztin, aber das kommt in den besten Familien vor.« Er lachte, wieder fielen einige Zuschauer ein. Vielleicht hatte er die auch bezahlt, dachte Hanna.

»Und warum haben Sie dann Ihren Schwager das psychologische Gutachten erstellen lassen?«

»Das ist eine Unterstellung. Was kann ich dafür, wenn die Staatsanwaltschaft sich ausgerechnet ihn aussucht?«

»Ich habe hier den Ausdruck des E-Mail-Verkehrs zwischen Ihrem Schwager und Ihnen.«

»Woher haben Sie das?« Magahn sprang auf und drohte Murat mit ausgestrecktem Zeigefinger. »Ich zeige Sie an.«

»Setzen Sie sich«, sagte Murat scharf.

Der Chefarzt sah zur Richterin, die keine Miene verzog, und folgte widerwillig.

»Aus den E-Mails geht hervor, daß das psychologische Gutachten von Ihnen stammt, zumindest in weiten Teilen. Sie haben Ihrem Schwager vorgegeben, was er zu schreiben hat. Ich zitiere: zu geringe Affektkontrolle, kein Empathievermögen, unkontrollierte Gewaltausbrüche.«

»Stimmt doch alles. Ich kenne meine Untergebenen eben.«

»Kommen wir zum medizinischen Gutachter. Ihr Schwiegersohn ist Vorsitzender der Berliner Ärztekammer?«

»Wollen Sie das jetzt auch noch gegen mich verwenden?«

»Der Gutachter und er sind Studienkollegen?«

»Was weiß ich, die Welt ist klein.«

»Sie müßten sich eigentlich an ihn erinnern. Er war mal mit Ihrer anderen Tochter verlobt. Im Netz kursieren Photos der Feier. Sie sind auf einigen zu sehen.«

Der Chefarzt schwieg.

»Würden Sie unter diesen Umständen ein Gefälligkeitsgutachten nicht auch für wahrscheinlich halten?«

»Wir machen alle nur unsere Arbeit. Professionell und fehlerfrei.«

»Kommen wir zum Pflegeheim, in dem Hermine Neuhaus starb.« Murat legte dem Chefarzt ein Photo vor. »Das sind doch Sie, oder?«

»Lassen Sie mich überwachen? Unglaublich.«

»Unerhört«, rief ein Zuschauer aus der Lacherecke.

Murat beugte sich über das Bild und den Professor. »Was tun Sie denn da auf dem Photo?«

»Ich übergebe einer Bekannten einen Umschlag.«

»Es gibt andere, die den Inhalt des Umschlags sichtbar machen.« Murat stand über ihm. Breitschultrig und ruhig. »Also Vorsicht mit der Antwort, Herr Professor.«

»Sie ist eine Bekannte, wie gesagt. Ich hatte mir Geld von ihr geliehen. Was Sie da sehen, ist die Rückzahlung.«

»Ist es nicht eher so, daß Sie mal eine Beziehung zu der Pflegedienstleiterin hatten?«

»Ich?«

»Aus der eine Tochter hervorging? Für die Sie zu zahlen sich bereiterklärt haben unter der Voraussetzung, daß niemand von der Vaterschaft erfährt?«

»Sie spinnen.«

Wieder die Klatscher.

»Immerhin wohnt das Mädchen nicht in einem Neuköllner Hinterzimmer.«

»Jetzt werden Sie unverschämt.« Magahn sprang wieder auf. »Mir reichen Ihre Unterstellungen. Ich bin hier im Zeugenstand.«

»Hinsetzen«, brüllte Murat.

Der Professor sank auf seinen Stuhl zurück. »Wenn Sie irgendwas gegen mich vorzubringen haben, nur zu. Meine Weste ist rein. Im übrigen kann ich nicht sehen, was das für Ihre Mandantin bringen soll. Sie wird nie wieder einen Fuß in ein Krankenhaus setzen. Zumindest als Ärztin.«

»Wollen Sie das?«

»Ehrliche Antwort? Solange es nicht meine Klinik ist, ist mir das scheißegal.«

»Was, wenn Sie es sind, der nicht mehr zurückkommt?«

Der Chefarzt lachte. »Sie spinnen wirklich. Aber wahrscheinlich müssen Sie das, um dieses Mandat zu übernehmen.«

»Sie sind durch's Physikum gefallen, stimmt das?«

»Ach Gottchen, habe ich es halt noch mal versucht.«

»Und sind ein zweites Mal durchgefallen.«

Er lachte und sah feixend zu seiner Fanecke.

»Sie haben danach den Studienort gewechselt. Waren in vielen Ländern unterwegs. Ihre Approbation stammt aus?«

Der Chefarzt schwieg.

»Wo ist überhaupt Ihre Approbation?«

»Irgendwo im Schrank.«

»Und eine Kopie bei der Ärztekammer, dem Arbeitgeber, der Versicherung?«

»Ja, ja.«

»Aber das Original ist in Ihrem Schrank?«

In den Zuschauerreihen entstand Unruhe.

»Müßte ich nachsehen. Braucht man ja selten.«

Ein gebeugter alter Mann schlurfte langsam durch die Sitzreihen. Alle mußten aufstehen, um ihn durchzulassen.

»Und Ihre Dissertation haben Sie in Mexiko verfaßt?«

Der Mann hatte die Sitzreihe geschafft und tastete sich durch den Gang nach vorn.

»Was wollen Sie denn damit?«, fragte Magahn.

Der Alte schlich auf den Zeugenstand zu und blieb vor dem Chefarzt stehen.

»Hallo Rudolf«, sagte er, »lange nicht gesehen.«

Chefarzt Magahn starrte den alten Mann ratlos an.

Der Alte hob die Hand und legte sie wackelnd auf Magahns Arm. »Hanna weiß alles«, sagte er.

Es dauerte lange, bis der Professor ihn erkannte. »Du hast Parkinson«, flüsterte er. »Verdammte Scheiße, Andreas.«

»Und nichts mehr zu verlieren, Rudolf.«

Der Urologe schlurfte zum Richtertisch, hielt sich daran fest und sah zu Marianne hoch. »Wir haben zusammen studiert. Wir sind keine Ärzte. Unsere Papiere sind gefälscht.«

Die Journalisten an den Wänden schrieben hektisch in ihre Notizblöcke, ein Fotograf riß die Kamera hoch und machte Bilder vom Professor, bis der Gerichtsdiener ihn aus dem Saal warf.

Der Urologe drehte sich mit beiden Händen am Richtertisch zu seinem ehemaligen Studienkollegen um und nickte ohne Ende.

»Warum zerstörst Du mein Leben, Andreas?« Rudolf Magahns Gesicht war bleich.

Der Urologe sah ihn an. Sein Kopf schaukelte wild. Er brauchte sehr, sehr lange für die Antwort. Im Gerichtssaal war es mucksmäuschenstill. »Weil Du sonst Hanna zerstörst.«

XXVIII

Alika kannte keine anderen Frauen. Natürlich hatte sie weibliche Gäste, eine Putzfrau für das Restaurant und beim Finanzamt war auch eine Frau für sie zuständig, aber ansonsten verbrachte Alika ihr Leben mit Männern.

Ein Mann hatte sie an der Brust genährt, sie behütet, als ihre Mutter nach der schweren Geburt um das eigene Leben gekämpft hatte. Guram war ihr Vorbild gewesen, und kam ihr viel näher als ihre am Lebensanfang schon ferne Mutter. Sie hatte drei geliebte Brüder in Israel, ihre rechte Hand in der Apotheke war Igor, und Levi war ihr Sohn. Alika hatte sich immer nur durch Männeraugen als Tochter, Mutter, Geliebte und Chefin gesehen.

Aber jetzt war sie zu Penta geflüchtet, bestaunte ihr Haus, die große Werkstatt mit den halbfertigen Bootskörpern, sah, wie sie schnitzte und wie liebevoll sie mit ihrem Sohn umging und war überrascht, wie sehr deren Leben ihrem eigenen entsprach. Sie wollte Penta malen, und sie wollte sie als Freundin.

Pentas Zuhause war ein wunderschöner Ort wie Alikas Apotheke. Sie hatte das alte Forsthaus vorn unverändert gelassen. Die Rückfront jedoch bestand fast ganz aus Glas und der Blick ging über das Hanggrundstück hinweg zum Fluß hinunter. An seinem Ufer warteten einladend zwei Kanadier und lockten zur Fahrt auf den anschließenden See.

Das Erdgeschoß des Forsthauses ruhte zum Garten hin auf mächtigen Holzpfeilern, zwischen ihnen befand sich Pentas Bootsrestaurationswerkstatt. Alles in ihr schimmerte von warmem Holz. Die Wände waren bedeckt mit Halterungen für Stechbeitel, alle Arten von Schnitzmessern, Hobel, Feilen, Raspeln, Schleifmaschinen, Klöpfeln und Hämmern, Schraubzwingen und Spannseilen.

Zur Zeit arbeitete Penta allerdings nicht an einem Auftrag, sondern an einem Boot für ihren Sohn. Matthäus war erst als Jugendlicher zu seiner Mutter gekommen, und Penta führte ihn langsam an ihr Element heran. Lehrte ihn ohne Angst im Wasser zu sein, nahm ihn mit auf Paddeltouren, erklärte sorgfältig die Boote und was sie mit ihnen tat.

Matthäus schlief in einem Boot. Penta bestand darauf, daß sein Gesundheitszustand nach dem drogenbenebelten Sturz sich nur deshalb verbessert hatte, weil sie ihn täglich zum Bad in's Wasser führte und weil sie ihm ein Boot zum Bett umgebaut hatte. Vor dem Schlafen hißte Matthäus jeden Abend das kleine Rahsegel, rief Ahoi und nahm Kurs auf die Nacht.

Und jetzt baute die Mutter ihm sein erstes eigenes Boot. Einen Kanadier, herausgeschält aus einem einzigen Stamm, versehen mit einem Drachen auf dem Bug.

Alika wünschte, auch sie hätte für ihren Sohn, den jetzt jede Nacht Alpträume heimsuchten, ein Boot bauen können, das ihn auf das Wasser hinausführte und von den Erinnerungen an die Grausamkeit seines Vaters befreite.

Sie rollte den Teig aus für die Chinkali. Penta hatte für sie eingekauft, Gehacktes, Hammelfleisch und Maismehl, Spinat und Rote Beete. Und sie hatte Walnüsse besorgt, damit Levi sie wieder auf Schnüre ziehen und Alika daraus Tschurtschchela bereiten konnte. Alika wollte für Penta, Matthäus und Wladi kochen. Wollte der Frau aus Baden und dem freundlichen Russen zeigen, welche Nahrung ihr georgischer Mutterboden hervorgebracht hatte, woher sie kam und was sie verloren hatte.

Auch Penta hatte ihre Heimat verlassen. Das Forsthaus, das Grundstück, die Werkstatt waren schwer errungen. Penta strahlte Kampfbereitschaft und äußerste Vorsicht aus, weil man ihr Leben bedroht hatte, wie Iwanow jetzt Alika und Levi bedrohte.

Trotzdem hatte sie die ihr fremde Alika aufgenommen, war bereit gewesen, ihr paradiesisches Versteck und ihr Leben erneut zu gefährden. Ein opulentes georgisches Festmahl war Alikas hilfloser Dank dafür, daß Penta sie in ihre Welt einließ, ihnen in der Not Unterschlupf gewährte. Würde sie jemals in die Apotheke, ihr Atelier und ihr Leben zurückkehren können, sie würde niemals vergessen, was Penta für sie getan hatte.

»Deine Apotheke würde ich mir sehr gern einmal ansehen, was ist jetzt eigentlich mit ihr«, fragte Penta, die den Spinat wusch, »hast Du jemanden, der sie weiterführt?«

»Sie ist seit dem Tod meines Vaters geschlossen«, sagte Alika. »Aber ich muß demnächst wiedereröffnen, Levi und ich leben davon. Igor, mein Chefkoch, wird das schon machen.«

»Aber die Gäste kommen doch Deinetwegen.« Penta deutete auf die von Alikas Kochkünsten vollständig belegte Küche. »Und wegen Deines Essens natürlich.« Sie sah sich nach einem freien Platz für die große Schüssel mit dem Spinat um.

»Igor sagt, er hängt ein großes Photo von mir auf, dann geht das schon.« Alika lachte. »Ich habe mit ihm telefoniert.«

Es krachte. Penta hatte die Schüssel fallen lassen, der Spinat flog in alle Richtungen. »Du hast was?« Penta sah Alika an. »Von wo?«, fragte sie.

»Mit meinem Handy. Ich mußte eine richtige Wanderung machen. Das ist vielleicht ein fürchterlicher Empfang hier. Erst auf der anderen Seite der Kirche ging es einigermaßen. Was ist, Du guckst so komisch. Stimmt etwas nicht?«

»Wie lange hast Du mit ihm telefoniert?«

»Bis mein Akku leer war. Wir hatten so viel zu besprechen für die Wiedereröffnung. Igor hat sich ein paar neue Gerichte ausgedacht. Berlin und Kaukasus, das wird wieder was.«

»Wo war Igor, als er telefoniert hat?«

»In der Apotheke, warum?«

»Hat er das Festnetz benutzt?«

»Ja. Aber was ist denn?«

Penta hob die Schüssel auf und sammelte den Spinat ein. »Ach nichts«, sagte sie, »koch ruhig weiter.«

Jakob war angekommen. Geknebelt, gefesselt und an einem Ring, der aus dem Boden ragte, festgezurrt. Feuchte kroch aus dem Gestein. Es hatte wochenlang kaum geregnet, aber hier war es feucht. Eine muffige Totengruft. Jakob war angekommen in Gurams Grab.

Er hatte es sofort erkannt. Das fahle Licht, der Schimmel, der Staub. Flechten und Moose an den Steinen. Vogelgezwitscher. Das Surren eines Elektrofahrzeuges. Jakob hatte Guram gefunden, den Ort seines Todes. Alles war darauf zugelaufen. Hier lag die Erklärung, seine Geschichte.

Gregor kam im Dunkeln und zog Jakob den Knebel aus dem Mund. Schon lange zwitscherten keine Vögel mehr, surrte kein Fahrzeug. Gregor schaltete eine Taschenlampe ein, packte eine Wasserflasche aus und belegte Brote. Er hatte nicht nur Wasser für ihn wie für Guram. Gregor löste Jakobs Fesseln, deutete auf seine Mitbringsel und lehnte sich an die feuchte Wand. Jakob trank und aß. Keine Ratten, die sich für ihn und sein Essen interessierten, wie konnte das sein? Was für eine merkwürdige Gruft. Der Boden war aus Sand, was war das nur?

Gregor deutete auf Jakobs Kopf. »Tut's noch weh?«

»Ja«, sagte Jakob und aß weiter.

»Du hast mir einfach nicht zugehört.« Gregor sah Jakob zornig an. »Was sollte ich denn machen?«

»Ich war abgelenkt«, sagte Jakob mit vollem Mund. »Ich habe nicht gemerkt, wie ernst es Dir war.«

»Ja«, sagte Gregor, »es ist ernst.«

Jakob schob die Wasserflasche und die restlichen Brote zur Seite. »Fang an«, sagte er, »jetzt höre ich Dir zu.«

»Sie war so wunderschön«, sagte Gregor.

»Wer?«

»Ich hatte noch nie eine so schöne Frau gesehen.«

»Von wem redest Du, Gregor?«

»Tilla«, sagte Gregor. »Wir haben uns geliebt.«

Penta war unruhig. Die in der Gegend um Porinchen regierenden Bulgaren hatten sich mit den konkurrierenden Weißrussen getroffen. Gemeinsam hatten sie danach russischen Besuch aus Berlin empfangen. Das sah schon sehr danach aus, als ob Iwanow, bevor er zuschlug, die Revierverhältnisse klärte und allen Platzhirschen seine Aufwartung machte.

Außerdem fuhren in der Kreisstadt neuerdings schwarze Berliner LKW im Kreis. Begleitet von einem Geländewagen mit abgedunkelten Scheiben und russischem Kennzeichen. Seit Alika unvorsichtigerweise mit Igor telefoniert hatte, wußte Iwanow, über welchen Sendemast sich ihr Handy eingewählt hatte. Es war eine Frage der Zeit, wann er den genauen Aufenthaltsort herausfinden und in Porinchen auftauchen würde. Penta brauchte einen Plan.

Sie machte ihren abendlichen Kontrollgang durch das Dorf. Neuerdings begleitete sie Wladi, mit dem sie vorsichtshalber im Wald zum Training auf Dosen schoß. Bis Iwanow kam, war aber noch viel Geduld nötig, er traf bisher keine einzige.

»Was weißt Du eigentlich über Levis Vater?«, fragte Wladi.

»Ich habe ihn überprüfen lassen«, sagte Penta, zog das Tor einer Scheune auf und leuchtete die Ecken ab.

»Er ist ein mächtiger Gegner«, sagte Wladi.

Penta schloß das Tor. »Jeder hat eine schwache Stelle.«

»Sogar Iwanow?«

»Er hat einen Nowosibirsker Geschäftspartner, viel mächtiger als er. Iwanow hat Levi zu ihm mitgenommen und vorgeführt. Als seinen künftigen Nachfolger.«

Wladi trat gegen einen Zaunpfahl, der zusammenbrach.

»Levi hat den Kerl angespuckt.«

Wladi lachte und richtete den Zaunpfahl wieder auf. »Was für ein Kampfknirps. Der hat jetzt schon mehr Eier als wir alle.« Er sah Penta an. »Du natürlich ausgenommen.«

»Dieser Geschäftspartner handelt neuerdings mit Raketen.«

»Denen ist auch nichts heilig.«

»Iwanow soll in Berlin den Zwischenhandel übernehmen.«

»Wollen wir der Kripo was stecken?«

Penta winkte ab. »Zu gefährlich. Der windet sich raus. Außerdem kann er seine berüchtigten Gorillas auch aus dem Knast losschicken.«

Wladi seufzte.

»Der Zwischenhandel für den Nowosibirsker ist eine große Ehre für Iwanow«, sagte Penta. »Es geht um richtig viel Geld.«

»Sollen wir den Geschäftspartner gegen ihn aufbringen? Klingt, als ließe der nicht mit sich spaßen.«

Penta nickte. »Wir finden heraus, wann die Übergabe ist, und ziehen Iwanow inklusive der Waren aus dem Verkehr.«

Wladi pfiff.

»Der Sibirier wird richtig sauer. Und nach ein paar Tagen lassen wir Iwanow ohne die Raketen wieder frei. Gibt sowieso zu viele Waffen auf der Welt.«

Wladi pustete. »Der Nowosibirsker wird ihn verfolgen.«

»Iwanow muß fliehen. Hals über Kopf und weit weg. Und er verliert schlagartig seine Macht, was noch wichtiger ist, weil für ihn keiner mehr einen Finger krumm macht. Geschweige denn, in seinem Auftrag eine Georgierin oder ihren Sohn tötet.«

Wladi nickte langsam. »Das ist ein sehr, sehr guter Plan. Und er bezahlt auch noch für Irina und Dimitrij Panichenko. Aber wenn ich ihn entführen soll, brauche ich Deine Hilfe.«

»Wir müssen ihn überrumpeln, das ist alles.«

Am neunten November '89 ließ er sich vom Strom der Menschen rübertragen. In den Westen, die bessere, freiere, wildere, buntere Hälfte der Stadt. Der Strom wurde schmaler, trug ihn bis an eine Kreuzung, dann ließ er ihn stehen. Schöne Häuser, dachte er staunend. Blumenkästen auf den Balkonen, sogar im November.

In einer Nebenstraße eine hohe Mauer, dahinter streckten Bäume ihre Novemberarme aus. Er strich an der Mauer entlang. Mauerinsasse sucht Orientierung. Er fand ein Tor, ging hindurch und landete auf einem Friedhof. Das erste, was ihn am Westen anzog, war ein Friedhof. So viele fremde Namen. Alles freie Berliner, freie Tote. So viele Grabsteine, so groß, so verschieden. Und überall frische Blumen, sogar im November. Sonnenblumen, Gerbera, Dahlien, Rosen in allen Farben. Auf immer und ewig.

Er hätte sie fast umgestoßen. Blendend schön schien sie ihm. Der Westen. Sie leuchtete von innen. War größer als er, als der verhinderte Dramaturg mit den Schweißerschultern.

Sie wollte ihm das Grab von Marlene zeigen. Dem Ossi.

Ihre Schritte waren groß wie ihre Füße. Klein kam er sich vor neben ihr, unbedeutend. Er starrte sie an, sie lachte. Sieh Dich ruhig um im Westen. Ihre Lider hingen vor Trauer, aber ihre Augen glühten. Ich bin Tilla und ich komme aus Ostpreußen. Wer hier der Ossi ist, müssen wir also noch verhandeln.

Mit ausgreifenden, an ostpreußischen Weiten geschulten Schritten lief sie den Friedhofsweg hinunter. Sie sah sich nicht nach ihm um. Gregor rannte dieser wildfremden Frau hinterher.

An einem Familiengrab blieb sie stehen, schwer atmend. Gerichtspräsident Trottow. Marlene ist zu weit, sagte Tilla. Sie zog ihn hinter das Grab. Wir feiern jetzt Wiedervereinigung.

Sie war alt, zumindest für Gregor. Ihre Brüste hingen, der Hals legte sich in Falten. Und sie war wunderschön. Ihr Bauch hatte sechs Mädchen geboren, ihre Brüste sechs Mädchen genährt, ihre Schultern sechs Mädchen getragen, ihr Herz den Vater vermißt, den toten Bruder zurückgelassen, die Mutter begraben. Sie war der Westen, eine Riesin, das pralle gelebte Leben. Und jetzt wollte sie Gregor, den Schweißer, den Dramaturgen, den Ostberliner, und zwar sofort.

Gregor ergriff die Chance. Der geborene Dramaturg nahm sich zurück und übergab Tilla die Bühne. Öffnete sie, führte sie und ließ sie erstrahlen. Tilla war überrascht. Es war der neunte November. Sie hatte sich mitreißen lassen vom Rausch der Zeitenwende und traf ausgerechnet in einem Schweißer aus Ostberlin den besten Liebhaber ihres wahrlich ausgekosteten Lebens. Sie wollte die Friedhofsbekanntschaft mit weltgeschichtlichem Hintergrund wiedersehen. Unbedingt und immer wieder.

Die große Ostpreußin und der junge Ostberliner wurden ein Paar. Niemand beachtete sie, wenn sie Arm in Arm durch die sich auflösende Doppelstadt strichen. Berlin hatte Geschichte zu schreiben und keine Spitzen frei für ein ungewöhnliches Paar.

Aber es war nicht nur der Sex.

Sie hatten Gregor nicht studieren lassen. Hatten ihm gesagt, er, Sohn eines Mathematikers und einer Pastorentochter, müsse sich in der Produktion bewähren. Verlorene Jahre. Am Ende das Theater ferner denn je. Er schlief bei den Aufführungen ein. Kein Schweißer schafft den letzten Akt.

An einem hellen Frühlingstag legte er im Frühstücksraum die Stulle zur Seite, ging auf den Betriebshof und rezitierte brüllend Heiner Müller. Die Polizei führte ihn ab, er schwang im Streifenwagen und auf der Wache staatszersetzende Reden und landete in Bautzen. Endlich nicht mehr schweißen, endlich genug Schlaf. Die Mutter rief den Pastorengroßvater zu Hilfe. Der besorgte einen Anwalt, schlug eine Ausbildung zum kirchlichen Friedhofsgärtner vor und boxte ihn frei. Arbeit und trotzdem Zeit zum Lesen, viel frische Luft. Luft für den letzten Akt. Betest für bessere Zeiten, die kommen, wart's nur ab, bist ja jung.

Wässern, jäten, harken inmitten von Toten, Vögeln, Eichhörnchen. Abwarten.

Es war nicht nur der Sex. Das Grün war Tillas Berufung.

Sie hatte Biotope der ganzen Welt bereist. Kannte Dschungel und Steppen, Küsten und Meere, wildes Flußgestrolch, undurchdringliches Ufergestrüpp, große Blüten, bunte Vögel, betörende Düfte. Das Wilde, Exotische, Imposante. Und sie sprach davon. Mit wilden Bewegungen zeichnete sie Blütenstände und Fruchtfolgen, skizzierte Flußläufe und Blätterwerk.

Gregor kannte den Wegesrand. Mit leuchtenden Augen sprach er über die unscheinbare Ranke, die gräulichen Blättchen, die den DDR-Mief ertrugen, sich wegduckten. Abwarten. Flach atmen. Zäh sein, durchstehen. Gregor bewunderte die Widerstandskraft in Bodennähe, Tilla den raumgreifenden, ausufernden Wildwuchs. Die große Ostpreußin sah in Gregors junges Gesicht und konnte es nicht fassen. Sie war zum ersten Mal in ihrem Leben in die Seele eines Mannes verliebt.

Beim Flachs trafen sie sich. Zart und zäh. Anspruchslos und östlich. Und nachdem sie wieder einmal auf einem Friedhof Vereinigung gefeiert hatten, erzählte Tilla zum ersten Mal einem Mann von ihrer Heimat. Vom brausenden Wind in den Bäumen, dem Glucksen der Seen, den in ihren Nestern klappernden Störchen. Vom Trompetenkonzert der Kraniche in den abgeernteten Feldern. Wie sie die Köpfe dabei aufrichteten, den Hals nach hinten bogen und die Schwingen hoben. Sie weinte und der zarte Schweißer hielt sie in seinen Armen.

Zwei Menschen, zwei Welten, zwei Generationen, eine Seele. Sie waren in den Spalt gefallen, der sich auftat, als die DDR unterging. Es konnte nicht dauern.

»Und dann hatten wir ein Problem«, sagte Gregor. »Einer ihrer früheren Männer tauchte plötzlich bei ihr auf.«

»Ein der Väter?«

Gregor nickte. »Sie war außer sich. So viele Vorsichtsmaßnahmen hatte sie ergriffen, daß keiner von ihnen sie jemals finden könnte. Und dann fiel die Mauer. Die ganze Welt wankte und plötzlich stand er nach einer Vorlesung im Institut vor ihr.«

»Wollte er Kontakt zu seiner Tochter?«

»Er wußte ja gar nichts von ihr. Und Tilla war völlig panisch, er könnte es erfahren.«

»Wollte er mit Tilla eine Beziehung?«

»Er wollte ihre Hilfe. Tilla hat ihn weggeschickt, aber er kam immer wieder. Sie hat von ihm erzählt, was für ein starker Mann er damals war, viele Jahre zuvor, wie selbstsicher und mitreißend, noch dazu ungebunden. Keine Komplikationen zu erwarten, ein guter Samenspender. Sie hat ihn verführt, so hat sie es geschildert. Und ich konnte es mir gut vorstellen.«

Gregor lachte. »Sie hat seinen Samen eingesammelt und ist wieder nach Berlin geflogen. Und jetzt, so lange Zeit danach, bat er um ihre Hilfe, aber sie wollte seine Not nicht erkennen, sie wollte nur, daß er geht.« Gregor schwieg. Für die Forsetzung brauchte er Anlauf. »Um ihn endgültig loszuwerden, schlug ich eine klärende Aussprache vor, hier auf dem Friedhof. Abseits der Uni, ungestört und entspannt. Zu Tillas Sicherheit sollte ich in der Nähe sein, aber mich verstecken.«

Gregor schüttelte den Kopf. »Es klang alles so einfach. Sie trafen sich in der Kapelle, an einem friedlichen Ort. Aber es hat nicht funktioniert. Der Mann jammerte sofort wieder. Er ging sogar auf die Knie vor ihr. Und Tilla …«

Er schwieg lange.

»Ich habe sie vorher nie so gesehen. Sie war voller Haß. Hat ihn beschimpft, daß er bei ihr um Hilfe bettelt, statt zu Hause für seine Familie zu kämpfen.« Er schüttelte den Kopf.

»Sie hat schwache Männer verachtet«, sagte Jakob.

»Schließlich standen Tilla und er voreinander und haben sich angebrüllt.«

»Und Du warst in Deinem Versteck?«

»Ich konnte es nicht mehr mit ansehen, es war so schrecklich. Dann hat es fürchterlich gepoltert. Ich sah hin und Tilla war weg. Nur der Mann stand noch da.«

»Er muß sie vor den Altar gestoßen haben. Sie lag auf den Stufen.« Gregor weinte. »Er beugte sich über sie und wimmerte. Dann stand er auf, sah sich um. Er sah genau zu mir.«

Gregor holte tief Luft. »Vor meinem Versteck lag ein Vorhang auf der Kirchenbank. Er wischte sich damit Tillas Blut ab. Ich sehe immer noch seine Augen.«

»Was hast Du gemacht?«

»Nichts. Der Mann lief weg und ich tat nichts. Ich schäme mich noch heute dafür, aber ich stand einfach starr in meinem Versteck. Ich konnte mich nicht bewegen.«

»Du standst unter Schock.«

»Es wurde immer kälter und dunkler.«

»Und Tilla?«

»Ich dachte, er hat ihr das Genick gebrochen. Ich dachte, sie wäre tot. Und als es vollkommen dunkel war in der Kapelle, stöhnte sie plötzlich.«

Er fiel fast aus seinem Versteck, beugte sich über sie. Sie atmete. Tilla, Tilla, Tilla, flüsterte er. Er hob sie vorsichtig hoch. Ihr Stöhnen wurde lauter. Mit schweren Schritten ging er mit ihr auf den Armen durch die Kapelle, wankte unter der Last der großen Frau, ging schließlich in die Knie. Warte, ich bin gleich zurück.

Er stürzte aus der Kapelle, rannte im Dunkeln über den Friedhof, holte eine Schubkarre, legte Tilla sanft hinein und lief mit ihr zum Ausgang.

Das Tor war zu.

Er rüttelte daran, trat dagegen, Tilla stöhnte. Schmiedeeisen. Schwer. Zu schwer für Gregor. Zu hoch für Gregor. Unüberwindlich für Gregor, für Tilla.

Er lief zurück zu den Verwaltungsgebäuden. Brach die Holztür auf, lief zum einzigen Telefon, hob ab. Es war tot. Er schrie und warf das Telefon an die Wand. Er lief zurück zu Tilla in ihrer Karre. Strich ihr über das Haar, die Wangen, die Schultern. Küßte ihre geschlossenen Lider.

Es gab keinen Weg hinaus aus dem Friedhof bis zum nächsten Morgen. Sie mußten warten, Tilla mußte durchhalten. Er hockte sich neben sie, hielt ihre Hand und sprach vom Flachs, von Ostpreußen, schließlich von ihrer gemeinsamen Zeit. Um Mitternacht wurde ihr Atem langsamer. Um eins hörte sie auf zu stöhnen. Um halb zwei schlug ihr Herz zum letzten Mal. Um zwei wurde sie kalt.

Gregor hielt sie im Arm und weinte. Als er spürte, wie ihre Finger steif wurden, schob er die Schubkarre zum Gärtnerschuppen, holte eine Spaten und eine Decke.

Er hob Tillas Grab aus.

Wickelte sie in die Decke, legte sie in ihr Grab und bedeckte sie mit Erde. Brachte Spaten und Karre zurück, wusch sich die Hände, reinigte die Kapelle und wartete, bis die ersten Kollegen kamen. Begleitet vom Schimpfen der frühen Amseln ging er durch das nun weit geöffnete Tor.

XXIX

»Wo sind wir hier?« fragte Jakob und wischte sich die Tränen aus dem Gesicht.

»In Stahnsdorf«, sagte Gregor, »auf dem Gelände des Südwestkirchhofs. Ein hundertjähriger Waldfriedhof und einer der größten Friedhöfe Europas. Das ist mein Arbeitsplatz.«

»Du hast sie hier begraben?«

Gregor nickte.

»Wie soll ich das bloß Hanna erklären?«, fragte Jakob.

»Seit über zwanzig Jahren versuche ich das«, sagte Gregor.

»Hast Du deshalb ihre Nähe gesucht?«

»Eigentlich wollte ich nur in Tillas Wohnung. Ich habe mich so nach ihr gesehnt. Und dann wurde die Hauswartstelle frei.«

Jakob nickte.

»Als ich das erste Mal in der Wohnung war, sollte ich etwas reparieren.« Gregor weinte. »Die Pflanzen überall. Es roch sogar noch nach Tilla. Und Hanna ist ihr so ähnlich gewesen. So wild, so stark.«

»Warst Du verliebt in Hanna?«

Gregor lachte auf. »Ich habe Tilla geliebt, niemanden sonst.«

»Du hast auf Hanna aufgepaßt.«

Er schüttelte den Kopf.

»Aber Du bist in Hannas Nähe.«

»Die Wohnung war wie eine Sucht. Und ich mache Photos von Hanna, seit damals. Als ob ich Tilla in ihr suche, als ob ich für Tilla Hannas Leben festhalten muß.« Er sah Jakob an. »So einer bin ich. Hänge Photos von der Tochter meiner Geliebten in meine Wohnung. In der Hanna natürlich nie war.«

»Und ich dachte, Du kümmerst Dich. Fürsorglich.«

»Ein Mann, der die Gardinen aufhängt.«

»Aber die Gerichtsverhandlung?«

»Grete hat gesagt, ich soll zuhören und ihr alles erzählen.«

»Deshalb bist Du da hin?«

»Warum denn sonst?«

»Um Hanna zu unterstützen?«

»Tilla hat mich vor über zwanzig Jahren überrollt wie eine Flutwelle. Sie war phantastisch und ich habe sie so gut geliebt, wie ich konnte, aber ich war ihr nicht gewachsen. Ich wünschte manchmal, ich wäre ihr nie begegnet. Obwohl sie die einzige Liebe meines Lebens war. Ich bin Tillas Opfer, sonst nichts.«

»Was, wenn sie Dich geliebt hat?«

Er lachte auf. »Ausgerechnet mich?«

»Liebe fällt, wohin sie will.« Jakobs Blick klopfte an Gregors Seelentür.

»Laß das, Jakob, Du tust mir weh.«

»Ich meine, was ich sage.«

»Ich habe mir meine Wunden in zwanzig Jahren mühsam zusammengeflickt. Ich kann mit ihnen leben.«

Du irrst Dich. Sie hat Dich geliebt. Ausgerechnet den verhinderten Dramaturgen und Friedhofsgärtner mit Hang zum Wegesrand. Er war anders als alle Männer, die sie kannte. Aber wenn Gregor das zugäbe, wäre es umso unerträglicher, daß er sie nicht vor ihrem Mörder hatte schützen können. »Und Du paßt nicht auf Hanna auf?«, fragte er.

»Das kannst Du, aber nicht ich.«

»Ich nehme Dir nichts weg«, sagte Jakob leise.

»Du fängst was mit anderen Frauen an. Das geht nicht.«

Jakob schwieg.

»So darfst Du mit Hanna nicht umgehen. Du tust ihr weh.«

»Bin ich deshalb hier?«

»Du sollst mir zuhören.«

»Ich höre zu.«

»Du mußt das alles Tillas Tochter erklären.«

»Erst erklärst Du es mir«, sagte Jakob. »Die ganze Geschichte und nicht nur die halbe. Und dann gehen wir zu Hanna.«

Jurij Iwanow hatte einen stressigen Tag. Immer wieder rannte er mit dem Handy am Ohr von seinem Firmengelände zum auf der gegenüberliegenden Straßenseite parkenden schwarzen Hummer H2 Pickup mit goldenem Kühlergrill und goldenen Felgen. Das würde sein ganz großer Tag. Endlich hatte er den Sibirier so weit, daß die Raketen übergeben werden konnten.

Eigentlich wollte er schon vor einer Dreiviertelstunde losfahren, aber die Welpen rannten ständig hinter ihm her. Ein Angestellter hatte sich um die Hunde kümmern sollen, schließlich konnte er sie ja zur Übergabe nicht mitnehmen. Aber der Kerl konnte nicht bis drei zählen und von Hunden verstand er gar nichts. Iwanow brachte sie jedes Mal zurück, aber irgendeiner rutschte immer wieder durch, wedelte mit dem Hinterteil und strahlte ihn an. Gerade hatte er ihre Ohren und Ruten kupieren lassen, sie waren verbunden.

Wegen der Raketen würde er seine Hunde zum ersten Mal allein lassen. Er wollte, daß sie kein Leben ohne ihn kannten, von Anfang an. Die Welpen würden seine Geschöpfe werden. Bedingungsloser Gehorsam, und das mal acht.

Er war schon auf der Straße, als es wieder neben ihm quietschte. Er griff in das Halsband. Dieses Mal war es ein schwarzes, ein Rüde. Der pinkelte unter sich und winselte. Iwanow zerrte den Hund über die Straße, dabei in sein Handy Kommandos brüllend.

Penta und Wladi hatten Zeit und Geduld. Sie beobachteten Jurij Iwanow von einer Hofeinfahrt aus, direkt vor sich seinen schwarzgoldenen Sechs-Liter-Hummer mit über 300 PS unter der Haube und zwei großen, länglichen Holzkisten auf der Rückbank, in denen eine Probelieferung der Raketen lag. Sie warteten darauf, ihr Opfer überrumpeln, in ihren auf dem Hof stehenden Transporter werfen und samt seiner gefährlichen Fracht entführen zu können.

Iwanow quetschte sich durch das Tor und schlug es zu, das Handy am Ohr, mit der Linken noch einen Welpen mit rotem

Straßhalsband zurückdrückend. Endlich waren alle Hunde auf dem Firmengelände und er davor.

Wladi holte tief Luft. Zehn, zwölf Meter bis zum Hummer.

Iwanow sah auf seine Uhr und schimpfte immer weiter in sein Handy. Ging zwei Schritte und grub in seiner Jackentasche nach dem Autoschlüssel. Rechts, links, wieder rechts. Er fluchte, lief zum Tor zurück und brüllte nach einem Angestellten. Der lief zum Bürogebäude, kam wieder heraus und rannte schnaufend über den Hof. Iwanow, immer noch telefonierend, deutete in den Berliner Himmel. Der Angestellte holte aus und warf den Schlüssel in hohem Bogen über das Tor.

Die junge Frau in ihrem Cinquecento sang ein Kinderlied. Sie war auf dem Weg, ihre Tochter aus der Kita abzuholen. Ein langer Tag. Die Tochter fertig machen, zur Kita nach Mariendorf fahren, in den nächsten, den besseren Bezirk, zur Arbeit in der Drogerie hetzen und wieder Kita.

Aber sie war fröhlich. Sie hatte einen Kunden an der Kasse kennengelernt. Ihn störte ihre Tochter nicht. Vielleicht würde sie bald eine richtige Familie haben. Sie sang und kurbelte das Fenster auf der Beifahrerseite herunter. Ihre Tochter sollte frische Luft im Auto haben. Ihr wurde immer so schnell übel. Der Griff ging schwer, kein Wunder, das Auto war fast zwanzig Jahre alt. Sie beugte sich weit hinüber, die Straße vor ihr leer, soweit das Auge reichte.

Als sie sich wieder aufrichtete, war der Mann plötzlich auf der Fahrbahn. Er lief rückwärts, das Gesicht zum Himmel gewandt, die Hände nach oben gestreckt, in der Linken hielt er ein Handy. Ein Schlüsselbund segelte durch die Luft, in Zeitlupe.

Sie konnte nicht mehr ausweichen.

Sein Körper schlug gegen ihren Wagen und landete auf der Gegenfahrbahn. Das Handy schlitterte auf ihr Auto zu.

Sie bremste. Die Reifen quietschten. Sie stand. Es war still.

Sie starrte auf die Straße.

Die Windschutzscheibe war gesprungen.

Sie sah den Mann und die Frau nicht, die auf die Fahrbahn stürzten, den Puls des Mannes am Hals fühlten und wieder verschwanden.

Sah die Männer nicht, die das Tor zum Firmengelände aufstießen und auf die Straße stürzten. Sah den Rottweilerrüden, die Dobermannhündin mit hängendem Gesäuge und die acht Welpen nicht, die hinterherstürmten. Hörte nicht die Schreie, nicht das Hundegebell und nicht das Martinshorn der Feuerwehr. Erst als ein freundlicher Mann mit einer signalroten Jacke sie aus dem Auto zog, lächelte sie und sagte, ich muß doch zur Kita.

Richterin Marianne Lindemann betrat den Saal. Sie sah blendend aus. Zielstrebig, mit hoch erhobenem Busen und ohne ausgebeulte Aktentasche ging sie zu ihrem Stuhl und sah auf die halbleeren Zuschauerreihen. Professor Magahn wurde durch die Boulevardpresse gejagt, Atekin als Aufsteiger gefeiert, die mediale Öffentlichkeit hatte keine Spitzen mehr frei für das weitere Schicksal der Angeklagten Johanna von Bredow. Vereinzelte Schaulustige dümpelten auf den Bänken, einige Obdachlose waren zum Aufwärmen gekommen. Jakob fehlte.

In der zweiten Reihe stand ein Obdachloser taumelnd auf, eine herbe Frau mit kalter Zigarette im Mundwinkel hielt ihn fest.

»Hoppla«, sagte die Richterin.

Beethoven fiel auf seinen Allerwertesten.

»Alkohol ist schlecht für den Gleichgewichtssinn«, sagte die Richterin. »Sie haben mein Mitgefühl.« Sie setzte sich elegant.

»Nee«, sagte Beethoven, »nich’, was Sie denken. Ich hab ’n schlimmen Fuß.«

»Und trotzdem sind Sie hier?«

»Mußte ich doch, die Gräfin is’ ’ne Kollegin.«

Richterin Lindemann sah Hanna fragend an.

»Beethoven ist Bratschist«, sagte die Hebamme. »Und Hanna spielt Cello.«

»Ich weiß«, sagte die Richterin. »Jakob hat recht, das paßt zu Ihnen.«

Hannas Blick verfinsterte sich.

»Vielleicht machen Sie zusammen mit Beethoven ja noch eine zweite Karriere«, sagte die Richterin.

»Und wer versorgt dann meine Beene?«, rief Beethoven. Die Hebamme klapste ihm auf den Kopf.

»Im Namen des Volkes«, sagte die Richterin.

»Endlich«, sagte Beethoven.

»… ergeht folgendes Urteil.«

Beethoven klatschte.

»Was immer den Staatsanwalt veranlaßt haben mag, Frau Dr. von Bredow des versuchten Mordes anzuklagen, er hat es in diesem Gerichtssaal nicht überzeugend dargelegt.«

Der Oberschwabe hatte während Murats Zeugenbefragung die Stimme verloren und suchte jetzt nach einem Mauseloch, in dem er verschwinden konnte.

»Frau Neuhaus befand sich, als die Angeklagte das Krankenhaus verließ, im Sterbeprozeß. Zusätzlich lag eine Patientenverfügung vor, die dank der sorgfältigen Arbeit von Rechtsanwalt Atekin, auch dem Gericht vorliegt. Warum der Frau Dr. von Bredow ablösende Arzt den Willen der Patientin mißachtet und die Operation veranlaßt hat, warum ausgerechnet der Chefarzt sich der Patientin annahm und dabei horrende Kosten verursachte, ist nicht Gegenstand dieses Verfahrens.«

Sie sah auf die nahezu leeren Zuschauerbänke. »Ich habe darüber zu urteilen, ob Frau Dr. von Bredow den Tod von Hermine Neuhaus verschuldet hat, und sei es mittelbar oder fahrlässig, indem sie die PEG-Sonde aus der Bauchdecke riß und eine Notoperation erforderlich machte.«

Die Richterin lehnte sich zurück und sah den Staatsanwalt an. »Nur ist mir leider nicht plausibel gemacht worden, wieso eine solche Operation überhaupt nötig gewesen sein sollte. Die Sonde macht ein winziges Löchlein, selbst mit aller Kraft ihrer am Cello geübten Hände kann ich nicht glauben, daß Frau Dr. von Bredow eine derartig imposante Wunde in Bauchdecke und Magen gerissen haben soll. Noch dazu, da«, sie blätterte in ihren Notizen, »zusätzlich die alte Gallenblase riß, es einen Leberlappen erwischte und der Dünndarm perforierte.« Sie sah den Staatsanwalt an. »Finden Sie das etwa glaubhaft?«

»Als medizinischer Laie verlasse ich mich da ganz auf die Kompetenz der behandelnden Ärzte«, sagte der und wünschte sich auf eine oberschwäbische richterlose Wiese.

»Die ja nun, wie die Recherche von Rechtsanwalt Atekin gezeigt hat, ebenfalls Laien waren.«

»Genau«, sagte Beethoven und hickste.

»Ohnehin stellt sich die Frage«, sagte die Richterin, »ob es möglich ist, eine Patientin zu ermorden, deren ausdrücklicher Wunsch es war, zu sterben. Aber das ist ein rechtsphilosophisches Thema.«

»Und wird hier nicht verhandelt«, sagte der Staatsanwalt, wieder mutiger geworden.

»Auch über die Umstände im Krankenhaus haben andere Richter ihr Urteil zu fällen. Es freut mich allerdings zu hören, daß dort eine Chefarztstelle frei wird. Vielleicht sollte Frau Dr. von Bredow sich bewerben?«

Die Hebamme lachte laut auf.

»'tschuldigung«, sagte Beethoven.

»Um es noch einmal klar zu sagen: dieses Verfahren gehört mit zum Absurdesten, das ich in meiner Karriere erlebt habe. Frau Dr. von Bredow hätte, bei allem berechtigten Zorn über die Zustände an ihrem Arbeitsplatz, niemals eine Magensonde entfernt, wenn der Patientin dadurch Schaden enstanden wäre. Mich haben in den letzten Wochen eine ganze Reihe von Briefen ihrer ehemaligen Patienten erreicht. Aus ihnen geht hervor, daß die Angeklagte eine äußerst mitfühlende Ärztin sein muß. Ganz zu schweigen von ihrer moralischer Integrität.«

Sie sah zu, wie Hanna errötete.

»Ich habe vor dem Verfassen des Urteils mehrere Gespräche geführt.« Sie sah den Staatsanwalt an. »Ihr Chef teilt meine Einschätzung und verzichtet auf eine Revision.« Der Staatsanwalt wich ihrem Blick aus.

»Auch mit dem Vorstand der Bundesärztekammer habe ich Kontakt aufgenommen. Herr Magahns Schwiegersohn ist von seinem Amt zurückgetreten. Ein Nachfolger wird noch gesucht.« Sie sah zu Hanna. »Die Versicherung dagegen ist von sich aus auf mich zugekommen. Sie wird keinerlei Schadenersatzforderungen an Sie stellen. Der Zustand, in dem Sie sich befanden, als Sie das medizinische Gerät in so beachtlicher Menge zerstörten, war der massiven Überarbeitung und also den katastrophalen Zuständen im Krankenhaus geschuldet. Man wäre froh, Sie ließen die Sache auf sich beruhen und forderten nicht Ihrerseits Schadenersatz. Was ich doch stark annehme.«

Hanna nickte.

»So spreche ich denn die Angeklagte in allen Punkten frei. Die Kosten des Verfahrens trägt die Staatskasse. In den nächsten Tagen erhalten Sie Ihre Approbation zurück. Wohl kaum mit einem Strauß Blumen, aber immerhin. Und das ist dann mehr, als Ihr ehemaliger Chef vorweisen kann.«

»Mir hat natürlich wieder keiner was gesagt.« Der Krankenhauspförtner musterte die zwei muskelstrotzenden und schlitzäugigen Möbelpacker und den großen, auf einer Sackkarre plazierten metallischen Büroschrank in ihrer Mitte.

Er drehte den Lieferschein von rechts nach links. »Unterschreiben kann ich den nicht.«

»Da finden wir schon wen«, sagte der eine Packer und streckte die Hand nach dem Papier aus.

Der Pförtner kratzte sich am Kinn. »Soll ich denen oben sagen, daß Ihr kommt?«

Vor dem Krankenhaus quietschten Reifen. Männer brüllten.

»Nanu«, sagte der Pförtner und drückte den Türöffner.

Auf dem Vorplatz standen Mannschaftswagen der Polizei mit eingeschaltetem Blaulicht, aus dem Hintergrund rasten mehr heran. Zahllose Beamte in schwarzer Einsatzkleidung sprangen mit gezogenen Waffen heraus und stürzten in das Krankenhaus.

»Terroristen«, schrie der Pförtner, ließ den Lieferschein fallen, stürzte in seine Pförtnerloge und verschwand unter dem Tisch.

Die Asiaten sahen sich an.

»Aus dem Weg«, brüllten die an ihnen vorbeistürmenden Polizisten. Weiß bekittelte Krankenhausmitarbeiter sprangen kreischend zur Seite. Eine Pflegerin, die einen alten Mann in seinem Rollstuhl schob, riß sich ergebend die Hände hoch. Der Rollstuhl fuhr allein weiter, die Pflegerin fiel auf die Knie. »Schneller«, rief der Alte und klammerte sich an den Armlehnen fest. Er rollte auf die Sitzgruppe am Eingang zu und fuhr in die vollgehängte Garderobe, die auf ihn stürzte.

Immer mehr Polizisten kamen auf dem Vorplatz an, schwärmten aus in die angrenzenden Flure, rissen Türen auf, alles mit gezogenen Waffen und laut brüllend.

Der eine Möbelpacker ging, ohne den Blick von den stürmenden Polizisten zu lassen, in die Hocke und hob den Lieferschein auf. Befreite ihn vom Schmutz des Krankenhausbodens, faltete ihn zusammen und schob ihn sich in die Hosentasche.

Der Pförtner hatte bei dem terroristischen Tauchgang sein Schlüsselbund liegen lassen. Der Möbelpacker langte durch die Scheibe in die Loge und steckte ihn ein. Er nickte seinem Kollegen zu, der die Sackkarre mit dem Büroschrank ankippte, und ging durch das jetzt menschenleere Foyer zum Fahrstuhl voraus. »Ganz oben«, sagte er und hielt ihm die Tür auf.

Hanna tastete sich von Gemälde zu Gemälde, Jakob folgte ihr mit Blicken durch das Atelier. Er hatte sie über Grete gebeten, in Alikas Reich zu kommen, ohne anzudeuten, daß Gregors Lebensbeichte und die Lösung von Tillas rätselhaftem Verschwinden nach Mauerfall sie hier erwarteten. Und Hanna war tatsächlich da. Wollte wissen, an wen sie, so glaubte sie, Jakob verloren hatte.

Alika war, nachdem sie von Iwanows Tod erfuhr, sofort nach Hause zurückgekehrt. Befreit und ohne Mitgefühl für den verunglückten Vater ihres Sohnes. Levi war in Porinchen bei Penta und Matthäus geblieben. Sie würde ihn holen, wenn sie wieder in ihr Leben eingezogen war.

Zum ersten Mal wagte Alika, Levi allein zu lassen. Dafür hatte sein Vater sterben müssen. Und Penta ihr begegnen, die Alikas Sohn beschützen würde wie Matthäus.

Jakob saß auf dem Fußboden und sah auf Hannas Rücken. Sie hielt sich so aufrecht. War stolz wie ihre Mutter. Und war zugleich so zart. Hanna drehte sich um. Dünn waren ihre Arme geworden, die sie jetzt hob und auf ihre Umgebung wies. »Die Bilder sind schön«, sagte sie zu Alika, »traurig und schön.«

Sie standen jetzt voreinander. Die große und die kleine Frau. Beide waren von einer unglaublichen Präsenz. Die Luft zwischen ihnen vibrierte vor Energie.

»Die Bilder berühren etwas in mir«, sagte Hanna, »ich kann sie hören. Hätte ich mein Cello hier, könnte ich es spielen.«

»Beim nächsten Mal«, sagte Alika.

Hanna sah ihr in die Augen und nickte langsam.

Jakob platzte vor Liebe zu ihr. Sie schubste alle Gefühle für Alika zur Seite.

»Gregor möchte mit Dir sprechen, Hanna«, sagte er.

Hanna setzte sich vor die Bilder. Weit weg von Jakob. Alika ließ sich direkt neben sie sinken.

»Ich habe Deine Mutter gekannt«, sagte Gregor.

Hanna sah ihn verblüfft an.

»Nein«, sagte er, jedes Wort setzend, »ich habe sie geliebt.«

»Wie so viele«, sagte Hanna.

Gregor schüttelte den Kopf.

»Ich bin der geheimnisvolle Liebhaber von ’89.«

Das Einsatzkommando stürmte die frisch gewischte Feuertreppe des Krankenhauses. Der erste Beamte nahm zwei Stufen auf einmal und rutschte, der zweite fiel über ihn.

»Verdammte Scheiße«, sagte der Erste und hielt sich das Knie.

»Bohnerwachs«, sagte der Zweite.

»Vollidioten«, sagte der Zugführer. »Bis nach ganz oben.«

Er ging voraus. Die Treppe war höllisch glitschig. Was für eine Putzfrau hatten die bloß? Er brauchte beide Hände für das Geländer. Hinter ihm fluchten die nachrückenden Kollegen. Er drehte sich um und legte den Finger auf die Lippen.

Weiter oben hörte er einen Menschen atmen, es klapperte. Er zog die Waffe. An der nächsten Treppenbiegung hielt er an. Über ihm schwang das Hinterteil einer Putzfrau auf den Stufen hin und her. Er ließ die Waffe sinken und räusperte sich.

Die Putzfrau wischte.

Dabei summte sie und wackelte mit dem Hintern. Einer seiner Männer deutete auf ihre Ohren. Sie trug ein Headset. Der Zugführer faßte die Putzfrau am Arm, sie drehte sich um und sah die mit schwarzen Polizisten gefüllte Treppe. Sie ließ den Mop fallen und riß die Arme hoch.

»Ist ja gut«, sagte der Zugführer und sah in ihre Schlitzaugen, »wir müssen nur durch.«

Die Putzfrau kreischte und fuchtelte mit den Armen. Sie stand ihnen genau im Weg.

»Die versteht Dich nicht«, sagte einer der Männer.

»Schinesin«, sagte ein anderer.

Der Zugführer versuchte, die Putzfrau zur Seite zu schieben. Sie schlug auf ihn ein und keifte.

»Spricht nur Schinesisch«, sagte der Kollege.

»Chef«, rief ein anderer, zog die Tür zum ersten Stock auf und winkte, »wir nehmen den Fahrstuhl.«

»Du warst Tillas Liebhaber?« Hanna lachte. »Wie alt warst Du denn damals?«

»Jung.«

Hanna zog die Augenbrauen zusammen. »Dann weißt Du, wo sie jetzt ist?«

»Ich war bei ihr, als sie starb.«

»Nein«, schrie Hanna. »Sie ist nicht tot!«

»Es tut mir leid«, sagte Gregor.

Und Gregor erzählte ein zweites Mal von Tillas Ende. Wie sie sich in der Kapelle getroffen hatten, wie der Mann weglief und Gregor erstarrt in seinem Versteck aushielt. Wie er ihr hilflos beim Sterben hatte zusehen müssen.

Hanna hörte zu und weinte, Alika faßte sie tröstend am Arm.

»Ich will zu ihrem Grab«, sagte Hanna.

Gregor nickte.

»Wer hat sie getötet?«, fragte sie. »Wer war der Mann?«

Gregor brauchte mehrere Anläufe.

Er atmete und atmete. Ein, aus.

»Es war Guram Geladse.«

Alika sprang auf. »Was redest Du da? Niemals hätte mein Vater einen anderen Menschen getötet.«

»Er wollte das ja nicht«, sagte Gregor. »Sie ist unglücklich gestürzt.«

Hanna lachte höhnisch »Er hat sie gestoßen und ist abgehauen.« Sie sah Alika an. »Dein Vater hat meine Mutter einfach liegen lassen.«

»Wir dachten beide, sie wäre tot«, sagte Gregor.

»Woher willst Du wissen, was in dem Mörder meiner Mutter vorging?« Hanna sah ihn wütend an.

»Er hat es mir gesagt.«

»Du hast ihn wiedergetroffen? Und nicht angezeigt?«

»Damals verschwand er aus meinem Leben wie ein Geist. Monatelang bin ich durch Berlin gegangen und habe seine Augen gesucht. Tilla hatte mir seinen Namen nicht sagen wollen. Es waren zwanzig Jahre vergangen, als ich ihn endlich wiedertraf.«

XXX

Die Möbelpacker stiegen im obersten Stock aus dem Fahrstuhl. Auf der Verwaltungsetage war es völlig still. Teppichboden, Bürotüren in Reihe, ein langer Flur.

»Rechts oder links?«, fragte der eine.

Der andere zog ein Funkgerät aus der Tasche. »Der Flur hat zwei Enden, Chefin, was jetzt?«

Die Putzfrau Dao verdrehte auf der Feuertreppe die Augen. »Rechts«, sagte sie und sah die mit Bohnerwachs getränkte Treppe hinunter. Keine Polizisten mehr. »Und beeilt Euch, die Bullen sind schon im ersten Stock.«

Auch wenn es jetzt wegen der Durchsuchung des Krankenhauses knapp wurde, die Mühlen der Berliner Justiz mahlten mal wieder in Zeitlupe. Magahn war nicht in Untersuchungshaft, noch nicht einmal angeklagt. Stattdessen war er ein letztes Mal in aller Ruhe ins Krankenhaus und sein Büro marschiert. Zeit für Dao, seinen Saldo und einige weitere Dinge geradezurücken. Sie hatte es sich in der Nacht in seinem Schrank geschworen, sie würde dem Schicksal unter die Arme greifen.

Die Möbelpacker öffneten die Tür zum letzten und größten Büro auf dem Flur, die beladene Sackkarre voraus. »Lieferung«, rief der eine.

Rudolf Magahn lag unter seinem Schreibtisch.

»Der ist blau«, sagte der Möbelpacker in sein Funkgerät und kickte herumliegende leere Flaschen zur Seite. Sein Kollege rollte mit dem Büroschrank durch die entstandene Gasse direkt zum Chefarzt auf Abruf.

»Umso besser«, sagte Dao.

Die Möbelpacker zogen Magahn unter seinem Schreibtisch hervor und hoben ihn in den Büroschrank. Er brabbelte unverständlich vor sich hin. Die Männer musterte ihn. »Sollen wir ihn knebeln?«, fragte der eine in sein Funkgerät.

»Wißt Ihr, was hier los ist?« Dao sah aus dem Fenster auf den Krankenhaushof. Überall aufgescheuchte Weißkittel. »Den hört kein Mensch in seinem Schrank.«

Sie rollten mit ihrer beladenen Sackkarre zurück in den Flur. Die Fahrstuhltür öffnete sich, Polizisten stürmten heraus. »Hände hoch«, rief einer und richtete seine Waffe auf die Möbelpacker. Beide hoben eine Hand, die andere blieb an der Sackkarre.

»Was ist da drin?«, fragte der Polizist.

»Nix.« Der eine Vietnamese zuckte mit den Schultern. »Der ist neu. Wir sollten ihn nur liefern. Ist aber keiner da.«

Der Polizist ließ die Waffe sinken. »Seid froh, bezahlt hätte den hier keiner mehr.«

Sie rollten in den Fahrstuhl, als Magahn stöhnte.

Der Polizist stellte den Schuh in die Tür.

»Mein Magen«, sagte der Vietnamese. »Wieder keen Frühstück und Streß und Ärger ohne Ende.«

Der Polizist nickte. »Kenn ick«, sagte er und zog den Fuß zurück. Magahn stöhnte wieder, die Fahrstuhltür schloß sich.

»Gute Besserung, Kumpel«, rief der Polizist.

»Als in Berlin die Mauer fiel, wollte mein Vater Papiere für uns besorgen«, sagte Alika. »Er sagte, er kennt eine Westberliner Kollegin aus seiner akademischen Zeit. Sie war in Tiflis gewesen in den Siebzigern, da sind sie sich begegnet. In Georgien vermutete man den Vorläufer aller Äpfel der Welt. Es ging in einem Forschungsprojekt der FU um Krankheitsresistenzen. Man suchte die Lösung im genetischen Material der Anfänge.«

»Das paßt zu Tilla«, sagte Gregor.

»Aber die Reise meines Vaters direkt nach Maueröffnung war erfolglos. Er wollte nicht darüber sprechen, warum die fremde Frau ihm nicht hatte helfen wollen. Wir mußten noch vier weitere Jahre in Tiflis bleiben, er kam mit leeren Händen. Nein, einen Stoffbären hat er meinen kleinen Brüdern mitgebracht, mit einer goldenen Krone.«

»Er tötet meine Mutter, kauft ein Souvenir und fährt nach Hause«, sagte Hanna.

»Seit er ’89 verschwand, strich er wie ein Geist durch mein Leben«, sagte Gregor. »Und dann sah ich ihn plötzlich dieses Jahr in der S-Bahn. Ich fuhr von der Arbeit nach Hause und las, da hörte ich seine Stimme. Er telefonierte mit dem Handy. Diese Sprache, ich habe sie sofort wiedererkannt. Er sah auch aus wie damals. Nur alt geworden und grau.« Gregor schüttelte den Kopf. »Ein ganz normaler älterer Mann. Nett sogar. Ein guter Mensch. Warmherzig.«

»Das war er«, sagte Alika.

»Er lachte mit seinem Gesprächspartner. Ich verstand kein Wort, aber ich dachte, ich würde es gern verstehen. Ich würde gern mit ihm lachen, als sein Freund.«

»Aber Du warst Dir trotzdem sicher, daß er es war, der Tilla getötet hat?«, fragte Jakob.

Gregor nickte. »Ich bin ihm gefolgt zu seinem Hotel. Habe an der Rezeption seinen Namen erfahren und gegenüber in einem Hauseingang die halbe Nacht verbracht. Ich durfte ihn doch nicht ein zweites Mal verlieren. Er ist früh schlafen gegangen.«

»Sein Herz war krank«, sagte Alika.

»Das will ich hoffen«, sagte Hanna.

»Am nächsten Morgen habe ich ihm eine Nachricht geschickt. In einem Blumenstrauß. Er sollte zur Kapelle kommen am Abend. Er wüßte schon, zu welcher.«

»Warum ist er bloß gekommen?«, rief Alika.

»Um seinen Seelenfrieden zu finden«, sagte Jakob.

»Ich hatte geschrieben, er hätte ein Kind«, sagte Gregor.

»Da mußte der Scheißkerl natürlich kommen«, sagte Hanna.

»Er stand vor mir wie damals vor Tilla. Und ich war wieder starr. Er redete und redete. Seine Familie, sein Leben, seine Politik, sein Land, das war alles so wichtig. Niemals durfte das zerstört werden.«

»Fassade«, sagte Hanna.

»Nein«, sagte Alika, »Heimat. Größer als wir.«

»Er fragte nach seinem Kind. Noch eine Tochter, eine ältere Schwester für seine Alika, wie wundervoll. Und ich dachte nur, Du hast ihre Mutter getötet.«

»Hast Du ihm wenigstens eine reingehauen?«, fragte Hanna.

»Sicher«, sagte Gregor, »nur zwanzig Jahre zu spät.«

»Immerhin«, sagte Hanna.

»Er faßte sich röchelnd an die Brust.« Gregor schnaubte. »Nach einer Ohrfeige.«

»Das war ein Herzinfarkt«, sagte Jakob.

Alika schluchzte.

»Der Kerl hatte also eins«, sagte Hanna. »Und hör auf zu flennen, Alika.«

»Er wollte mir nicht weiter zuhören«, sagte Gregor, »hielt sich die Brust und wollte zu seiner neuen Tochter. Aber ich war noch nicht fertig mit ihm«, sagte Gregor.

Alika putzte sich dröhnend die Nase.

»Du hast ihn in die Gruft gesperrt«, sagte Jakob.

»Für später. Ich mußte ja zum Dienst. Alles war völlig harmlos, das weißt Du ja, Jakob. Ich habe ihm einen Knebel reingemacht, genau wie bei Dir. Und gefesselt habe ich ihn auch. Was etwas schwieriger war als bei Dir, weil er ja nur eine Hand hatte. Er saß auf bequemem Sandboden, kein Problem.«

»Aber sein Herz!« rief Alika.

»Und dann wußte ich nicht weiter. Sollte ich ihn anzeigen? Tilla ausgraben lassen nach über zwanzig Jahren? Ich mußte nachdenken. Und es wurde immer schwerer. Ein Mal habe ich ihm noch Wasser gebracht.«

Alika schluchzte wieder.

»Du hast zu lange gewartet«, sagte Jakob.

»Als ich es endlich geschafft habe, zu ihm zu gehen, war er tot. Aber ich schwöre, getan habe ich ihm nichts. Bis auf die Ohrfeige.«

»Und dann hast Du ihn zur Stadtgrenze geschafft.«

»Zusammen mit einem Kollegen, der ist Totengräber und war auch in Bautzen. Ein Auto hat er auch.«

»Aber warum?«

»Er sollte schnell in Berlin gefunden werden, damit Du nicht länger nach ihm suchen mußt und mehr Zeit für Hannas Gerichtsverhandlung hast.«

»Kriegt er dafür etwa Ärger von Deinem Verein?« Hanna sah Jakob an. Ihr Gesicht war fleckig gerötet, auf der Stirn grub sich tief die Zornesfalte ein.

»Du wolltest, daß ich Deine Mutter finde«, sagte Jakob.

Hanna lachte auf.

»Das ist noch nicht alles, Hanna.«

Jakob stand auf und ging auf sie zu. Sie wich zurück an die Wand. Er setzte sich vor sie, so nah sie es ertrug. »Sag es, Gregor.« Er nahm ihre Augen in seine Hände.

Sie warteten.

»Der Mann, der Deine Mutter erschlug«, Gregor holte tief Luft, seine Stimme zitterte. Seine Schweißerschultern hoben und senkten sich. Er ging in die Knie und schwieg.

»Guram«, flüsterte Jakob in Hannas Augen, »er war Dein Vater, Hanna.«

Ein blecherner Aktenschrank stand einsam auf dem Alexanderplatz. Er wackelte hin und wieder. In ihm rief ein Mann um Hilfe und malträtierte immer wieder von innen den Schrank. Es war fünf Uhr in der Früh.

Zwei Streifenpolizisten umkreisten den Aktenschrank, einer machte Photos von allen Seiten. An der Tür war ein Zettel angebracht. »Insasse ist aus der Psychiatrie ausgebrochen. Vorsicht, fremdgefährdend.« Der Schlüssel zum Schrank steckte.

Der eine Streifenpolizist hielt sein Ohr an den Schrank. »Hier ist die Polizei. Hören Sie mich?«

»Endlich. Mein Gott, hat das lange gedauert. Brechen Sie den Schrank auf. Man hat mich entführt und eingesperrt.«

»Alles klar.« Die Polizisten sahen sich an. »Und wer sind Sie?«

»Professor Dr. Magahn. Jetzt machen Sie endlich die Tür auf.«

»Sachte, Herr Doktor …«

»Herr Professor.«

Die Polizisten grinsten. »Erst einmal müssen wir uns vergewissern, daß von Ihnen keine Gefahr ausgeht.«

»Gefahr? Von mir? Ich bin Arzt, ich rette Menschenleben. Machen Sie sofort die Tür auf. Man hat mich aus meinem Krankenhaus entführt und in einem vietnamesischen Lokal gefangen gehalten.«

»Vietnamesisch.« Die Polizisten nickten.

»Und dann mußte ich meine Kontodaten rausrücken.«

»Ihre Kontodaten.«

»Sag ich doch. Und das Versteck für mein Schwarzgeld, verdammt. Darauf kommt es jetzt auch nicht mehr an. Ich werde demnächst angeklagt, weil ich dreißig Jahre so getan habe, als ob ich Arzt bin.«

»Dreißig Jahre, das ist aber eine lange Zeit.« Der eine Polizist rief Verstärkung.

»Diese Frau räumt gerade mein ganzes Geld ab. Sie will es meinen Opfern geben, hat das Miststück gesagt. Sie müssen sie kriegen.«

»Welche Frau?«

»Die mich gezwungen hat, meinen unehelichen Kindern Geld zu überschreiben.«

»Eine Frau und uneheliche Kinder haben sie.«

»Lassen Sie mich endlich raus, verdammt.«

»Gleich. Wir brauchen einen Schlosser.«

»Das darf doch nicht wahr sein.«

»Erzählen Sie mir mehr von Ihrer Frau.«

»Sie hat sich als OP-Schwester ausgegeben, obwohl sie eigentlich Putzfrau ist.«

»Ihre Frau ist also Putzfrau.«

Der eine Polizist tat so, als reinige er den Alexanderplatz mit einem Besen und lachte.

»Und können Sie sie beschreiben?«

Ein Feuerwehrauto fuhr auf den Platz. Ein kräftiger Rettungssanitäter und ein Arzt mit Notfallkoffer sprangen aus dem Wagen. Eine Touristin filmte sie mit ihrem Handy.

»Schlitzaugen halt. Wo bleibt denn der Schlosser?«

»Ist gerade gekommen. Treten Sie etwas zurück, wir öffnen jetzt die Tür.« Der Polizist nickte dem Sanitäter zu.

»Aber erschrecken Sie nicht«, rief es aus dem Schrank, »ich hab nichts an.«

Magahn blinzelte in die Morgensonne, seine Brustbehaarung leuchtete rot. Er verbarg mit seinen Händen das Geschlecht.

Der Notarzt zog die Schutzhülle von einer Spritze.

»Was machen Sie da? Ich bin Kollege.«

Der Rettungssanitäter hielt ihn fest und der Arzt jagte ihm die Spritze in den Oberarm.

»Das hat ein Nachspiel«, schrie der Professor. »Ich habe mächtige Freunde, sie werden …«

»Aber klar«, sagte der Polizist, »die haben wir alle.«

»Das wird Euch noch leid tun, Ihr Arschlöcher, ich …«

Ihm knickten die Beine weg. Der Sanitäter lud ihn sich auf die Schulter und trug ihn in das Feuerwehrauto. Magahn lallte.

Der Polizist wollte die Schranktür zuschlagen, als er einen Umschlag bemerkte, der an die Rückwand geklebt war. Präsent eines Hilfsengels mit Putzfrauennebenjob für die Berliner Justiz. Beweise für den gesammelten Dreck des knapp sechzigjährigen Lebens von Rudolf Magahn. Kein Doktor, kein Professor, nicht einmal Arzt, und jetzt am Ende. »Der soll zu Richterin Lindemann, steht drauf.«

»Ist das nicht die Hoppla?«, fragte sein Kollege. Er riß den Umschlag auf. »Lauter Papiere«, sagte er.

Der Kollege beugte sich über seine Schulter.

»Sieht aus wie Zeugenaussagen. Sogar unterschrieben.«

»Kontoauszüge sind auch dabei«, sagte er. »Wirkt kompliziert. Und wichtig. Wir müssen ihn abgeben.«

»Und der Schrank?«

»Den holt sich schon, wer ihn brauchen kann.«

Gregor hatte Jakob nach seinem Geständnis in Alikas Atelier gebeten, ihn allein zu lassen. Er war noch einmal auf seinen Stahnsdorfer Friedhof gegangen, hatte Tillas Grab besucht, in der Kapelle gesessen und war ein letztes Mal an den Rüdesheimer Platz zurückgekehrt. Er hatte sich in Hannas leere Wohnung geschlichen, war durch alle Räume gegangen, hatte sich in Tillas ehemaligem Zimmer noch einmal ihre alten Möbel und sie selbst vorgestellt, einen letzten Blick auf die Vorhänge mit Hochwasser geworfen und sich in seiner Wohnung eingeschlossen.

Er brauchte den ganzen Tag und den Abend, um allen Spuren seines Lebens zu beseitigen. Leichten Herzens verbrannte er die Photos von Hanna, er bräuchte sie ja nur um neue zu bitten. An Tillas Bildern blieb er länger hängen. Ein letztes Mal sah er in die glücklichen Augen des ungleichen Paares. Tilla hatte ihn tatsächlich geliebt. Tilla, die schwache Männer immer verachtet hatte, liebte ein Mal in ihrem Leben. Ausgerechnet ihn.

Und Gregor hatte sie nicht beschützt.

Er zündete auch die Photos von Tilla an, packte schließlich seine Kleider in Müllsäcke, die Bücher in Kartons, beschriftete alles für die Wohnungsräumer, schrieb einen Brief an Jakob und einen an Hanna und warf sie auf seinem Weg in den Briefkasten.

Es war Nacht und sein Leben zuende.

Alle waren zur mitternächtlichen Beerdigung gekommen. Dao hatte über einen ihrer vietnamesischen Kanäle einen Sarg in Säuglingsgröße beschafft und ihn von Alika mit Sternen und Engeln bemalen lassen. Grete hatte bei Wladi einen Yakwollumhang in Auftrag gegeben und Hanna ihn dem Kleinen angezogen. Sie hatten sich in Gretes Bulli gequetscht, Jakob den Sarg in seinen Armen festgehalten, wenn Grete wieder eine Kurve zu eng nahm, und waren zum Stahnsdorfer Südwestkirchhof gefahren.

Ein Stahnsdorfer Käuzchen schrie, der dicke Mond leuchtete ihnen den Weg. Jakob übergab Dao den Sarg, zog den Schlüssel von Gregor hervor und schloß das Friedhofstor auf, als sei es das Selbstverständlichste der Welt. Er holte zwei Spaten aus dem Geräteschuppen und führte die Prozession an, er kannte als einziger den Weg.

»Wo liegt Tilla denn?«, fragte Dao.

»Hinter Zilles Ehrengrab«, sagte Jakob. »Gregor dachte sich, wie immer sich die neue Zeit entwickelt, da geht keiner ran.«

»Gute Wahl«, sagte Dao. »Das bleibt auch so.«

Sie gingen schweigend. Jakob führte sie hinter den großen Grabstein, zog eine Taschenlampe aus der Tasche und leuchtete auf Gregors Zettel mit der Skizze. »Hier muß irgendwo eine Stechpalme sein«, sagte er.

»Du stehst drauf«, sagte Grete.

»Gregor will, daß wir dort graben«, sagte Jakob.

Gregor schwieg. Oskar und Tanja saßen ihm im Verhörraum gegenüber. Sie hatten mit Jakob, Alika und Hanna abgesprochen, Gregor nicht zu belangen. Niemand wollte, daß Tilla exhumiert und der georgische Volksheld Guram, Vater der beliebten Apothekerin, posthum des Mordes an Tilla bezichtigt wurde.

Warum sollte Gregor, dessen Seele schon im Winter '89 irreparabel Schaden genommen hatte, für Gurams Tod geradestehen? Der Georgier war schließlich an einem Herzinfarkt gestorben. Selbst wenn Gregor ihn nicht mit seiner alten Schuld konfrontiert und ihm keinen Kinnhaken versetzt hätte, wäre sein stark vorgeschädigtes Herz, so sah das zumindest der Rechtsmediziner Cumloosen, demnächst erschöpft stehengeblieben.

Das war nicht einmal Körperverletzung mit Todesfolge, allenfalls unterlassene Hilfeleistung. Mit einem cleveren Anwalt gäbe das für Gregor eine Bewährungsstrafe. Und dafür sollte diese

Targödie an die Öffentlichkeit gezerrt werden? Es waren genug Leben zerstört.

Gregor hatte sich mitten in der Nacht gestellt. Sie hatten ihn fadenscheinig zu seinen Fingerabdrücken an Gurams Leiche befragen und gleich wieder entlassen wollen. Aber jetzt saß er seit über einer Stunde vor ihnen und schwieg. Blaß, mit schmalen Lippen, neben sich eine Reisetasche, kämpfte er mit sich und mit den Tränen. Was um alles in der Welt ging in ihm vor?

»Wir haben ja nun an der Leiche von Guram Geladse Ihre Fingerabdrücke gefunden«, sagte Oskar erneut. »Sie müßten uns schon eine Erklärung liefern, wie sie da hingekommen sind.«

Tanja versuchte, Gregor eine Brücke zu bauen. »Hat er Sie vielleicht auf dem Südwestkirchhof in Stahnsdorf besucht?«

Sie sah in sein angespanntes Gesicht. »Vielleicht war er als Tourist dort und sie erinnern sich nur nicht. Ich zeige Ihnen noch einmal ein Photo von Geladse.« Das Aufnahmegerät summte in der Stille. »Da gibt es ja eine sehenswürdige Holzkirche.«

Holzhammer, dachte Oskar. Gregor kullerten Tränen über die Wangen. Oskar hielt ihm ein Taschentuch hin.

Gregor schluckte und holte tief Luft. Seine Stimme klang eingerostet. »Ich möchte bitte Ihren Vorgesetzten sprechen.«

Wladi faltete die Hände, senkte den Kopf und sprach ein Gebet auf Russisch. Die anderen schwiegen. Wladi bekreuzigte sich schließlich, nickte, schob die Ärmel hoch und nahm einen Spaten. Im Wechsel mit Jakob hob er ein weiteres, ein ganz kleines Grab aus. Zille war sicher angetan über die neue Gesellschaft. Wenn sich jemand in der idyllisch verschlafenen Kirchhofseinsamkeit langweilte, dann er.

»Seid Ihr Euch sicher, daß Tilla noch da ist?«, fragte Grete in die nur vom schweren Atem der Männer unterbrochene Stille.

»Grete!« Hanna sah sie zornig an.

»Ist ja gut.« Grete seufzte. »Ich dachte nur, vielleicht war sie doch nicht tot, und wir können noch mal von vorne anfangen.«

»Es reicht.«

»Sei nicht so schrecklich pietätvoll, Johanna. Deine Mutter hätte sich totgelacht.«

»Wir beerdigen hier ein Baby.«

»Nachdem wir es tagelang in der Tiefkühltruhe zwischengelagert haben.«

Dao gluckste und hielt sich die Hand vor den Mund.

Das neue Grab war jetzt tief genug und Gregors Erinnerung exakt, sie waren nicht an Tillas Gebeine gestoßen. Wladi trat zurück und faltete wieder schweigend die Hände. Jakob hob den Kindersarg hoch und sah Hanna fragend an. »Möchtest Du das machen?«

»Nun los«, sagte Grete, »der Mann beißt nicht.«

Hanna trat zu Jakob. Gemeinsam legten sie Til in sein Grab.

»Wir haben die Musik vergessen«, sagte Grete. »Sollen wir was singen?«

»Du wirst noch Witze reißen auf Deiner eigenen Beerdigung«, sagte Hanna.

»Und wenn Ihr nicht lacht, komme ich als Geist zurück.«

Hanna nahm etwas Erde und warf sie über den Sarg.

Dao hatte eine Rose mitgebracht, sie hockte sich neben Jakob und Hanna und legte sie vorsichtig auf den Sarg. »Gute Reise, kleiner Mann«, sagte sie. »Hat mich gefreut, Dich kennenzulernen.«

Jakob und Wladi schaufelten das Grab zu und verstreuten altes Laub darüber.

»Seid Ihr fertig?«, fragte Grete.

»Warum«, sagte Hanna, »hast Du noch Termine?«

Grete zog eine Flasche aus der Tasche. »Weil wir jetzt alle einen Wacholder auf meine Tilla heben, die sich freut, daß ein kleiner Junge namens Tilman doch noch Jahrzehnte nach dem Krieg sein Grab gefunden hat.« Die Flasche ging reihum.

»Und jetzt möchte ich, daß Ihr schon mal vorgeht. Grete muß ihre alte Blase entleeren und dabei will sie den Knochen ihrer besten Freundin erzählen, was sie seit Mauerfall so alles verpaßt hat.«

Kriminalrat Fockemeyer kam direkt von Zuhause. Als ihn Oskars Anruf auf seiner Couch erreichte, nahm er nach seinem Dinner mit dem Polizeichef gerade einen Absacker. Er hatte überhaupt keine Lust, noch zu einem Verhör zu fahren. Aber was nützte es, der Neuköllner Blum und das Provinzhühnchen Wehland bekamen es mal wieder nicht ohne ihn hin. Er krempelte die teuren Hemdsärmel hoch und setzte sich dem Verdächtigen gegenüber. »Sie wollten mich sprechen. Hier bin ich.«

Gregor sah ihn an.

»Was gibt es, das Sie nur mir sagen können?«

Focke lehnte sich zurück. »Es ist mitten in der Nacht und Sie haben genau zehn Minuten.«

»Ich habe Guram Geladse getötet«, sagte Gregor.

Oskar und Tanja tauschten Blicke.

»Und wie haben Sie das gemacht?« Der Kriminalrat sah den blassen, schmalen Gregor an. Hoffentlich war das nicht wieder so ein durchgeknallter Kerl, der Morde gestand, um endlich beachtet zu werden. Hatte der überhaupt die Statur, um einen kraftvollen Kerl wie Geladse umzubringen?

»Ich habe ihn brutal zusammengeschlagen«, sagte Gregor. »Dann in einem Mausoleum auf dem Friedhof eingesperrt und schließlich elendig verrecken lassen.«

»Aha. Und warum das alles?«

»Muß ich das sagen?«

Fockemeyer beugte sich vor. »Davon hängt ab, wie lang Ihre Strafe wird.« Er zog die Mundwinkel zu einem frostigen Lächeln hoch. »Und ob sie ins Fernsehen kommen.«

Oskar schüttelte den Kopf. Was war das für eine Nummer?

»Ich habe ihn gehaßt.« Gregor preßte die Lippen aufeinander.

Was für ein Schwachsinn, dachte Oskar.

»Soso«, sagte Focke, »und warum haben sie ihn gehaßt?«

»Er wollte mir seine Tochter nicht geben.«

Focke lachte. »Sie und Alika?« Er strich seine Hemdsärmel hinunter. »Ich lach' mich tot. Können Sie denn überhaupt beweisen, daß Sie Geladse kannten?« Er stand auf.

Der will in den Knast, dachte Oskar, das gibt's doch nicht. »Seine Fingerabdrücke waren an Geladses Sachen«, sagte er.

Focke setzte sich wieder. »Der war das? Der war in Bautzen?« Er forschte in Gregors Gesicht. »Und kennt Alika?«

»Ich kann Ihnen beschreiben, wie es in ihrem Atelier aussieht. Da haben wir uns immer getroffen. Das war unser Versteck.«

Unglaublich, dachte Oskar. Ein ehemaliger Mauerinsasse, der sich zurück nach den eingesperrten Zeiten sehnt.

»Wollen Sie etwas sagen, Blum?«, fragte Focke.

Oskar verschränkte die Arme.

»Haben Sie denn auch mit ihr geschlafen?«, fragte Focke.

»Das geht Sie nichts an.«

Oskar und Tanja sahen sich an.

»Ich habe ihren Vater umgebracht, weil ich ihn gehaßt habe. Nein, ich habe ihn vorsätzlich verdursten lassen. Und geschlagen habe ich ihn, immer wieder.« Gregor nickte. »Er hatte ein schwaches Herz, das habe ich gewußt. Ich wollte, daß er in dem Mausoleum langsam verreckt. So war es. Und ich wollte, daß er Angst hat. Das hat mir gefallen.«

Focke sah Oskar an. »Kann das so gewesen sein?«

Oskar schwieg.

»Aber sicher«, sagte Tanja und sah Gregor in die Augen.

Frauen halfen sogar einem vollidiotischen Ossi, der nichts lieber wollte, als den Rest seines Lebens im Knast verbringen.

»Danke«, sagte Gregor.

»Was ist das hier?«, fragte Focke, »ein Schauspiel?«

»Das ist ein Geständnis«, sagte Oskar. Er sah Gregor an. Kannste haben, Freund. »Geladse war vor seinem Tod in einem Mausoleum. Wir haben entsprechende Spuren an seiner Leiche gefunden. Er hat ihn wirklich sterben lassen.«

XXXI

Jakob wurden die Arme lahm. Er hatte das Bild in jedem Zimmer an die Wand gehalten. Und es war sehr groß und sehr schwer.

Alika hatte Hanna eingeladen, sich ein Gemälde, das Guram darstellte, auszusuchen. Ein Bild ihres Vaters, der ihre Mutter getötet hatte, gemalt von ihrer Halbschwester. Hanna hatte das abstrakteste und größte gewählt.

Alikas kasachische Spüler hatten es schwitzend in Hannas und Gretes Wohnung gebracht, Hanna es erst einmal mit der Vorderseite zur Wand in den Flur gestellt. Als sie Grete bat, es gemeinsam mit ihr aufzuhängen, hatte die gesagt, sie hätte plötzlich entsetzliche Rückenschmerzen. Aber sie wüßte da einen sehr großen, total netten, faszinierend männlichen und muskulösen Mann, der das viel besser könne als sie alte Schachtel. Zur Not hätte sie auch dessen Handynummer.

Muskulös, naja. Jakob schmerzten die Arme.

Natürlich konnte Guram nicht im Wohnzimmer hängen, das war zu viel verlangt. Und über dem Bett, da hatte Jakob protestiert. Wer ließ sich schon gern vom Schwiegervater über die Schulter sehen.

Hanna hatte ihn allerdings angesehen, als sei sie sich überhaupt nicht sicher, daß Jakob jemals das Schlafzimmer mit seinem Schwiegervater würde teilen dürfen. Jetzt waren sie, abgesehen vom Bad, im letzten noch übriggebliebenen Raum, dem Eßzimmer.

»Du kannst natürlich auch eine von Tillas Zimmerpflanzen davorstellen«, sagte Grete. »Ich schlage die Palme vor. Bis Du Dich daran gewöhnt hast, daß auch Du einen Vater hattest.«

Hanna schoß sie mit Blicken ab.

Grete hatte lange gebraucht auf dem Stahnsdorfer Südwestkirchhof, um unter den Blicken des Vollmonds angeblich ihre Blase zu leeren. Dao hatte Witze über ihr Ausbleiben gerissen.

Probeliegen und so weiter. Als Grete zurückkam, waren ihre Augen gerötet und ihr Rücken gebeugt. Sie trug schwer am nun sicheren Tod ihrer Freundin Tilla. Jakob hätte sie in den Arm nehmen und trösten wollen, aber er wußte, daß die Alte alle Kraft aufwenden mußte, um nicht die Fassung zu verlieren. Mitgefühl war das letzte, was sie gebrauchen konnte.

Sie waren an den Rüdesheimer Platz zurückgekehrt, Hanna hatte Jakob an der Wohnungstür stehen lassen wie einen uneingeladenen Besucher, und er war gegangen wie ein Drei-Minuten-Weichei. Deshalb hatte Grete danach alles weitere in die Hand genommen und ihn zum weltbesten Bilderaufhänger ernannt.

Jakob ließ das Bild sinken. »Ich kann auch noch mal wiederkommen«, sagte er.

»Herrje Hanna«, sagte Grete, »jetzt laß ihn doch nicht so im Regen stehen.«

»Halt Dich da raus, Grete.«

Grete hob die Arme. »Ich geh dann mal in die Küche.« Sie steckte den Kopf noch einmal durch die Tür. »Wenn ich zurückkomme, klopfe ich an.« Sie schlug krachend die Tür zu.

Es war still. Bis auf die brausenden und hupenden Autos draußen. Jakob war allein mit Hanna in einem geschlossenen Raum. Keine Ablenkungen, keine Zuschauer, keine Fluchtmöglichkeit. Gut, ihr Vater paßte auf. Aber er hatte sowieso nicht vor, ihr etwas anzutun. Obwohl.

»Mein Vater meint, ich muß Dir etwas erklären«, sagte Jakob.

Sie sah ihm mitten ins Herz.

Er wurde doch tatsächlich nervös. »Die ganzen Frauen …«

Sie machte ohne Vorwarnung einen Satz nach vorn und küßte ihn. Er hielt den Atem an. In seinem Kopf explodierte etwas. Wahnsinn. Jetzt keinen Anfall, wehe.

»Es nützt ja nichts«, sagte sie. »Selbst wenn Du ein Arschloch wärst und mit jeder Frau in's Bett steigen würdest, die Dir über den Weg läuft, ich kann nicht anders. Ich liebe Dich.«

»Ich bin kein Arschloch.«

Hanna lachte. Seine Hanna sah ihn an und lachte. Sein Herz rutschte in die Hose. Weiter vorn in die Hose. Herz, mach, daß Du da weg kommst, da wird's demnächst eng.

»Du wolltest nur mit Alika schlafen, Arschloch.«

»Wollte ich nicht.«

»Gib's zu. Wenigstens vor Dir selbst.«

»Sie ist Deine Schwester …«

»Halbschwester.«

»… und ich habe Deinen Vater gesucht.«

Hanna verzog das Gesicht.

»Guram war Dein Vater. Was immer er noch war.«

»Er hat meine Mutter getötet.«

»Aber das wollte er doch nicht. Sie hat ihn provoziert.«

»Ist sie dann etwa selbst schuld?«

»Tilla hatte Fehler. Sie war wunderbar, aber sie war nicht perfekt.«

Hanna setzte sich auf den Tisch und klopfte mit der Hand neben sich. Jakob schlüpfte auf die Tischplatte und sah vorsichtshalber auf seine Füße. Tief in den Bauch atmen jetzt. Er spürte ihre Nähe, als wäre sie eine radioaktive Quelle. Jakob Hagedorn war ein Geigerzähler. Jede Hannaregung ein Ausschlag.

»Was wird aus Gregor?«, fragte Hanna. »Er hat mir einen Brief geschrieben.«

»Mir auch.«

»Ich habe ihn im Untersuchungsgefängnis besucht, aber er will mich nicht sehen.«

»Gib ihm etwas Zeit, auch für ihn ist es schwer.«

»Muß er vor Gericht?«

»Er hat einen heimtückischen Mord an Guram gestanden.«

»Verstehst Du das? Er schreibt, er fühlt sich schuldig an Tillas Tod und will bestraft werden. Sein Leben sei sowieso zuende.«

Jakob nickte. »Ich wollte ihm eine Stelle vermitteln. Das Theater Nordhausen sucht einen Mann für alles. Ich dachte, er kann endlich auf die Bühne. Und er ist weg von Berlin, wo ihn alles an

Tilla und Guram erinnert. Er würde die Stelle bekommen. Immerhin ist er Schweißer, Gärtner und Berliner Hauswart.«

»Aber er will lieber ins Gefängnis.«

»Sieht so aus.«

»Wahnsinn, oder?«

»Er hat es schon einmal so gemacht«, sagte Jakob. »Hat in der DDR so lange randaliert und staatszersetzende Reden geschwungen, bis man ihn eingesperrt hat. Er ist quasi nach Bautzen geflüchtet. Damit er nicht mehr schweißen muß und lesen kann.«

Hanna schüttelte sich. »Flucht in die Gefangenschaft.«

»Vielleicht will er jetzt lieber in seiner Vergangenheit mit Tilla leben, als sich einer neuen Gegenwart zu stellen. Es ist seine Wahl, die wir zu akzeptieren haben. Und er trägt ja immerhin eine Mitschuld am Tod Deines Vaters.«

Hanna verzog das Gesicht.

»Und Alika?«, fragte Jakob.

»Du hast das Schicksal meiner Mutter herausgefunden und mir eine sechste Schwester geschenkt.« Sie sah ihn an und lächelte. »Immer war ich das Nesthäkchen, und jetzt habe ich eine kleine Schwester. Sie hat mich eingeladen, mit ihr und Levi nach Georgien zu fahren. Noch ist der Junge aber bei Penta. Er hat immer wieder Panikanfälle. Und Alika muß ihm noch sagen, daß sein Vater verunglückt ist. Ich gebe zu, es gibt Verkehrstote, die ich mehr bedauere.«

Jakob nickte.

»Alika will uns alles zeigen. Levi ist ganz aufgeregt und redet ständig von den Bergen und vom Zelten. Er nennt mich Tante Hanna.«

Jakob wartete.

»Der Kleine ist wirklich klasse. Ein richtiger Berliner.«

Jakobs Brust quoll über vor Liebe.

»Ich glaube, das sollte ich machen. Immerhin bin ich halbe Georgierin, ich will wissen, was das bedeutet. Man muß seine Wurzeln kennen, sagt Grete, sonst ist man nie frei. Und ich will frei sein.«

Jakob legte die Hand neben ihr Bein. Der Geigerzähler knisterte atemlos.

»Eigentlich dachte ich mein Leben lang, ich sei einfach Berlinerin.« Hanna schüttelte den Kopf.

»Alle Berliner sind doch auch noch von woanders«, sagte Jakob. Er hörte seiner eigenen Stimme zu. Sie kam aus dem All und war viel tiefer als sonst.

»Oskar nicht.« Hanna schaukelte mit dem Fuß. Ihr Oberschenkel geriet in Bewegung

»Der ist ein Sonderfall«, sagte Jakobs Baßbariton aus dem All.

Hanna lachte, griff seine Hand und legte sie auf ihren Oberschenkel. Ausschlag bis zum Anschlag.

»Wie unser Berliner Mutterboden«, sagte sie.

»Mit vielen Steinen.«

»Und Treibsand.«

»Sickernd.«

»Mit Würmern.«

»Versteckten Knochen.«

Hannas Blick wurde dunkel. Entschuldige.

»Marmorstaub«, sagte Jakob tastend.

»Ruß«, sagte Hanna mit rauher Stimme.

»Kellerasselpipi.« Jakob drehte den Kopf zu ihr. Sie war nah.

»Wollen wir damit die ganze Nacht verbringen?«, fragte sie, legte seine Hand in ihre und sah auf den Grund seiner Seele. Willkommen daheim, dachte Jakob.

Danke

Dieser Roman war ein Kraftakt. Nie hätte ich ihn bewältigt ohne meine wundervollen Freunde. Ich danke Euch für Eure Wärme, nicht endenwollende Hilfsbereitschaft und Geduld. Ich weiß, ich kann im Anspruch, mein Roman müsse immer noch besser werden, sehr anstrengend sein. Irgendwann werde ich das alles zurückzahlen. Und sei es mit Pillkaller Machandel.

Das Ganze wird so langsam richtig groß. Manchmal ist das beängstigend, meist beglückend. An diesem Glück haben die Begegnungen mit meinen Lesern großen Anteil. Dafür möchte ich mich erneut bedanken. Eure Begeisterungsfähigkeit für andere Welten hilft mir auf meinem eigenwilligen Weg. In so viele Seelen ist Jakob eingezogen, als Freund. Er weiß das zu schätzen. Und ich kenne ihn gut genug, um zu wissen, er wird Euch nicht enttäuschen.

Finn, danke für unsere Lagerfeuer am Mississippi, fürs atemlose Lesen, Deine hinreißend hingerissenen Kommentare und danke natürlich auch für die ererbte Strenge im Korrektorat.

Lieber Bioengel, Du stehst stellvertretend für alle, die mich in meinem anderen Beruf umgeben. Für Eure Treue und Euer Verständnis, wenn ich erschöpft vom doppelten Leben kaum geradeaus denken kann, danke ich Euch. Ich bemühe mich, so viel zu geben, wie ich von Euch empfange. Ihr seid wundervoll.

Könnten meine Figuren und ich irgendwo leben außerhalb Berlins? Eine lächerliche Frage. Als letztes gilt wie immer mein Dank unserem wundervoll prallen, schrägen, abgründigen und ja, in behüteten Momenten auch poetischen Mutterboden. Nichts gegen finnische Mücken, Sonnenuntergänge an der Algarve und neuseeländische Paradiese, Berlin ist nun mal der schönste Ort der Welt, das kann nicht oft genug gesagt werden.